U0689194

浙江省作家协会——汇编

之江新绿

『千万工程』的诗意记述

浙江文艺出版社
Zhejiang Literature & Art Publishing House

图书在版编目(CIP)数据

之江新绿:"千万工程"的诗意记述/浙江省作家协会汇编. -- 杭州:浙江文艺出版社,2024.12.
ISBN 978-7-5339-7761-0

Ⅰ.Ⅰ267

中国国家版本馆CIP数据核字第2024YW0669号

责任编辑 王莎惠　　**责任校对** 朱　立
责任印制 吴春娟　　**封面设计** 吴　瑕
营销编辑 张　苇

之江新绿:"千万工程"的诗意记述
浙江省作家协会　汇编

出版 浙江文艺出版社
地址 杭州市环城北路177号
邮编 310003
电话 0571-85176953(总编办)
　　　0571-85152727(市场部)
制版 浙江新华图文制作有限公司
印刷 浙江新华数码印务有限公司
开本 880毫米×1230毫米　1/32
字数 255千字
印张 12.875
插页 1
版次 2024年12月第1版
印次 2024年12月第1次印刷
书号 ISBN 978-7-5339-7761-0
定价 59.90元

版权所有　侵权必究

序

  《之江新绿：“千万工程”的诗意记述》即将付梓。从2023年7月到2024年11月，20多位浙江作家深入近30个浙江村落，历经一年多的采风、创作、改稿，最终有14篇作品选入了这部文集。

  对于浙江作家而言，这次集合、行动，以文学的方式铭记时代，是发自内心的，也是自然而然的。2023年是“八八战略”实施20周年。在历史长河里，20年宛如一瞬，但身处其中的浙江人却倍感这20年的宝贵。这20年的宝贵在于变化之“大”：浙江发生了全方位、系统性、深层次的精彩蝶变。这20年的宝贵在于其着力点之“小”：我们创作的着眼点“千万工程”就是这样，它深入每一个乡村中，在角落里、在细节中，具体而微，充斥着每个浙江人的周边。越是“不上台面”“不登大雅”之所，改变越是明显。把个体之“小”作为执政之“大”，让“大”的政策落实到每一个单元每一个角落，久久为功，成就一抹“新绿”，这正是动人之处，也是最让作家动心之处。

  此时，书稿在我面前展开，这次主题创作的过程也在我面前展开。计划的两个星期集中采风，后来被作家们延续成自主寻访，持续深入调查半年多。有些作家主动对采风采访的点位进行了拓展,走访了好几个村子;有些作家频频回到同一个村庄,深入其中成为一个"村民"。其间我曾去看望过蹲点作家,他们说,吸引他们深入下去、激发他们思索的是那些真实的事件和生活的点滴。所以,这本文集既是一个个浙江故事汇聚的成果,也是作家们的足迹和心路之书。浙江作家以"小"见"大",以文学展现时代,开展了一次有效探索和实践。

我想起带头响应省作协主题创作号召的,是获得鲁迅文学奖的60后知名小说家钟求是。他选择回到故乡鸣山村,讲述一个老山村的变化,那些坚持着带动村庄前行的普通人的故事是最动人的。这篇《鸣山日》发表在《十月》。

我想起最后一个交稿子的是70后作家杨方。她对自己的第一个稿子不满意,重新采风、蹲点创作、推翻重来,再改再磨。在成书之际,得知她的这篇从李祖村萌生的小说《巴旦木也叫婆淡树》发表在《野草》的头题,且又被名刊转载,也是头题。在打磨这个作品的一年中,杨方还获得了第八届郁达夫小说奖、入选了2023年《收获》文学榜,已经成长为浙江文坛又一实力作家。

在这次实践中,还有80后、90后青年"新荷"人才。傅炜如就是其中一位。她深入余杭区,记述乡村CEO的故事,字里行间充满了年轻人的活力。这篇非虚构作品《稻香》发表在《人民文学》,她也因此被名刊关注,踏入全国文坛。

一次文学实践,发出了号召、收获了作品、培养了人才。我们都是这个时代的亲历者、建设者、获得者、见证者,在这壮美大地上,我们每一个人都在以自己的方式为她付出努力、做出贡献。"之江新绿:'千万工程'的诗意记述"已经展开,更多浙江作家还在行动。

谨以此致敬这个壮阔的时代,致敬每一位为之付出努力的人。

是为序。

浙江省作家协会党组书记、副主席　叶　彤

目　录

鸣山日

钟求是

第一日

到达鸣山村已是下午,阳光松软。村干部老郑站在村头小桥上,迎接的胳膊从几米外便送过来。我的手被他的手握住不少于一分钟才被松开。他转过身,指着村舍村景说:"哪怕在夕阳中,村子的颜值也很高。"

嘴里能说出"夕阳""颜值"的村干部,不会是潦草的村干部。这样的村干部打理出的村子,自然也不会是潦草的村庄。事实上,这几年鸣山村的声名已有些昂扬。这份名气的支撑点在于,它像村又不像村。说它像村,是因为它本来就是个村,没法不是个村。说它不像村,是因为它离昆城中心挺近,渐渐养成了眉清目秀的样子。所以这次浙江省作协派遣作家下村蹲点,我没有犹豫就选择了鸣山村。我觉得,鸣山村会是个有故事的村子。

果然,晚上一起简单用饭时,老郑一瓶啤酒下去,嘴巴便兴奋起来,积极推销村子里的高端人士:一位在蛋壳上绘画的技师,一个烟嗓子的鼓词艺人,一名花样百出的糕点师傅。老郑说："他们都是有故事的人。"老郑又说："他们都上过报纸，对采访什么的挺熟门熟路。"

正是因为他们上过报纸，又习惯了被采访，我的兴趣便凑不起来，口中的应答也有些迟疑。老郑看出了这一点，也没法多说什么。

晚餐之后，我在村里一家民宿住下。对我来说，这个晚上还有许多时间，不能老待在房间里。我出了门，先打量一下周边房舍，又沿着河边走一段路，顺脚拐进一家名号叫"凤茗小苑"的茶馆。我想独自坐一会儿，想一想接下来的采访切入口。

茶馆不大，有几处分散的雅致茶室。我在一间茶室的布艺椅子上坐下，要了一杯红茶。正等着上茶，手机忽然响了。点开一听，是一个陌生的声音，先问您是钟作家吧，又说若有空闲，我想跟您聊聊。呵，看来毕竟是村子，消息容易串通。好在那嗓音有点沧桑，听上去不轻浮。我觉得不应该拒之，就把自己眼下的所在位置告诉了对方。

过了片刻，门口身影一晃，进来一个人，六十多岁的样子，形体有点瘦高，脑袋有点前倾，半白的头发似儒似野。不过他在我对面坐下时，脸上的神色是腼腆的，有些打扰人的不安。我给他点了茶，心里生出一些好奇。他说："我知道你，咱们昆城出去的作家。"似乎为了证明自己的话，他报出了我几个小说的篇名——这或许是临时做的百度功课。他又说："我还读过你的一篇文章，写昆城早年街上的事。"我笑了，说："你知道我这么多,我还一点儿不了解你。"他松一松脸,说了说自己。原来他就是鸣山村人,年轻时考上师范学校,之后在外县乐清做中学美术老师,前几年退休便回来了。

随后他慢慢地搓一搓自己手掌,说:"听说你来鸣山找故事,我想我兴许可以试试。"我说:"刚才你打来电话,我心里已窃喜了。"他点点头说:"在村子里待着,能说上话的人很少,我觉得你能听懂我的事儿。"我说:"咱们可以闲谈,慢慢聊。"他说:"你在这儿待几天?"我:"好几天呢,有的是时间。"他说:"那好,我慢慢聊,如果你不想听了,我就打住。不过嘛……"我说:"不过什么?"他说:"你得上点儿水果瓜子,让我的嘴巴不至于太单调。"我呵呵笑了:"必须上水果瓜子,我得成为一个名副其实的吃瓜听众。"

在这个初来乍到的晚上,一个美术老者就这样意外地坐到我的跟前,开始了他的讲述。

哦,先说说我的名字吧,姓范名化加。父亲小时候读过几年私塾,在村子里算是有点文化的,就给起了这么个名儿,也不知什么出处。"化加"的发音在昆城话里没啥毛病,上了学变成普通话,就成了"画家"。画家太洋派了,同学们起哄似的一叫唤,让我很丢脸哩。不过也许是一种暗示吧,我不知道啥时候喜欢上了画画儿。先是捧了连环画看,在作业本上学着涂来涂去,后来偷来几支粉笔,在地上涂,又在墙上涂。村里的老墙上要是出现难看的粉笔图画,那一定是我的杰作。

我这个年龄呀，儿童少年时期都搁在了"文革"里。那会儿学校上课少，下了课野得很，什么出格的事都干过。不过毕竟是村子嘛，又穷又枯，玩不出大花样。我最乐意做的事就是去昆城镇里，在街上东张西望地走一走。

说起来，鸣山村离城里也就五里地，现在撒腿散个步就到了，当时可得坐轮船去，或者沿着河边小道走出一身汗，反正没那么便当。越是不便当，越是觉得城里街上的事好玩儿。

当然，后来我的世界慢慢变大了。先长大一些，我去了城里的城东中学读初中。又长大一些，去了在坡南街的万全中学读高中。高中毕业时，赶上了高考。那时候高考真是一条窄道呀，比河边小路还窄。我考了三年，离录取分数线还差着一里远。第四年捡起画儿改考中专，没头没脑学了一阵子，倒顺利考上了乐清师范美术班。当时能上中专也了不得，至少在鸣山村，那可是不小的荣光哩。

我为啥说这些呢，因为得布好故事的背景。我做了一辈子的教师，老泡在校园里，生活经历不多可也不少，要掏出来说，那够讲上一阵子的。不过因为不靠着这个故事，都可以省略掉。现在呀，我就从年轻时代跨过来，直接来到不久前的日子。

大约三个月前的一天，我在村子老屋里待着，突然来了一位三十多岁的年轻女人，样子洋气，言语客气，能讲有点怪异的昆城话，也能讲不够流畅的普通话。她说自己叫丽莎，刚从意大利飞来，费了点周折才找到我的。就这几句话，我马上明白了——来人是月燕的女儿。再打量一下她的脸,母女俩还是有几分像的。我傻了几秒钟,问她,你妈让你来的?她点头说,我妈弥留时说了一些话,让我来找您。我说,你妈故去有些日子了对吧?她说,快四个月了,本该早点来的,因为疫情拖了下来。

对了,月燕是月亮的月,燕子的燕。这个名字挺平常,不过有女人味儿。她也是鸣山村人,跟我是小学同学和中学同学。别的不说,我们在教室里就一起待过好多个年头。之前她在意大利威尼斯开一家中餐馆,做了不少年,攒下一些钱,也攒下一身病。两年前她被查出了肺病,带癌字的肺病。可以想见,这样的病少不了治疗呀折腾呀,可她终于没挨过来。

那天坐在旧屋子里,我跟丽莎聊了不少话。我小心地问,你妈让你找我,得有具体的事吧?丽莎说"是的,为了画儿的事"。我不吭声了。其实我也猜到是画儿的事,可一时吃不准,不知道怎么应答。丽莎说,我能感觉得出来,妈妈这几年心里还算敞亮,就是因为有那些画儿。我说,她有心情喜欢那些画儿……即使在病中?丽莎点头说,如果没有那些画儿,妈妈的心里会很堵,堵得一片暗淡。我说,可是……可是关于那些画儿,这些年我没得到你妈妈的任何信息。丽莎说,这些年您不也是不递送任何信息嘛。

丽莎嘴里的"那些画儿"正是我画的。这十来年,我每年给月燕寄画儿,一年一张,算起来整十张了。但我光寄画儿没附上文字,像丽莎说的,不递送自己的信息。我觉得呀,不附上文字也没关系,因为画面上的内容就是鸣山村,她看得懂。

我是从2013年开始画鸣山村的。人到了一定岁数,就会特别惦记自己的老家,挡也挡不住。那年暑假,我不知怎么心里一动,很想回鸣山画画儿。之前偶尔也回来过,但没想过把村子的景物往画面上放。那次动了念头,我往村子里一走,发现不少村景挺入画的。于是那个夏天呀,我就一直待在村子榕树下画油画儿,连着画了好几张。

对了,得插进来说一下,我在学校教素描写生,教色彩默写,教场景速写,反正都是往高考课目上靠,但在心底里喜欢的,还是油画儿——教室内与教室外,我分得清楚哩。我底子不厚,天分也不够,成不了好画家,可拿起油画儿画笔呀,心里终归是愉快的。嘿嘿,有了这一点,我觉得自己就是够格的画家。

噢,还得插进来讲几句,我们村里有好几棵大榕树,树龄有几十年的,也有几百年的。最老的也是块头最大的一棵,有五百多岁了,但最聚人气的还是年轻的那棵,因为刚好长在村中心的河边。记得小时候的夏天,村人们都待在这棵榕树下乘凉闲谈。所以那些天我坐在树下或河边画画儿,脑子里时不时走出以前的往事。几张画儿画完,我还是挺满意的,然后就想到了月燕。她在意大利已经许多年了,应该快忘了老家模样。如果在画儿上见到眼下的鸣山,她心里也许会晃动的。这么一想,我就决定挑出一张寄给她。当然,我也知道,月燕心里有坎儿,一直记恨鸣山也记恨我,但时间过了这么久,心里总会松开一些吧。

我找了中学同学，辗转拿到月燕在威尼斯的地址，把油画儿寄了过去。至于文字信函，我也细细想过了，觉得还是不写好。一是真不知道怎么写，二是我寄画儿目的不是追忆旧情，而是让她看一眼现在鸣山的样子。我甚至没把自己的详细地址写上，为的是月燕也别费心思怎么个回信。不就是一张画嘛，寄了就行啦。

我没想到的是，寄了一张还会想寄第二张，因为鸣山的村景用一幅画儿是远远装不下的。我更没想到的是，村里这些年不停地变样儿，每来一回都会找到很入画的新景。所以那次之后，我每年暑假都要回来待上一些天，认真画儿张画儿，然后拣出最满意的一张给月燕寄去。三年前退休，我干脆把村里老屋子重新收拾了，一个人回来正式住下。

那天丽莎坐在我的跟前，不断讲到我的那些画儿。她讲的一件让我伤感的事儿，是月燕去世前一个月办了一个展览。之前月燕把那十张画儿收在柜子里，想看了就拿出来一个人看看。此时她让女儿把画儿裱上，一张画儿一个木框，然后分别挂在客厅里、书房里、卧室里。她家是个别墅式房子，不算大也不算小。一个周六上午，月燕打起精神化了妆，把在威尼斯的亲戚朋友都请了来，说是一起聚餐，其实是看展览。她引着大家在房间里移步，从第一张开始，一张一张看过去。在每张画儿跟前，她都要讲上几分钟，回忆小时候的事，又点评画面上的村景。亲戚朋友不禁好奇，问这都是谁画的。月燕说，是中学同学,这画家是我的中学同学。大家就夸奖,说画得好,这河边村景有点像威尼斯呢。月燕便高兴,脸上有孩子般的快活亮光。

其实月燕的高兴是虚弱的。她的身体在一天天坏下去,有些撑不住了,像是收到了时日不多的预通知。她搞这样的画展,是以特别的方式与亲友们做一次告别。

丽莎说完这件事时,我沉默着,嘴里发不出一点声音。但我眼睛不是沉默的,有一丝泪光在闪动。丽莎看出这一点,嘴角多了微笑。她说:"我挺好奇,这几年我一直挺好奇。"我问:"你好奇什么?"她说:"我觉得我妈和您的关系有点怪。"

我犹豫了一下,然后轻叹一口气,说咱们在村子里走走吧。随后我就领着丽莎往外走,走了一段路,来到那棵大榕树底下。我说,当年这儿呀,是村里的闲聊中心,许多人在树下乘凉说话。我又说,不过如果不是夏天,那么到了晚上,这里就没人了。

停一停,我指着大树的旁侧,慢慢地说,就是在一个春日的晚上,我和你妈在这儿拥抱了,而且还……接了吻。丽莎微微一愣,马上平静了。她说,范叔,这不是不好的回忆,我理解的。这一天,她是第一次叫了我范叔。但我摇摇头说,在那个年代拥抱接吻意味着什么,你不能理解的。

噢,钟作家,我好像有点激动,嘴巴也有点累了。我讲的事儿还早着,嘴巴已有些说不动了。如果可以,我明天晚上再来接着讲。什么?有没有那些画儿的照片?有的,十张油画儿都在我手机里存着呢，可以发给你。你先看一眼，我呢，也在脑子里捋一捋故事。

第二日

上午醒来已有些晚，光线大好。用过迟到的早餐，我决定在村里细走一圈。

昨天与村干部见面，拿到了一些资料册子。册子上说，鸣山村因山得名，却三面环水。山只有一百多米高，但形似伏虎，颇具威势。水是塘河，从远处蜿蜒而来，轻轻绕住村子，就添了柔媚。威势加柔媚，自然让村子生出不少味道。

这种好的味道，似乎散发在村道两边。左边便是河水，水面不宽不窄，恰好能看清对岸屋子的窗口。右边则是含着新意的旧舍店面，一路走过去，遇到的是馄饨工坊、梦创版画、回生堂、鸣山印象、清莲阁、非遗严选、华辰银铺、黄隆泰、平阳糖画等等。光看名号，就能闻到生意中的一股文气。房墙上还能看到光鲜的文字，"千万工程""千年古村""仁义是金"之类的。

到了那棵榕树跟前，我脑子里闪回着老范的故事，一边上下左右打量一番。此树高达二十余米，枝干错综，绿叶浓密，树冠在空中展开，显得相当壮大。榕树的周边有一座小桥，更有一片开阔的水面，似河又似湖。问了旁人，这水面叫莲池。池水之上有一架风轮形状的水车，很是醒目。

　　我记起老范给的油画儿照片，其中一张就有水车的身影。打开手机一看，果然没错儿。这幅画儿题为"莲池水车"，画面上有池水，有莲叶，有水车，背景则是伏虎山和一角蓝天。这样的景色放在哪个村子，哪个村子都会豪迈得意的。

　　得此启发，这个上午我对照手机里的油画，去找相应的村景。我找到了文化广场，上面铺有八卦图案，旁边有两头石狮子。接着一处是老院子，砖木身形的二进四合院，台门好看，上写"小隐庐"，画面就是从大门口切进去的。随后找到的是一条老巷子，两边旧式围墙，中间一条石路伸进去很深，这样的景象是简单，却是能勾出儿时回忆的。少不了的是一座石桥，一半树枝一半桥身，旁边还有一个人在垂钓。

　　最后我还找到了码头旧迹，一眼望去，河水慢慢流淌，岸边码头设了石栏，往里一些立着一排房子。移到画面上，则天地照应，河水倒映着白云，码头已经寂寞，旁侧的房子显得墙白瓦黑。这个画景，题名为"埠头时空"。埠头即小码头，是昆城人的旧时叫法。这四个字有点用心，竟让我恍惚一下，引出了小时候坐轮船的印象——赶船的匆忙，远行的喜忧，船舱的热闹，鼓词的唱腔，这些是所有昆城人的早年记忆。我在心里感叹了一声。

　　此刻我似乎也明白了，这些村景油画儿在一个远离故乡的海外人士眼中，会扯出怎样的回忆和对比。何况她是一个女人，有着足够绵长与细腻的回想能力。有意思的是，这位叫月燕的女人还跟村子、跟老范结了怨恨。这让人觉得有些稀奇。

　　因为稀奇，就隐隐地惦记故事，时间过得便不够快。晚餐我去馄饨工坊，吃了一碗馄饨和两只小包子，味道不错。快到约定时点，我去了茶馆。

　　昨晚的包间还空着，我坐到原来的座位上。过一会儿，老范来了。他今天穿了一件黑色T恤，胸前有不规则的白色艺术图案。这让他显得年轻一些。

　　我说了白天找画面村景的事。老范脸藏羞涩地一笑，做了个拱手致谢的动作，然后他呷一口茶，接上昨天的话头。

　　昨晚说到我把丽莎领到大榕树下。那是个下午，刚好树下没有闲谈的村人。我就和丽莎坐在那儿，聊起了许多年前的事儿。

　　前面说过，我跟月燕是好些年的同学。小学一起在鸣山学堂，坐在一个教室里。后来去城东中学念初中，不在一个班但教室紧挨着，每天放学一块儿走河边小道回家。到万全中学上高中，又分到了一个班级。李白有一首诗，说骑竹马、弄青梅，又说同居长干里、两小无嫌猜，讲的差不多就是我们的情形。

　　那时候好玩的事还真不少哩。下了学走在河边小道上，她喜欢去摘油菜花野菊花什么的。我呢，爱打水漂，拿着小石子甩出一串弹跳。有时见到一条主人不在的小船，就偷偷解了绳子，坐上去往河中间乱划。要是赶上快要下雨，就一路慌跑，顺便还会摔上一跤。嘿嘿，这种事没法多说，一说就太占时间了。

我还是往故事中心靠吧。哦,就是初中毕业的那个夏天,我们在家正闲着,突然听到一个消息:昆城来了一个年轻女华侨,穿的衣服特别洋气又特别怪,每天晚上会在街上逛一圈。

月燕虽然长在村里,却从小爱美。听到这个传言,她挺好奇的。好奇了大半日,就禁不住拉我一起去看个稀罕。那天吃过晚饭,我陪她往镇子里赶。到了街上,人来人往的,没看到什么异样。等了一会儿正有点失望,忽然响起兴奋的声音"来了来了",只见街道那头走来一堆黑压压的人——一个高个子年轻女人和一个女伴走在前边,后面跟着一大群看热闹的小孩。大人们也想看上一眼,就停下脚步站在街旁。那阵势像是好玩的游行,又像是什么公主在出游巡视。

那个年轻女人穿着白色的真丝短袖上衣,下穿一条浅黄的奇异裤子:紧紧裹住臀部,大腿笔直,再往下则散开,像一把扫帚。当然了,后来都知道这叫喇叭裤,是国外正在流行的款式。可那会儿是1976年,我们只有十六岁。

十六岁的月燕站在1976年的昆城街上,看着一个华侨女子穿着喇叭裤从眼前走过,心里一定是吃惊的,甚至是暗暗羡慕的。那个晚上回村子的路上,我们在暗黑中走着,月燕不怎么说话,但我能感觉出她内心的不平静。

那天我把以前的事讲到这儿,丽莎"噢"了一声。丽莎说,怪不得我妈讲过一句话,自己的出国动力是因为一条喇叭裤,原来是这样。

其实丽莎只说对了一小半,更重要的情节我还得往下讲呢。那个夏天之后,我和月燕一起去上高中,在一个教室里待了两年。对了,那会儿的高中学制就是两年。毕业参加高考,班里考上大学的只有两三个人,我和月燕平时成绩都挺一般,落榜了也没啥失落的。我又复读了两年,看看此路不通才转到美术上。月燕只复读了一年,大约觉得无望,便去了城里一家印刷厂上班。那时候高中毕业生也算鲜亮的,一般不会窝在村子里。

我们俩分开之后,才感到缺了对方挺不好的,于是时不时约着见个面,聊聊各自的近况什么的——哦,主要是在周末回村的时候。就是说,之前两个人太熟了,让同学关系盖住了男女关系,眼下不在一起,才意识到在情感上是很需要对方的。此时我们的身体和心理也长开了,虽然没挑明什么,但心里已认了对方。嘿嘿,这方面当然也有不少细节,我不想多说啦,说了挺费口舌。

时间过得快,转眼已到了1981年的春天。此时正是备考的紧要日子,我在家埋头练习素描和色彩。有一个周六,月燕递来话儿,晚上八时两个人在榕树下见面。晚饭后挨到点儿,我拿着手电筒悄悄溜出门,到了树下河边等一小会儿,月燕也来了。这天她穿得有些特别,上身是一件垫肩的粉色薄衫,下身穿着一条上窄下宽的紫色裤子。月燕到城里上班后呀,穿着越来越翻新,但这样的服装还是让我吃了一惊。我把她引到旁边,就着月光又上下打量一遍。月燕说,看明白了吧,这叫喇叭裤。对的,那是喇叭裤,也是时隔五年之后我又一次见到的喇叭裤。月燕问,我这么穿着好看吗?我说,好看是好看,就是裤子颜色有些跳,粉色上衣配蓝色裤子比较好。月燕说,范化加你什么眼光呀,这是喇叭裤,紫色是时髦色。我说,可是色彩书上提到粉色和蓝色很搭配,最好还要浅蓝色。月燕说,范化加你这个书呆子,我看你今年八成还是考不上。

一提考试的事,我就有点心虚,不吭声了。月燕说,如果今年又考不上,还接着复读吗?我说,也许不了,我不能总花父母的钱,我也要上班去。月燕说,你要是上班了,咱们在昆城镇上又可以在一起了。我说,我要是上班了,拿到第一个月工资就给你买礼物。月燕问,什么礼物?我说,一条浅蓝色喇叭裤。月燕就乐了,用拳头捶我。

嘿嘿,钟作家,事隔那么多年,我自然记不得当时的准确对话了。刚才这么说着,只是大概的意思。反正那个晚上月燕和我情绪都挺好,说着说着引出了兴奋,天上又有大半个月亮陪着,两个人就抱在一起了。我昨晚说过,这是我们第一次大胆的身体接触。我当时是又心跳又慌乱,不过慌乱之中,脑子里仍跑过一个念头:还是要考上学校吃上官饭,将来给月燕更好的日子。

一段时间之后,考试有了结果,我美术终于过关,文化课也过了线。虽然是考中专,也让我欢喜上了天。那些天月燕也跟着高兴,还帮我一起填志愿书。其实我的艺术考试是定向的,就是乐清师范学校,跑也跑不了。

我只是没想到,特别高兴的事反而是危险的。后来看到古人一句话,"忧喜聚门兮,吉凶同域",我很同意。这事情呀,还是出在月燕的喇叭裤上。

原来那些日子不少人对喇叭裤有看法,认为拉链开在前方,属于"不男不女",屁股绷得太紧,属于"乾坤颠倒"。尤其是大城市,报纸上刊登了很猛的批评文字,不久又出现了剪裤行动。但年轻人的抵抗比较顽强,对峙了一阵子,也就渐渐停息了。

可是村子比城里慢了半拍,此时正是村子的亢奋时刻。不知道是为了表示正确态度还是寻点开心,村里一拨人决定对月燕采取行动,因为她不仅穿喇叭裤,有时还戴上蛤蟆镜。星期日这天月燕回村,马上被叫到了大队部——对,那会儿村还叫大队。他们收走了她的墨镜,接着要对她剪裤。月燕在城里见过世面,当然也不会服软,对着他们反教育了一番。那一拨人有些恼羞成怒,又没一个人愿意出头拿起剪刀,于是想到了我。他们知道我和月燕的关系,也捏准了我的软肋。

我赶到大队部看到他们在为难月燕,就挺生气。我问这是为什么,你们得讲道理。他们说,我们有标准,裤脚塞得进三个啤酒瓶,就得剪掉。他们说,我们还有标准,裤腿超过七尺的,必须剪掉。他们又说,我们刚才量了,月燕的裤子超过了这两个标准。我说,你们哪儿弄来的这些标准?他们说,化加你真是读书读笨了,连这些标准都不知道。

然后呢,他们中的头儿把我带到另一个小房间,讲了一些话,意思是你考上学校很不错,但毕竟还要盖上大队的印章才能通过政审。这个话把我说傻了,好几分钟愣在那里。其实后来我很快知道,这时上大学上中专不需要政审盖印了,但那会儿我脑子里全是慌张,怕自己手里拿着的好事"啪"地又掉地上了,要知道我已经考了四年呀。

在恍惚中,我和那个头儿走出小房间。月燕抿着嘴唇站在那儿,他们直接塞给我一把剪刀。我不敢看月燕的眼睛,只是瞧一眼她的裤子——今天她穿着一条浅蓝色喇叭裤呢。我镇定几秒钟,靠近月燕说,你配合一下吧,裤子坏了可以再买。月燕看我一眼,她应该看见了我不敢看她。然后呢,我蹲下身子,张开剪刀剪她的裤管。夏天的裤子挺薄,我轻轻一铰便裂开了一截。他们叫道,再剪!我的剪刀只好往上一些。他们叫道,再剪再剪!我的剪刀只好又往上一些。在他们的叫声中,她的大腿都露出来了。这时我抬眼往上瞧,瞧见她脸上已挂了泪水。

噢,钟作家,讲起这些我现在心里仍然很难受。我知道,这种事得放在时间背景下看,那会儿村子还不开化,思想自然有些守旧。往大里说,这是那个年代的局限,现在早翻篇了。但有时呀细细想一想,我没法儿不恨自己,恨自己小农似的自私和懦弱。

那天之后,我再也没见到月燕。不久我外出读书,少了当面请求谅解的机会。其间曾写信给她,都有去无回。毕业后在外县工作,联络又无法续上,心里似乎就淡了。过些日子,听到了她结婚的消息。再过几年,听到了她出国的消息。据说是男方亲戚给带出去的,之前她嫁给男方,也许已想到这个潜伏的优势吧。

这次与丽莎见面,她简单讲了一些母亲出国打拼的情况。当初月燕和丈夫暂时撂下三岁的女儿,先去了意大利罗马,在亲戚的一家餐馆打工。干了三年攒下一笔钱,又向亲友借一笔钱,自立门户开了一家中餐馆。因为生意扎不了根,就转移到了米兰,还不顺利,又转移到威尼斯,这才稳住了脚跟。直到这时,丽莎好不容易被接了出去。

丽莎说自己出去时已经十岁了,之前跟着爷爷奶奶一起过,也不叫这个名字。刚到威尼斯的时候,她觉得自己很孤独,因为不仅换了一个有点当地味道的名字,还失去了以前的同学朋友。那些日子她常常一个人在街上晃荡,好在威尼斯不大,父母也不用担心。她喜欢站在石桥上,看着小船从底下穿过。她还喜欢坐在河边,等着斜楼的钟声响起,一下一下地传过来。不少时候她会走到圣马可广场,看游人们喂鸽子。有一次一个男孩在脑袋上放几颗苞谷,等着鸽子飞来,他的父亲在旁边准备好了相机。可等了好半天,鸽子就是不来,这让男孩脸上出现了生气的表情。丽莎看到这一幕,禁不住"吃吃"笑了。这是她那时候难得的一笑。

丽莎讲完这些,问我有没有去过意大利。我说没有呢,我这一辈子只出过一趟国,是学校组织的暑假泰国七日游。不过对威尼斯,我知道有个著名的电影节,有个著名的圣马可广场。当然了，我也知道那边有许多小桥和河水，是鸣山的扩大版。

钟作家，我说得有些远了，还是回到画儿上吧。丽莎讲呀，我的画儿第一次寄去时，她妈有些奇怪，但马上看懂了画面上就是鸣山。过了几年，画儿攒多了，她时常搁在长桌上一溜儿排开，慢慢踱过去又踱回来，好像老是看不够。大约五年前，月燕开始计划回国旅行，包括去看一看老家村子。也许因为比较忙，也许别的什么原因，这事到底拖下来了，然后遇到了疫情，再然后遇到了病发。

唉，说起来呀，月燕命中坎儿还真是不少。一些年前，她的先生，一个被餐馆困了大半辈子的男人，忽然看透了什么，拎着一只箱子离家出走，到一个叫圣马力诺的小国去独居，自此很少跟家里联系。我在百度上查过，那是世界上最袖珍的国家之一，坐落在意大利中部的高山上，全国公民只有三万多人，比昆城的人口还少许多。他去那边独居，跟我回老家村子独居，显然是不一样的。月燕不知道这是为什么，一边苦闷着，一边还得支出双倍精力去打理餐馆。这也许是她身体撑不住的一个原因——噢，这一点是我猜的，丽莎没说这句话。

有点扯远了，再说回来吧。丽莎告诉我，那次家中的画展之后，她妈身体很快虚弱下去。有一次躺在床上，她妈向她交代了后事，除了餐馆呀房产呀之外，特别嘱咐了一件事。就是因为这件事，她才飞了万里回国找我的。

到底是什么事呢？原来月燕希望在自己故去火化后，让丽莎捎一把骨灰回来交给我。她相信找到村子就能找到我。

这骨灰的事才是故事的核呢,不过今天讲不完了。嘿嘿,让我卖个关子吧,明天再接着讲。

第三日

今天是周五。在鸣山村,周五晚上有非遗夜市。

从资料上看,这几年不少非遗项目入驻鸣山,玩的有木偶戏、鼓词、蛋画、南拳、剪纸、制陶等,吃的有黄汤、姜茶、糕点、馄饨等。当然,既然是夜市,非遗之外的日常摊点也会借机进入。有人用一句网络用语点评鸣山夜市:聚拢来是烟火,摊开来是人间。烟火与人间相加,让这里成为一处"网红"打卡地,招引着周边城镇的活跃男女。

我在夜市上闲逛时,眼睛有点忙不过来。河里有游船行走,岸边的红灯伸过去很长。两个女子在推销木偶戏里的头像,孙悟空和济公在她们手里上天入地。一名词师坐在树下甩板敲琴,嘴里送出一句句方言唱词。旁边小巷的上方挂着一批彩色灯笼,一对年轻情侣在相互拍照,见我来了,递给我手机让我帮拍合影。我心想女孩儿太胖,配不上小伙子,但她咧嘴一笑挺可爱,一下子配上了——我及时摁下了快门。路旁有一个小摊,摊主老婆婆截住我,主动介绍村子这几年发展形势,介绍几分钟后,她成功地让我花五元钱买下一碗青草豆腐。

青草豆腐挺好吃的，有小时候的味道。我端碗坐在路边椅子上，边吃边打量闲逛的行人。一些行人走过去，一些行人走过来，那些红红绿绿的衣裳也在我眼前流动。尤其是女人们，穿得新潮而自由奔放，好看而不拘一格。我忽然想，如果月燕未被病魔击败，回来看看鸣山街上的衣裳风景，心里会生出怎样的感叹？

也许可以这样说：一条喇叭裤，被时间的剪刀破开，现在又被时间的针线补上了。

我瞥一眼手机钟点，站起身沿着河畔往回走，踩着一路彩色灯影，过了那座小桥，放慢一下脚步顺口气，进入凤茗小苑。

老范已在小包间，小桌上一壶两杯。我坐下来，说了声"抱歉"。老范说："你没怎么迟到，是我来早了。"我说："我在街上逛了一圈，看个热闹。"说着招来女服务员，添了水果和点心。

女服务员上果点时，我说了一句："外边热闹着，这里倒还是清静。"女服务员以为我猜疑生意清淡，应答道："先生，我们的特色是下午茶，楼上楼下两个大包间，白天也经常热闹着。"我说："对茶馆而言，热闹不应该是特色。"女服务员调整说："是的先生，我们的特色是下午坐在楼上，一边喝茶一边观赏河景。"我点头笑了一下。

女服务员撤出，把门闭上。我问老范："月燕在威尼斯开的餐馆，应该也可以看到水面吧？"老范说："这个我没问过丽莎，还真不知道。不过在威尼斯，我想哪个窗口望出去都容易见到水的。"我说："威尼斯的水其实是海水,同样是水,威尼斯的水大,鸣山的水小。"老范说："再大的水也是由小水汇成的,就像是月燕闯了世界,但病逝时仍会惦记村子。"我说："你是说她捎回骨灰?"老范没有应答。我一笑说："老范你挺机智呀,一个拐弯就到了重点话题上。"

老范饮一口茶把杯子放下,脸上紧一紧,柔和的神情变得硬朗了一些。我明白,老范接下来的话语里将缺少轻松。

是呀,我今天聊的重点是骨灰。说实在的,那天听到丽莎捎一把她妈的骨灰回来,我没有吃惊。落叶归根嘛,活的身体回不了,换一种形式回来也行。说是要把骨灰交到我手里,这也不奇怪。月燕在村子里已没亲人了,她有一个弟弟,很早前就出去做小礼品生意,在外省买下房子,把父母也接出去了。在村里能办好这种事的,在她看来自然得是我。

不过要把骨灰处置好,也不是一件容易的事。当时我脑子里闪过几个念头:一是放在山上,可伏虎山太小了,眼下不让造坟墓,又只是一把骨灰,没必要另设一墓。二是埋在树下,在村里找棵树挖个坑,给树供了营养,也算是长在了树上。三是撒在河里,村子水秀哩,待在水中应该舒心,但村民们知道了肯定不高兴,这种事听着毕竟有点瘆人,再说河面上还有游船要做生意呢。

嘿,我想这些呀,真是想快了也想多了,月燕压根儿不是这样的思路。那天丽莎看着我的脸,慢慢地又轻轻地说,范叔,我妈妈的意思是想让您再画一幅画儿,一幅特别的画儿。我没反应过来,问什么特别的画儿。丽莎说,把我妈妈的骨灰掺到颜料里,画成一个作品。我愣了好几秒钟,脑子里像是打进一道光线。月燕的这个想法太出格了,但也太有想象力了。有了这样一幅画儿,月燕在天堂在他乡,都离不开自己的村子啦。丽莎又说,我妈还叮嘱,画什么内容由您选择,只要是村里的景色就行。说着她从身上掏出一只金色锦囊,放到我打开的手掌上——这锦囊卧在我的手心呀,像是很轻又像是很重。

钟作家,当时我心里有一股东西顶上来,顶得自己眼眶都热了。但我又不能在丽莎跟前掉眼泪,就硬是收住了。我对丽莎说,这事儿我答应了,我会把画儿画好!

为了让丽莎放心,我还讲了一件事。大约三个月前,我从中学同学那儿听到月燕病逝的消息,两个晚上没睡好,第三天上午,我开通了手机国际电话功能,然后拨了月燕的手机号。这个手机号我挺熟悉,每年寄画儿都要填一遍,可直接打过去还是第一次。不管听见谁的声音,我只想证实一下。可是拨了一遍又一遍,一遍又一遍,那头始终没人接听。那天晚上我又没睡好,做着很浅的梦……我梦见自己哭啦。

丽莎一听似乎也不平静了。她解释说,妈妈去世半个月后,手机就被收存起来不再充电,因为打进来的电话会让人难过。随后她拥抱了我,说,范叔,要谢谢您,我替我妈谢谢您!

丽莎跟我见面后,在昆城只待两天,便去杭州上海旅行了，然后直接回意大利。算了一下，丽莎十岁离开昆城，现在也已经三十八岁了，但她长得年轻，活络又稳重，以后会有很好的生活。

丽莎走后，我开始琢磨画画儿的事，首先是怎么让骨灰入画。我查了资料，发现把骨灰制成油画颜料也有先例，具体就是在骨灰中加入专用胶水和树脂，做成白色颜料，然后在画的时候拌进别的颜料。看来，这一点难不住我。

之后的问题是画什么。我只想了小半天，便毫不犹豫地定下那棵榕树。以前我坐在树下画莲池水车、画小桥房屋，却没去画榕树本身，那不是没想到，而是觉得未到时候。现在这个时间点来了，似乎是一种天意。月燕说让我选择，我觉得呀，这就是她的选择。

定下了画榕树，如何选取视角又是个问号。从日常的角度看过去，高大的树也会显得一般，没有艺术感。有一天我在树旁溜达，忽然看见一架无人机在空中飞着，就起了念头去跟手拿遥控器的小伙子商量，不久得到两张俯视榕树的照片。照片里是一团浓密的树冠，让人觉得陌生，月燕到时候见了可能也认不得的。

正苦恼着，我瞧见对面河岸停着一只小船，心里一动，就过了小桥走过去。我上了小船划出去一些，发现榕树在放低的视线中挺有感觉，既挺拔又沧桑，还倒映在水中。我"嗨"了一声，心想就是这里了。

我赶紧找到船主说好，每天租用小船几个小时。以后一些日子,我天天起得很早,拎着画架和画箱上了小船,离开河岸漂在水面上。开始我动来动去,小船有些晃动,眼睛也跟着有些晃动。后来习惯了,双腿站得很稳,三五个小时都不觉得累。待村里有了游人身影,我差不多把这一天的活儿干完了。

我大约花了四天时间在画纸上做素描,然后挪到画布上开始创作上色。这次我当然特别用心,把含着骨灰的白色颜料做配料,细细地拌入各色颜料,然后一层一层画上去。这个过程说起来有点复杂,打底色呀做肌理呀胖盖瘦呀勾细节呀,反正跟你写小说一样也有不少技法。一层颜料涂上去后,要等一天干了后才能接着画,这刚好适合我每天早上的干活时间。如此又过了五天,我画完了这幅画儿。

画完那天,我松了口气,晚上用饭时给自己加了两个菜和二两酒。我平常不喝酒的,只有高兴了才喝一口。那天我是高兴的。

当然啦,我也不是只有高兴。接下来是整个画面晾干的时间,这大概需要一个多月。我把画布放在小客厅里,打开窗户让空气流通。因为闲下来了,我愿意时不时在画儿旁边坐下,静静待一会儿。这时候呀,我会生出一种奇妙的感应,就是觉得自己跟月燕挨得很近,近得可以安静地说一说话。我的意思是说,我坐在那儿是沉默的,可我心里并不沉默。

对了,在画儿旁边坐着的时候,我还想好了作品标题,《时间之树》。按照习惯,我会把作品标题和完稿日子写在画布背面。也因为这个标题,我禁不住会想起很久以前的时光,教室桌子、河边小道、树下约会什么的,还有月燕坐轮船永远离开村子的场景。这个场景是我想象的,让人感到隐隐的伤感。是的,那些天除了高兴还有伤感。

我说得有点啰唆啦……反正过了一个月又多十天,画儿上颜料干透了。依着工序,我给画面刷上亚光油,这样能让画面保持质感,而且不会发生龟裂,就是龟背上那种裂纹。又过几天,我找快递公司打包空运,把画儿寄了过去。丽莎收到后,特别高兴,在微信里说了不少话。她说要把之前的十幅画儿拿到餐馆去,挂在大厅和包厢的墙上,这样各国各地的游人来用餐,就能见到画儿上的景色——就是说,鸣山的房屋榕树河水能以这种特别的方式来到外国人的眼睛里。而刚到的这幅画儿最重要,她准备挂在母亲原先的卧室里。这是对的,这样月燕就可以定了心,安安静静地跟老家村子待在一起了。丽莎还感叹地说了一句话:"母亲的样子原来可以是树,一棵老家的树。"这话讲得多好呀,有点艺术感了。

我的故事差不多讲完了。对了,钟作家,我把最后这张画儿也发给你,你看一眼,我先喝口水。

哦,你觉得怎么样,这画儿?我说过,我不是一个很好的画家,我只是一个够格的画家。你说什么?树河相映争绿,气象小里有大,又因为有故事做背景,显得沧桑且温暖。嘿嘿,这是当面表扬我呀,不过表扬也表扬得好,像一个作家的用语。

刚才我说故事差不多讲完,意思是还没彻底收尾呢。你再看看这画儿，上面全是绿色，除了大树和倒影，河水左侧还有莲叶的一片绿。这些莲叶放在画面上，让布局变匀称了。而且你注意到没有，莲叶的绿中有几点粉红，那是莲花呢。

记得当时……就是在小船上做素描的头几日，莲花还没开哩，所以我的脑子里只有绿色没有粉红。准备上色的那一天早上，我突然看见水面上有了莲花，虽然只有两三朵，却很醒目也很美。钟作家，莲花在六月初才开，而且是晨开暮闭，所以这是上天送来的"绿中之红"，我想月燕一定会喜欢的。

脑子里有了莲花，落笔几朵粉红当然不难。但那一天我有点发愣，总觉得自己得做一件什么事。想了一个下午，又想了半个晚上，我想明白了。这个明白让我心里稍稍有点激动。画到水面莲叶的那天上午，我用备好的小针刺破手指，几滴鲜血蹦出来滴在白色颜料上，变成了期待中的粉红。我用画笔蘸了粉红，点在莲叶的绿色上，一朵两朵三朵，还真是好看。

在那一刻呀，我做到了让自己和月燕待在一起。

第四日

依照既定计划，我将在今天下午坐高铁返回杭州。因为放松了心情，上午扎实地睡了个懒觉。

靠近十点，我才闲闲地出门，去村委会跟老郑道一声别。到了村委楼，见进出的身影不少。进了门，才知道有央媒记者马上抵达，一群人在做迎接准备，指挥者为披着一身汗的老郑。

老郑没有因为忙碌而忽略我。他坐到接待桌子后面烧茶，忙中抽闲跟我聊几句，又把工夫茶盅不时递送过来。我粗略说了近几日的收获，但未掏出老范的故事。老郑说："几天时间仓促了些，好在手机是全天候的，有啥不懂随时就问。"又纠正说："错了错了，不是不懂，是不知道的事。"我笑着说："我现在就有一个不知道的问题……咱们鸣山村有在国外的华侨吗？"老郑说："在省外的人不少，有做生意的当兵的读书的，但在国外的华侨还真没有。"我眨一眨眼要说什么，想想先算了。这时屋外有迎人的声音响起，我不便再待着，与老郑握个手就离开了。

到了街上，想起也该与老范道一声别，继而又想，何不跟他一起聚个午餐呢。这几天老是喝茶，有点亏欠他，得用一杯酒做句号。这么想着，手机号已拨出去。老范接了电话说："我故事讲完了，还见面呀？"我说："就是想喝杯酒……你说过高兴了会喝一口，今天可以高兴一下嘛。"老范在那头嘿嘿笑了："可我已离开鸣山了，要到温州待两天，办点事，也买些画布颜料。"

我挂了电话，不知道剩下的这段时间怎么打发，便沿着村街往前溜达。走着走着遇到一座小桥，就顺脚迈了过去。这几天老在河的北边活动，对岸去得少，现在正好可以补上。

其实河的南岸老房子更多一些，几条石板小巷也有点味道。天还是热着，我东张西望走了一会儿，身上的汗珠趁势而出。不爽之时,眼睛便积极寻找阴凉之处。呵,这是一个敞开的小型院子,地上布着不少花草,里边是齐整的两层砖房,一块横匾写着"温州蛋画"四字,而透明门帘表示着内有空调。我加快脚步走过去,甩掉阳光进了门。

屋内原来藏着一个开阔大厅,中间摆了一张很长的桌子,旁侧是一个展示小区。一位老技师安静地坐在长桌前做活儿——他左手把着一只挺大的鹅蛋,右手用一支尖头画笔在细描。作为昆城人,我对蛋画并不陌生,但从未见过蛋画的生产根据地。我擦了擦汗,放缓脚步在展示区巡走一遍,进入眼睛的是上百只好像文了身的蛋。

我在老技师对面坐下,问了一声"师傅好"。师傅抬一下头,说:"我姓叶,你叫我老叶就行了。"我说:"刚才我一进来,马上对上了……村领导老郑专门推荐过你。"老叶一边在蛋上画着,一边慢声说:"刚才你一进来,我就知道又来一位采访的记者。"我说:"你不喜欢记者?"老叶说:"我不喜欢自己老说一些没意思的话。"我说:"呵呵,正因为不愿意听你说一些没意思的话,三天前我找了别人,然后听到了有意思的故事。"老叶目光从老花眼镜上方穿过来:"你找的别人是谁?"我说:"跟你一样也是画家,老范。"老叶收了目光说:"老范能有什么故事,他大概只能提一提儿子和孙子。"我说:"他儿子很有出息? 是干什么的?"老叶说:"看来他没说这些……他儿子在乐清一家公司上班,最大的出息是生了一个儿子。这样老范隔些日子就会去看看儿子和孙子,顺便跟前妻一起吃顿饭。"我说:"老范……跟妻子分开啦？为什么？"老叶说："早就分开了，得有十几年了吧。也不知道为什么，我想是日子过细碎了呗，过细碎了就容易过不到一块儿"。我说："那他们还能一起吃饭？"老叶说："老范前妻在儿子家带孙子，老范去了，也不能不管饭呀，他们又不是敌人。"我"嗯嗯"两声，心想这几天本该问问老范的妻儿家事，一不留神便滑过去了，不料在老叶这里获得了信息。

我想一想，转过话题说："你知道鸣山村有在国外生活的华侨吗？"老叶说："我不是鸣山人，这个不太清楚。不过我知道昆城有不少人在国外讨生活，欧洲美国的都有。"我说："欧洲哪个国家哪个城市？譬如有在意大利威尼斯的吗？"老叶说："我怎么会知道得那么多？我只是在蛋壳上画画的，蛋壳又不是地球仪。"我呵呵笑了，心里却飘起一点感伤：一个那么爱故乡的女人，却游离在了故乡人的视野之外。

老叶右手放下画笔，推一推眼镜，又将一捋头发——他头发花白，在脑后扎了小马尾，看上去倒也清爽。我说："这蛋画是个有趣的非遗项目，入驻鸣山多久了？"老叶捡起画笔说："不说别人，我来这儿快两年了。"我说："蛋画挺费时间的，你一天能画几只蛋？"老叶说："你说东说西的……这算采访吗？"我说："我不是记者，所以不准备像记者那样采访。"老叶说："像记者又不是记者，那你到底是什么人？"我不想自生混乱，就简单讲了讲自己下村蹲点的写作任务，又总结一句："这么说吧，我是个故事搜集者。"

老叶平静地描着画儿:"我就有故事,我的故事成色不错,一定比老范的故事好听一倍还不止。"我笑起来说:"这个我相信,鸣山应该不只老范一个故事才对。"老叶说:"一听这话就知道你并不信。"我说:"我觉得我还是信的,谁的身上不藏着一部个人史呢。"老叶说:"我这部个人史可不一样,说一句大话,不比电影上的差。有时自己静下来回想一遍,会难受得不行,又快活得不行。"我说:"老叶,你很会撩人呀,你已经逗起了我的兴趣。"老叶说:"你可别自作多情,我又没说把我的故事讲给你听,除非……除非你能证明自己的诚意。"我说:"怎么证明诚意?"老叶说:"我一天就画一只鹅蛋……你瞧瞧,是哪吒闹海。这只蛋友情价八百元,你如果愿意便掏钱预订买下。"我心里一愣,马上暗自笑了——老叶这种人复杂而不虚伪,值得自己去感兴趣。我没有二话,掏出手机去扫了付款码,屋子里响起"嘀"的一声。

老叶松开手中的蛋壳,仿佛这才认真起来:"你真要听故事就晚上过来,白天我得干活儿,不然赚不了你的钱。"我说:"行呀,晚上我在茶馆等你。"老叶说:"去什么茶馆!就到我这儿来,咱们坐在院子里聊。"我故意说:"院子里有蚊子吧?"老叶说:"晚上嘛,总得有蚊子,不过可以用蒲扇去对付。"我笑了,说:"有蚊子有蒲扇,天上应该还有星星月亮,这样一准聊得好。"老叶说:"如果聊得好,我把八百元退还给你。"说着他调皮似的也咧嘴一笑。

我起身出门,走过院子穿过小巷,沿着河边往回走。到了那棵榕树跟前,我在石椅上坐下。已近中午的点儿,但树荫之下不算很热。我打开手机进入"铁路售票",把回杭州的车票改签了。

我没有马上去用午餐,而是让自己的心闲一闲。目光之中,此时的鸣山村开朗清爽,像是没有任何秘密。但我知道,自己正埋伏在时间里。我下午要好好睡一觉,攒足注意力,然后等待着夜晚的到来,就像等待着人间秘事的到来。

夜晚之时,村子上空的星子和大半个月亮,不仅属于多年前的月燕与老范,也将属于院子里打着蒲扇的老叶。

本文发表于《十月》2024年第二期

巴旦木也叫婆淡树

杨 方

方尼娅出生的地方有着近乎无止境的日照,早上五点刚过,东边天空就开始泛白,直至晚上接近十一点,西边的天光还没有完全黑透。李祖不一样,李祖的白天和黑夜基本平分。

李祖是方海平出生的地方,他对白昼和黑夜的划分习惯以李祖为准。身在其他时区,方海平会发愁白昼没完没了地延长,傍晚的霞光,像极光一样永不消退。这大大扰乱了他的原生生物时间。原生这个东西,往往会伴随着一个人的一生,直至死去。在和李祖相差三小时时差的地方,方海平从李祖的天黑时间开始打瞌睡,进入一种白日梦游的状态。这就好像在水底睁着眼睛看东西。有一天下午,他漂浮在阿拉木图的某个露天泳池里睡着了,醒来的时候,看见水面漂浮着一片巴旦木树叶。周围没有一棵巴旦木树,连其他随便什么树种的树都没有一棵。方海平怀疑这片细长的叶子,是从他梦里掉出来的。他伸出手,将湿漉漉的树叶捞起来。巴旦木叶子的形状,和李祖水蜜桃树的叶片有点相似。这让他猛然想起,在此之前,他生活在一个叫李祖的地方,说语速极快且发音响亮的义乌方言。现在他置身于另一个国家,有一个金发的妻子,还有一个混血的女儿。他操俄语说话,有时候也操哈萨克语。

　　于是在方尼娅六岁那一年,方海平带她回了一趟李祖。这个丘陵地形的江南小村子,一年四季氤氲着水雾之气,好像大地上的一切都在呼吸,吐纳。田畈里青纱帐一样的甘蔗林,晨昏时分被阳光照得如水般闪闪发亮。方海平每天领着方尼娅去认识李祖,一口淹死过人的水塘,水塘旁飞檐翘角,青砖黑瓦的建筑是方姓人家的祠堂,祠堂门口坐着的驼背老人是李祖的太太公。太太公刚生出来的时候肩胛骨的地方长着一对小翅膀,大人们用土布将那对翅膀紧紧地捆绑起来,没法生长的翅膀,最后长成了难看的驼背。

　　方海平摸摸方尼娅的肩胛骨,方尼娅很瘦,肩胛骨很突出。医学上这叫翼状肩胛骨,属于遗传或后天形成。

　　李祖人的肩胛骨都很突出,好像有一对翅膀没法长出来,方海平说。

　　那时候分散于各处的粪缸已经被移走,整治农村环境建设刚刚开始,村子里打算修建两座公厕。方海平回来后慷慨地出了一大笔钱,由于这些钱修建两座公厕绰绰有余,村里于是决定多修几座,这样多少可以弥补粪缸移走后给村民带来的不便。方海平带着方尼娅从正在建造的公厕前走过,有一种荣归故里的感觉。一路上都有人和他打招呼。方海平用义乌方言回应他们,这让一旁的方尼娅大为惊异,就好像听见一只低嗓门的棕背伯劳,突然发出了南方柳莺的叫声。尤为让方尼娅不安的是,李祖人当着她的面,热烈地分析这个漂亮的洋娃娃,混杂的长相中哪些部分属于父系血脉的遗传,哪些部分属于母系血脉的遗传。在人类的遗传中,到底是父系基因强大,还是母系基因更为强大。方尼娅看着他们的嘴快速地开合,觉得这些人的脸长得没有太大的不同,人人都面貌相似,而且所有的人都姓方,仿佛来自同一个家庭。

叫李祖的村子没有一个人姓李,这多少有点奇怪。就像叫李子的树上没有一个李子,反而结着另外一种水果。长着亚洲面孔的祖母,通过方海平的翻译,勉强让方尼娅明白李祖最早生活的是姓李的人,后来方姓人迁徙至此,人口越来越多,李姓人就把村子礼让给了方姓,为了表达对李姓人的感恩,方姓人没有改换村子的名字,而是一直沿用了李祖。

那么,那些方姓的人是从哪里来的?那些李姓的人后来去了哪里?方尼娅的中国话有点生硬,但表达还算清楚。

亚洲面孔的祖母显然回答不了从哪里来,到哪里去这样的问题。她伸出粗糙的大手,一把抓住方尼娅,拎着她爬上一架陡立的竹梯,上面是储物间一样杂乱的阁楼,祖母拍打着一口红漆棺材,通过一些肢体动作,让方尼娅明白这是她花了大价钱给自己准备的。为了保证死后可以腐烂得慢一点,每年都要请人给棺材刷一遍漆。

已经刷了六年了,跟你的年龄一样厚,祖母比画着说。

阁楼上很暗,有一种天要黑下来的感觉。红漆棺材在这种朦胧的光线中出奇地红,红得发亮,像是一个崭新的飞行器,悬浮在阁楼上。祖母把方尼娅抱到红漆棺材上,让她通过棺材上方一扇洞口一样的窗棂，看祖母死后要埋的地方。方尼娅顺着她手指的方向看去，是一片很空的天空。这让她很疑惑。

你要把自己埋在天上吗？

祖母显然把天上听成了山上，她很肯定地点点头。不埋在那里还能埋在哪里呢？李祖所有的人死了，都埋在那里。

方尼娅听懂了祖母用义乌方言说的这句话。有时候就是这么莫名其妙，原本听不懂的语言，包括鸟的，鱼的，猫的，狗的，虫子的，好像有神灵帮忙给翻译了一下，突然就听懂了。

之后的某一天，方尼娅沿着梯子独自爬上阁楼，先是踩在一个矮胖的咸菜坛子上，再踩在高一点的米酒坛子上，然后站到了红漆棺材上。透过洞口一样的窗棂，方尼娅看见落日正沿着田畈上的一座稻秆篷落下去。这个影像让方尼娅一直有个错觉，稻秆篷是太阳的落脚点，宿营地或驿站。以至后来方尼娅无论在什么地方，即便是荒凉得什么也没有的戈壁滩，一望无边的草原，又或是高楼林立的繁华都市，每到黄昏，她都觉得太阳最后一定是从一座稻秆篷上落下去的。

那座稻秆篷委实不够美观，潦草，歪歪斜斜。太阳如果落得快一点，极有可能把它撞散架。田畈里不止一座这样的稻秆篷，方尼娅猜想稻秆篷可能是下雨天用来躲雨的，也有可能是用来放农具的，不知为什么，只有最歪斜的那一座，成了落日落下去的地方。方海平认为这是视角的问题，方尼娅个子矮，只能站在红漆棺材上，通过棺材上方那扇窗棂看出去。其实从阁楼其他窗棂看出去,落日一定是沿着另外的物体落下去的。树梢,电线杆,水牛的背,某个人头上锥形的竹编斗笠。

方尼娅觉得这不是视角的问题,这应该是落日自己的选择,它喜欢那座稻秆篷。

方海平点点头,没有再提此事。他没有告诉方尼娅,稻秆篷里面其实是一口臭烘烘的粪缸。村里人将粪缸置于田畈,是为了浇肥方便。方海平十八岁前每到学校假期,都得跟着父辈在田间劳作,他曾用一柄很长的粪勺从粪缸里舀粪浇肥。有人偷砍他家甘蔗,他提着粪勺赶过去,像赵子龙提着亮银枪。柄很长的粪勺,确有亮银枪的威力,大有挥出去,可以荡平一片的气势。方海平单枪匹马地挥了几下,就把几个偷甘蔗的人给臭跑了。不上学之后方海平挑着担子鸡毛换糖,最远去过江西。二十三岁,方海平怀揣鸡毛换糖挣来的不多的一点钱离开李祖,坐着绿皮火车一路向西,几乎穿过大半个欧亚大陆。西部广袤的天地让他雄心勃勃,同时又有一种前路未卜的忧心忡忡。火车最后把这个矮小瘦弱,充满梦想的义乌人带到了荒凉的边境地带,那里有一个刚刚开放的口岸,每天大批边民带着自己国家的物品在这里进行交易。方海平是第一个来到这里的义乌人。每一个义乌人,都是一个小商品批发部,方海平也不例外,他背着一麻袋义乌小工坊制作的廉价首饰,在尘土飞扬的口岸撑起一把太阳伞,做起了生意。

那时候的口岸,还没有来得及建设好,一切都是刚刚开始的样子。几排简陋的红砖平房,是口岸工作人员的办公场所。

用篷布搭起来的简易饭店,苍蝇兴奋地在油腻腻的桌子上方嗡嗡欢唱。旧铁皮屋子的小旅馆,在阳光强烈的下午被风吹得咣咣响,有时候这种声音来自另一种原因。人们在毫无遮拦的空地上铺开塑料布,把货物像垃圾一样倒出来,堆在地上售卖。马车车轮,拖拉机车轮,货车车轮从旁边碾过,任何一个移动的东西,都能扬起一大片尘土。尘土在半空中飘荡着,要过很久才会重新落回地面。方海平脚边那些闪闪发亮的廉价首饰,落难般蒙上了厚厚的尘土,依然被从边界线那边过来的人,毫不嫌弃地塞进蛇皮口袋带走。那几年,边界线那边的几个斯坦国,经历了一场经济动荡,物资匮乏,食品短缺,店铺里的货架几乎空空荡荡。方海平毫不费力地从那些蒙尘的廉价首饰身上挣到了大把的钱。他马上用挣到的钱在口岸租了一个几平方米的木头房子当店铺,扔掉了那把风一吹就倒的破太阳伞。木头房子其实比太阳伞好不到哪里去,四处漏风,开门的时候稍一用力,门板就有可能扑面掉下来把人砸晕过去。但不管怎样,方海平还是给它取了一个响亮的名字:中亚首饰批发部。他买了瓶墨汁,找来一块纹理粗糙的木板子,写好后叉着腰看了一会儿,觉得有点欠整齐,但也还过得去。然后举着榔头哐哐哐一阵猛砸,把木板子钉在了门边上。

　　方海平每天在巴掌大的中亚首饰批发部里忙得要尿裤子。茅厕有点远,其间要穿过一片停着马车的空地。拉车的马随地拉撒,去茅厕的人,得在马粪蛋子中穿行。方海平计算过,用最快的速度去一趟茅厕,来回也要十五六分钟。方海平想不通,这里的人宁愿跑很远的路,浪费很多赚钱的时间去上一趟厕所,也不愿就近多建几个茅厕。而他的生意总是那么繁忙,来批发首饰的人,一拨刚走又来一拨,他连去撒泡尿的时间都抽不出来。有时候刚准备出门,来人就把他堵在了门口。中亚国家的男人,个头有他两个那么高。女人的体形也颇壮硕,乳房像两个篮球那么大。他们不容分说,挤进店铺,小小的空间立马被塞得满满的,连转个身都不可能。方海平担心自己被夹在其中会有无法预料的危险发生,因为个头矮小,他的脸刚好对着女人的胸部,如果那个女人再靠过来一点,自己肯定会被闷死在那对乳房上。等他们离去后,方海平发现急不可待的尿意已经转换成了其他难以启齿的想法。羞耻的同时,他奇怪那些尿液跑哪里去了,是被憋了回去,还是变成了汗,从毛孔排泄掉了?他其他的想法,最后其实也是同样的结果。方海平时常疑心自己的汗水里面挟带着浓浓的尿味和荷尔蒙味。久而久之,他练就了憋尿的本领,不到不得已,他一般不往茅厕跑。除了抽不开身,另一半原因是那个遮蔽性良好的旱厕,充斥着积怨般的臭气,简直能把人熏得一头栽进粪坑里去。这让他无比怀念起李祖的粪缸来。方海平自来到西部,吃喝方面毫无过渡地就能适应。撒着厚厚孜然粉的烤肉五毛钱一大串,冒着泡沫的啤酒两块钱就能买一大扎,拉条子一盘不够还可以免费加面,对他这种饭量的人来说加面显然有点多余。他更喜欢馕坑里刚打出来的热馕,卖馕的女人看上去比热馕还好吃,她跟她打的窝窝馕一样圆鼓鼓的。每次方海平去买馕,她都要朝他挤眉弄眼一番。买几个馕,你? 得知方海平只买一个,她大摇其头。这里的人都十个十个地买,你买一个,小气得很,儿子娃娃的不是。方海平没法反驳。

方海平听见别人叫她阿娜儿。阿娜儿说话主语谓语随便颠倒,听得人很错乱。这是边民的语言风格。方海平得在脑子里把阿娜儿的语言重新组合一番,才能懂得其中意思。

哎,那个谁。阿娜儿这样称呼方海平。她对方海平说话的语气带着一丝调侃,也可以理解成挑逗。

一个馕,买起来不嫌麻烦你,我卖起来都嫌麻烦。阿娜儿很干脆地把一个馕送给了方海平。

后来方海平去买馕,每次都要带上点小东西,一对玻璃珠子的耳环,一条假珍珠项链,两个亮闪闪的塑料发夹。他不想白占女人的便宜,也不想在女人身上浪费时间。他的时间是拿来赚钱的。其他可以缓一缓,赚钱刻不容缓。方海平来到口岸没多久,中国改革开放的商业大潮,一路磨磨蹭蹭,像一列极慢的火车跟在他后面,也从南方到达了这个边远的西部口岸。方海平和所有商业嗅觉灵敏的义乌人一样,早于别人嗅到了发财的商机。在口岸还在规划建设商铺的时候,方海平拿出积累的钱,大胆下手,买了几间还仅仅是设计图纸上的店铺,及至后来其他义乌人带着各类小商品纷至沓来,方海平已经站稳了脚跟,独占了首饰批发的行业。他那些亮闪闪的廉价首饰,通过口岸,呈放射状覆盖了中亚地区。每天无尽延长的白昼终于切换成黑夜的时候,方海平哈欠连连地对着一大堆不同国家的钱币发愁。相较于整包整包地批发首饰，整堆整堆地数钱是一项更累人的活。他得把各种钱币区分开来，一张一张数清数目，用橡皮筋一捆一捆捆扎好，塞进麻袋，然后扔在一堆装着廉价首饰的货包中间，这样也许更安全。停电在口岸是经常发生的事，方海平单凭钱币的手感和纸张大小，就能在黑暗中区分出是哪个国家的钱，以及钱的面值大小。他还熟知各种货币和人民币之间的汇率，卢布，坚戈，苏姆，里拉，马纳特，他觉得这些花花绿绿的钱币，是一些和冥币差不多的纸张，唯有人民币，才是货真价实的硬通货。这就跟白天黑夜的划分以李祖为准一样。有时方海平会怀疑数钱的时候，自己很有可能处于一种睡着的状态。理由是他在白天清醒的时候，经常会把钱数错，而在夜晚迷迷糊糊的状态中，却从未数错过钱。有一次，他从对面的镜子里，观察到数钱的自己，耸着肩，驼着背，勾着头，仿佛睡着了一般，只有十根手指头，清醒地、昂扬地点着钱币，钱币在他手中发出的响声，像一队锡纸兵在列队走过。方海平被自己的样子吓了一跳，就好像看见梦中的自己，坐在一堆钱币中，带着做梦的表情在数钱。

数钱休息的间隙，方海平靠在脏兮兮的沙发靠背上，想起自己来西部的起因，总不免哑然失笑。他得感谢李祖那些分散于房前屋后的粪缸，那绝对是个获取信息的重要场所。不像西部，茅厕盖得严严实实，里面分隔出来的蹲位，竟然还要加上一块遮挡的木板门，这简直让人不能理解，仿佛排泄是一件见不得人的事。有一次方海平急吼吼地往茅厕跑，迟一秒括约肌就有可能收缩不住。他在不知道里面有人的情况下闯进了一个隔间，结果那个体毛茂盛的男人，像个女人一样尖叫起来，他掐着方海平的脖子，几乎要把他的舌头给掐出来。吓得方海平没完没了地道歉。方海平实在想不通，一个大男人，反应那么激烈，好像遭受了天大的羞辱，至于嘛。方海平只能把这归于地域文化的差异。李祖那些随意分布的粪缸，仅有象征性的遮挡，几把稻秆，或者几块长短不一的木板子，再不就是几个破尿素口袋，小范围地在后边随意一挡，前面则是完全的开放式。蹲厕的人，基本暴露于外。有人路过，打个招呼，或停下来聊几句，不管男女，皆不避讳。和方海平家紧挨着的女邻居，嗓门大，脾气火暴，经常一边蹲厕一边和公婆吵架，老远都能听到。相亲的时候，婆婆并没有看上她，觉得她额方眉粗，颧骨高突，嘴角下垂，下巴短窄，一张脸长得哪哪都是克夫相。她气恼地跟着媒婆离去的时候，不知是生气还是茶水喝多了，感觉憋得慌，就在路边粪缸蹲了下去。这种生理反应是会传染的，媒婆也觉憋得慌，也蹲了下去。婆婆出于陪客礼貌，虽然不憋得慌，也相陪着蹲在了粪缸上。媒婆不甘做媒失败，想做最后的努力，她大夸女邻居的某个部位长得比脸有福相，大而结实，圆而饱满，旺夫不说，还能生儿子。婆婆伸头一番观察，后悔自己只顾着看脸上的风水，全然忘记了臀部的重要性。幸亏一起蹲了个厕，不然，就给错过了。

一桩婚事，就这么在蹲厕的过程中确定了下来。女邻居嫁

过来后,确实旺夫,也确实生了儿子,但是脾气不好,不敬长
辈,和婆婆一起蹲厕,总是比婆婆抢先起身。婆婆觉得这不合
蹲厕礼仪,一般来说,有长辈在旁边蹲着,长辈不起身,小辈是
无论如何也不可以先长辈起身的,这道理就跟饭桌上须长辈
先动筷子一样。但女邻居不管这些,婆媳两人为此经常在蹲
厕时发生吵架。女邻居凶悍,婆婆吵不过,公公闻声赶来,帮
着婆婆一起吵。女邻居坐在粪缸上与公婆对骂,毫无窘迫
之感。

那一日女邻居在蹲厕时和公婆又发生争吵,方海平刚好路
过,停下来劝架。公婆走后,方海平站着和女邻居聊了几句。
出于对方海平的感谢,女邻居向他透露了一个在她看来属于
商业机密的信息,中国西部尚有一片义乌人尚未涉足的空白
区域,虽然边远,但靠近邻国,刚开通的口岸,将会成为一个发
财通道。而且据说,一条国际货运铁路线将从那里通过。她
原本打算让自己的老公先去那里看看,怎奈那个目光短浅的
家伙认为西部穷得遍地都是石头,去了那样的地方,可能连根
毛线都挣不到,更别说发财了。女邻居在义乌铁路货运部门
工作,虽然只是个负责抄货单的临时工,但有机会知道义乌的
小商品,通过铁路线都发往了全国的哪些地方。女邻居的脑
子里,有一张义乌小商品分布图,如果绘制出来,将是一个以
义乌为原点的放射形网状输出图。中国版图没有被网罗在内
的,也就剩下些边边角角的地带了。女邻居断言,这样的边角
地带,未来肯定会有大好的商机。

　　方海平当即起了去意。

　　方尼娅听方海平说这些的时候已经十六岁了。自六岁之后，方尼娅再没有回过李祖。她在一个和李祖有三小时时差的地方长大。她上学的学校不教汉语，每天放学，她穿过冼星海大街，经过冼星海的雕像，去一个中国留学生那里学两个小时的汉语。她养的那条花斑狗，狗脸颇具人性。她跟花斑狗说汉语。有一天花斑狗咬烂了陈文秀的靴子，陈文秀把花斑狗卖给了游走的马戏团，方尼娅自此坚持用汉语跟陈文秀说话，尽管陈文秀听不懂汉语。

　　方尼娅对方海平的首饰生意从不感兴趣，她甚至不清楚方海平在靠什么赚钱。她以为他们什么不靠也能生活。十六岁之后方尼娅就满世界地跑。有一年方尼娅跟团去肯尼亚看动物迁徙，一辆焊着钢筋护栏的敞篷卡车拉着他们在雨季的草原上追着草食动物跑，有人要方便，司机先下车侦察情况，确定没有危险的肉食动物在附近，游客才敢下车，就地匆忙解决。女游客接受不了这种方式，为避免下车，一整天不敢吃喝。方尼娅和男游客一样照吃照喝，下车解决也和男游客一样，没觉有什么障碍。又一年，方尼娅在中国的塔克拉玛干沙漠玩沙漠越野，她撑开伞蹲下去方便的时候，一阵风刮走了她的伞，这时候刚好有一辆越野车开过来，从她旁边开过去。方尼娅淡定地蹲着，只当车上的人全是眼瞎，看不见自己。方尼娅发现自己在这方面有李祖人的底子。

　　李祖如入无人之境的蹲厕文化，让方海平获得了赚钱的信息,也让方海平在初到西部时吃了不小的苦头。由于生意繁忙,方海平经常得把自己的膀胱功能使用到极限。拉车的马从门前走过,在他面前肆无忌惮地撒尿,那种欢快的排泄声,严重刺激到了他饱胀的部位。方海平忍不住学马在店铺后面就近解决。此举立刻招来一群戴头巾妇女的胖揍,许多只手一起伸过来抓他的头发,揪他的耳朵,扭脸,抠眼珠子,连掐带拧。脚上功夫也不比马或者驴差,差点让方海平从此以后都失去了撒尿的功能。离开的时候,每个女人都骂骂咧咧往口袋里塞了一大把首饰,算作对她们的赔偿。其中有个每根手指都戴着戒指的女人,第二天哐当推开中亚首饰批发部那扇摇摇欲坠的门,要求方海平给她调换一个戒指,那个戒指镶嵌的假珠宝掉了,看上去像是被挖掉了眼珠子一样难看。方海平二话不说满足了她。她手指上又长又尖的指甲让方海平恐惧,他身上的很多掐痕有可能出自它们。另一个女的,在几个月后来到店铺,取下脖子上的项链,她觉得这根不够闪亮,要求方海平给她换一根更闪亮的。方海平索性又给了她一根。他可不想再挨一顿揍。

阿娜儿的馕坑就在中亚首饰批发部斜对面,她蹲在馕坑上,越过一摞子的馕,目睹了方海平挨揍的热闹场面。这个义乌人像是经历了一场劈头盖脸的沙尘暴,被飞沙走石击打得一片凌乱。阿娜儿笑得差点掉进馕坑里。她告诉方海平,不用跑那么远去上厕所,可以就近去她家。她家的茅厕在院子里最角落的地方,上面爬着隐秘的南瓜藤。

　　方海平去过一次后就不肯再去。这一带边民的茅厕颇有些讲究,严实、隐秘,门上挂着绣花的布帘子,仿佛进去的是个闺房而不是茅厕。茅厕上方悬挂的一个大南瓜,让方海平惴惴不安。那个南瓜实在太大了,方海平从来没有看见过那么大的南瓜,他担心它会突然掉下来,把他砸进粪坑里。最让他恐慌的是茅厕的一角,拴着一只长角的山羊,自始至终,山羊都在盯着他看。在李祖开放的环境下,被人看倒可以坦然淡定,但是在一个封闭的环境里,被一只山羊近距离地看,方海平觉得特别别扭,那只山羊的眼睛里,包含了恼怒、蔑视之类的内容,好像他当着它的面排泄,这种行为严重冒犯了它。它像那些包头巾的妇女一样,几次试图冲过来顶他,用它坚硬的角给他狠狠来上一下。幸亏够不着。后来方海平宁愿跑很远的路,穿过遍地的马粪蛋子,捂着鼻子蹲在臭气熏天的旱厕里,也绝不愿意再去阿娜儿家上茅厕。那简直跟被审判一样。

　　阿娜儿觉得最好的办法莫过于雇个帮忙的人,这样方海平就不至于跟马一样,当着女人的面撒尿。挨一顿打是小事,她们真发起火来,有可能会把他赶牲口一样赶出口岸,永远也别想再回来。按边民的习俗,女人是不容被这样的行为冒犯的。马可以不讲究,人怎么可以不讲究?

　　方海平不想被赶走,这里的一切才刚刚开始。口岸正在建设中,每天巨大的货运卡车轰隆隆地从口岸那边开过来,带来一阵小小的地震。卡车上的货物,永远让人意料不到。有可能是当废铁拆下来的坦克履带、大炮炮管,也有可能是某个工厂的大型机器,某艘航母上的零件。在这些卡车的重压下,方海平感觉到了大地的颤抖,既兴奋,又有点恐惧。他知道一个大冒险的时代到来了。商铺还没有建好,就已经在不断地往上涨价了,方海平后悔商铺买少了,他的钱应该全部拿来买商铺。到时候口岸整条街的商铺,都是他的。各种钱币,中了魔咒般往他的店铺里飘来。方海平觉得自己将来在口岸弄出一个义乌那样的小商品批发市场来,也不是没有可能。

他向李祖的亲戚朋友,包括女邻居借了些钱,加上自己的积蓄,又买下了一些商铺。他准备用他的方式吞下世界。

方海平向女邻居打电话借钱的时候,女邻居已经睡下,得知方海平所在的地方,太阳还要过两三个小时才会落下地平线,女邻居惊讶得瞌睡都没有了。天哪,你那里的一天,差不多有四十个小时那么长,你赚钱的时间,要比这边的人多出两倍。

方海平想了一下,觉得女邻居说得对。女邻居总能发现别人发现不了问题。这里的一天,似乎真有四十个小时那么长。自己一天里面,似乎真的要比别人多出两倍的挣钱时间。他没理由不发财。

但首先,他得雇一个上厕所时帮他看店的人。如果在李祖一天只需去两到三次厕所,那么,在口岸如此漫长的一天里,至少要去四到五次,这样算来,他光上厕所就要白白浪费掉一个来小时的时间。就算浓缩成三次,也得浪费掉半个多小时。

方海平找出一张纸，找人用维汉两种文字写了一张招聘启事贴在门上。阿娜儿看见了，走过去用汉语把招聘启事念一遍，再用维语念一遍，念完一把撕下来，扔进馕坑里，动作透着粗蛮。她用主谓颠倒的句式告诉方海平，如果要招人的话，招她就可以了。以前口岸打馕的只有她一个人，随着来口岸的人增多，一下子出现了七八个打馕的人，为了吸引顾客，他们打的馕花样百出，油馕、玫瑰馕、肉馕、辣皮子馕、茴香馕、孜然馕、皮牙子馕。她只打最平常的馕，她的馕变得无人问津。

哎，那个谁，怎么样？点个头嘛，你。阿娜儿朝方海平星星一样眨眼睛。她只眨左眼，右眼睁着，负责眉开眼笑。方海平弄不明白她是怎么做到的。

方海平对着那只右眼拼命摇头，但这种文明的拒绝方式毫不起作用。第二天，方海平来到中亚首饰批发部，看见阿娜儿站在门口等着，头上手上脖子上，戴满了他给她的那些廉价首饰，整个人亮闪闪的，像一个展示廉价首饰的模特。

方海平告诉阿娜儿，他想雇个男的，满身腱子肉，扛着麻袋走路都能飞沙走石的那种。

阿娜儿打馕每天要揉一大坨面，力气大着呢。她扛起装满首饰的麻袋，从满是虚土的街上走过，脚步掀起齐腰高的尘土。一般来说，一匹马跑过，或者一辆电动三轮车开过，才会产生这样的效果。

不行，我不雇女的。方海平还是摇头。

阿娜儿有些生气。那个谁,你上过我家茅厕,阿娜儿说。

这句话跟她身上的廉价首饰一样亮闪闪的,引得周围人一阵嘎嘎大笑。

方海平想不通,他就上过一次她家茅厕,这竟然可以成为他雇用她的理由。他那时还不知道,这也成了后来其他很多事情的理由。

阿娜儿不管方海平怎么想,她像扒拉一坨面一样扒拉开方海平,走进中亚首饰批发部,开始招呼这一天到来的第一拨批发商。

阿娜儿根本不是个做生意的料,经常弄错货物,算错价钱,而且大方得要命,动不动就给对方把零头抹掉,或者像送方海平镶那样,把方海平的首饰白白送人。这让精明的方海平大为恼火。唯一让他感到满意的是,阿娜儿会说一点俄语。

阿娜儿会说俄语并不奇怪,邻国曾以俄语为主,阿娜儿在那边有亲戚,亲戚家婚丧嫁娶,阿娜儿都会过去参加,她跨过边界,就像跨过一条虚线那么频繁。对那边的情况,阿娜儿也熟悉得很,她告诉方海平,那几个斯坦国的女人,没有首饰简直活不了,哪怕没钱买列巴,女人也绝不能没有首饰戴。她问方海平知不知道斯坦是什么意思,波斯语系里,斯坦是地方的意思。中国叫秦那斯坦。伊拉克以前叫亚述里斯坦,阿富汗叫阿富汗斯坦。中亚的这些斯坦国,曾经是古代丝绸之路商业贸易的中心区域。阿娜儿建议方海平去那边做买卖,那边的首饰生意,钱一定可以秃噜秃噜(大把大把)地挣。

方海平听了直摇头,那片区域对他来说陌生得让人恐慌。谁知道在那边会遇到什么?他清楚这个口岸曾是丝绸之路上的一个驿站,过往的商队,曾在这里扎起绵延的帐篷,烧茶的炊烟在黄昏一股一股升起,骆驼和马匹在夕阳最后的光亮中嚼着嘴里的草料。不过有很长一段时间,这个驿站像死了一样,没有商队,没有贸易往来。直至现在,又活了过来。就像一个时代结束,另一个时代在他面前开启。方海平看着通往那边的商路,有时也会蠢蠢欲动,萌生出把他的生意做到中亚,乃至更远的地方去的想法。这不是没有可能的事。但目前他得完成最初的财富积累。他是一个聪明的义乌人,绝不干那种没把握的冒险事。

方海平很快跟着阿娜儿学会了边民的语言风格,他用主谓颠倒的句式和拖长的腔调说话,俨然一个本地人。他俄语学得也很快,他发现自己很有语言天赋,以他的聪明,没用多久就能用俄语和批发商流畅地交流。随着生意的做大,一些简单的书面合同,不需要请翻译他也基本能自己搞定。这让阿娜儿佩服得不得了。阿娜儿伸出因揉面而变粗大的手指,敲南瓜一样敲方海平的脑袋。

那个谁,你这里面全是脑子。

方海平懒得回答她,脑袋里面不是脑子,还能是什么?

我脑袋里全是大理石,太阳很大的时候,或者生气的时候,我的脑子就会僵硬得什么也不能思考。阿娜儿说。

方海平表示认同。这个非常死板又倔强的女人,经常弄得他头疼不已。她脑子里好像只长了一根筋,遇事不知道转弯,就像拉车的马,只会横冲直撞地往前跑。她还喜欢自作主张,管这管那。不知道的人,都以为她是他的老板,更多的人是把她当成了老板娘。阿娜儿张罗着重新租了间像样的红砖平房,门上挂起显眼的招牌,招牌上"中亚首饰批发部"这几个字,阿娜儿别出心裁地用各种首饰拼起来,亮闪闪的,颇为引人注目。阿娜儿对自己的杰作沾沾自喜,方海平却为白白用掉了那么多首饰心疼不已,明明拿块木板,随便写几个字就可以的事,偏要花那么大的成本。可气的是,阿娜儿才不管方海平怎么想,她一没事就坐在中亚首饰批发部的门口嗑瓜子,一边嗑,一边口吐花瓣一样把瓜子皮吐得满地都是。方海平一旦说她,她就会一扭身子,自他面前扭着屁股走开。经过他的时候,她那难以掩藏的狐臭,从衣领里飘散出来,令方海平苦不堪言。他几次提出,现在的医学,可以很轻易解决掉这个问题。如果她没有钱,他可以借给她。再不济,也可以喷点香水什么的,掩盖一下。

方海平为了自己的嗅觉器官好受一点,买了一瓶香水送给阿娜儿,被阿娜儿嫌弃地扔到一边。

那个谁,你知不知道,狐臭越臭的狐狸,越受狐狸欢迎,这就跟人的香妃一个样。阿娜儿说。

你是人,不是狐狸。方海平说。

人也有自己的气味。

可那是臭味。

臭味也是我自己的气味。

熏得我头晕。

习惯了就不晕了。

习惯不了。

时间长了就习惯了。

方海平气得冒烟。你被解雇了，马上走人。这样的话他对她说过不止一次，他单方面做出的决定等于放屁，阿娜儿根本不做理会。

两个人经常这样叮叮当当地吵，无论方海平怎么抗议，阿娜儿都拒绝对自己的狐臭进行处理。她不仅不接受香水，也不喜欢用洗发水、沐浴露之类香气很重的东西。她认为这些散发出化学味道的东西，掩盖了人自身的味道。她如果用了，闻起来，就跟其他所有用了这些东西的女人是一个味了。

那样的话，你就没法通过气味来辨别我跟其他女人。很多动物，都是靠味道来识别喜欢的异性的。阿娜儿说。

我不是只长了鼻子的嗅觉动物，我可以用眼睛来识别。方海平气恼得想撞墙。

可是，如果你眼睛看不见的话，你就得凭气味闻出哪个人是我。阿娜儿说。

方海平不想继续跟她谈论气味这样的问题，也不想再过问她的狐臭。这些东西让他们的雇佣关系听起来有点变味。阿娜儿打的比方也让方海平不安，他担心自己的眼睛有一天真的会看不见。这个乱说话的女人，用词里带着不好的暗示。

方海平学西部人的方式,朝地上吐了三口口水。这有点愚蠢。方海平发觉自己越来越像西部人,身上甚至有了西部人的懒散和懒惰,义乌人的勤奋和精明在消失。不得不承认地域文化对一个人产生的影响,这就像是把萝卜种在土豆地里,萝卜会变得越来越像土豆。他现在已经彻底摒弃了李祖人没有章法的蹲厕习惯,学会像西部人一样,把上厕所当成一件隐秘的事情。并且学会了用小水壶里的水洗手。倒一点点水在手心里,尽管水量少到仅能打湿手,也要认真地把每一个手指都搓洗到。如此三次。那种仪式般的洗手,让人觉得清洁自己是一项神圣的事情。西部缺水,方海平听阿娜儿说在没有水的情况下,他们偶尔也用沙子或土替代水来洗手净身。这让他很不解,那东西,怎么洗?阿娜儿指给他看一只鸡是怎样在土坑里替自己洗澡以此清洁羽毛的。毛驴也是,在地上打滚应该就是它们的洗澡方式。

方海平发觉自己正在被这个女人侵蚀。从说话腔调、做事风格,到思维方式。阿娜儿喜欢说"慢慢来",这里所有的人都喜欢说"慢慢来"。这里的一切也是按照慢慢来的方式慢慢地进行着。这让方海平很是崩溃,他从一个说话语速都极快的地方,跑到了一个什么事都慢慢来的地方,简直就像一个急性子的人,坐上了一辆磨磨蹭蹭的毛驴车。商铺的建造进度是那么的缓慢,西部漫长的冬天耽误了建筑工人的工作时间,冻土层要到每年的四月份才开始变软,这个时节,地表的黄色野郁金香开始热烈地开放,继而是红色的更为热烈的野罂粟花。

在这个地带，所有的花开得都很短暂，风一吹就开，再一阵风吹过，花就落了。夏季也是极其的短，才看见建筑工人动手干活，不到十月就下起了雪，接下来又是漫长的封冻期。等商铺建好，及至开张，野郁金香和野罂粟已经不知道开了多少次。方海平也已经不再是那个初到西部，口袋里没有几个钱的年轻人了。他留起了小胡子，黑色短胡子增加了他脸上的执着表情。西部的饮食也让他明显发胖，这种体形让人联想到成功人士。

方海平留下了位置最好的几间商铺，作为自己的经营店面，其他的，全租给了后来来到口岸的义乌人。这些义乌人，简直把义乌国际小商品批发市场照搬到了这里。义乌市场里所有的商品，这里都有；所有的竞争，这里也有。方海平办理了护照，计划着找个时机去中亚看看。他对那边不再恐慌，随着财力的增加，他的底气也足了起来，那片广大的欧亚腹地，变得对他充满了吸引力。那里也许蕴藏着更大的商机也说不定。

方海平在打瞌睡的半下午时光，会有一种抽身而出的脱离感，他像一个旁观者那样，看着自己的生意，从最初的一把破阳伞，到几平方米的木头小屋，再到红砖平房，最后扩展成了很具规模的欧亚首饰批发中心。这个名称是阿娜儿改的，在她对汉语有限的理解里，"欧亚"比"中亚"大，"中心"比"部"大。这些词语代表着她对世界的认知。方海平看着她蹲下身子，认真地在欧亚首饰批发中心的玻璃柜台里摆放各种款式的首饰样品，这些仿真货看上去比真的还要漂亮，但是给人一种冷冰冰的感觉，反而是记忆里那些几毛钱的廉价首饰，更能让方海平生出热爱。热爱是一种有生命力的东西，可以一点点地生长，让他从白手起家，生长成现在的规模。

方海平在琳琅满目的商铺一角，修造了抽水马桶式的卫生间，他再不用跑很远的路去上厕所。通过阿娜儿，欧亚首饰批发中心招了十来个员工。其中几个女的，方海平怎么看怎么眼熟，他在打一个大大的哈欠的时候，猛然想起，他曾经挨过这几个女人的打。她们下手的时候一个比一个狠，有一个，差点把他的耳朵揪掉。现在她们落到他手里，他思忖是不是可以找机会报复一下。她们跟阿娜儿一个样，干事喜欢慢慢来，稍微有点空闲，就坐下来一边谝传子，一边嗑瓜子，口吐花瓣一样把瓜子皮吐得满地都是。这让方海平很是恼火，他威胁要扣她们工资，辞退她们也不是没有可能。但是她们明显不怕他，她们学着阿娜儿的口气跟他说话。

哎，那个谁，听说你在阿娜儿家上过茅厕。她们嘻嘻哈哈，根本不把他当老板看待。有个年纪大点的妇女，开玩笑方海平上过阿娜儿家的茅厕，那就应该娶阿娜儿为妻。人家姑娘上的茅厕，都被你看见过了唉。她说。

旁边的男人们发出一阵猛烈的嘎嘎大笑，这是口岸边民特有的笑。这种狂野的笑声被阿娜儿的兄弟粗暴地打断。阿娜儿有好几个兄弟，其中一个是卡车司机，经常开车去附近的几个斯坦国运货。其中的另一个是夜班车司机，也是经常跑附近几个国家,他的大客车里坐满了来口岸进货的人。两个兄弟牛高马大,手臂上长满浓密的汗毛。他们所经之处,空气中飘荡着比阿娜儿浓烈一百倍的狐臭味。看来狐臭是他们家祖传的气味。这两个喜欢用暴力解决问题的男人,大声警告方海平最好别对阿娜儿起歪念头,否则他们会切了他。阿娜儿两兄弟随身带着刀子,拿出来切西瓜,切手抓肉,他们也有可能用刀切别的东西。

毛驴子才动歪念头呢,方海平用义乌方言回怼他们。他弄不懂上了个茅厕怎么就跟婚姻大事扯上了关系,他上过阿娜儿家的茅厕,不等于看见过阿娜儿上茅厕。在李祖,就算看见了也没什么大不了。他奇怪自己的命运似乎总和茅厕这样不宜谈论的东西联系在一起。为了自身安全考虑,他决定辞退阿娜儿。

阿娜儿照旧毫不理会方海平单方面的决定,她也不理会兄弟们的态度。她对方海平说,不行我们私奔,去哈萨克斯坦,或者去别的什么斯坦。那边的首饰买卖肯定比这边更好挣钱。

方海平觉得阿娜儿疯了,他想过去中亚那些斯坦国看看,可从来没想过要和她一起去,更别提跨国私奔了。他不想丢掉他好不容易奋斗来的东西。但是阿娜儿才不管方海平怎么想,她大张旗鼓地着手准备私奔要带的东西。那架势,方海平如果不答应,她会扛麻袋一样扛着他私奔。

口岸很快疯传出方海平要带阿娜儿私奔邻国的谣言。谣言像扬起的尘土一样传播得满天都是,半天不落下来。其实也不能算是谣言,从当事人嘴里传开去的话,怎么能是谣言呢?欧亚首饰批发中心的那几个女人,一副等着看私奔的表情。方海平真正地恐慌了起来,这个又蠢又笨的女人,总是能把事情弄得一团糟。看着吧,接下来还会更糟糕。方海平下定了决心要认真辞掉阿娜儿,这样下去不是个事。

事情的结果是,在他开口前,阿娜儿旋风一样跑到他面前,告诉他她的兄弟要来杀他。他们怀揣着切这切那的刀子,卷起袖子,露着长满汗毛的胳膊,脚下腾起大朵的尘土,正穿过一家家店铺,往方海平的欧亚首饰批发中心走来。他们走得很慢,有时候还停下来和人聊上几句天,好让阿娜儿跑到前头去给方海平报信。

他们不会真杀了你的。阿娜儿安慰方海平。

方海平可不敢拿自己的脖子开玩笑。他揣上护照,飞快地往边检站跑去,路上他摔了一跤,磕破了嘴唇。等他狼狈不堪地过了国界,远远地看见阿娜儿两个兄弟站在那一边,挥舞着手里的刀子,朝他嘶吼。逆着的风把他们的声音全吹了回去。

方海平转过身,把他们抛在身后。他的面前,亚细亚的群山正笼罩在金黄的阳光下,风从那边吹来,带来那个方向广阔的气息。方海平深嗅几口,品味出干燥的风中那片土地上草木和泥土的味道,还有一种遥远的咸水湖的陌生气息。方海平没想到自己以被人追杀的方式,终于踏上了这片土地。

他随便上了一辆车,一个小时后,扬着尘土的车把他带到了一个叫雅尔肯特的小镇。从口岸通往小镇的路,被超载的大卡车压得坑坑洼洼,一路上颠簸不堪。等到了小镇,一下车就是拉客的司机和混乱的车站,这里大概是一个中转站,去往中亚各国和去往中国的人,大都会在这里停留一下。

雅尔肯特给方海平的第一印象很糟糕,唯有马路倒是很宽敞,马路上有很多标注了限高五米的黄色管道,它们像毛细血管一样遍布小镇。方海平不知道这些管道是干什么用的,他站在这些管道下面,发愁地看着管道上的俄语字母。拼读一番后,他基本弄清楚了黄色管道是煤气输送管。这个国家天然气资源丰富,美女也不缺乏。方海平一转头就看见一个行色匆匆的长腿姑娘,小跑着走路,不时回头看一下,好像后面有人追她。她转头时耳朵上一对亮闪闪的大耳环也跟着显眼地晃动,方海平认出这对耳环出自他的欧亚首饰批发中心。

嗨,杰舞丝卡!

这个俄语里对姑娘的称呼,从方海平南方口音的嘴里吐出来,听上去有点不那么礼貌。

杰舞丝卡收住脚步。你好、谢谢、不客气、再见、欢迎再来。她把会的汉语对着方海平全说了一遍,她明显不懂每个词的意思。

方海平抬起手,指指耳环。他还没来得及开口,她立马点了点头，然后迅速朝身后的饭馆走去。方海平很快明白过来，她以为他刚才指的是饭馆，而不是那对耳环。

杰舞丝卡走进饭馆，一屁股在矮沙发上坐下来，等着方海平走进去。她的坐姿有点淫荡，两条长腿伸出去，懒洋洋地摊开来。方海平犹豫了一下，走进去，在对面坐下。

耶娃。她告诉方海平自己的名字。

两个人一起吃了顿饭，还喝了点酒。高度的烈性白酒，让方海平这个南方人有点不胜酒力。小饭馆里闹哄哄的，两个人都没有说话。耶娃毫不客气地吃光了所有的东西，喝光了瓶子里剩下的酒，然后等着方海平付账。走出饭馆后，方海平在街头晕晕乎乎地乱走。不会更糟了。方海平在心里想。他很快又想到，肯定还有比这更糟的。信不信，将来也许会非常糟。他想到自己有可能得丢下口岸这些年苦心经营起来的一切，就有一种割肉的感觉。不过也没什么大不了，以他现在的能耐，完全可以去新的地方，开拓更广阔的市场。边境上的小口岸，早晚有一天，会再度恢复沉寂。被阿娜儿兄弟追杀，也许是一个契机。要不他会死守在那里，看着生意一天不如一天。事实上，生意已经一天不如一天了。人们不再愿意跑很多路，花费很多时间，越过边界去中国进货。口岸在它完全建好的那一天，就已经开始从繁闹走向日渐冷清。

耶娃寸步不离地跟着方海平，他去哪里，她跟到哪里。看上去，他们像是一起来这个小镇旅游度假的一对儿。但是两人明显地不般配，她的金发很招人，红唇也很招人，她高出方海平一个头还不止。如果他们接吻,方海平这个矮个子的南方人就算踮起脚也还是有点吃力。好在方海平磕破的嘴肿得老高,看上去就疼,这打消了他其他的念头。他们就那样很不般配地相挨着把雅尔肯特小镇走了个遍,好像小镇有他们深情的过往,有他们的故事,他们是来小镇怀念什么来的。走到后来,他们挽起了手臂。

半下午的时候,方海平决定回到中国那边去。他不能这样在异国的小镇浪漫地流浪下去,他得回去打理他的生意,那帮不可靠的女人,包括阿娜儿,他不在的时候,她们啥都不会干,只会把瓜子皮嗑得满天飞。至于那两个扬言要杀他的人,他不信他们真的会杀掉他。

耶娃紧跟着方海平,一副他去哪里她就去哪里的做派。他一旦离她稍微远一点,她就行色匆匆,不时回头看一下。这让他觉得说不定真的有人在追杀她。方海平在小镇给她办理了一张临时的旅游签证,办签证的时候方海平发现耶娃不叫耶娃,叫什么什么莎。他有点犹豫要不要带她回到国界那边去。但是耶娃,或者什么什么莎先于他上了一辆开往中国的车,他只能跟着上车。耶娃或者什么什么莎一路上沉默不语,不问方海平要带自己去哪里,似乎方海平带她去哪里她都会毫无疑问地跟着,就像方海平捡到的一条狗。

当方海平带着漂亮的俄罗斯杰舞丝卡出现在口岸时,私奔的谣言不攻自破。阿娜儿的兄弟出来看了一眼,就回家喝酒去了。他们觉得挺没劲的。整日整夜的开长途车,让他们的脑袋里轰轰地响,好像有个发动机在脑子里转个儿,停不下来。他们需要干点别的什么让自己熄火的事情。比如喝点酒,打一架,杀个人。但是这样的机会不多。不管怎样,他们试图杀人,磨好了刀子,把对方,一个有钱的义乌人,追得逃到了另外一个国家去。他们的事情已经在口岸传开了去,这让他们颇为得意。至于阿娜儿,他们宁愿她嫁到边界那边的斯坦国去,也绝不能嫁给一个南方人。斯坦国的法律,男人可以娶好几个老婆,即便是那样,他们也觉得没什么。南方人不一样,南方人的生活习俗和这里天差地别,他们能听懂斯坦国的语言,但是打死也听不懂南方人的语言,而且所有南方来的人,都是长着三个脑袋的家伙,他们太聪明了,赚钱的机会全被他们抢了去。当地人只能拉人、拉货,给他们打工,挣点他们手指缝里漏出来的钱。这太让人生气了。

阿娜儿被她的兄弟们严严实实关在家里。不关起来不行,她会跑去找方海平。就算把她的护照拿走,藏起来,她也有可能铤而走险地去越境。这个没脑子的苕子,什么事都干得出来。

阿娜儿应该是最后一个知道方海平带回了一个俄罗斯杰舞丝卡的人。所有人都担心她会怎么样,但是她并没有怎么样。她用睥睨的眼光打量了一番这个有黄金比例身材的漂亮女人,然后就扭头走开了。那是一种平静的蔑视,仿佛对方是地上的一摊脏水。

那个谁,带了个妓女回来,你。阿娜儿朝方海平挤眉弄眼，不改她对他一直以来的调侃口吻。

你应该知道她是个妓女。她追在方海平后面大声强调。

从她的做派上，你难道看不出她是个什么货色吗？阿娜儿
一边干活，一边不忘随时来上一句。

她甚至直截了当地问方海平，跟一个妓女睡觉，是什么样
的感觉？

方海平能说什么呢？他早应该怀疑一下这个问题。她可
以随便跟着随便哪个男人，随便去什么地方。男人随便想怎
么样，就可以随便把她怎么样。

方海平抓了一把钱给耶娃或者什么什么莎，示意她走。她
不明白地看着他。方海平增加钱，用俄语跟她说让她走，她还
是像听不明白。

这也太糟糕了。

还有比这更糟糕的吗？

方海平真想扇自己两耳光。继而方海平想，也许那个国家
风气不同，姑娘们都很开放也说不定。内心里他其实很清楚
自己对这种女人毫无抵抗力，尤其是那两条长腿懒洋洋地摊
开来的时候。方海平瞥一眼阿娜儿，阿娜儿的腿短且粗，坐着
的时候两腿习惯性地并拢，而不是摊开来。

她不是妓女。方海平说。

阿娜儿响亮地笑起来。她那魔鬼般的笑声，让方海平心虚
极了。他跟耶娃或者什么什么莎说，从现在开始，你跟过去那
些名字无关，你叫陈文秀。

不管叫什么,都是妓女。阿娜儿说。

只有妓女才需要用香水来掩盖身体散发出的臭气,那是无数个男人混合的气味。阿娜儿邪恶地朝方海平眨着左眼,右眼里是幸灾乐祸。

当着崭新的陈文秀的面,阿娜儿一次次肆无忌惮地提到"妓女"这个词,她觉得她反正听不懂,就算听懂了又能怎么样。陈文秀也表现出听不懂的样子。方海平觉得幸好听不懂,否则,真有的好看的。

陈文秀往身上喷很多香水,从街上走过,总有人用蹩脚的俄语冲着她喊杰舞丝卡。那感觉,跟中国人喊小姐一个意思。陈文秀回应每个人她会说的所有汉语,你好、谢谢、不客气、再见、欢迎再来。最后一句无疑暴露了她过往的职业性质。方海平限制她出去,她很听话地待在欧亚首饰批发中心,整天仰着那张漂亮的脸,丝毫不觉疲惫地试戴陈列在玻璃柜里的各种首饰。直到把所有首饰全都试戴了一遍,才停下来。

你好、谢谢、不客气、再见、欢迎再来。陈文秀突然对阿娜儿说话,她仰着漂亮的脸,手远远地指着一个上了锁的玻璃柜。把那个给我。她用俄语对阿娜儿说。那里面是一串货真价实的珍珠项链,这是欧亚首饰批发中心唯一一件真货,价值不菲。

所有人都担心她用这种调门跟阿娜儿说话,她也不怕阿娜儿扇她。阿娜儿要是抡起胳膊扇人,肯定能一巴掌把人扇到边界线那边去。她揉面的手掌,力气大着呢。

阿娜儿没有扇她，但是阿娜儿也没有把珍珠项链拿给她。又不关我的事。她说。转身走进隔壁房间忙她的去了。她拒绝做数钱以外的任何工作。她用点钞机数钱，那些钞票像不断吐出的舌头。阿娜儿坐在一堆钱中间，数钱的怒气通过地板，传送到隔壁房间，地震一样把那个陈列着珍珠项链的玻璃柜子给震出了一条裂缝。等阿娜儿数完钱，从隔壁房间出来，看见陈文秀坐在椅子上，两条长腿懒洋洋地摊开来，带着淫荡的意味。脖子上的那串珍珠项链，像萦绕着她的一条亮闪闪的蛇。

欧亚首饰批发中心其他女人都在等着看热闹。她们总是那么爱看热闹，而且喜欢胡说八道，像一群母狗到处放屁。方海平陷入了怠惰之中，他没法建立好他想要的生活秩序，无法集中精力去拓展他的生意。有时候他觉得自己像一个在公路上随时有可能爆掉的旧轮胎。女邻居打来电话，告诉他原本有可能要经过这个口岸的那条国际铁路线，将改道从另一个口岸经过。这意味着边境线上另一个口岸的即将兴盛，和这个口岸面临的衰败。想到这些，方海平就心烦。

烦也没用，凡事各有其时。

冬天到来的时候，陈文秀仰着冰冷的脸，穿着在那一边新买的貂皮大衣，走进欧亚首饰批发中心。天气还没有很冷，她完全用不着穿成这样，而且衣服上的吊牌还没有剪掉。她想找一把剪刀，剪掉吊牌。阿娜儿问她为什么不能把它咬断。然后，阿娜儿就伸头咬断了它。她的这个动作让陈文秀晚上做噩梦，梦见自己的脖子被咬吊牌一样给咬断了。她以这个为理由，再次去了那一边。她经常找类似的理由去那一边，方海平拿她毫无办法。她越来越鼓的肚子，就像一本可以随意过关，无须签证的护照。她是那么任性又残酷的漂亮女人，方海平心里清楚，就算她叫陈文秀，她其实同时也叫耶娃或者什么什么莎。

阿娜儿对方海平的称呼从"那个谁"变成了"那个苕子"。

那个苕子，为什么不把她揍一顿，你。

她在那边喝酒，大着肚子和人调情，我开卡车的兄弟和开客车的兄弟都看见过。

即便是一头毛驴也会生气，你儿子娃娃的不是。

阿娜儿看见方海平的脸羞惭得苦皱了起来，只能闭嘴，什么也不说。

冬天阿娜儿不会散发出狐臭味。她不说话的时候，方海平得扭转头用眼睛寻找她。不像夏天只要嗅一嗅鼻子，就知道她在哪个方位。有时候方海平突然想象阿娜儿不在那里，他身上会有一种阴沉的战栗掠过。阿娜儿是他来到这个地方认识的第一个人。如果她不在，谁又能证明他这些年奋斗来的一切是真实的，而不是一个肥皂泡一样的白日梦。每天方海平在半下午的时候就开始瞌睡连连，这让他总以为自己是在白日梦里。包括方尼娅的出生。每每想起，方海平都以为那不过是一个婴儿在他梦里的出生。他打着哈欠，看着陈文秀从国界那边走来，因为个子高，她的孕肚并不是很明显，至少给人一种离分娩还早的感觉。在她跨过边界线的那一刻，一团东西从她的裙子下面掉落了下来。谁也没法说清楚，婴儿是降生在了这个国家，还是降生在了那个国家，或者一半生在这个国家，一半生在那个国家。幸好是春夏交接的时节，天不冷不热，风也不大，阳光明晃晃地照着，让周围的一切看上去像是假的一样。方尼娅被边检人员从地上光溜溜地提溜起来，跟提溜一个不长毛的小动物一样交到了方海平的手里。这个在肚子里就经历了无数烈酒的婴儿，谁知道会不会是个傻子。方海平这样想着，把婴儿交到了阿娜儿的手上。她出生的时候那么小，阿娜儿没想过她能活到第二天。她抱着这个不哭也不睁眼睛的婴儿，在医院一刻也不放下地抱着。婴儿保持着没出生前的姿势，好像还没被生出来，还在靠羊水和脐带呼吸。第二天，婴儿睁开了眼睛。她把阿娜儿的怀抱当成了娘胎，让真正的出生延迟了一天。

方尼娅睁开眼睛看见这个世界的第一个人是阿娜儿，这注定她以后的生长中，很多方面都有点像阿娜儿。比如狐臭，方尼娅十几岁的时候，开始发育的身体莫名其妙散发出狐臭来，虽然很轻微，但还是被方海平毫不费力地捕捉到。方海平对这种气味，敏感度异于常人。似乎这种气味，已经植入了他的记忆库里。他坐公交车，像一只嗅觉灵敏的缉毒犬一样，一上车就能闻出哪个座位上的人有狐臭。就算是从大街上走过，他也能大老远地嗅出风中一丝隐约的狐臭出自哪个人的身体。那人看上去干净体面，胡子刮得干干净净，但是他的狐臭，就像狐狸尾巴一样，掩藏不住。方海平本人没有狐臭，陈文秀也没有，方尼娅的狐臭多少有点来路不明，就好像阿娜儿家的祖传气味，隔着肚皮遗传到了方尼娅身上。方尼娅本人认为，这不是没有可能的事。她在长大后的某一天，见到阿娜儿的时候，立刻被一种熟悉的东西给吸引了，她十分怀疑自己是阿娜儿代孕在陈文秀肚子里的孩子，自己跟阿娜儿有很多相似之处，比如狐臭，比如可以不停地眨巴左眼，而右眼睁着。她们都喜欢说关我什么事。而和陈文秀，似乎没有任何相似之处。就连长相和肤色，方尼娅也偏向于亚洲人。方尼娅不明白自己和陈文秀究竟有什么关系，这个一喝多了酒，就来回晃动手指，尖声叫喊的女人，每天都能换一副面孔。她走在大街上，行色匆匆，习惯性地不时回头张望一下，好像有人在追她。她经常失踪，隔一段时间突然出现在家里，像是来访的一个客人。

方尼娅走路不紧不慢，从来不回头看，也不环顾左右。她总是让自己隐藏在宽大的衣服里。她和方海平一样，脸上时常露出做梦的神情，她用这种表情把世界关闭在外。

会走路以前，方尼娅一直待在欧亚首饰批发中心那十几个女人的怀抱里。她们把她放进一个阿娜儿专门做的羊毛口袋里，干活的时候，她们像袋鼠那样，把袋子捆绑在身体前面，像是方尼娅的一群袋鼠妈妈。

陈文秀觉得阿娜儿真够好笑的，好像方尼娅离开了她做的那个羊毛口袋就会死掉一样。

　　方尼娅会走路后，有一天陈文秀突然带走了她，去了边界那一边。但是她没有带走那个羊毛口袋。方海平拿着那个袋子来问阿娜儿怎么办，阿娜儿回答，关我什么事。

　　口岸已经日渐萧条，曾经繁忙的海关一天没有几个人进出。许多货物，都不再经过这个口岸，而是转向了有铁路线通过的另一个口岸。从义乌发出的货物，源源不断地到达那里。这里变成了一个被遗忘的地方。方海平决定去阿拉木图看看，到了阿拉木图后，他决定继续往西走，他又去了比什凯克，去了塔什干、阿什哈巴德、杜尚别。他发现这些斯坦国的女人，真的如阿娜儿所说，对首饰格外地偏好。他在一个女人的脖子上，同时看见了六条项链。而几乎每个女人的手上，都戴满了戒指和手镯。他毫不迟疑地决定在几个斯坦国的首都各弄一个首饰批发点。之后他的主要生意都转到了中亚的五个斯坦国。

　　方海平在那边除了生意兴隆，其他方面诸事不顺。他从加加林大街走过，树的影子被拉得老长，和他形成一种形影相吊的感觉。他的住所视野绝佳，看出去是起伏的阿拉套山。但是他的房间里很孤独，阳光几乎照不进来。他望向窗外，时常感觉虚弱无力。

　　过了两年，方海平在口岸的欧亚首饰批发中心终于关门大吉。其他在口岸做生意的义乌人，已经先后离开，方海平是坚持到最后一个的义乌人。没有了义乌人的口岸，一下子沉寂下去。这个边角地带，一度在李祖女邻居的预言中真的成了一个可以挣大钱的地方，但现在它需要谢幕休息一段时间，也许若干年后的某一天，又会再度兴盛起来也说不定。

方海平锁上欧亚首饰批发中心的门，准备离开的时候，商铺里的电话铃声突然响起。它固执地响了一遍又一遍，口岸因为这个没有人接听的电话显得异常地寂静。方海平在电话铃声中沿着街道走去，一家一家紧闭的商铺扑面而来。一个迎面走来的醉汉，莫名其妙冷不丁扇了他一耳光，把他冻僵的脸扇得热乎乎的。他停下来，就像酒醒或者梦醒。他第一次发现，口岸颓废的街道，像个失恋的人一样哀伤。他在这里度过的所有日子，回头看来，真的就是一场白日梦。那些成捆成捆的钱币，在他的银行卡里，也只是一些虚拟的数字。

自此，方海平常住那边，后来他把国籍也变成了那边的。他回来办理一些手续的时候，阿娜儿调侃他，按照那边的法律，方海平在那个国家可以娶好几个老婆。

方海平说，我不是为了娶老婆才去那边的。我是一个有抱负的人。

阿娜儿大笑起来。你真是个苕子。她笑得很开心。

阿娜儿在几年后嫁到邻国的一个小镇，方海平听说后驱车去看她，在那个安静的小镇，他看见一片从来没有看见过的果树林，树上的果实有点像没有长大的毛桃，但又不是毛桃。阿娜儿告诉方海平这是巴旦木，也叫婆淡树。她表现得好像在透露一个秘密。

方海平想请阿娜儿去阿拉木图帮他，他的生意需要可靠的人。阿娜儿拒绝了他。她生活的小镇靠近里海,那其实是一个巨大的海迹湖,还保留着海的气息。阿娜儿每天吹着来自里海的风,被阳光明晃晃地照着,她忘记了口岸那些廉价首饰般亮闪闪的往事。不过阿娜儿告诉方海平,她的两个兄弟,在口岸冷清下来后整日无事可做。因为闲得慌,不是喝酒就是打架。

方海平闻到从里海刮来的风带着一丝海的苦涩。他告别阿娜儿,直接驱车赶去口岸,找到阿娜儿的两个兄弟,他们想都没想就一口答应了下来。两个人轮换着开车,日夜兼程地跑几千公里,来到义乌,拉上满满一车货,然后再长途行驶,将货直接送往方海平在中亚的几个批发点。这样的操作,可以省去很多中间环节。当这两个跑了很多地方,见识算得上广的司机,第一次到达义乌的时候,被这个传说中的国际小商品城给震住了。他们见到各种肤色、各种穿着,说各种语言的人出现在这里,犹如万国来朝。庞大的市场,让两人晕头转向。他们在里面转了半天,发现这不过是其中某个区的某一层。如果要全部转完,恐怕花上十天半个月也不够。

李祖的女邻居带着他们去她的仓库装货,她早就不在铁路部门干临时工了,女邻居现在和方海平是合作关系,属于供货方之一。方海平发财后,对这个蹲在粪缸上和公婆对骂的女邻居一直颇为尊重,在将生意重心转移中亚前,他认真地打电话征询女邻居的意见,仿佛她是一个很在行的生意专家。女邻居那天刚好喝了两碗米酒,尽管对中亚的一切一无所知,她还是装模作样地像个会掐掐算算的诸葛亮那样沉吟了一番,然后告诉方海平,他的财运越往西越旺,最好西到不能再西。方海平毫不怀疑地听信了女邻居的酒话。

阿娜儿的两个兄弟一心想去李祖看看,他们在女邻居的带领下来到这个在全国已经小有名气的村子,立刻被那些外形如咖啡屋、书院、城堡、外星人飞碟、歌剧院、童话小屋的公厕给吸引住了。女邻居告诉他们,这些颇具建筑美感的公厕最初的建造资金来自方海平,这些年他一直在为这些公厕的改造做着贡献。其中一座被称作第五空间的公厕,外观造型和内部设计充满了中国戏剧元素,曾上过央视,一度成为网红公厕,每天都有很多人前来观摩。女邻居把阿娜儿两兄弟领到第五空间,这座公厕门口的一块大石上,刻着两个字。阿娜儿的一个兄弟觉得应该读"空放";另一个觉得应该读"放空",他听人说过,凡是刻在石头或者匾额上的汉字,都应该从右往左读。女邻居也觉得应该是"放空",进厕所就是为了放空,要不跑厕所里干吗去?石头下方一行小字注明这两个字出自弘一法师,阿娜儿两兄弟不知道弘一法师是谁,女邻居告诉他们好像是个和尚,扫地僧之类的,扫地范围应该包括寺庙里的厕所,要不,怎么会在厕所门口刻着他的字。女邻居说的时候,从厕所里出来一个戴眼镜的男的,他张了张口,想纠正女邻居的胡说八道,想想又闭上了嘴巴。

阿娜儿两兄弟从没见过这么讲究的厕所。他们走进每个公厕感受了一下,好像他们的前列腺出了问题,有撒不完的尿。之后他们心满意足地开着装满首饰的大卡车,一路向西。进入中亚后,方海平会跟着车一起跑。这两个曾经拿着刀追杀他的人,不管他说什么,他们都响亮地回答他"没问题"。但是他们做起事情来,永远磨磨蹭蹭,让人着急。方海平催促他们,他们中的一个回答他"阿斯和巴"(不着急)。另一个回答"贝尔特"(慢慢来)。一路上这两个人都在劝说方海平应该多娶几个老婆。一个说,如果你不多娶几个老婆,那你就白移民了。另一个说,如果你不多娶几个老婆,你就儿子娃娃的不是。

方海平无法解释,他移民不是为了多娶老婆,他对这个不感兴趣。他也从没解释过自己的婚姻,荒唐,莫名其妙,但是,谁又能说那不是他的生意通向中亚乃至更西的一个契机呢?途中卡车坏在了一个又干又热的不毛之地,为了节约有限的一点水,阿娜儿的两个兄弟在解手之后,从地上抓了一把土洗手,方海平学着他们,也抓了一把土,像用水洗手一样,他们认真地洗了三次,之后开始拿出肉和馕填饱肚子。阿娜儿的两个兄弟调侃食物吃进方海平的肚子里,最后长成了脑子,吃进他们的肚子里,却长成了肚子上的肥肉,所以他比他们有脑子,而他们是"一点脑子都没有"的人,活该得为他卖力。他们每句话的末尾,都要加上一句骂骂咧咧的后缀:"阿囊死给!"(我操!)

方海平可以不理会他们的"阿囊死给",但是,他们的狐臭实在让他无法隐忍。两个体形庞大的男人,同时散发出的气味，简直能把人熏晕过去。他真想让他们滚回家去，让他们整天闲得慌，不是喝酒就是打架去。但是他们手臂上浓密的汗毛，让人看上去很不好惹。方海平走在两人中间，很有安全感。他们不管去哪家饭馆吃饭，都是迈着六亲不认的步伐，径直来到最里面的桌子，一屁股坐下来。其中一个大吼一声，啤酒！另一个跟着大吼一声，要冰镇的！餐馆里的苍蝇都立刻安静了下来。在一个十分混乱的小国家，有人想对方海平装满钱的背包下手，阿娜儿两兄弟只看了那人一眼，充满杀气的眼神就让对方放弃了这个念头。但并不是每一次都这么幸运，在另一个国家的边境，方海平被人抢走了身上所有的钱财，包括手腕上的表。还好，他们并不想要他的命，他们只想要钱。方海平没有做任何抵抗，他很配合地展示身上所有可以藏匿东西的地方，以示自己已被洗劫一空。

当时阿娜儿的两个兄弟均不在场，一个去卡车上拿东西，另一个去上厕所。

鬼知道他们到底在哪里。方海平怀疑这是一个两兄弟参与其中的阴谋，不然不会这么巧。但也不能肯定他们真的参与其中了，他们的表情是那么坦然，没有丝毫不安。两兄弟安慰方海平"破财消灾，只要命不丢，什么都好说"。之前来中亚做买卖的商队，经常有人把命丢在了路上。凶悍的哥萨克马匪骑着快马，从任何一个意想不到的地方冒出来，他们老到得很，上来先掏马屁股，他们知道商队一般会把珠宝藏在马的那个部位里。如果马屁股里没有掏到东西，他们会掏人的。有人肠子被掏出来老长,竟然还能坚持活着回到中国。

方海平惊恐地捂住自己的某个部位,他想起抢劫者曾转悠到他身后,盯着他看了很久。

那一趟运气特别不好,他们刚把货卸在其中一个批发点,碰巧遇上骚乱,首饰遭到哄抢,那些做工精美,看起来与真品无异的首饰被当作真货一抢而光,有人甚至为了一根水钻项链动起了刀子。返回的途中,另一个斯坦国和邻国发生了点小范围的摩擦,没人当一回事,这样的摩擦时不时地就会来上一下。方海平途经不安全区域的时候,想下车撒尿,阿娜儿两兄弟劝他先憋着,过了这个区域再撒。方海平一分钟都不想憋,憋尿给他的前列腺带来某种后果,时常令他苦不堪言。他执意下车,两兄弟骂着"阿囊死给",也跟着下了车。三个人"进行曲"还没有结束,离他们不远的地方,突然响起一声爆炸,威力不是很大,什么也没炸飞,只把一棵树的头给削掉了,其中一小截树枝飞行过来,彗星尾巴一样扫过方海平的眼睛。三个人并排站着,方海平搞不懂,树枝单冲他飞来,好像那是一架无人机,被一双看不见的手操控着。

方海平的眼睛看着伤势不怎么要紧,混乱中找了个医院随便处理了一下,等他们慌忙逃回阿拉木图时,受伤的眼膜出现了严重的炎症,虽然经过一段时间的治疗,保住了眼睛,但还是影响到了视力。那个该死的蠢女人,她当年的话简直就跟诅咒一样。

方海平撒掉了这两个斯坦国的批发点,大多时候待在阿拉木图。方尼娅代替了他大部分的工作。方尼娅对生意一无所知，但又有一种天生的老练，就像所有的义乌人，头脑里仿佛有一本祖传的生意经。起初方尼娅按照方海平的吩咐，去办妥每一件事情。后来她开始反驳方海平，提出自己的方法。再后来，方海平单方面做出的某些决定等同于放屁，方尼娅根本不做理会，她全然按照自己的想法行事。方海平发现，在这一点上，方尼娅和阿娜儿惊人地相似。为了证明自己不比方海平差，有几次方尼娅跟着阿娜儿两兄弟的卡车，去各个地方收款。途中两兄弟停下车方便，方尼娅提醒他们，最好滚到远一点的地方去。方海平担心的抢劫事件，从没有在方尼娅身上发生过。相比方海平，阿娜儿两兄弟更听方尼娅的话，她比他们矮小，但好像是在居高临下地看着他们。方尼娅无论叫他们做什么，他们都跑得飞快。他们中的一个说，如果当初我们不反对，现在你得叫我们舅舅。另一个说，你现在也可以叫我们舅舅，我们就跟你的舅舅一样。

方尼娅想象不出如果当初他们不拿刀追杀方海平，自己现在会是什么样，有一点可以肯定，自己肯定不会和陈文秀扯上关系。

有一天，父女两个坐在阳台上吹风，一边喝着红茶。方尼娅跟方海平说起荷兰的公厕。方尼娅去过几十个国家，大多数国家的公厕，她都能接受。印度那种放着一桶水，一只水舀子的公厕，不管怎样，都在人类理解的正常范围内。但是荷兰，一个算得上文明国家的公厕，露天，敞开式不说，还建在人来人往的大街中央,旁边就是休闲地坐在太阳伞下喝咖啡吃甜点的人们。上个厕所,跟直播没什么区别。如果没有勇气上,那就只能憋着。方尼娅自然不会选择憋着,让她大为不满的是,公厕的设计似乎只替男人考虑,难道女人也得站着撒尿不成?尤为让人生气的是,荷兰人个头高,设施的高度,中国人根本够不着。

方海平听得笑出了眼泪。他以为只有李祖一带的人才有如此强大的心理素质,看来荷兰人也不差。如果此时面前有个荷兰人,他一定要跑上去和他拥抱一下了。

又一天,父女两个坐在阳台上吹风,喝红茶。方尼娅预判某国的抗议活动可能还得持续一段时间,因为义乌老板们还在源源不断地接到抗议条幅和宣传语的订单。在这一点上,父女两个对"义乌指数"的准确性深信不疑。根据义乌生产小商品的老板们接到的订单及订单数量,能精准地预测出一些国际大事,比如义乌老板们从美国在义乌的订货单中,提前窥探出了美国大选的结果;早在英女王身故前半年,义乌的老板们就预测出英女王身体不容乐观。英国王室向义乌发出的关于女王哀悼活动所需物品的订单,泄露了一切。义乌小商品市场被大家称为第六大情报机构,一个"有神秘东方力量的地方",不是没有道理的。

"义乌指数"这个话题,让方海平觉得正在提到的那个地方,离自己似乎极其遥远。他每每想起自己以前的样子,都会被那个矮小瘦弱,身着廉价西装的陌生形象搞得惊诧不已。

他那时候的年纪,比现在的方尼娅还要小。方海平发现,自己现在跟方尼娅说话的句式大多为问句,而方尼娅是肯定句。她说话的口气不容置疑。她自作主张地辞掉了阿娜儿的两个兄弟。

这样的买卖太不划算,是时候考虑撤掉批发点,用电商和直播的形式来经营首饰批发了。方尼娅说。

或者,干脆回到李祖去。方尼娅的这句话,声音轻而有力。

这句话说出来后,两个人静静地坐着,一动不动,聆听着周遭时间的寂静。好像他们一发出声音,就有可能把这句话吓回去。

方海平视力越来越差,他只能看清楚鼻子跟前的事物,他平时基本靠嗅觉来确定陈文秀是否在家。那个已经肥胖得一塌糊涂的女人,随着年龄的增长,脸上的美色开始像面包上的糖霜那样往下掉落,方海平庆幸自己以后都不用看清她的面孔了。她每天把自己喷得香喷喷的,像一团挥发香精的气体。有一天方海平没有闻到香水的味道,之后的很多天都没有闻到。看来她又一次失踪了。这次失踪得有些久,久到再没有回来过。

方海平跟方尼娅说,我应该娶一个安静的女人。

可女人只有死了才会安静。方尼娅回答他。

就是死了也不一定安静。方尼娅补充道。

方尼娅发现方海平的脸看上去像是蒙着一层悲伤的薄膜,

方尼娅几次想要伸手把他脸上的悲伤撕掉。六岁的时候她曾伸手撕掉过李祖祖母的头痛。祖母有头痛病,额头上总是贴着黑乎乎的膏药,这让她看上去像是被什么无形的东西压制着,有一天方尼娅冷不丁伸手撕掉了祖母的膏药,扔进了水塘里。祖母扬言要打她,但是祖母发现她的头疼在撕掉膏药后竟然好了,自此以后祖母再没有往额头上贴过膏药。其实,只要她不贴膏药,她就不会头疼。

方尼娅还撕掉过其他很多东西,一个悲伤的日子,一件突发的事,一条花斑狗的脸,黑夜里的噩梦,耶娃或者什么什么莎,或者陈文秀。

包括阿里法拉比国立大学那位同班的高丽男友。

高丽男友说话带着黏音,他喊她名字的那种口气她一直记得。那个有着明朗容貌和健康身形的男孩,他的世界仿佛充满了温暖的善意,这是方尼娅一直无法忘记他的根源。他们分手的原因方尼娅一直不是很清楚,可能是他们还太年轻,也可能是他有鼻炎。高丽男友严重的鼻炎让他闻不到任何气味,包括方尼娅轻微的狐臭和她因为他而散发出的愉悦的丁酸酯。

方海平曾多次提议方尼娅去做掉狐臭,他担心她会因为狐臭嫁不出去。怎奈方尼娅和阿娜儿如出一辙,坚决不接受手术。至于香水之类的东西,因为陈文秀,方尼娅想到香水就想呕吐。

我的狐臭没那么严重,偶尔散发一点出来,标志着我汗腺功能正常。方尼娅说。

可那是狐臭。

那是我区别于别人的气味,就像动物对自己的标识。

你太傻了。

傻一点好。

你根本不知道男人是怎么想的,

男人也一样不知道我是怎么想的。

方海平气得想撞墙。另一个能让他撞墙的是阿娜儿。这些年狐臭就像一道傍晚的尾巴,拖在他后面。他怀疑方尼娅简直就是阿娜儿安插在他身边时刻折磨他嗅觉器官的替身。

方海平有时候会靠着仅有的一点视力,走到街上,用他灵敏的嗅觉分辨经过的人是否有狐臭。他发现人可以按很多种方式分类。好人和坏人,勤快的人和懒惰的人,有情人和无情人,快乐的人和不快乐的人,还可以分为有狐臭的人和没狐臭的人。他站在那里,一站一个下午,对从身边走过的每一个人做出分类。有狐臭、没狐臭,没狐臭、有狐臭。他在心里默念着,靠这种狐臭分类游戏打发无聊的时间,这几乎成为他的一种乐趣。一段时间后,他发现这世上有狐臭的人还真是多,那么,阿娜儿的狐臭也就没什么可值得大惊小怪了。有一段时间他又会觉得,其实有狐臭的人也没那么多,尤其是女人。阿娜儿的狐臭当属凤毛麟角。方尼娅也是。

方尼娅心中百味地看着方海平,她发现方海平脸上悲伤的薄膜在傍晚会变厚。她再次产生伸手撕掉它的念头。

耶娃或者什么什么莎，或者陈文秀走的时候，带走不少钱财，还欠下了一笔不小的赌债。货物仓库也遭受了一次不明原因的火灾，方海平不得不将口岸闲置多年的商铺卖掉。他让方尼娅去里海边的小镇找阿娜儿，她可以帮忙处理那些商铺。

方尼娅到达里海边的时候，广阔的里海让她产生一种渺茫感。据说人体的水分占比是百分之七十，与地球表面水覆盖率惊人地相似。她看着黄昏时分里海的水面变成淡淡的姜黄色，那是一种与梦境相似的颜色。

方尼娅在那里没有找到阿娜儿。她在里海边的小镇住了一夜，听见成熟的巴旦木在夜里裂开来的声音。第二天，方尼娅驱车前往边境，终于在口岸和阿娜儿相见。

阿娜儿拿出无核白葡萄招待方尼娅。吸收了漫长光照的水果，甜到让人生腻。方尼娅靠着这个结实的女人，嗅到她身上的狐臭，就像小羊靠气味找到了母羊。当阿娜儿拿出那个羊毛口袋时，方尼娅惊异地看着这个自己曾经待过的类似温暖子宫的东西，头脑里仿佛还保留着出生前的记忆。

口岸现在只有零星的店铺还在开着，回到从前的繁荣似乎已无可能。卖首饰的店铺，尽是一些所谓的俄罗斯首饰和土耳其首饰。方尼娅清楚，人们跑到口岸旅游，买异国风情的首饰，最后买到的东西其实全来自义乌。这一点不奇怪，有一年方尼娅在柬埔寨买了一个当地风格的蛇形手镯，回去后方海平认出这个手镯的制造地是义乌。再一次是尼泊尔，那根看似手工制作的脚链上挂着两个铃铛，走一步，响一下，颇具异国风情。方海平确定这是李祖某个亲戚家的手工作坊制作出来的东西。

后来方尼娅不论去哪个国家，都要买一两件当地风情的首饰回来让方海平鉴定，无一例外，方海平几乎看都不用看就确定它们的产地是义乌。方尼娅不太相信，那些非洲原始部落的动物牙齿、兽骨之类的首饰也出自义乌。直到她接管了生意之后，才发现从义乌发来的货箱里，囊括了地球上所有风格的首饰，甚至因纽特人的，印第安人的，食人族的。假如月球和火星上有生命，他们佩戴的首饰，也一定是义乌制造。

方尼娅觉得这有点好玩，她追踪着那些首饰去了很多地方，而它们来自她的祖地。

一个念头扑面而来，她知道自己迟早要去那里。应该说，是迟早要回到那里。

阿娜儿现在一个人生活，靠打馕为生。她打的家常馕又变得颇受欢迎。她揉面的手粗大有力。不打馕的时候阿娜儿坐在馕坑边嗑瓜子，瓜子皮像花瓣一样被她吐得满地都是。

方尼娅告诉阿娜儿，方海平的眼睛看不清东西了。

可他的鼻子和狗鼻子一样灵敏。阿娜儿说。

方尼娅说，他能闻得出从身边经过的人有没有狐臭。

阿娜儿说，他嫌弃我身上的狐臭味。

方尼娅笑起来。他对狐臭记忆深刻。

关我什么事。阿娜儿说。

2024 年 1 月 23 日北京时间 02 时 09 分，距离口岸几百公里的地方发生了 7.1 级地震，方尼娅那一刻正躺在阿娜儿家位于四楼的床上，她突然感受到床在晃动，以为床底下藏了个人，惊得跳起来察看。这时候窗子也发出了哗啦哗啦的声音，整面墙都跟着晃动起来。方尼娅以为是风把楼房刮得晃动了起来。她担心这么大的风，会不会把房子刮跑。

距离口岸两百多公里的阿拉木图，同一时刻也在晃动。方海平摸索着想走出去，走到屋子中央的时候，头顶的吊灯掉下来，砸在他头上。

方海平倒下去，和一堆碎片躺在一起。

阿娜儿冲进房间，拉起方尼娅往外跑，她们光着脚，站在雪地里。方尼娅在雪地里跳着脚站了不到两分钟，就叫嚷着要回到楼上去。她觉得就算是死在废墟里，也比在外面光着脚跟不穿鞋的鸡一样挨冻强。

阿娜儿也是这样想的。两个人回到房间，相拥着坐在床上。余震还在发生，有微微的震感。很快，她们从短视频里得知这次地震也波及了距离口岸并不算远的阿拉木图。方尼娅打开手机监控，看见方海平躺在地上。她使用手机端进行远程喊话，方海平听见声音，朝监控镜头转过头，对方尼娅的喊话做出了回应，他说的是语速极快的义乌方言，方尼娅完全听不懂。

一种不祥的念头从脑子里闪过。方尼娅把这种念头一挥而散,如同一头牛用尾巴赶走了一只苍蝇。她继续用汉语、俄语、哈萨克语跟方海平喊话,但方海平均用义乌方言回应她。

阿娜儿也感觉出了不对劲,两个人商量了一下,决定立刻往阿拉木图赶。天还没有完全亮起来,边检站还没有开门,她们坐在车里等,感觉整个人都冻僵了。那个冬日的早晨灰蒙蒙的,一切都被冻住了一般。好不容易,等到太阳升起来,空气开始流动,路面上开始有了动态的事物,乌鸦也开始发出不好的叫声。等她们过了海关,方尼娅以足以吊销驾驶证的车速往阿拉木图狂奔。

方海平躺了有一个世纪那么长。他的视力因为头部挨了一击,变得清晰起来。他看见离他不远的地方,有一条闪闪发亮的首饰,那些假的珠子,比真的还要漂亮。

他看见梦境的边界有一抹微光。

他闭上眼睛的时候,正是李祖天黑下来的时间。白昼合拢来,切换成黑夜。方海平死在了李祖白昼和黑夜的分割点上。对他来说,死亡不过是李祖白天和黑夜的界限。他卡在其间,既去不了白天,也去不了黑夜。而他所在的城市,白昼在没完没了地延长,金黄的阳光照在墙上,有一种回光返照的意象。

方尼娅赶到时,所能做的事情,是伸出手,像揭掉面膜一样,揭掉了方海平脸上那层悲伤的薄膜。她相信人的意识永生不灭,这个被埋在巴旦木树林旁的中国小个子南方人,在巴旦木成熟的时候,可以听见果核裂开的声音。飘落的巴旦木树叶,跟李祖水蜜桃树的树叶多少有点相似。

事后方尼娅回看监控,始终弄不明白方海平最后用义乌方言说了什么。平时方海平从来不用这种方言说话。他在死前,似乎把曾经使用过的其他语言统统忘掉了,只记住了义乌方言。那是天书一样难懂的语言,翻译软件也翻译不了。

为了弄清楚方海平最后说了什么,方尼娅决定回一趟李祖。

方尼娅觉得自己所经历的旅行,从来没有把她带到比李祖更为陌生的地方。李祖很多东西都消失了。消失的速度,显然比发展的速度更快。这个曾经遍布粪缸的江南小村子,已经蝶变成了闻名全国的国际创客村。它比方尼娅想象的更为靠近世界的中心。

方尼娅来到李祖做的第一件事是走进第五空间上了个厕所。来李祖参观学习的人很多,大巴车一辆接一辆地开进李祖,从车里卸下来的人,把小小的李祖弄得拥挤不堪。尽管李祖有好多座公厕,第五空间的女厕前面还是排起了长队。方尼娅看见旁边的男厕空着,不知什么原因,世界上所有的公厕,都是这种状况,女厕排着长队,男厕空着。方尼娅犹豫了一下,径直走进男厕。男厕每一个隔间的门上,都门神一样挂着京戏大花脸的脸谱。以此推测,女厕那边,应该是花旦的脸谱。方尼娅出来的时候,发现所有的人都怪异地看着自己。方尼娅想,他们可能会猜测她是来自泰国的人妖,要不就是属于性别更为复杂的那一类。但那又怎样呢?在这个世界上,每个人都是局外人,她大可不用管别人怎么想。

转而一想,这是在李祖,李祖与别处不同,与世界上任何一处都不同,李祖是她的祖地。方尼娅在洗手台整理了一下自己,她带着朝拜的心,朝祖母的老房子走去。

老房子离戏台不远。戏台叫燕归园,有老人在台上拉胡琴,唱婺剧。那种调门,方尼娅听方海平唱过。方尼娅听着唱,差点掉进路中间的一个大坑里,正奇怪路中间怎么会有个坑,发现坑是画出来的。再往前走,随处可见的墙画,皆真假难辨。窗台上蹲着一只看风景的猫,窗台是真的,猫是画的。墙洞里有只老鼠,墙洞是真的墙洞,老鼠是画的。拐角处卧着一条狗,走近了,狗就是不起身让路,也是画的。铺着青砖的巷子,走着走着,就碰壁了,巷子一半是真的,一半是画的。

晕头转向间,方尼娅被一个体形肥胖的老女人一把抓住。她盯着方尼娅,吸了一下鼻子,唇边挂着似笑非笑的表情。

方尼娅立刻明白过来,她是那个女邻居。她们因为生意上的事情通过几次视频电话,女邻居开了美颜,跟眼前完全是两个人。

女邻居感慨方海平听了她的话,往西发展,结果西得回不来了。她悲伤了一会儿,然后指给方尼娅看她祖母的老房子该怎么走。如果不是女邻居指引,方尼娅很难找到祖母那座已经完全改头换面的老房子。祖母在她过世的时候,把老房子的继承权,给了方尼娅的表姐。祖母是根据头发的颜色来做出这个决定的,方尼娅的头发明显没有李祖表姐的黑。祖母那口刷了很多遍漆的红漆棺材,最后没能派上用场。祖母曾经指给方尼娅看的埋自己的那座山,改造成了公园,山上的坟按照新农村建设的规划，迁往了整齐的陵墓。祖母勉强接受了骨灰盒，她把红漆棺材打成梳妆台送给了出嫁的李祖表姐。李祖表姐在义乌国际小商品市场有商铺，每天生意兴隆，她把梳妆台供在店铺最显眼的地方。她觉得自己的发财，跟祖母的棺材脱不了关系。

李祖表姐是一个很有经济头脑的人，她和所有的义乌人一样，最擅长的事情是让钱繁殖出钱来。她把这座保留着方尼娅深刻记忆的老房子，租给了几个年轻创客。那是几个清华留学生，有来自中国香港的，也有来自法国、马来西亚、韩国的。留学生把祖母的老房子改造成了一座叫 Pure Life 的颇具艺术氛围和空间感的咖啡屋。因为发音相似，李祖人把它叫飘来。义乌国际小商品市场里的外国商客和城里的文艺青年，会跑到距离义乌不远的李祖，享受乡村慢时光。他们把飘来叫作屋顶咖啡，因为坐在飘来的阁楼上，看出去是一片老房子灰瓦的屋顶。

方尼娅六岁的时候，喜欢爬上危险的竹梯，一个人长时间地待在阁楼上。李祖表姐曾恶作剧地拿走梯子，致使方尼娅无法下来。现在通向阁楼的是一道窄而陡立的木楼梯，在方尼娅眼里，那仿佛是一个时间通道，爬上去，就能撞入过去。方尼娅埋头上楼的时候被下楼的人撞了一下，撞得她差点滚下去。她明白，无人能撞入过去而不付出点代价。

方尼娅认出撞她的人，是清华留学生中的那个韩国留学生。李祖的青年创客榜上有他们的照片和介绍。一道浅浅的暗影落在他面颊的一侧,这让他看上去有点冷峻。韩国留学生跟方尼娅道歉的时候,说话带着黏音。有那么一刻,方尼娅以为,自己和平行世界里的高丽男友,在另一个地方再次相遇。这不是不可能的事。高丽男友也许同样会在另外的地方,遇见平行世界的另一个自己。方尼娅相信平行世界的存在。

在阁楼上,方尼娅一眼看见过去放祖母红漆棺材的地方,现在放着一张暗红色的长沙发,阁楼暗沉的光线中,沙发看上去像是一个轻盈的漂浮物。方尼娅告诉韩国留学生,那里曾经放着祖母的红漆棺材,自己曾经站在红漆棺材上,看见落日从稻秆篷上落下去。有一天,她走出村子,朝田野里的稻秆篷走去,但是一口又大又亮的水塘挡住了她的去路。在以后的岁月中,她经常会隔着什么看见稻秆篷,它在时间的投射中,成了永恒的落日之所。

这次回到李祖,方尼娅没有看见稻秆篷。稻秆篷的消失,让她的心里升起一种隐隐的痛感,好像自己与落日之间的某些关联,断开了。

韩国留学生对方尼娅说,有一点你不知道,在李祖,一天可以看见四次日落。

四次?方尼娅用眼睛问。

韩国留学生肯定地点点头:是的,四次。

有一天,他骑着车,追着落日跑。他先是在远处的山尖上看见落日落了下去。随着位置的移动,他第二次看见落日是在低一点的山坳。第三次,落日挂在吊车的钩子上。第四次,他看见落日自一丛通体透亮的芒花上落了下去。

大地上的有些东西,是专供移动的落日休息的地方。韩国留学生说。

是这样的。方尼娅告诉韩国留学生,她曾经看见落日停落在火葬场的烟囱上休息。

她没有告诉他,那一天,是方海平的火化日。

如果骑行的速度更快一点,在李祖看见更多次的日落也不是不可能。韩国留学生脱下围裙,结束工作,准备去骑行。

方尼娅在红沙发上坐下来,她点开手机里面保存的录音,好像有神灵帮忙给翻译了一下,方尼娅突然就听懂了方海平最后用义乌方言说的话。她马上拨通了阿娜儿的电话,那边的阿娜儿急切地想知道他最后都说了啥。

他说他要去洗手间,再憋下去他肯定会把自己憋死掉的。

阿娜儿听了笑起来:那个苕子,没想到他不是被吊灯砸死的,他是被尿憋死的。

阿娜儿又说,这也太不应该了。他那么能憋尿,为了赚钱,可以一整天不去茅厕。他最后竟然被自己的尿憋死了,这也太滑稽了。

方尼娅听见阿娜儿吸鼻子的声音,然后听见她哭起来,吹喇叭一样地擤鼻涕。

秋 千

高上兴

忧愁是和好事一起来的。

说来难为情，长到五十六岁了，蓝阿彩还掉了眼泪。公婆两个对坐，闷闷的，说一阵子，只是叹气。

蓝阿彩家的老头子撑了一辈子船，本就到了退下来的年头，倒还好说。她是花鼓剧团下岗职工，在村里铁索桥头开了个小店，就叫阿彩商店。托铁索桥的福，卖一点啤酒、香烟、瓜子、油盐酱醋，门口又搭一个棚子，整日听过往歇脚的人说闲谈，日子棒极了。

哪想到，上头给了钱了，要在这铁索木板桥边，再修一座水泥大桥。这事人人高兴。蓝阿彩也跟着高兴，高兴完了，便开始愁。愁什么呢？说了让人笑话。

老头子看蓝阿彩发愁叹气，便推推她，让她讲讲。三十多年的公婆，这个外号叫老鸭的人便晓得，蓝阿彩有一个发愁的毛病。天还没塌呢，她就愁脑袋砸出包了。年轻时为着这个愁，还闹过几次大的动静，上过医院的。

现在年纪大了，百事看开，倒没有动静了。但总归还有些愁的名声在外，人人都不敢太让她愁。

老鸭又比外人多掌握一点办法，晓得她爱愁，便千方百计让她把愁讲出来。讲出来，愁就跑了，日子又可以安安生生过下去了。

讲讲，讲讲。他催着她。讲讲就讲讲。

蓝阿彩就讲小店。蓝阿彩讲，小店为什么有人来呢，还不都是靠外出不方便。要是方便起来，还有什么人来嘛。

村里到县城二十里，说远不远，说近不近。村外有条河，宽一百多米，常年碧油油的。过去有河没桥，全靠渡口。这渡口有个名，叫作浮伞渡。老一辈传下来，从前有个马天仙，有天要过渡，不想下了雨，溪水暴涨，马天仙便把雨伞倒过来，化作一艘船过了渡。

因这段故事，浮伞渡边，村里人还修了浮伞祠。祠上，沿着山岗，又叠了灵水殿、观音阁，香火旺得很。阿彩商店隔着渡口，正对着浮伞祠。

老鸭过去是浮伞渡口的渡工。后来大家凑钱修了一座铁索桥，去县城就方便多了。但方便归方便，要买点什么，还得就近去阿彩商店。

人都说，蓝阿彩有眼光，以前就晓得搭水泥砖房开店。这小房子用的是自己家的菜地。没有批手续，说搭也就搭了。

不发愁的日子，蓝阿彩坐在小店里，嗑嗑瓜子，看看电视，就有钱从窗户里飞进来，真是快活。飞钱的时候，那些钱的主人，有时也跟蓝阿彩说闲谈。

那些人说，现在上面村都在造桥了，我们村里也没有打算，一天到晚就是拆拆拆。

　　蓝阿彩就跟着骂村干部。还记得上半年，老鸭搭了个灰寮，还没用满月呢，村干部过来，说要拆。老鸭死活不同意，讲种田人种田，不就靠灰寮嘛。不用灰寮，泥灰往哪里放嘛！

　　村干部笑眯眯说，有什么法子，我们自己的都拆了。老鸭不信，去看看，果然拆了。没办法，拆吧。拆了灰寮，就要清理猪栏粪。老鸭没地方倒，就挑起来，都倒自己菜地里去了。不想，春天连续下雨，把猪栏粪冲出水来。热焦焦的，把洋芋都种憨了，一棵棵缩头缩脑蹲在地里，叫它们也不应。

　　蓝阿彩骂完村干部。有个人就说，我们村真是百样事情都做不成，造桥的事情，连个挑头的人都没有。听说上面那村，村书记天天跑县里，把解放鞋都跑破了，才争取来了钱，要造八米宽的大桥。

　　明年，也就是公元二〇〇五年，一座八米宽的大桥，就要横跨在河面上了。那人挥舞着手臂说。

　　蓝阿彩有点听呆了。而后想起来，这人外号就叫新闻联播。

　　八米宽的大桥，蓝阿彩想该有多宽。那人就说，比你这店面还要宽。蓝阿彩就愁，这么宽的路，该花多少钱哦。不过想想，这么宽的路面，晒稻谷肯定好，也就坦然了，觉得这钱花得值。

　　就说到了蓝阿彩家的老鸭。这人入水不沉，又长着一张平而扁的嘴巴，从小就被人叫老鸭。老鸭在这河面上浮游了近六十年，先是在浮伞渡口撑船，后来浮伞渡口撤了，才移到上游的村渡口去。上游那村修了大桥,渡口就不用了,老鸭又得下岗。好在这一回,老鸭到退休年龄了。等桥通车,刚好退休,一点没影响。

闲谈了一番,人就走了。蓝阿彩走到铁索桥头,走上摇摇晃晃的铁索桥。溪水像一块刚洗完的蓝缎子,在风里湿漉漉地摇摆着。对上游那村造桥的事情,蓝阿彩其实早听老鸭说过了。

老鸭说这事,颇有一点得意。他可是到退休年龄了啊。有两个比他小的,离退休还早着呢。造好了桥,撤了渡口,他们往哪里安置呢?上头没有一个说法,可真够让人愁的。三个人一起撑船时,另外两个就明显没劲头了。

他们是港航公司的职工,也算是吃一口公家粮吧。眼见着公家粮快吃不成了,两个年轻一些的,就整日慌兮兮的,悄悄跑去县里打探消息,想落一个实在。老鸭没必要去,又不好把得意明打明写在脸上,便宽慰两个人说,县里渡口这么多,总有安排的地方。

最年轻的那一个,才三十六岁,就说,他打听过了,这五年内,县里要把所有渡口都撤掉,全部改建成大桥。现在撤这个渡,他们挪到别的渡,明年后年再再撤过来,又能移到哪里去呢?

老鸭叹口气。那年铁索桥建起来,他那个浮伞渡口撤了。他就移到上面村渡口来了。现在,同样的事情,临到两个年轻人头上来了。

大一点那个,四十八岁,就说,换来换去,终归不是一个办法。哎呀,老兄弟,还是你运气好。

说着话,三个人前前后后,把船在渡口来来回回撑。不撑船时,三个人又聚拢来,说闲谈。老鸭毕竟干了一辈子渡工,又有过撤渡经验,便给两人出主意。

老鸭讲,眼睛要往前看,你们两个还年轻,该走动就要走动。

这话说了等于没说,因为这两个人,实在已经是把该走动的人都走动了。三十六年纪轻,更看重这一份工作,把不该走动的人也走动了,得到的话是,我们研究研究。

老鸭和四十八听完三十六的说法,就在水面上研究研究研究到底是个什么研究。老鸭说,这事肯定有门。四十八说,不然,还是要靠自己,早做准备的好,万一真下岗了,得有个路子啊。

四十八和三十六便抬头看看天,低头看看水。吃水上饭的,真离了水,还能再吃什么饭呢?

老鸭回到家,和蓝阿彩讲三十六和四十八。公婆两个就觉得自己真是幸运。比起渡口要撤掉,又不知道分流到哪里去,拆灰寮这点小事,也实在是太小了。

上面村修大桥的事,说着就到了眼前。老鸭亲眼看见的,领导背着手来了,测量人员也到渡口了。老鸭他们三个渡工,在渡口上来来回回,把测量人员划到这边划到那边。有个老成的队员,递给老鸭他们一人一支烟,说,老师傅,等桥造好,你们就不用辛苦了。

老鸭就笑笑。四十八说,等桥造好,我们就没饭吃了。

队员说,也不是这么讲,桥嘛总归还是桥好。你们会开船,哪里能饿着你们呢?

老鸭听了,也跟着说,也是也是,天无绝人之路嘛。

队员说,实在不行,你们搞漂流去啊。从上游漂到下游,人家都愿意付钱的。

四十八明显就听进去了。一直向队员打听漂流的事情,队员说他也只是看新闻里看过。

等队员走了。三个人得了闲,又聚拢在船头研究。老鸭看四十八的样子,便说,你可以出去看看嘛,现在交通又方便,找个地方,看看人家怎么做。

四十八问三十六。三十六说,我看,还是找门路的好。

老鸭跟四十八开玩笑,你去看看,回来开个漂流公司,我退下来再来给你打工好了。

四十八真真的,说,那讲定了。

说着闲谈。来来回回撑船,一拨拨人来看,来测量,吃着烟再说闲谈。车子就把木板、钢筋、水泥和沙子拉到渡口了。桥墩起来了。桥面有点样子了。

老鸭每天回家,都把桥的最新样子,讲给蓝阿彩听。蓝阿彩听着,就高兴起来,好像那桥是她一手造起来的。

在铁索桥头看店,碰到人说闲谈时,话头总要说到桥。说一阵桥,就骂一阵村干部。屁用没有,看看人家上面,大桥都快修好了,这里还是一支铁索桥,晃荡晃荡。

这叫造得早不如造得巧。早有什么用呢,亏上面还拨了款,村民还捐了钱,一点眼光没有,不知道社会发展,修来修去,修一支铁索桥,没用几年就落后。

这里要是修一座大桥,哎呀,我就去买一辆三轮车,突突突开到县城,买点什么也方便。有人羡慕地说。

哦哟。蓝阿彩听到这话,胸口就像被捶了。愁又发起来了。愁爬上了她的心口,爬到了她的背上,又沿着她的背,爬到了她的脖子上。愁骑在她的肩膀上,拿手勒住了她的脖子,又用手扯她的耳朵。愁像虱子一样,一串串的,在她的头发丝上爬来爬去。要死了,要死了。要是自己村也修了大桥,人人都把车开到村里,还有什么人来店里嘛。

这个没脑子的,怎么早就没想到呢。亏她还和人说,要是修大桥,她捐款也愿意。

她现在觉得村干部不去修桥是对的。

这一回,有人来她店里说闲谈,骂村干部,蓝阿彩就说,修桥嘛,不要着急,铁索桥用用好了。村里那么多事情,样样都要村干部,哪里顾得上桥呢?

话不投机,说两句,来人就走了。蓝阿彩看着来人的背影,说,一直顾不上才好呢。

但愁自此就常常发起来了。发起来时,蓝阿彩睡不着觉。她在床上翻来覆去,嗯嗯哼哼叹着闷气。老鸭被她弄醒,打了个哈欠,又准备睡了。

蓝阿彩就说,你说,我们村会不会也造桥?

老鸭说,造什么桥,我们已经有铁索桥了。

蓝阿彩就说,真没听说?

老鸭说,县里有三十六个渡口要撤呢。要造的桥,也有十多座,哪里顾得上这里。再说了,大家都想造桥,你看看村里那几个,天天就是拆灰寮、捡垃圾,哪有心思去上头跑嘛。不去跑,钱从哪里来?

蓝阿彩听听也是,就放心睡了。睡到早上,又有点愁起来:人家都造大桥,凭什么自己村就没有啊? 上头的钱,白白给了别村,想想就觉得自己吃亏了。

吃过早饭,走到铁索桥头,把小店门打开,看着那些花花绿绿的杂货,蓝阿彩的忧愁才又退掉一点。吃亏就吃亏吧,只要小店还能赚钱就行。反正村里吃亏,自己不吃亏就成。

哪想到,村里的桥说造就造。大家还没怎么说呢,事情已经定了,连钱都落实了。蓝阿彩正愁着,又来一个坏消息。消息是蓝幺兰偷偷跟蓝阿彩说的。

那天,蓝幺兰把脸抹得雪白,到店里买了酱油。临走时,又折回来,对蓝阿彩说,现在村里考虑,要把小店搬掉。

蓝幺兰是村干部。什么干部,蓝阿彩说不上来,反正不是书记,也不是主任,但哪哪都有她。她是个活动家,开着一家农家乐,却并不常守着。她总是抹着一张煞白的脸,这家那家走来走去。蓝幺兰说,那天会上就说了,讲你的店没有手续,本来就要拆的,我就讲,现在村里没个店也不方便,又替你讲了话,这事才算暂时按下。

蓝阿彩就赶紧谢了蓝幺兰。蓝幺兰笑嘻嘻的,说,姐啊,不要客气,都是隔壁邻舍,我不帮你讲话谁帮你讲?

蓝幺兰又对蓝阿彩说,不过啊,等大桥开始造了,你这里肯定是要清理的。造桥开始施工,你这里要围起来做工地的。

蓝阿彩摸不清楚蓝幺兰是真这么想,还是替村里来探她口风。等她走了,便连看电视的心思都没有了。愁啊,愁得鼻子都酸了。早先的愁,还是远远地愁。现在,愁可就愁到眼前了。

蓝阿彩确信蓝幺兰不会无缘无故诳爽她。她反复琢磨蓝幺兰的话,越琢磨,就越觉得村里拆她的小店,就在眼前了。这半年下来,天天拆拆拆,拆了多少草棚、灰寮和厕所哦。拆棚拆寮拆厕,蓝幺兰是跑得最勤快的。这个狐狸精,走到哪里,就笑到哪里,笑着笑着,人家就吃了她的迷魂药,自己把那棚啊寮啊拆了。

也有不吃她迷魂药的。那家女主人就戳着蓝幺兰鼻子骂,蓝幺兰也还是不恼躁。脸上笑嘻嘻,嘴里说着软话,逮着机会,就招呼村里干部,三下五除二拆了。一拆完,人家也只好认了。

蓝幺兰照例跟人家讲好话,说什么旧的不去,新的不来,往后还要在村里修公厕呢。自来水哗啦啦冲,天天冲得干干净净,苍蝇站上去都跌跤。

说一通,人家气也顺了。背地里再骂一声"这个武则天",这事就算成了。

没拆到自己家时,蓝阿彩也觉得拆了这些寮寮棚棚挺好的。一到自己家,蓝阿彩就愁了。

早前拆灰寮,蓝阿彩就愁了好一阵子才缓过来。现在他们又把目光盯在自己的小店上了。这家小小的店啊,打铁索桥还没修,铁索桥下还是渡口的时候,蓝阿彩就已经开了。过去开小店,货从县城进过来,托人家的车运到河的那一边。蓝阿彩就自己把货搬到渡船上,再摆渡过来,卸在河岸上,又肩扛手提,拿到小店里。

蓝阿彩下岗的前两年,剧团里就有说法了。有脑袋灵光的,一面不声不响地上着班,一面暗偷偷找门路。蓝阿彩稀里糊涂,还闷着头,一天天往剧团里钻。团里有个领导,有天把她叫去,跟她说眼下的形势。说着形势,就近挨着她,把温热的湿漉漉的手搭在她的肩膀上。

蓝阿彩让了一下。领导又挨过来,讲,事情嘛总是有法子的。阿彩,你还这么年轻,还是争取争取,不要下岗的好。

这会儿,刚好有人过来,蓝阿彩也就赶紧出来了。不多久,她就正式下岗了。下了岗,蓝阿彩不喊也不闹,连争取争取都没有。后来,她跟人讲,这命啊,不管好命歹命,你都得接受它。

接受它。蓝阿彩就把自己重新变回了村里人。她像村里的妇女们一样,大年初一,就沿着铁索桥,提着瓜果篮子,走到浮伞祠那边去,拜了马天仙、观音菩萨、灵水大王,再折一簇翠绿的树叶,插到阿彩商店门口去,讨口彩,叫摇钱树。别的节日,也按本地风俗,都一一过妥帖了。

蓝阿彩有时看本地新闻,偶尔也会看到以前厂里的熟人,以前比她还不如呢,现在也有一官半职了。开会时,坐在会议桌前,拿着笔记记画画,很像一回事。

蓝阿彩就说一句,命啊,八字生得好。

把一样样杂货在货柜上摆放整齐了,蓝阿彩才感到落实。仔细算算时间,哦哟,这家店已经开了整整十二年了。河的这边,山路像藤蔓一样在深山里爬,一个分岔路,就吊着一个村。大点十来户,小点三五户,整整一十三个村。除了要办大酒席、过年,除了到县城时顺路买,平常日子里的零零碎碎,大家都是在阿彩商店买的。

蓝阿彩有一本蓝皮笔记,就放在柜台底下的抽屉里。有人要赊点什么,就拿出笔记,在上面写上某月某日,某某村某某,赊某某,价多少。那行末尾,是那人的签字或者指头印。等到给了钱,蓝阿彩就当着他的面,把那一行划去。

现在赊东西的人不多了,顶多也是人忘了带钱,便说赊一下,等回家了托人把钱带来。

蓝阿彩就很爽快的,说不要记了,我记得的。那人晓得蓝阿彩的规矩,便说还是记一下的好。蓝阿彩也就不客气,照例在本子上写了,把本子倒过来,笑眯眯递给那人。那人签了名,方才拿着东西去了。

这么些年来来往往,蓝阿彩认得每一个人。她在小店外搭了一个铁皮棚,小店空间便大了。铁皮棚靠着小店的一侧,堆了一墙啤酒箱。棚子中间,放了一张缺了一条腿的四方桌。这缺了的腿,是用另一条缺腿的凳子撑着的。凳子底下,又撑着五块红砖。如此叠起来,桌椅便都牢靠了。

离四方桌不远,挨着浮伞渡口的那一面,是一个铁架秋千。蓝阿彩还保持着少女时的喜好。她闲时喜欢坐在铁架秋千上,一面晃晃荡荡,一面看着河水悠悠南流。

蓝阿彩的铁皮茶桶就放在四方桌上,一年四季都烧着茶。过路人就是在桌旁一边吃茶一边说闲谈的。闲谈完了,再走到店里,看看家里缺什么,再买一点,晃荡晃荡走了。有时候,来买东西的人很明确,先买了东西。一面说要走,一面又把东西放在桌上或边上,和一个什么人说着。

蓝阿彩就听着闲谈,赚着钱,把新近很火的《2002年的第一场雪》放得响亮:

"2002年的第一场雪,比以往时候来得更晚一些,停靠在八楼的二路汽车,带走了最后一片飘落的黄叶……"

现在他们居然准备要拆她的店了。

拆她的店,她可以找个地方重开,虽然麻烦一点,倒也不要紧。关键他们还要造桥。等桥造好了,蓝阿彩知道的,现在交通好,大家就往县城去了。去得勤了,县城商店五花八门,谁还会来她这店里买东西哟。

愁啊愁,肚内煎。蓝阿彩坐在秋千上,随着秋千起起落落浮浮沉沉,也无心和人搭话,也无心看流水。好不容易等到老鸭回来,就说了蓝幺兰的意思。

老鸭还在梦游一样,说,不要紧的,不要紧的。

蓝阿彩就着急了,说,怎么不要紧了,拆店啊,拆了就没人来了,拿什么赚钱?

老鸭说,时代发展嘛,时代发展嘛。

蓝阿彩就不乐意老鸭说官话。你一个撑船的,整天学领导讲话干什么呢。时代发展,时代发展,把撑船的饭碗发展没了,把开了十二年的店都发展没了。

不高兴的蓝阿彩,就跟老鸭说大事。我跟你讲,要是店开不下去了,靠你那几块死工资,你那贷款还不了。

这话说到点上了。愁就传染给了老鸭。去年,县城里开发了一个新楼盘,把买房广告打到电视上、大街上,但人人都不敢买。过去房子都是政府盖了,再分配给职工的,或者就是城里农民拿了地,自己盖起来的。在鹤墟县,私人老板直接弄一块地,盖一个楼盘出来卖,还是头一回。

到底行不行,后面房子出了问题,谁来管呢?大家都没有底。没有底,就都在观望。观望了一阵子,县里就动员大家买。机关单位员工跟着买,买了一拨,都说"挺好"。老鸭听说,赶紧和蓝阿彩商量,两个人商量来商量去,一咬牙也贷款买了。

买了干什么用呢?老鸭和蓝阿彩有盘算,儿子正读高三,等读完大学回来考公务员。考完公务员娶老婆,这房子刚好用上。高龄得子,蓝阿彩公婆两个对儿子宝贝得很,拼死老命,也要把儿子的路铺得更宽一点。

本来一个领着撑船工资,一个开着店,还房子贷款,不说轻松,却也不是很难。现在因为造桥了,撑船的要退休,开店的要拆店,房子贷款,可就悬了。何况,儿子上大学、娶老婆,样样都是向钱看齐呢。

两个人愁对愁,说话就不中听了。蓝阿彩说,早知道不买那房子了。

老鸭说,哪有这么多"早知道"。

蓝阿彩说,要不是你一直说买,我也不会买。

老鸭就不乐意,说,那按你这么说,还是我不对了?哎,当时最后拿主意,定下来要买的是你啊。我就是有这个想法,是你说可以买的啊。现在推我头上来,算什么嘛。

翻出陈芝麻烂谷子,谁家没点牢骚话呢?说一通,蓝阿彩就掉了眼泪。

老鸭吓得赶紧说宽心话,过了好一阵子,蓝阿彩才止住眼泪,两个人闷闷地坐着。蓝阿彩便叹气。心里愁得发慌。

末了,还是老鸭自己给了主意,老鸭说,我呢,现在还做得动。真退休了,也还得再找一个地方做做,看门也行,到溪里抓鱼也行,总归要把贷款还掉的。

转眼就真要拆店了。蓝阿彩站在店门口,对来通知的蓝幺兰说,拆吧拆吧,我还能拦你们不成?

蓝幺兰说,也不叫拆,就是搬个地方。现在村里环境搞好了,将来大桥也修好,我们搞旅游,天天都有客人来。有了人,还怕没生意吗?

村里拆了村口的破烂牛棚,把地面平整出来,准备修停车场。牛棚边上,原来有一座粮仓的,黄墙黑瓦,像一个大木桶,本来也打算拆,后来村民有意见。说那房子外观好看,又是过去搞集体经济的见证,也不碍事,不让拆,也就没拆成。没拆成,村里派蓝幺兰和蓝阿彩谈,谈来谈去,那老粮仓,就作为阿彩商店的临时搬迁点。

蓝幺兰说,姐啊,时代在发展嘛,等停车场修起来了。来旅游的人,车都要停在你家店门口,他们一下车,买水啊买烟啊,肯定都找你啊。

蓝阿彩想想也是。她知道不是也得是,时代在发展嘛。她就是有点舍不得那浮伞渡口,舍不得那铁索桥。过去老鸭在浮伞渡开船时,每户人家一年交五块钱,便可以全年来来回回坐船。蓝阿彩来来回回坐,对浮伞渡的每一条波纹,都熟悉得跟自己家似的。

后来修铁索桥,渡船就没了。那铁索桥,也是她看着一天天修起来的。如今,她要和铁索桥告别了。虽然也就搬五六百米的路,但她却感到仿佛要搬到天边去似的。

蓝幺兰的话说得好听,但蓝阿彩晚上想想,还是觉得铁索桥头好。铁索桥头,是十三个自然村的路口,到了村里停车场边,要过这个地方的村子,就只剩下七个了。等修好了桥,再修通村的路,很多老客,不会再绕到她的店里来了。

不绕过来,谁来说闲谈呢?再说了,那粮仓黑乎乎的,白天都得开灯,还一股霉稻谷的味道,谁愿意到这里来说闲谈呢?蓝阿彩越想越觉得自己被蓝幺兰骗了。

但是,又有什么办法呢?人家蓝幺兰说了,她那个店,本来就没有审批,还有自己搭的铁棚,本来也在拆的范围。蓝幺兰真会说话。她说,姐啊,人家都老早拆了,你的为什么能拖这么久,那是村里顾着你呢。可是,现在上头盯着村里,村里也没办法啊。胳膊拧不过大腿,你说是吧。

蓝阿彩一时没想过来,就吃了蓝幺兰的迷魂药。现在想想,很多事还没谈呢。搬到里面,铁皮棚肯定是不让搭了,不搭棚子,放茶桶的桌子往哪里摆呢?铁架秋千往哪里放呢?不放这些,开店的意思就少了一大半。

认了这一点,蓝幺兰再来时,蓝阿彩就不给她好脸色看。蓝幺兰偏偏笑嘻嘻的,隔两天来一趟,隔两天来一趟。她带来造桥的消息,也带来停车场平整的消息,两个消息里夹杂的,是蓝阿彩搬店的日子。

日子一天天近了。蓝阿彩在店里忙忙碌碌,把店里角角落落拾掇出来。要卖的纸皮、易拉罐,摆在店门左边。要扔掉的旧物件,便一趟趟,送到垃圾房里去。垃圾房,这个话,蓝阿彩也是从蓝幺兰那里听来的。她听着就觉得好笑,人有房子,垃圾也有房子。

过去只有垃圾堆、垃圾宕的说法,就是在河边找一个偏僻的低洼地方,大家把垃圾清理出来,往那里一倒。等下了雨,涨起来的河水,会把垃圾带走的。河水退去,干干净净,大家又可以继续倒,祖祖辈辈,都是这么干的。

现在不了,村里搞花样,在河边立了铁皮牌子。白地红字,耀人眼睛:禁止倒垃圾。这里禁止倒,便又给垃圾盖了房子。一个小小的水泥房,里面放大垃圾桶,有垃圾就往里头倒。倒满了,统一运走。

村里不通大桥,运垃圾就麻烦些,要有环卫工人,把垃圾桶拖到铁索桥头,再抬一下,抬上桥面,往河那边拖,然后放到垃圾车里。这也是去年刚开始搞的新鲜事。蓝阿彩在店里,天天看着环卫工人这么拖,有时觉得这些人真是吃饱了没事做,有时又同情他们辛苦。

蓝阿彩把清理出来的垃圾送到垃圾房,哐啷啷往桶里倒,便又想到环卫工人躬身拖桶的样子。她也觉得,还是要修一座桥。

蓝阿彩搬店,倒有村干部领着几个劳力过来帮忙。大家伙儿七手八脚,就把店里那点东西搬过去了,横七竖八摆满了粮仓。蓝阿彩叫人把桌子和秋千抬了,放到粮仓门口,又把"阿彩商店"的招牌拆下来,挂门头,搬店就算完成了。

过了些天,铁索桥头的店就不见了。沙子和钢筋占满了空地。蓝阿彩说,他们占我们的菜地,该叫他们拿钱。老鸭说,算了算了,都是村里公益事情。蓝阿彩也就算了。

搬店时蓝幺兰没来,收拾新店时,蓝幺兰倒来了。她穿着一件粉红格子罩衣,戴了袖套,说要来帮蓝阿彩收拾。蓝阿彩知道她来准没好事。果然,到摆那张缺了腿的四方桌时,蓝幺兰就说,姐,现在没有棚,桌子还是摆到店里的好。

蓝阿彩由着她帮着策划了摆放位置。到秋千时,蓝阿彩就把不高兴摆在了脸上,说,幺兰,你连秋千也不放过吗?你也是荡过的,塞到粮仓里怎么荡?

好些年前,蓝幺兰和蓝阿彩还当娘家女时,都爱荡秋千。那时条件差,两人就用稻秆搓了绳子,爬到村后的一棵老树上,把稻秆绳绑在树杈上吊下来,结成一个环儿,轮流坐在环上荡。

有一回,蓝幺兰正荡着,上头绳结松了。蓝阿彩便见到蓝幺兰飞了出去,扑啦啦摔在了远处。她尖叫了一声,赶紧跑过去,蓝幺兰已经没声响了。蓝阿彩吓得一直哭,好在有村里人路过,赶紧把蓝幺兰送到乡卫生院。蓝幺兰右额角有一个花生大小的疤,就是这次留下的。

为这事,蓝阿彩被家里足足骂了一个月。仿佛也是从这时起,两人有了一些分别。蓝幺兰自此怕了荡秋千,但蓝阿彩还是旧习不改。坐在秋千上,身子像麻袋一样荡来荡去,风在耳边呼呼作响,心里反而踏实了。

出事情那年,蓝幺兰还是个跟屁虫,整天跟在她后面,姐姐姐叫个不停。一晃儿,两人都先后招了上门女婿。蓝幺兰还当上了村干部。好大的威风,这个狐狸精,连秋千都要塞到那黑漆漆的粮仓里去呢。

蓝阿彩有点恼火起来,叉着腰,准备要和她骂一场。

蓝幺兰却说,姐,秋千还是放外面的好,又不怕雨淋的,也不影响环境。她又策划了一个位置,两个人移了一下秋千架,没移动。蓝幺兰打了个电话,就来了两个人,一起帮着把秋千架移到粮仓对面,靠山脚的古藤树底下去了。

那古藤枝干夭屈,绿叶葳蕤,也不知道长了多少年代了,过去是顺着牛棚生长的。牛棚还养牛时,开迷糊了的藤花顺着牛棚挂下来,往往引得牛们哞哞称道。今年开春,这排破烂牛棚被拆除了,古藤也迷迷茫茫的,不知道往哪里长好。蓝幺兰提议,给古藤搭一个架子。

搭架子,清理山脚,还在山脚石壁上清出了一行石刻:"藤花知我意,纷纷落我襟。"落款是"民国乙酉年夏寿春孙养癯"。

大家去查了,便感到有点名堂。架子搭好,又把古藤请上架趴着。古藤这才高兴了一点,懒洋洋地把藤蔓舒展开去。这地方又有石刻,又有古藤和古藤架,底下又添了椅子,便俨然是村里一景了。

这会儿,蓝幺兰把秋千架往古藤架下一放,两个架就更加哥俩好了。

蓝阿彩晓得蓝幺兰不敢荡秋千,便说,你们安稳人,自然不爱荡,不像我这浪荡人,要靠浪荡来落实呢。

蓝幺兰不接话,隔了好一会儿,才下定了决心似的,拿双手握住了秋千两侧的粗麻绳，缓缓地把自己的身体安放在秋千座上。坐稳了，双腿猛地一蹬，身子便如燕儿一般在空中来回穿梭了。

蓝阿彩看看，才算满意一点。荡了好一会儿，蓝幺兰才从秋千架下来，走到蓝阿彩跟前，说，姐，这人啊，只要心里有个准，就不怕晃荡。荡得高荡得低，都不要紧的，迟早都得落实了。

蓝阿彩正想接一句，蓝幺兰已转身走了。蓝阿彩看蓝幺兰走远，骂一句"这个狐狸精"，忽然想起很久以前，有次吃饭的场景。那次，她们两个参加乡里的会议，至于什么会议，她忘记了。记得最深的事，是她们本来是一起去的，连会议间隙，去洗手间都前脚跟后脚那种，到了吃饭时，蓝幺兰却坐到领导那一桌去了。

她坐在那一桌，简直是如鱼得水，活跃得像刚下蛋的母鸡。蓝阿彩从此知道，人和人的分层，有时从吃饭坐位置就能看出来。领导在的饭桌就像筛子一样，筛出来谁是领导，谁是小老百姓。后来，蓝幺兰果然当了村领导。

对这点小小的发现，蓝阿彩看破不说破，从此就和蓝幺兰更淡了。心里越淡，面上便越热，一碰面就要姐妹姐妹地叫。不知道的，以为她们是同脚穿布裤，好得很。

在黑乎乎的粮仓等不来客人，蓝阿彩就走到桥头看热闹。有村里在桥头干活的，就喊她，蓝阿彩，我们帮你修桥，有点心吃吗?

这话怎么说呢?修桥的人说,桥修好后,蓝阿彩进货,就不用扛了,直接车子运到店门口,可不就是帮她修嘛。

蓝阿彩听这话也没错。但心里就是愁得慌。听说桥修好后,还要修水泥路,水泥路修好后,还要装路灯,还要给大家把外墙粉刷起来,用挂在村委会墙上的横幅上的话说,叫"推进千万工程,改善人居环境"。

蓝阿彩看得半懂不懂,反正自己的店是被推进到粮仓里去了。蓝幺兰总是跟她说,等通了车,村里的客人就会多起来,到时候搞农家乐,肯定能赚钱。蓝幺兰和蓝阿彩是并排的邻居,早几年,她就开了一家农家乐。

这一阵子,蓝幺兰来店里,总是有意无意,怂恿她去开农家乐。蓝阿彩听听,问,你不怕我和你抢生意啊?

蓝幺兰笑嘻嘻,姐,每个人有每个人的门头。再说了,就我家,一次摆四桌就摆不下了,再多客人有什么用呢?

蓝阿彩不说开,也不说不开。蓝幺兰就跟她说,反正房子是现成的,又不用付房租。就房子里整理一下,添两张桌子,有客就烧一点,没客也不要紧,上头还有补贴,干吗不开呢?

蓝幺兰还掰着手指头,跟她说村里的农家乐。谁谁是前年开的,谁谁是去年开的,谁谁接下去准备开。

村里的农家乐,客人主要是从县城来的。现如今,有车的人多起来了,一到周末,大家就愿意找一个地方,吃一顿农家乐,吃完了搓一个下午麻将。他们村农家乐做得早,在县城有一点名头。

客人愿意来时，也不怕麻烦。他们把车开来，停在河的另一边，再走过摇摇晃晃的铁索桥，就到原来的小店门口了。他们走过店门口，就往村里去。蓝阿彩有时也会数一数，看看有多少客人入村。

现在小店搬到粮仓，蓝阿彩就不好数了。搬了店，生意到底就差了。蓝阿彩坐了半天，心理愁煞。没修好大桥呢，人家就不愿意上门了，等修好了桥，还是关店吧。

要么也开个农家乐吧。愁到头，蓝阿彩狠狠心。转念又觉得好笑，老鸭都六十岁了，自己五十六岁，能烧点自己吃吃，就算阿弥陀佛，哪里还能再接客人。这话，也就蓝幺兰诳爽她。

她现在算是听懂蓝幺兰了。怪不得她这么大方，叫自己也开农家乐呢，原来这个白脸狐狸，知道她开不成。蓝幺兰这是摆样子，装大方呢。嘿嘿，要再年轻个十岁，就把农家乐开起来，就开到她蓝幺兰边上，看她那张脸，还那么开花不？

桥还没造好，倒有人找上门来了。话是蓝幺兰传过来的，她把腰靠在粮仓门口，说，你们家租不租？

蓝阿彩没听明白。蓝幺兰就说，有老板过来，想租几栋房子过去，开民宿。讲起来，也不是外人，就是蓝幺兰大伯家的外孙。这么一说，蓝阿彩就想起来，她大伯家的大女儿，嫁到莲都去了，过去暑假的时候，会带着儿子来住一段时间。

这个孩子，长到很大了，还挂着鼻涕，嘴巴倒响。看到在家的妇女，就娘妗娘妗地叫。又因这孩子身体弱，便随了外婆家的习俗，叫他拜了村口的一棵古樟为干娘。那古樟体态雍容、枝叶繁茂，说是唐代种下的，远远近近，有小孩体弱坎坷的，就叫他拜了树娘，多有福荫，颇有一些名声。

噶出息喔，当老板了。蓝阿彩夸一句。

蓝幺兰就说，他在外婆家长大，喜欢村里的老房子、板栗林、小河滩，出息了，就想到外婆村里开民宿。人家讲了，现在做民宿，正是势头上。

也是我们村好看嘛，又整治过的。蓝幺兰说。

老板开的租金不低，蓝阿彩拿不定主意。在钱这面，租出去也好，在房子这面，终归是父辈传下来的，租出去成啥了？她知道城里有租房子一说，但村里不兴这个。

再说了，房子都租出去了。自己两老住哪里呢？

蓝阿彩没有问蓝幺兰。她感到一种新的东西，正在推进。她又开始愁起来，她不知道那新的东西，要把她推进到哪里去。

老鸭回来时，带来了渡口的消息。渡口要撤了，一部分年纪大的，提前下岗；年纪轻一些的，统一转到县渡轮公司去，将来双鹤湖建成蓄水后，继续在湖面上发挥作用。还有些不上不下的，说是转到其他公司去消化。

四十八不上不下，跑了几次，也没有去成渡轮公司。有一天，就真下定了决心，说要开一个竹筏漂流公司，还在水面上讨生活。四十八说，桥归桥，水归水，现在大家都搞旅游，我看我们也可以搞。怎么搞,就搞两条竹筏,从上面漂下来,一直漂到溪口去。

只要在水上,这身艺业就丢不了。四十八叫老鸭退休了,也跟着他再干几年。过去搞渡船,一年三百六十五天,只要有人叫,就得出船。现在搞竹筏,就热天搞搞,按人头收钱。没人的时候,在河上搞点黄瓜鱼、溪螺卖卖,也是一笔钱。

老鸭想想,有点心动,回来和蓝阿彩商量。

两个人都心动,便答应四十八试试。定了一件事,蓝阿彩和老鸭数钱,老鸭的退休金、老鸭去搞漂流的工钱、蓝阿彩开店的收入、房子租出去的收入,每一项都不多,但合在一起,就有了一点新的盼头。

蓝阿彩打定主意,等房子租出去开民宿了。他们就搬到老鸭家去住。老鸭是本村人,倒插门到蓝阿彩家的,入赘后,原来的老房子,还有两间,一直空着,放着些农具杂物。要是蓝阿彩家的房子租出去了,他们两老,就到老房子去住,也不打紧的。有钱赚,干吗不赚呢?

蓝幺兰像鬼一样,一下这一下那,蓝阿彩要见她,也难得见到。有时见着,蓝幺兰就给她透新消息,什么村里又拿奖了,上头又给拨了钱了,哪个企业又和村里签了合作协议了,官话来官话去,蓝阿彩也听不大懂,就听得出来:村子现在当明星了。

官话听听,也有长进。那天,有两个记者,非得拉着蓝阿彩讲村子变化,还问她幸福不幸福。蓝阿彩一走神,就说,愁啊。

两个记者就问愁什么。蓝阿彩才觉得说错话了,赶紧圆回来,愁村子发展还不够快啊,愁自己跟不上时代啊。

把从蓝幺兰那里学来的官话往里头套,蓝阿彩竟然也像模像样,逗得两个记者直点头。

蓝阿彩没有跟记者全讲实话。愁倒也是愁的,但桌子底下的话,不好往台面上说。村里有三栋房子租出去了,合同也签了,定金也付了。听说就等着桥修好,往村里拉材料,开始改造民宿了。蓝阿彩家的,讲得早,却没一点响动。

她找蓝幺兰问问,都叫蓝幺兰给糊弄过去了。蓝阿彩有点愁,要是老板不来租自己的房子,那这笔已经被算进去了的钱,可就没有了。

蓝阿彩等不来老板,心里跟狗在挠似的。店里没有一个客人,也没有人来说闲谈。秋千架成日空着。

蓝幺兰说,等开了春,桥就造好了。到那时,藤花会从架子上挂落来,人坐在秋千架上荡,就等于在藤花丛里荡。到那个时候,城里人都要来坐在秋千上荡。

姐,你要收门票都可以。蓝幺兰又给她灌迷魂汤。

蓝阿彩说,我看要先收你的门票。

蓝幺兰说,收谁的都成。

蓝幺兰神神秘秘,又给她透了一个大消息。蓝幺兰左看右看,见方圆百米连一只苍蝇都没有,才凑近蓝阿彩,压低了声音说,上头在考虑,要搞"大搬快聚",把山上的村移到我们村来脱贫。

什么呀？蓝阿彩一时没听明白蓝幺兰的官话。

蓝幺兰只好给她讲白了，上面那些村，都要移下来，在我们村规划建一个小区，盖洋房。蓝幺兰看蓝阿彩还不上道，干脆把话再挑明，征地会给钱，以后人聚齐起来，你的店又有生意了。

蓝阿彩这下听明白了。就是把那些散落在山里的村一个个搬下来，全放在一个小区里，就像一个个瓜藤上的南瓜，金灿灿黄澄澄地摆在一起。

蓝幺兰左看右看，表情严肃起来，说，这是上头正在研究的机密啊，你千万不要跟人说，泄露出去吃不了兜着走。

蓝阿彩唯唯答应。待蓝幺兰走远，才说一句，谁稀罕呢。

谁稀罕呢？蓝阿彩嘴里这么说，脚却很稀罕，三步两步，两步三步，晃荡晃荡，走到铁索桥头。桥墩已经造好了，三三两两的工人，正在慢吞吞干活。她就更愁起来，这样几个人，还慢吞吞的，什么时候能把桥修好呢？

自己的房子什么时候能租出去呢？真的会有下山移民小区吗？真有人会来藤花架下荡秋千吗？蓝阿彩想起蓝幺兰的话，想到春天到来时，藤花一片片落下来，落到铁架秋千上，落到一个人的衣襟上，心底里就荡漾着一种娘家女般的羞怯。

本文发表于《野草》2024年4期

出走与归来

哲　贵

序

我对驿头村是熟悉的，又是陌生的。

我的文学启蒙老师程绍国，老家就在隔壁双溪村。他父亲是驿头村人。他写过一篇散文，题目叫《父亲是程颐的后代》，发表在《人民文学》2019年第1期。双溪村我去过多次，原来属于双潮乡，2015年行政区域调整后，划入山福镇。去双溪村要路过驿头村，来来回回，都是车子飞奔而去，呼啸而回，没有在驿头村停留。但我知道驿头村是著名侨乡，程绍国以前常有应酬，说某某朋友从法国回来了，隔一天，又说某某亲戚从土耳其回来了。给我的感觉是，他的亲戚朋友无穷无尽，遍布世界。驿头村三面环山。山是大鹏山，山上有金山寺，据说永嘉大师玄觉曾在那里参禅。一面沿江，江是瓯江，源自龙泉百山祖，蜿蜒八百里，汇入东海。瓯江是温州母亲河。

那是一场暴雨之后。我们一行人从温州市区出发，上温州北高速收费站（也可以从温州西上高速），走温丽高速，到桥头互通下高速，转入330省道，按照导航开了3.5公里，大约7分

钟后,看见一个牌楼,上面有两块烫金匾额。上面那块写的
是:中非友谊门。下面那块只有两个字:驿头。牌楼左边的灰
瓦白墙上有八个铁制大字:千年古驿理义之乡。牌楼过去有
一座火车桥洞,桥洞似乎是一个时空隧道,人一钻出短短桥
洞,就觉得豁然开朗,仿佛进入了另一个空间,对时间的感知
力也不同了——驿头村到了。

　　村口有一个小花坛,有草坪,有冬青,还有两棵高高的银
杏树。花坛设在分岔路口,往左,是往金山寺的彩虹路;往右
一百多米,就到了驿头村村委会。村委会正对着一大片稻田
和荷园,暴雨过后,水稻与荷叶显得格外翠绿与精神,和不远
处整齐的白色村居连在一起。村居的墙壁上,绘有驿头村历
史与风俗的壁画。

来

　　驿头村是"二程"后裔世居之地,这一点是可以确定的。
驿头程氏,源自老二程颐,在这点上,所有传说和文献记载基
本一致。那么,谁是驿头程氏始迁祖?程氏一脉,谁第一个落
户驿头村?就我所见的资料,至少有三种说法。第一种说法
出自程绍国《父亲是程颐的后代》,文中写道:据古碑考证,程
颐曾孙程节在福州做官,秩满回京述职,途经白沙驿(即现在
驿头村所在),其母刘氏卒。他见白沙驿风水甚好,即择地以
葬,并留下一子守墓。这一子,便是驿头程氏的始迁祖。不

过,程绍国没有在文章中说明"这一子"的名字,给这种说法留下了疑点。第二种说法,我是在驿头村的资料中查到的。村书记程正吉和书记助理成思带我去正在修建的程让平祖居,按照程正吉和村里资料的介绍,驿头村的始迁祖是程瀚,他是程颐的四世孙,于南宋理宗宝庆二年(1226)任温州儒学学正(相当于现在的市教育局局长),任满后,全家留在温州,他成了驿头程氏始迁祖。第三种说法跟第二种比较接近,唯一不同的是,程瀚秩满之后,留下第八子程统在温州安家。也就是说,从严格意义上来算,程统才是驿头程氏始迁祖。

其实,细究谁是驿头程氏始迁祖,并无多少现实意义,不要说我们外人,即便是对驿头村的程氏族人而言,始迁祖是程节、程瀚还是另有其人,都是一样的,只要他们姓程就行,只要他们是"二程"后人就行。只要这个前提成立,村口白墙上那句"千年古驿理义之乡"的标语就能成立,程氏族人的骄傲就有了具体资本和依靠。

其实,对于我来说,来到驿头村,来到程氏族人中间,我的命题并不是梳理和考证谁是真正的始迁祖,我更想了解的是,"二程"的学说,在驿头村的民风民俗之中,在这些程氏后人的言谈举止之间,特别是在他们的内心深处,还有哪种程度的保留、发扬和呈现?更重要的是,"二程"的学说是否在驿头村焕发出新的生命?这才是我真正想了解的。

不得不说,在驿头村,见到成思是个意外。

成思是河北保定人,生于1994年。复旦大学环境工程硕士研究生毕业后,参加了浙江省选调生考试,成为温州市生态环境局的一名公务员,浙江省对选调生有规定,必须到基层"锻炼"两年,成思于2023年4月来到驿头村,成为驿头村书记程正吉的助理。

刚进村委会一楼大厅,成思就给我一个"下马威",她将我带至右边的一个智能大屏幕旁,向我介绍驿头村的大数据建设。来驿头村之前,我是做过功课的,我知道,在浙江的乡村里,驿头村的人文历史极有特色,这是驿头村的底色。我也知道,驿头村另一个特色是大数据建设,包括健康5G云诊室,包括一站式"瓯e办",包括驿头村首创的安身码、医护码、健康码三码合一的智能手表。从这个大屏幕上,可以随时检测到消防、治安、交通、空气、水质、土壤的实时监测数据。是的,驿头村不仅是人文历史悠久的乡村,也是浙江省首批未来乡村试点村。她的大数据建设,本是应有之意,我不奇怪。

引起我好奇的恰恰是成思,这个长着一张娃娃脸的北方女孩,她能习惯温州的水土和饮食吗? 更具体一点,她能胜任这个村书记助理的工作吗? 反过来说,驿头村和村委会的班子是怎么看待这个"空降"的小助理的?

我对此充满好奇。

出

驿头村很小,却又很大。

　　驿头村 2019 年由原来的岙底村、和平村和平山村合并而成，全名叫驿头驿阳村，户籍人口 2281 人。驿头村的小，体现在土地面积上，只有 4.5 平方公里，大约 630 个足球场那么大，这里还包括村民住宅区、耕地和山林。这些都是"书面"上的数据。程正吉告诉我，村里实际常住人口大概只有一半。我问，多少人在国外？他回答我，大约三分之一吧。

　　在国外的三分之一人口中，程让平肯定是"走得最远"的一个人。这里的"远"，指的不是路程，而是他的人生旅程，当然，也包括他在政治上取得的非凡成就。他创造了一段无法复制的政治传奇。

　　说起程让平，当然要从他父亲说起。没有他父亲的传奇，就没有他的传奇。他父亲程志平原名程成康，小名三康，六岁时父母相继去世，由姑妈抚养成人。二十岁那年，他怀揣姑妈给的一点本钱，外出闯荡世界。出去之前，跟姑妈约定三年后归来。我们已经无法求证，当年三康离开驿头村时，是否有明确的计划，具体是以什么手段谋生，在国内待过哪些城市，后来如何到了语言不通的法国，又如何辗转到语言更加不通的非洲。不过，有一点是可以肯定的，三康爽约了，三年之后，他没有回到驿头村。姑妈 1947 年去世，他没有回来。直到 1985 年，他于七十二岁去世，都没有再踏上故土一步。这中间，当然有距离的原因，从非洲的加蓬翁布埃，到亚洲的中国温州，以当时的交通条件，不知要辗转多长时间和路程。当然，政治因素也不可否认，中国与加蓬虽然已经于 1974 年建立邦交关系，之间来往并不热络，像两颗各自运行的星球，按照各自的方向运行，民间更是缺少往来。所以，关于程志平的人生传奇，都是后来从各种渠道拼凑起来的。说他在非洲加蓬，得到了米耶内族酋长的赏识和酋长女儿的青睐。有小道消息说，酋长让女儿在程志平和他同乡洪松青中挑选，"公主"一眼相中了年轻体壮的程志平，后来，似乎是作为补偿，"公主"将自己的闺密介绍给洪松青。他们两个人同年结婚，同年生子。

洪松青和程志平是一生的朋友，也是生意上的合作伙伴。

我看过程让平中学时代和他母亲的一张合照，果然是出身高贵的"公主"，人到中年，依然眉清目秀，身材依然苗条。她的脸上，有微微的光，是慈祥，是恬淡，是平静，更是安怡。照片上的程让平，还是一个愣头青，包着头巾，穿着米耶内族传统服饰。但这个愣头青的眼神已经露出锋芒，有一种平和中的锐利。

1965年，二十四岁的程让平留学法国，就读于巴黎第一大学。五年之后，硕士毕业。他没有像当时大多数人那样回国就业，而是选择到联合国教科文组织的巴黎总部任职，一边工作，一边攻读经济学博士。1984年，程让平被任命为加蓬总统办公厅主任，这是一个转折，也是一次飞跃，更重要的是，因为程让平的特殊身份，还有他的中非基因，以及对中国的感情，他对中国与加蓬两国高层来往，起到了积极而有效的作用。

程让平在中国，特别是在温州，真正让世人熟知，是2004年，他当选第59届联合国大会主席。中国民间认为，联合国秘书长是世界上最大的"官",而秘书长是归轮值主席管的,所以,程让平才是全世界最大的"官"。最自豪的,当然是驿头村的程氏族人,"他是三康的儿啊"。

平心而论,程让平给驿头村带来了知名度,而且是巨大的知名度。至少我就是从他的生平知道驿头村的,也是从他的生平知道驿头程氏与"二程"的血脉关系的。

我想,对于驿头村的人来讲,特别是对程氏族人来讲,他们的骄傲是可以想象的,自豪也是可以理解的,这种骄傲和自豪是难以抑制的,有些晕眩,有些难以自持,却又异常清醒。

走

如果说,程志平是驿头村"走出去"的典型,那么,程建兵是"走出去"又"返回来"的典型。

程建兵出生于1973年,他离开驿头村去土耳其时,已经二十八岁,属于"高龄"。我问程建兵,当时为什么选择去土耳其,而不是村里人更喜欢去的非洲和法国、意大利等地?程建兵说,正是因为村里去土耳其的人比较少,他猜测机会可能也会多一点。

现实并不像建兵想象的那么美好,他也没能找到更多的机会,而是在伊斯坦布尔塔克西姆广场边上,一家温州人开的香港大酒楼"洗了三年碗"。三年之后,程建兵在距离香港大酒楼5公里远的尼新大厦开了一家300多平方米的东方料理,当起了老板。谁能想到呢？十年之后，程建兵将1200多平方米的老东家"吃"了下来。差不多也在这个时候，他在伊斯坦布尔购买了一幢十一层楼的房子（后来加盖了一层），共6000多平方米。建成了土耳其最大的中餐饭店和酒店，名字叫"北京饭店"。他用了十年时间，从一无所有，做到了土耳其中餐"老大"。2015年当选土耳其中国工商会常务会长。

到土耳其第二年，程建兵就将老婆孩子接出去"一起打拼"了。我想，这大概是程建兵能够快速成功的原因之一，甚至是最重要的原因，他没有后顾之忧，也没有"退路"，必须一往无前。

如果没有新冠疫情，程建兵大约会将"北京饭店"越开越大，越开越多，他可能就像程志平一样，在土耳其"落地生根"，在土耳其"开枝散叶"，成为另一段传奇。2019年新冠疫情突然而至，其时，他已经将餐饮触须延伸到国内，在北京、河南等地开了好几家名为星海会的火锅连锁店。疫情打乱了他"内外双修"的计划。更为致命的是，伊斯坦布尔是个旅游城市，因为疫情，他的北京饭店生意直线下降，国内的火锅店生意同样遭到致命打击，接连关闭。到目前为止，他只剩下河南郑州的一家火锅店了。

也就是在这个时候，鹿城区和山福镇找到程建兵，希望他能够回乡参加新农村建设。刚好程建兵自己也有这个想法，不久后，他成立了驿头驿阳文旅有限公司，结合他在土耳其经营中餐馆的经验，打造融合中土特色"侨文化"的田园综合体。

驿头村是东西走向,属于长条形。程建兵的家在东边,村尾,圣旨亭路1-3号。再上去就是大鹏山了。他以自家为原点,办起了田园综合体第一期——程家大院农家乐。驿头村副主任程向群告诉我,现在要预订程家大院的民宿,三个月内都没有房间了。程向群家也开民宿,成思在驿头村的住处,就是他家民宿的三楼。他对民宿是了解的。

归

毫无疑问,驿头村是独特的,也是美丽的。

不可否认,驿头村的美,有很大一部分,是历史原因,这里是程氏先人找到的桃花源。只是,程颐估计不会想到,程灏应该也很难料到,千年之后,他们的子孙晚辈,会从东海之滨的驿头村出发,足迹踏遍世界各地,并且,落地生根,繁衍生息。我们现在只能想象,在程志平的后半生里,有多少次面朝东方,在心里默念驿头村的名字。这个时候,程志平已经不再是程志平了,而是演化成《桃花源记》中的"渔人",他已经找不到再次进入桃花源的"入口",已经迷失在去程之中,也可能没有勇气和力气寻找回程。不能返回故里,应该是他心中一个无法释怀的遗憾。我想,何止是程志平,何止是驿头村,这人世间,有多少悲欢离合? 有多少人终生无法再返回故里。好在有程让平,他替父亲完成了这个心愿,他找到了返乡之路,找到了桃花源的"入口",多次因公因私返回故里。除了程让平,我还想到了程建兵,返乡这条路,他比程让平走得更坚决,更决绝,他"出走",又"返回",然后,准备"重新出发"。我问过程建兵,是什么吸引了他,或者说,是什么指引着他这么做。程建兵实话实说,除了对故乡的感情,最重要的还有,他在家乡看到了机会,比外面世界更多更大的机会。

当然,有些问题无法回避,程建兵做的是田园综合体,首先碰到的是土地资源问题,而土地资源问题又是现在农村最具体、最细微、最敏感又最复杂的问题。其实,遇到问题的不只是程建兵,我想,应该还有程让平,据说,他参加加蓬总统选举失败之后,离开了加蓬。但这只是传说,从来没有人站出来解释、证实或辩说。还有程正吉,没有当书记之前,也不常住村里,他在城内有两家企业,一家是混凝土企业,一家是外贸企业。因为当这个村书记,他将两家企业交给儿子管理,算是退居"二线"了。内行人知道,混凝土企业,是要跟三教九流打交道的,没有两把"刷子"的人,办不了。名义上,他已经将企业交给儿子打理,真正遇到问题,还得他这个"老将"出马。我到驿头村第二天,正和他在村委会聊天,他突然接了一个电话,放下电话,对我说,一辆工程车,跑到永嘉界,被交警扣住了,要罚款,要扣分。我相信他两个企业都做得不错,成思曾经悄悄告诉我,村口花坛及周边共有六棵银杏树,就是他出钱买的。当了村书记之后,他花在村里的钱接近一百万元。我想,如果两个企业做得不好的话,他是拿不出这么多钱的。当然,对于一个人,或者一个企业来讲,一百万元不是一个小数目,但是,对于地方建设来讲,一百万元算不上什么大钱。更主要的是,村书记的职责不是捐钱,而是带领大家办事,让驿头村更上一个台阶。我觉得,这大概才是程正吉面临的问题。作为村里的"一把手",当然,也是家里的"一把手",他两头都要做好。而现实情况是,村里没有资源,没有集体经济,摆在他面前的,确实是一座桃花源,但他的议题是,这不是一座遗世独立的桃花源,而是一座开放的、包容的、快速发展的桃花源,他如何带领大家,继承好千年的传统,如何提炼和推广理义之学,更主要的是,如何开辟出别开生面的新征程。同样,这也是程向群和其他村委会成员的议题。还有成思,她说自己已经在温州买房了,坚定做一个新温州人,我猜想,她的议题不只是如何融入驿头村或者温州,而是她如何将最新的知识和概念引进来,让温州,特别是驿头村的旧与新发生化学反应,催生出新的可能。她是桥梁,是催化剂,是未来,更代表新的可能。

本文发表于《美文》2023年12期

遇见"兰心"

苏沧桑

一

此时,江南的芒种时节,杭州西湖孤山路上的平湖秋月荷花初放,我和两个1990年出生的年轻人赵韶华、江泽山相约在此见面,是因为一件"天大的小事"。

一座古朴雅致的两层中式庭院掩映在一片绿影中,既有宋代古韵的历史感,又有现代玻璃建筑的通透感。穿过一条弯曲的小径,迎面是一棵翠绿的罗汉松和一道圆形拱门……沿着庭院右边的木质楼梯拾级而上,有一个独辟一处的憩息之所:露天的空中花园里,坐落着一个设计呈极简工业风的饮品空间,一整面玻璃墙将平湖秋月的波光绿影折射入室内,通透的空间里,一束束光在简洁的白桌和金属座椅上跳跃,咖啡袅袅的热气和香味在光影里如梦如幻。

店主老余迎向我们,笑着说:"世界顶级的猫屎咖啡馆和兰心公厕,绝配吧?"

我们不禁莞尔。刚才,沿着庭院右边的木质楼梯拾级而上之前,我已经拥有了刷新认知的惊艳体验——一楼的中式庭院,竟然是一个解决"天大的小事"的地方——兰心公厕——一个为游客提供洁净舒适如厕体验和补给、休憩、导览、文化展示的综合性服务驿站。没有异味,没有噪声,有绿影婆娑、清脆鸟鸣、淡淡香气,有善解人意的立体椭圆形立镜,LED显示屏上显示着厕所人流量、厕位使用情况、PM2.5数值以及空气中的湿度、硫和氮含量的实时数据。手纸箱是感应的,一体化的水龙头洗手和烘干功能也是感应的,保洁员仿佛也是感应的,我一出来,她不知从哪里冒出来,风一般进去打扫起来。

立镜里的自己,像站在一幅画里,又像站在自己家的卫生间里,整洁、放松、舒适。久远记忆中的厕所,是午夜时分摸黑寻找的痰盂,是笨重的木粪桶,是田野里让人害怕的茅厕,是旅途中无从下脚的旱厕……厕所,自诞生之日起,就关乎每一个人的健康和生活、福祉和尊严,并经历了无数次的革命,和人类文明如影随形。

彼时,我一点儿都不急着离开。慢悠悠走出来,看见一些游客正在兰心公厕旁的便利店里买饮料和小吃,几个年轻人坐在罗汉松旁说笑着自拍。我想,他们一定和我一样,被这个深具美感和艺术性的地方彻底刷新了以往对公共厕所的认知。

此刻,服务员微笑着端上手冲的厚椰咖啡,一股浓郁的醇香无声地弥漫开来,我抬头看向眼前这两个"异想天开"的年轻人——兰心公厕的创始人赵韶华、江泽山。

二

从咖啡馆望出去,望不到西湖,但能望到芒种时节满眼葱茏的绿意,绿意间掩映着几个白色雕塑,其中有一匹白马。

韶华和泽山同属马,同是宁波人,毕业于国外同一所大学。此刻,同样穿着一件白色T恤衫、一条黑色休闲裤,同样有着短短的寸头、健硕的身材、清亮的眼神、谦和的语调,同样喜欢打篮球和旅游,像两匹年轻的白色骏马。

他们一定记得五年前那个平常的夜晚。留学回来后,他们各自回到了家族企业工作,一个做制造业,一个做文旅,但两人同样都时时感觉有一股去闯闯的激情。那天夜里,一个电话将两股年轻的力量连接在一起,火花迸溅,一拍即合。

文旅中,什么是最大的痛点? 什么是公众需求最紧迫的? 什么是别人不愿意做或者一直很难做好又具有社会意义的?

公厕。

两个年轻人一瞬间便锁定了这个人们避之不及又无法避开的词。有很大的提升空间,就是一个突破点。公共厕所这个领域体量非常大,但设计、建造、景观绿化、物业管养等等各管各,没有形成一个系统。似乎少有这样的团队,能把设计、建设、运营、保洁做成一体化,在公厕这个领域做成一个品牌、一种文化。

我们做!

　　重新定义公共厕所,在如厕这一件小事上做到极致,让每一个人都能无差别地感受更舒适的如厕体验。于是,这个"天大的小事",从此进入了两个年轻人的生命里。

　　无数个白天黑夜的煎熬之后,他们终于走过了最难的第一步。兰心公厕的构想终于落实,苏堤的锁澜桥与望山桥之间,第一个兰心公厕正式亮相——白墙黛瓦,修竹婆娑,外墙水波状的粗糙纹理,仿佛西湖的波光潋滟,走道自东向西对着西湖完全敞开,朝迎太阳东升,暮送太阳西落。

　　人们会接受吗? 会喜欢吗? 如果有人留意,会发现那几天有两个很奇怪的"游客",不停地在苏堤兰心公厕进进出出,神情紧张,东张西望。韶华和泽山偷偷充当体验员,注意观察着每一个游客出来后的表情,有时也会鼓足勇气上前询问。

　　作为创意生态公厕,兰心公厕"融厕于景"的创意可见可感,而它的科技感和生态意识尤其值得细说:独立研发的"公厕大脑"自动调节光照、水电等能耗,过滤器可去除99.9%的细菌,零触感水龙头让洗手干手一步到位……在新材料应用方面,外墙水波状的粗糙纹理,实际上采用的是一种叫光触媒涂层墙面板的新型材料,可以有效吸收并分解厕所内排出的臭气。这种板材有污物粘在上面时,只要有阳光照射,污物就会自动分解,非常便于打理。

　　与兰心公厕配套的还有兰心小店,店里配备了满足游客多种需求的自动售卖机,提供矿泉水、冷热饮、方便食品以及与西湖景区相关的文创产品等。游客如厕,再也不是来也匆匆、去也匆匆,脚步和心灵突然间会不自觉地慢下来。

　　一个个放松愉悦的表情、惊艳到想不出形容词的赞美,让韶华和泽山松了一大口气。游客提的每一条有价值的建议,他们都一一记下、逐个整改。西湖风景区管委会每年两次接听电话听取杭州市民对西湖的建议,好多市民专门打电话给管委会表示对兰心公厕的认可,甚至希望西湖景区里的公厕全部做成兰心公厕。至此,他们悬着的心终于放了下来。

　　"居然是厕所,走过的时候还以为是景点。"

　　"太赞了! 完美! 极具科技感未来感,人性化! 大杭州温暖人心!"

　　"用纸量刚刚好,发现自己平时用纸太浪费了,惭愧。"

　　"对于经常逛西湖的人来说,去兰心上厕所变成了一种享受,第一次去真的很震惊。"

　　"江南园林的元素让这里颠覆了我对卫生间的理解!"

　　"西湖边荡一圈,来上个厕所被迷倒了。"

　　…………

　　这些来自出纸机扫码评价、公众号评论、相关网站的评价,他们会一条条读,一次次热泪盈眶。

　　西湖边的兰心公厕成了网红点。杭州宋城旅游景区找上门来了,诸暨、桐庐等地也来找他们了,五年来,几十个兰心公厕在浙江大地上渐次开花,不一样的模式,一样的高品质。他们让越来越多的人刷新了对公厕的不佳印象,人们的肯定也回馈给他们更大的信心。

三

从杭州转塘艺创小院的第一栋白色小楼二楼平台望出去,有四棵叫不出名字的大树,蓬蓬勃勃,结满了果子。韶华、泽山轻轻推开玻璃门走进他们的大本营时,十几个小伙伴都安静地坐着,各忙各的,没有人起身打招呼,没有人在闲聊或玩手机,他们中大多是95后,也有00后。小楼里没有他俩单独的办公室,天气好的时候,他们喜欢围坐在大树旁开会,讨论,也争论。大树轻轻摇曳,仿佛向他们输送着永不枯竭的灵感。韶华说,这些树到了冬天叶子都会掉光,春天一来,一个星期就全绿了。

十年树木,百年树人。养一个品牌就像种一棵树,也许十年,也许百年。

韶华和泽山都已经是孩子的父亲。周末,他们常带孩子们到兰心公厕前的大草坪上搭帐篷、野餐、喝咖啡。韶华的儿子五岁了,别人问他,你爸爸是做什么的? 他很大声地说,做公共厕所的! 别人听了很惊讶,他发自内心地为父亲自豪。五岁的孩子不懂爸爸具体在做什么,却懂得干净和美。

韶华最喜欢听的一首歌是一部纪录片的插曲,那部纪录片讲述的是在各个领域里孜孜以求把一件事做到极致的人们。节奏感极强的鼓点给人一种一步一步向前的感觉,让人勇气倍增。当韶华、泽山和小伙伴们连续通宵在工地加班赶进度时,在国外不同国家不断寻找、学习时,加班加点整改提升为杭州亚运会助力时,在自己选择的道路上不停地寻找着自我时,他们心中笃定的正是这样的信念:前进一步,再前进一步。

接下来他们要做的,是扩大片区效应,由单个公厕的改造,扩大到整个园区公共厕所的改造和运营,让品牌为区域赋能,让兰心公厕成为杭州的一张新名片,进而致力于改变中国公共厕所的现状,提供设计建设、商业运营、数字科技、管养保洁等公共厕所的全产业服务,探索以商养厕、以商建厕等可持续的发展模式。

做一件有价值的事,就像树的生长一样,有更广阔的仰望,才会长得更直更高。解决了建筑物的美学和使用功能后,当兰心公厕越来越多时,排放物是否可以做成有机肥变废为宝,进行零碳低碳处理?未来的兰心公厕、兰心驿站是否也能承担更多的社会责任呢?

泽山说,兰心,如兰般洁净芳香,如兰般温馨美好,是江南文化的一部分,也是他们的初心。这个词,让我想起一个意象:创新、执着和爱融合锻造而成的兰花般精美的一把钥匙,它打开了一扇创意之门、未来之门。

本文发表于《人民日报》(2023年7月17日第20版)

枸杞或者说淡菜

来　其

　　枸杞岛，是我眼里当代的"山海奇观"。因为一只小小的淡菜，又叫贻贝，岛民致富。许多过往的渔业繁荣之岛，如今都人烟稀少了——近海渔业资源衰退了，撑一条渔船，迁居到哪里都能安家乐业，许多小岛就是这样腾空的。因为枸杞岛的贻贝养殖"一张蓝图绘到底"，继而占了全国产量的七成，所以才有那么多人留住在岛上。淡菜是枸杞人的根，想走都走不了。就这样淡菜成为枸杞岛的象征物了。

　　　　　　　　　　　　　　　　　　——题记

1

枸杞不是植物,是个岛。

2

　　从地图上看,枸杞岛活脱脱是一只平摆着的锚,把整个马鞍列岛锁住了。如果地形也能决定岛民的秉性,那么这只锚,确实也决定着枸杞岛在历史上的走向。

枸杞岛又如一条小龙,盘曲在海洋中,所以古人称它为虬屿,也十分贴近。

枸杞这一名称,是从康熙年间开始称呼的,之前叫过干斜,也叫过里西,干斜、里西现在是枸杞岛上的两个村落。以一个村落来称呼一个岛时,说明这个岛还没全部开发。当整个岛已有人居住时,再以一个小地名来称呼,谁都会觉得不妥,也会闹出许多误会来,那就得想出一个能够包容四方的新地名来。枸杞大概就因此而叫枸杞了。从康熙年间到现在,枸杞的历史不算长。

3

还没在枸杞岛登岸,就看到了海上养殖场。登上西岗墩,更见山脚海湾里,蓝白塑料浮子纵横交错,如同阡陌里一行行庄稼,小船穿行其间巡游,一幅耕海牧渔图。

枸杞多海湾。它的西南部,是两个较大的海湾;北部,又有两个较小的海湾。在地图上,两个较大的海湾没标名称,两个较小的海湾倒有名称,叫后头湾、干斜岙湾。

较大的海湾为何反而没有名称? 因为它已大到让人感受不到海湾存在了。

所以走在枸杞岛,当你去寻找海湾时,其实你就在海湾里。所谓一目之罗,大略任何人、任何事都是不可避免的。

4

不像桃花岛"名不副实",枸杞岛确实产过枸杞,野生的。关于这一点,近年有人质疑,认为有望文生义之嫌。但二十世纪八十年代我去枸杞,确实发现过野枸杞。同行中有位学过中草药的,在攀爬岛上小西天山路时,还发现了夏枯草、金银花。此处那时有一大片松树林,黑森森、郁葱葱。

当然,哪怕现在枸杞岛上还产野生枸杞,估计也没人会去采摘了,收入远远不及养殖贻贝。

淡菜的学名叫贻贝。酒席上则叫它"东海夫人",据说是李时珍说过的。有人在家里挂了一幅淡菜画,又挂了一幅"东海夫人"的书法,我见之笑了。"东海夫人"其实已属戏谑之言,暗喻它的中衔黑毛的肉体与女子身上某个部位极其相似,所以酒席上笑谈无伤大雅,登门入室悬挂于中堂就不太妥了。

淡菜使枸杞有了"中国之最":中国最大的贻贝养殖和加工基地。全国淡菜产量的百分之七十产自枸杞。若以此百分比来说事,那么在舟山,产量名列前茅的海产品除了远洋渔业的鱿鱼,便是淡菜了。

至于淡菜的营养,一句话概括:它是海产品里的鸡蛋。

说它是海中鸡蛋,是有对照的:假设鸡蛋的营养指数是100,那么虾是95,牛肉是80,干贝是92,而淡菜达98。

5

枸杞岛周围的海,不同于别处大海的蓝,是一种深邃的蓝。若是坐在枸杞岛海边发呆,你仿佛会被海水吸入一片深幽的世界。

舟山的蓝海区,主要为马鞍列岛区域,包括嵊山岛、枸杞岛、壁下岛、花鸟岛等。如果没有大风影响,海水能常年保持蓝色,其中以七八月份海水质量最好,和马尔代夫的海水颜色差不多,蓝得晶莹剔透。

这么蓝的海,这么清澈透明的海水,又是整个东海浑水区中的一片蓝海,依然有长江水冲刷下来的丰富饵料,还有贻贝喜处的潮急浪大的浅底和岩礁,养育出的海洋鸡蛋自然不同凡响。

6

其实相比淡菜,枸杞海蜒更早成名。

枸杞海蜒,人称海上虫草,现在舟山,只有枸杞岛、嵊山岛、壁下岛才产海蜒,以枸杞海蜒品质最优。

枸杞海蜒之优,在于它是"眯眼"海蜒,也就是出生后还没睁开眼睛的海蜒。海洋中的鱼,一般是个体越大,价值就越大,海蜒是个少见的例外。

"眯眼"海蜒一般只在农历四月和八月才能捕获,在这两个月份里捕获的不一定是"眯眼"海蜒,但过了这两个月份就肯定不是"眯眼"海蜇了。

现在枸杞的海鲜品一条街,几乎每家店铺里都有海蜇卖,价格也不贵。但枸杞人告诉我,真正的枸杞"眯眼"海蜇,价格要一百八十元到二百元一斤。看来那些店铺里的海蜇,大多不是枸杞海蜇,或者不是"眯眼"海蜇。

7

海蜇怎么抲来的?枸杞渔民会纠正你:不是抲,是窝,海蜇是窝来的。

舟山人叫捕鱼为抲鱼,已经让外地人感到新鲜,又冒出一个窝海蜇,他们要惊叫起来了:你们舟山人捕鱼,到底有多少种说法呀。

不管有多少种说法,这个"窝"字倒是十分贴切,包含着"揽"和"围"的意思,把怎么捕海蜇用一个字就说明白了。

窝海蜇的船,枸杞渔民叫豆壳船,宽两米,长十米不到。两条豆壳船中,一条主船,五六个渔民;一条副船,一般只有两个渔民。窝海蜇时,主船上老大一声哨响,两个渔民将网撒下,两条船先是排成一字形,然后慢慢地向两边拐弯,将网围起来。半个小时后,又是一声哨响,起网了。拉网时渔民都站在船舷一侧,城里人若在船上肯定会尖叫,海水要漫过船舷了!快叫几个人站到另一侧船舷来。这尖叫和瞎指挥肯定会遭人白眼。

8

窝上来的海蜒,加工方法也有一个独特的字:溇。

"溇"这个字,《康熙字典》解释为"盐渍果也",《新华字典》则解释为把柿子放在热水或石灰水里泡几天,去掉涩味;或用盐腌一下青菜等,使其去掉生味。但枸杞渔民说的"溇海蜒",却全然没有去掉什么味道的意思,它仅强调加工海蜒的过程极其独特:

烧一锅水,不是淡水,是海水,连篮和海蜒一起放到锅里,"溇"一下就捞上来,吊到屋顶阳台上摊晒。似乎用"汆"更合适些,但枸杞渔民就是叫"溇",或许是因为"溇"过的海蜒,自然而然地留下了海水中的盐味,却又保住了海蜒的鲜味。

9

相比窝海蜒,溇海蜒的说法更古老些。

渔岛上对捕获海产品的称呼,会随作业方式改变而改变。比如淡菜,养殖以前叫"拱淡菜",就是潜入礁石下的海水深处去拱,养殖后就不太如此称呼了,因为养殖的淡菜不用去拱了,而是像庄稼一样能够收割上来。

窝海蜒以前,捕海蜒叫撩海蜒。在哪里撩?海滩上礁石边。办法有两种,一种是在毛竹竿上绑只火篮,毛竹竿十来尺长,人站在海滩上,举起手臂伸出毛竹竿,火篮就照亮了海面,海蜒就会围拢过来,这时用抄网就能把海蜒捞上来。还有一

种是在礁石边,一条船装上火篮,两条船围着这条船在四周
撩。以前枸杞岛周边的海蜓真多呀。

这个"以前",应该是二十世纪五十年代。

10

那时候,就不仅是枸杞盛产海蜓了。舟山的中街山列岛,
那时每年也有海蜓汛。

除了海蜓与枸杞一样有名气外,中街山列岛拱淡菜比枸杞
岛更有名。

淡菜长在岩礁的低潮线上,人要待潮水落下去后才能拿铁
锹铲下来,但这并不是最丰满的淡菜,只有潜到海底下才能铲
到优品极品。海水压力大,海底水温低,那时又没潜水装备,
但生活在中街山列岛的渔民,特别擅长潜到海底铲淡菜。

但那么能拱淡菜的中街山列岛渔民,却一直未养殖淡菜,
倒是枸杞成了淡菜的海洋牧场。个中缘由,除了人为,更多的
是际遇巧合,正应了那句老话:时势造英雄。且容后面再做
细解。

11

海蜓在海滩礁石边游,会吸引大鱼赶来。四五月份时,鲈
鱼喜欢在有激流有潮水拍打的礁石边吃海蜓,水深一米左右,
这时鲈鱼最好钓。六七月份,没有海蜓吃了,鲈鱼就会潜到二
三十米深的地方,就难钓了。到了八九月份,海蜓又多了,就

又会有很多鲈鱼游到浅水处来。

拖、捕、撩、钓、铲，是舟山渔民最传统的作业方式，其中撩、钓、铲的作业地点最靠近海岛，也最古老。枸杞岛在二十世纪五六十年代时，撩、钓、铲在渔业生产中还占相当份额。但到了七八十年代，秋汛虽还是捕海蜒，但早已由撩改窝，作业地也不再是岛屿四周，要到航程半小时多的洋地去了。

半小时航程对城里人来说有点远，对渔民来说，很近很近了。

尽管由撩改窝了，但还是夜捕，船灯一照，喜欢灯影、身上又有荧光的海蜒便浮上海面，一条条看得十分清楚。海蜒怕受惊动，这时人用脚一蹬船板，它就四处乱窜，都投入网里。

12

枸杞海蜒成就了舟山一道名菜：紫菜海蜒汤。

这是海藻与海鱼的配对，无论鲜味还是营养价值，都没有能与其匹敌的海鲜汤，况且它不用烹调，撕一点紫菜，抓一撮海蜒，放进海碗，开水一冲，再浇点麻油，就成了。

古人虽有"海蜒冬瓜同煮食，胜于坡老鳖裙羹"之说，但一定是那位古人没有喝到过紫菜海蜒汤。

海蜒让枸杞岛荣耀了相当长的一段时期，如同现在的淡菜。

这种荣耀，留到今天的只剩这道汤了，让人餐餐想喝。

13

枸杞岛紧靠嵊山岛。在带鱼汛还是舟山渔场主鱼汛的年代,虽相隔不远,枸杞岛的名声远没嵊山岛响亮。枸杞壁下站两厢,嵊山渔场夹中央。在中国人的眼光里,中央当然最重要。嵊山岛是万船云集,靠泊不下的渔船,才轮到来枸杞岛靠泊,光凭这一条,枸杞人就觉得低人一头。

枸杞以海水养殖出名,最早的机遇是在一九五六年。这时还没海洋资源衰退之说,人们还相信舟山渔场的鱼是捕不光的,但枸杞开始养殖海带了。这并不是枸杞人先知先觉,这时候就预料到几十年后养殖会成为枸杞岛主业,只不过是因为当时的中国科学院海洋生物研究室(一九五七年扩大建制为中国科学院海洋生物研究所),到枸杞岛进行人工养殖海带试验,这是海带由北向南移植国家计划中的一环,那时海带能大量出口换得外汇。

这年十一月,从青岛用冷藏器运来近万棵海带苗,用"架式养殖"放入枸杞岛海湾内。次年一月,又放养了第二批海带幼苗数千棵。

14

这年开始的海带养殖试验,不仅在枸杞岛,也在沈家门和普陀山海域开展过,为的是验证海带在温带清水和浑水中是否都能生长,所有的试验都成功了。

陆地有森林,海中也有森林。海中之林叫"藻林"。海带是一种大型藻类植物。它宽大的叶子下端,有圆形细柄,柄下有分枝的假根,这假根有吸盘,能使海带固定在海底的岩石上。

不过那时养殖海带,根本没有植树一样的意思,直到今天也没有,它的指向仍是食用,尽管那时候可食的海产品多得扳着手指也数不过来。

15

枸杞岛开始养殖海带时,淡菜已经丰收了。一九五七年有个数据在渔业资料中留了下来,七八两个月,枸杞第一渔业社共产淡菜干一万多斤,平均每个下海社员生产一百斤左右。淡菜干,也就是剥掉壳后晒干的淡菜肉,一万多斤,那得多少带壳鲜淡菜呀。

当然,这不是养殖出来的淡菜,而是从礁石上铲下来的淡菜。那时枸杞岛,满礁石爬满淡菜。

枸杞人连淡菜都不当一回事,海带就更不当一回事了。养一年不如扪一网。与嵊山人一样,枸杞人那时主业还是小机捕带鱼。

一九五七年年底,枸杞一个叫王利芳的渔民,在嵊山渔场捕获了五条大黄鲟鱼,总重四百四十七斤,其中最大的一条,有一百一十二斤。黄鲟鱼如今只闻其名、难见其身,如果捕获一条,价值连城,当时枸杞人却一下子捕获五条。像这样的奇

遇都能遇到,还能把养殖海带当作一回事吗?所以现在有的
文章说当年枸杞人已想到要以养殖为生,那完全是站在今天
的立场对当时的一种臆想,虽然美好却不是真实的历史。

16

尽管如此,枸杞海带养殖还是要记录到舟山渔业历史
中去。

一批海洋水产科学工作者,把历史上一直认为只能在亚寒
带生长的海带,移植到亚热带的舟山渔场,在枸杞岛海域试养
成功,这是枸杞海带试养的意义。要是没有这次试验成功,枸
杞人或许在若干年后仍不会想到要去养殖淡菜,也就没有了
如今枸杞岛的"中国之最",这倒是历史真相。

其实,说这次试验择地枸杞是一种偶然,也不准确。

选择枸杞,是因为这一带海水,氮、磷等养分较亚寒带海
洋要丰富三到四倍,这对海带生长十分有利。而每年十一月
到第二年五月,枸杞水温与亚寒带也相差无几。枸杞的自然
条件适合海带养殖,是历史偶然中的必然。

17

枸杞海带养殖,让嵊山人第一次对枸杞人刮目相看。

不是因为养殖出了海带——那时捕带鱼捕到手软的嵊山
人对此根本不屑一顾,而是因为枸杞的海带养殖,使嵊山岛有
史以来第一次出现了电灯。

海带与电灯,怎么会有因果关系呢?

原因是一九五八年,国家投资在嵊山岛兴建了一座海带育苗室,每年六月份从枸杞养殖的海带中采集孢子,孢子在育苗室内经过三个月培育成幼苗后,到十月份再放养到枸杞海湾里,这样就不用再到北方去运海带苗了。至于这育苗室为何不建在枸杞却设到了嵊山,如今虽无从查证,但大致也能推测得到。因为要建起育苗室,势必要建一座小型发电厂,嵊山是渔业重镇,发电厂除了供给育苗室,还能派更多用场。

这样,嵊山岛的渔业指挥部,还有一部分人家,就从那一年起用上电灯了。

18

枸杞养殖海带没几年,岛上又出一位能人,试验养淡菜。

这个人叫徐金福。不知现在的枸杞贻贝馆,有没有记载他的名字,有没有记载因为养淡菜,一九五九年他出席了全国农业先进单位代表大会,还见到了毛泽东主席。

徐金福养淡菜,当然不能与现在的淡菜养殖相类比,充其量不过是移植,到淡菜生长较密的滩横头,铲来三篮葵花子那么大的小淡菜,然后像农民播种秧谷那样撒布在没长淡菜的滩横头,为了不让小淡菜被海浪冲走,又在小淡菜上盖了一层网衣。两个月后,那些移植成活的小淡菜,体积比移植时大了三至五倍。就这样,浙江省海洋水产研究所聘请他当了特约研究员。

19

枸杞淡菜，原本三种：紫淡菜、厚壳淡菜、翡翠淡菜。最早人工培育种苗的，是紫淡菜。

紫淡菜壳薄，呈楔形，前端尖细，后端宽广，背缘呈弓形，腹缘略弯。表壳为黑褐色，内壳为灰白色，肌痕清晰。

紫淡菜的养殖，并非枸杞首创，大连比枸杞早。枸杞从二十世纪七十年代初开始养殖贻贝时，苗种还靠大连供给，一九八〇年枸杞公社人工培育紫淡菜苗成功，培育出紫淡菜六千万棵，自此才大规模实施紫淡菜养殖。

20

枸杞养殖淡菜的优势，真正意义上说，应该是从厚壳淡菜养殖开始。

厚壳淡菜的形态，与紫淡菜相似，不同之处，是它的个头比紫淡菜大，表壳比紫淡菜厚重，肉质比紫淡菜有韧性，是在大风大浪中长大的淡菜。它的滋味与嚼劲，自然与紫淡菜全然不同。现如今，舟山人吃淡菜，只认厚壳淡菜，若端上来的是紫淡菜，便会不屑地一撇嘴：这是外地淡菜，早忘了枸杞原先也养殖过紫淡菜。

舟山人嘴里的外地淡菜，说的是福建淡菜。福建淡菜成熟收获期比枸杞早二十多天。他们养殖的都是紫淡菜。

在紫淡菜开始养殖的很长一段时间里，枸杞厚壳淡菜还只有野生的,需潜到十来米深的底岩,铲捞上来。端上桌的野生厚壳淡菜,表壳上附着一些小藤壶小海葵,扯都扯不下来,故一盘厚壳淡菜竟没几只,就算价格与紫淡菜差不多,实质也差很多。

21

枸杞有个干施岙村,那时村里人绝大多数会拱淡菜,拱的方式,全舟山独一无二。用一根五人长的篙子,直插到海底礁石的淡菜丛里,一人沿着篙子滑溜到海底,和岸上的人一起扳动竹标,淡菜就铲落到水下那人缚在胸前的网兜里。水性好的人,潜一回水能"铲"三十多次。

这不像东极人拱淡菜,东极人拱淡菜,都是握一柄短铁铲,独自潜到海底,两腿夹住礁石,选中个体大的淡菜,用铲从石缝中抠出来。这样铲下来的淡菜,三只就有一斤重,虽比前者危险,但收获的是淡菜中的极品。

两种不同拱法其实反映两个岛岛民不同的性格。所以近海资源衰退后,东极人选择去远洋,而枸杞人仍依恋家门口的那片海,从捕鱼转为养殖。

22

家门口有个枸杞门,也确实值得他们留恋。

嵊山与枸杞有三处著名的避风点,嵊山岛还是带鱼汛中心的时候,渔船避风,南风避到箱子岙,东北风避到泗洲塘,西北风则避到枸杞门。枸杞岛诸多海湾珠联璧合,呈拱形簇拥着一大片海域,再加上海水清澈,饵料丰富,天生就是一个海上牧场。

23

厚壳淡菜育苗,是在养殖淡菜十多年后。一九九五年夏天,枸杞连续两年收购六万多公斤野生厚壳淡菜,放养在海湾里,又将两万多根空苗绳放入同一海区,进行自然附苗实验。到了第二年,放养的两百多亩厚壳淡菜中,自然附苗的将近一半,之后两年附苗率更高,到一九九九年达到百分之九十。至此,厚壳淡菜育苗完全成功。

从此,枸杞岛进入"淡菜时代"。

24

那时,枸杞岛有三怪:

第一怪,汽车和船路上碰。路边甚至山冈上,都搁着大大小小的渔船,尽管车子是甲壳虫似的小车,但路上开过一不小心依然要与船头相碰。

第二怪,跳舞要带两双鞋。为何?岛上渔村,路崎岖不平,泥泞沾鞋,能穿一双沾土的鞋在舞厅跳舞吗?不行,得另带一双高跟鞋!

第三怪,OK厅里剥毛娘!毛娘,紫衣淡菜也。岛上家家户户都养殖淡菜,连到卡拉OK厅里唱歌都要剥毛娘了。

25

枸杞有一段时间,叫过勾奇,还是浙江省人民委员会做的决定,理由是为方便群众,时间在一九六五年三月。

比起勾奇来,枸杞"三怪"一点不怪。

枸杞叫勾奇一直持续到一九八〇年代初。叫了十多年没有勾引出什么奇事来,倒是养殖淡菜,让古老的枸杞岛开始涅槃。OK厅里剥毛娘只是一个表相,或者说是一个象征。

26

枸杞淡菜干外销,大约从二十世纪五十年代就已开始了。那时候,成群结队的淡菜爬到海边岩礁上,这些淡菜只有五分币大,潮水一落,岛上没出海的老人孩子和渔妇便涌到礁石边挖淡菜。一到傍晚,家家户户的茅屋顶上便炊烟缭绕,他们将采来的一箩箩淡菜煮熟,然后用剥刀剔出淡菜肉。这些淡菜肉晒干后,大多销到北方,北方的茶馆把这种像蚕豆大小的淡菜干售给茶客嚼着过茶。这是淡菜外销的最早情形。

枸杞淡菜开始大规模养殖后,外销成了淡菜养殖的主要推手。硬壳淡菜苗的培育,就是因为紫淡菜的滞销。鲜销依然是少部分的,大部分淡菜被加工成单壳速冻或颗粒速冻小包装产品,出口东亚和欧美市场。岛上冷库是因淡菜而建,加工厂是为淡菜开的。枸杞人还曾与上海梅林罐头厂联营,从贻贝中提取出蚝油。就连淡菜干,也劈成两爿加工成"蝴蝶干",

晾晒在竹席上如同一只只展翅欲飞的大蝴蝶;枸杞岛居民的待客之道,也变成先端上一面盆淡菜,盘子太小,面盆才是淡菜的菜盆。淡菜深入生活肌体,岛民生活的点点滴滴都因淡菜而改变。

<h2 style="text-align:center">27</h2>

之后枸杞养殖过许多海产品,扇贝,鲍鱼,活鳗,海参,石斑鱼,半滑舌鳎,甚至在羊角礁养过羊栖菜,也就是海大麦,一种能出口的名贵中药材、枸杞野生的藻类,但这些都未能成大气候,枸杞还是被人叫作"淡菜岛"。

养鲍鱼,用的是养殖筒,三个一串,挂在两米深处的海水里,筒壁吸满壳体绿色的鲍鱼。鲍鱼吃的饲料是海带,而枸杞岛自产海带。枸杞曾经很看好这一养殖品种,也想把它搞成个大基地,以使自己的养殖品种不单一,但最终还是未成。

其实,养鲍鱼和养淡菜一样,所有的家当都在海里,怕台风,也怕赤潮。台风来时,会把浮子和养殖筒卷走;赤潮来时,淡菜和鲍鱼都会缺氧窒息。只是遇到这类情况时,同样数量的投入,养鲍鱼的损失会比养淡菜更大些。再加上周边市县鲍鱼养殖已成规模,嵊泗鲍鱼自然被人家从市场"擂台"上赶下来。自此之后,枸杞一心一意把淡菜养殖奉为"上宾",才成就了全国淡菜养殖的垄断地位。

28

伏季休渔与淡菜收割季节同步,淡菜鲜销的七八月份,正是禁渔期。这在枸杞淡菜养殖史上,也该记上一笔。

一九九一年、一九九二年时,枸杞淡菜遭遇滑铁卢,产量很高,但"货到地头烂",在批发市场被一再压价。养殖大户孙阿晓,把淡菜运到上海,见价钿实在低得离谱,一气之下就把整船淡菜倒进海里。

一九九八年我再次去枸杞采访时,淡菜的收购价已是每斤九角左右,养殖户年收入已能达到三万元至五万元,他们把此归功于实施休渔政策后,淡菜成了居民菜篮子里的一道主菜。

不过这时候他们也学乖了,不再一哄而上地供货,而是慢慢地每天定量收割,免得被压价。有了垄断地位,就有了这种自主权。

29

上海人到枸杞吃淡菜,往往要问枸杞人,在这里吃到的淡菜,味道怎么和在上海吃到的完全不一样。

原来枸杞人把淡菜运到上海,上海的批发商拿到货后,用水一淋,再撒上一层冰。第二天拿到零售市场,顾客买去后,往往先洗干净进冰箱,待到下班后再烧。淡菜经过一次冷冻、一次冷藏,烧熟后不但味道不鲜了,肉也会发"糊"。

了解这个原因后,枸杞人当时说,我们干吗不去上海电视台播一档节目,介绍介绍淡菜的烧法? 如果换在今天,枸杞人肯定会换一种说法:那么,就请上海人到枸杞来吃淡菜吧!

30

枸杞淡菜的鲜销市场除了定海、沈家门、岱山,最早是宁波等浙东地区,后来又销到杭州、温州、上海,最后才到了内地市场。

去武汉推销时,推销者借来一辆车、一台煤气灶和一口锅,在武汉大东门淡水水产品市场现烧现卖新鲜淡菜。在这之前武汉人从未见到过淡菜。眼见烹调这么简单,品尝之下淡菜又这么鲜美,竞相购买。于是,华中大市场掀起了一股"枸杞岛淡菜热"。

31

二十世纪末,枸杞养殖劳力人均年收入超过了海上捕捞劳力人均年收入。到了二〇〇五年,两者相差竟达一万多元。

养一年不如捞一网,是其他地方的渔村里的说法,枸杞的这种反差是独一无二的。

这时候,枸杞淡菜养殖已从原来的负十五米海域延伸到负三十五米海域,不少渔民弃捕从养了。

将近一半的速冻淡菜销往国际市场。

淡菜手工剥壳被蒸煮剥壳机替代,煮下的卤水成为炼蚝油的上好原料。那条跳舞要带两双鞋的泥泞路也在这时候改造成水泥大道。"枸杞三怪"退出视野。

从枸杞交通码头,到嵊山箱子岙,一条跨海大桥把两座岛连在一起,枸杞养殖会师嵊山捕捞。

因为淡菜,变化令人眼花缭乱。

32

"嵊山人打扮囡,枸杞人打扮船。"这是一句老话。如今,以养殖为主要营生的枸杞岛依然有许多条船,只是这些船,大多穿梭在浮着蓝白塑料浮子的养殖场,土地与土地之间水路上。

这是为养殖作业特意打造的小船,低矮的船身便于装货卸货,转舵掉向灵活。贻贝收割季节,满土地都是这些小船,驮着贻贝穿梭在纵横交错的水路上。尽管简陋,小船还是被枸杞人打扮得十分漂亮,红蓝相间的船头,画着白色的船眼睛,许多船插着彩旗,有的彩旗上还印着不同的图案。

不是淡菜收割期的季节去枸杞,会看到这些小船都被拖上岸,停在路边,蜿蜒的山路上一艘连着一艘。我对这些立在路边的船倒无多少印象。"枸杞人打扮船"的"船"是在海里的,离开海,船再漂亮也没灵魂和生气。

33

海鱼有休渔期,淡菜有休养期。休养期从四月中旬至六月中旬,这两个月,枸杞厚壳淡菜是禁止销售上市的。

这是一项地方性规定。据说是因为这两个月里的厚壳淡菜比较瘦,需要养肥,不能砸了品牌。

枸杞人懂得爱惜自己的羽毛,不,不是羽毛是翅膀。

34

体验原味渔家生活,枸杞海上牧场如今已成景区。乌沙村拥有平坦的沙滩,枸杞乡第一家渔家旅馆就开在那里,渔民画、贝雕、渔具融合在一起,装饰在餐厅、房间、院落。那还是十多年前。如今,这种只对旧民居"穿衣戴帽"改造而成的渔家旅馆已成明日黄花。

"比三亚平民,比涠洲岛纯净,屌丝版希腊,民间版圣托里尼,中国版马尔代夫,希腊很远,枸杞很近。"这是枸杞岛上一家青年旅社开业时在网上打出的宣传语。

枸杞岛旅游似乎是一下子火的,以至从舟山本岛出发,打一小时"飞的"到枸杞的直升机航班也出现了。

35

枸杞岛的第一家民宿阡陌客栈,民宿主人与房东签下十五年合约,起始租金不到两万元一年,便宜呀。

阡陌客栈在岛上偏远一角:里西村最高处。

两年后,江苏无锡人苏苏,在枸杞岛找到了她准备开的"三不客栈"的地方。三不客栈的"三不"是不想说、不想看、不想听的意思,只想要一杯咖啡,一整天发呆。苏苏与六十多岁房东老太,从租期五年、八年、十年,讨价还价一直磨到租期十三年,平均年租金仍要十万元左右。

在阡陌客栈开张后的这两年,枸杞岛房租价格像火箭一般往上升。

为什么? 因为上海人蜂拥而至了。

大王沙滩有个"思·想家"。"思·想家"主人叫思思,是枸杞人,是个有着酒店管理中澳双学位的姑娘。一旦枸杞人变成思想家,枸杞民宿房租想不涨也难。

36

枸杞岛的干斜村,是摄友们最为推崇的晚霞拍摄地。黄昏,在这个村子的路上,随处都能看到晚霞,处处都是绝佳的风景。在海边的农家住下来,就着一大盆鲜美的贻贝,看晚霞里船只悠悠而过,杨梅酒未饮,人已醉。

嵊泗的露营地首推三大五沙滩。枸杞有大小沙滩七处,在马鞍列岛首屈一指,著名离岛如花鸟岛、苗子湖,也不得不甘拜下风。三大五沙质细柔,堪比普吉岛。此地露营最享受,沙滩上可烧烤、尽尝贻贝之鲜;还可就近联系渔家出海捕鱼、海钓。

枸杞岛的原生态,是它有许多人住,有活生生的耕海牧渔,有渔家的生活。海是蓝的,礁是奇的,风是清的,可俯瞰可凝视可远眺,但一转身又是满怀烟火气。有仙气也有人气,很小资又很大众。

　　这还是因为有淡菜。不然,撑一条渔船,迁居到哪里都能安居乐业。许多小岛就是这样腾空的。淡菜是枸杞人的根,想走都走不了。

37

　　最新一次去枸杞,枸杞正在搞数字化。

　　通过无人机和 GPS 技术,对每户养殖户的承包海域进行精准测绘,相伴而生的是养殖户需要领"养民证",对超过七十周岁的养殖户进行清退,回收的养殖海域优先承包给直系子女,但承包人必须以养殖为"生计"主业。为此,老养殖人荣退后,不少子女弃捕从养,从父亲手中接过"养民证"。

　　不熟悉枸杞养殖历史的人,对此操作不明就里,感到云里雾里,它的背后其实有很深的意思呢。

　　我向一个养殖户问了几个数据:

　　"你养了多少淡菜呀?"

　　"五六千串苗绳。"

　　"一串苗绳收获多少淡菜?"

　　"八十多斤。"

　　"这样一年纯收入总共有多少呀?"

　　"纯收入呀,四十万元左右。"

　　"都是自己做的? 雇人了吗?"

　　"这土地以前是老父亲的,他做不动了,雇人做,现在这土地算我的了。我以前是在船上捯鱼的。"

　　最早养殖淡菜时还要劝导,养殖者大多是老人,后来有一批中青年人介入,但都是作为副业,闲暇时去照应一下,主要劳力活雇人做。对此过去谁也不会有意见,现在就不同了,愈来愈多的人想养殖淡菜,但海域有限,僧多粥少,所以这"养民证",相当于一次土改,多少有点资源同享、共同致富的意思吧。

38

　　枸杞有著名的摩崖石刻"山海奇观",明代总兵侯继高剿倭至此而题。现在看来,枸杞的山海奇观就是淡菜,除了淡菜,枸杞再无奇观。

　　所以枸杞人十分珍惜淡菜资源,尤其是他们引以为豪的厚壳淡菜。尽管他们已大量养殖淡菜,但对礁石上的野生淡菜日渐稀少还是耿耿于怀。

　　于是,便有了厚壳淡菜苗种放流。沿着近百米长的岛礁岸线,将几百万粒平均个头约两毫米的淡菜苗种撒下去。

　　所有的兴衰荣辱,都是大海馈赠,最终也将回归大海。

稻田叙事

周华诚

路旁的花儿正在开，稻田的谷子等人割。

远方的客人啊，请你留下来，留下来。

村庄的客人四季来，有米有酒好地方。

——村庄里的歌谣，兼作题记

春田花花

不约而至的雨

中国南方省份进入雨季。雨是这个春天第一位不约而至的客人：大雨，小雨，阵雨，阴转小雨，中到大雨，暴雨如注。雨以各种不同的姿态轮番出场，扑向大地。远山与田野，一律笼罩在烟雨之中，朦朦胧胧，如烟如云。人们躲在屋檐下，望着这雨幕出神。谷小蛙穿了一件透明雨衣，刚从雨中钻进檐下，眉眼下挂着一层水珠，脸上的焦虑遮掩不住："你说，这雨什么时候能停呀？"

我望着她，摇摇头。

雨落在稻田，已经整理好的稻田像是一块新鲜的豆腐，水汽在泥土上凝集。今天要在这片稻田里插秧，尽管已经有了插秧机，但作为春天里的一场农事活动，许多客人远道而来，就是为了来田里体验一下插秧的感受。要是大雨一直不停歇，他们不免会有些失落。

其实，每年春天，田里要组织插秧活动，最大的变数都是无法准确预测的天气。有一年，六七十位朋友从杭州、上海驾车而来，其中就有谷小蛙，那是她第一次来到这个小小的五联村。大家都迫不及待地想踩进这一方水稻田里，与泥巴来一场美妙的互动。只是，雨神仿佛有意捉弄大家，愣是从午后一直下到了黄昏。直到近晚饭时候，雨才止住，天地之间一片澄明，这一群在城市里憋闷了许久的人，大人和小孩，几乎是欢呼雀跃着一般奔向了田间。那滑腻腻的泥巴，此刻已然成为最可亲近的游乐园，双脚踩进稻田里，被泥水紧紧包裹，每一步前行，都仿佛能感受到大地与人体的互动。日常至为简单的走路，此刻也变得如此艰难，一条腿刚刚从泥中拔起，身体立刻摇摇晃晃站立不稳，这泥泞之中的阻碍与黏滞，带来了全新的感受。

在稻田里，人们还要完成一项劳作，就是插秧。在中国的南方地区，插秧这种行为大约已经持续了几千年，人们在春天里把幼小的秧苗栽植进泥土，秋天它们会结出粒粒谷物，水稻这种植物就以这种方式养活了我们的祖先。在五联村，这一方小小的水稻田，插秧这一场景也会在每一个春天重现。热爱土地的农民绝不会让自己的土地陷入无人耕种的尴尬境地，尽管有一个事实已经被确认，那就是在当下的五联村，一个农民在土地上付出的辛劳与汗水，完全无法得到应有的价值回报。很多人选择进城务工，去工厂或者建筑工地做工，甚至去某些单位做保安看大门，所得的工资回报虽然微薄，也比在田地中所获要多得多。很多年轻人已经不愿在土地上倾注过多的精力，犹有一些老农民，依然固执地遵守着祖辈传下来的习惯，在每一个清明时节种瓜点豆，育秧培土，在每一个谷雨节气穿起蓑衣，卷起裤腿下田，把一株株幼小的秧苗和一个个绿色的希望一起安放进大地。

"这样的劳动，太有疗愈效果了！"直到天色渐暗，那些城市里来的客人才依依不舍地从泥泞之中拔腿上岸，驻足在泥泞的田埂之上，原来空无一片的稻田，现在已经被青秧插满。谷小蛙就是在这个时候感叹了一句："这样的劳动太愉快了，以后每年都想来种田。"谷小蛙在杭州的一家公司当产品经理，也是一位插画师。听到她这样说，好多人都笑了，打趣说"大家都要来，谁都不准食言"。

此时青山如黛，小村庄里炊烟正在升起。村庄对于当下的我们意味着什么，很多人不曾去想过。这些远离村庄的人，此刻在完成稻田的劳作之后，在微雨、和风、炊烟中晚归，一种久违的感受溢满心间，劳作的小小成就感回荡着，使人觉得满足，一个美好的夜晚同样也令稍显疲累的身体充满期待。记得有一年，我们一群人在插秧之后，在夜晚点亮蜡烛，举行了一次烛光里的读诗会。春天的夜晚，什么美好的事情都有可能发生，读诗不过是其中微不足道的一件；春天总是会按部就班地到来，春天的土地上也总是会生长一些不常见的事物，田野于是在每年的春天，都已经有一些不一样了。

想想看，这样的一片土地，我们有多少祖先在这里劳动，并且为之支付一生的汗水？而今天在土地上劳作的人，已经不再是从前的那些面孔。这些来自城市的年轻朋友，他们跟这片土地的关系，不再是绑定的关系，而只是一种纯粹的邀约——如同村庄对于城市的邀约，如同乡野对于朋友的邀约，如同土地对于创作的邀约——这是一种欣然而至、兴尽而归的关系，一种彼此激发、相互成就的关系。

土地上不仅仅有艰辛的劳作，还有愉悦的玩耍与创造——村庄给予城市，土地给予人们，是那些奢侈的东西：自信、满足、治愈、安宁。

如果我们在今天依然无法认识到这一点，那么，我们对于村庄、农民、土地依然还有许多误解。

如果我们在今天依然无法给予村庄、农民、土地应有的价值回报，那么，我们也将继续失去更多的可能。

这片水稻田上，被称作"父亲的水稻田"的田野——叫什么名称其实并不重要，我们在这片田野上玩耍，并且希望借此传递一些什么，才是真正重要的。可以说，这是一种探索，也是一种实践，我们借此去完成一种对于自我可能性的探索：村庄有可能比我们所知的更有意思；土地所能够给予人们的回报，一定比粮食的收获更多。

　　谷小蛙在说出"每年都想来种田"那句话之后,果然,在每一个春天和秋天,她都如约来到这片水稻田里,劳动或者玩耍。春天的插秧,秋天的收割,她都没有一次落下。有时候,她还带着画板坐在田埂之上,把人们在田间劳动的场景也画了下来。当人们离去之后,她依然坐在那里,画下细雨或晚霞。

　　现在,在这一个春天,雨势终于众望所归地转小了。这真令人开心。待我们走到田埂上时,雨就止了,只剩下飘飘忽忽的雨丝。这就没有关系了,微风变得凉爽,天地一片澄明,我们脱下雨衣卷起裤脚,开始走进田间。一个一个秧把,安静地落在泥水之间,一株一株青秧,将被有条不紊地安放进大地。寂静极了,人们在劳作之时,世界也变得如此寂静。

　　这个时候,高挂的风雨旗已经无声地飘起来了。

没有牛的牛背鹭

　　此时山峦明净,四野清晰,空气如洗。

　　村庄里地气上升,淡淡的白岚浮动在山间。

　　山下,有一人一"牛"在耕田。牛是铁牛,倘若在唐宋,牛是弯角水牛。现在的村庄里,水牛已经没有了,剩下不知疲倦的铁牛吭哧吭哧在田地里来来回回。

　　看到眼前这一幕,谷小蛙几乎是一下子失声叫了起来——啊!

　　顺着她的目光望过去,一大群白鹭跟在耕田的铁牛后面,白色的身影起起落落,起起落落,少说也有几十只、上百只。

此刻,我们的脚上还沾满泥巴,泥土的气息在田野上空飘荡。我们走到一条水沟里,把脚伸进去濯洗。再到屋檐下晾干了脚,穿上鞋袜,谷小蛙便说要去看鹭鸟。

耕田的师傅,正停稳机器,打开车门来通风。"你说的是这些鸟吗? 我们关系很好的,我早上早一点来,它们就早一点到,晚上忙得晚了,它们也陪着我到天黑!"

这几天耕田,广袤的群山之间,这群鹭鸟就跟耕田机亲密无间了。"只要我这机器声音一响,它们就都来了。"

这一群群白鹭,蜂拥着,起落着,扑闪着翅膀,互相推搡啄嘴,像极了小学生们跟着老师出门游玩时的样子。耕田机翻搅后的稻田,泥土中的虫子和蚯蚓都被带到表面,正是白鹭们猎食的最佳时刻。

面对美食,总是顾不得形象。走近了看白鹭的样子,原本素白的羽毛,头部和翅膀都沾上了泥土的颜色。它们或昂首立着,或俯身觅食,或扑闪着翅膀,将羽毛上的水分抖落,姿态各异。

半文兄说这是牛背鹭。牛在野外耕田,或是吃草,牛背鹭就站在牛背上,飞鸟与牛,就这样成为乡间永恒的风景。

没有想到的是,江南的牛没有了,牛背鹭还在。没有了牛的牛背鹭,意外地与铁牛达成了某种友好协作关系。

五百亩水稻田,目前采用全然生态的种植之法,即全年之中不用化肥,不用农药,不用除草剂。用有机肥,用人工,用生态自己的法则。

比如,虽然有插秧机,但这五百亩稻田在这个春天依然采用人工插秧的方式。有的人不解,你这是"反科技主义"吗?

其实不是。跟机器插秧相比,人工插秧虽然前期的人力成本较高,效率也低一些,但是,对于接下来的稻田管理,却有着天然的优势。人工插秧成活率高,稻田间的杂草也会大大减少。机插则不然,田间的野草往往长得比水稻要好。

总之,稻田有稻田自己的运行规律。没有对错,只有合适不合适。

没有牛的牛背鹭,依然在稻田里繁衍生息。因为生态越来越好,稻田里的鹭鸟越来越多。浙西丘陵地区,这里已然是鹭鸟的乐园。

我记得有一次,大雨过后,水稻田被淹两日一夜。洪水退去,水稻从浑黄的水里冒出头来,一身泥巴,委屈而倔强。

水稻之名既有一个水字,也就不那么怕水。曾有一年,水淹七十二小时,水稻露头后大口呼吸,继续生长。水稻一生,命运多舛、磨难不少,没有谁能随随便便谷粒满枝,大获成功。虫害稻瘟,或旱或涝,杂草欲争天下,蝗虫伺机而动,田野里危机四伏。平安从春到秋,是田间最重要的事。

那天,父亲在稻田间发现一个鸟窝。这鸟窝奇怪得很,架在三四蔸稻禾之上。白鹭把稻叶啄断,架上许多枯枝,横七竖八地叠起来,又在上面铺上一层稻叶,看起来甚是舒适。垒窝的稻叶还是碧青的,可知这窝新完工不久。

父亲前两天发现时,窝中有两枚鸟卵。过两天又去看时,窝中已有四枚鸟卵。白鹭构筑生活的效率很高——大水才退,这三四天里,它已将灾后重建的日子经营得有声有色。

白鹭还在窝旁插了一根竹枝。不知道是不是记号。我们在那里看了一下,没有见到母鸟,也没有公鸟,便小心地没有去碰它的窝,怕它们发现异样。这日子,虽还有风有雨,却也算得是静好的了,且不要打扰它们。

还有一次,浙江卫视的朋友在稻田里拍纪录片,因碰到大雨,我在田里收拾水稻。却见到草丛之中,有三四只小鹭鸟被风雨摧残,大概窝都没有了,雏鸟在草丛之中瑟瑟发抖。我拿了几根树枝和一张塑料皮,在田边搭了一个临时的窝,安置了这几只小鸟。

过了一段时间,小鸟羽翼渐丰,没有再回来。我觉得很欣慰,大概它们算是经受住了考验。

说起来,稻田里有一个完整的生态系统。现在很多地方,流行稻田养鱼或养鸭,或是鱼鸭兼养,或是稻田养蟹,养小龙虾,形成一个稻鱼鸭虾蟹共生系统。我就此专门咨询过水稻界的科学家。就种养效率来说,稻鱼鸭共生,远不如把一小块田圈出三份来,一份种稻,一份养鱼,一份养鸭,三者都会长得更好。其实哪怕是共生共养,也只是某一个有限的时间段里,三者共生共养。即是说,稻田养鱼或养鸭,可能看起来比做起来更美好。

至于我们这一片田,能不能养鱼呢?我想,也是可以的。

大水过境之时,河流会带来许多小鱼小虾。我蹲在田埂上时,就发现田里已有小小的鱼群了,也有小泥鳅了。恐怕白鹭也是专为此而来。现在我们有了一个"稻—蛙—鱼—鹭—风—雨—雷—电"的共生系统。

有一次,管理基地的杨兄说,春天的夜晚,周边好多村民打着手电来到田间捉泥鳅。有的人,一个晚上能捉十几斤、二十斤。这几百亩的稻田,因为以生态的方法种植,小小的生态环境已经形成,万物在此间生长。这是一件好事情。

绿水青山,自然有绿水青山的价值。这价值有时候是超出我们现有的认知的。有的村民一开始并不了解这样种植的目的,以为有好的化肥不用,有好的农药不用,有高效的除草剂不用,是不是一种倒退。而我们的理解是,是不是倒退,倒不用急着去下结论。有没有好处,时间长了,就看出来了。

如果未来,这一整片广袤的稻田,七八个村庄的水稻,都可以卖到每斤几十元的高价,那就是生态的价值,也是绿水青山的价值。

而说到底,更多的价值,还在未知处。

谷小蛙骑着自行车,漫游在我们的村道上,她对于白鹭翩翩起舞的场景已经习惯。稻田里青秧在生长,波光潋滟之间,白云也倒映在田间,仿佛也挂在青秧的叶子上。水稻便在白云里面生长。

白鹭依然在稻田里起落,或是踮着脚尖行走,其身影轻逸曼妙。青黛色的层层山影,绿色的稻田,鹭鸟的白色,很是好看。

露宿花田的人

"稻草人的脚边，紫云英的花朵已经开满。"

"亲爱的请你带我去那里，一起研究蚁穴的建筑结构，蜜蜂的导航系统，花朵飞升的想象力，以及黄昏的渐变色调。如果不想离开，就在水边搭一个草棚住下来。"

这两段话，是我在一个清晨写的。这个清晨，赵统光在稻田间的紫云英花田里睡了一整夜，他在晨曦里醒来，烧水，煮自己的早餐，顺便拍了几张稻田里的风景，发在朋友圈。

那一晚，他路过四月的水稻田，当即决定，要陪花睡一夜。

去年十月，赵统光在稻田里设计了"Paddy 奥特曼"稻草人。现在，稻草人还依然屹立在那里。背景里秋天的金黄稻浪，换成了春日里花开连绵的紫云英。他到"父亲的水稻田"常山基地，看了一眼花海，就走不动了。想到之后，这片花海将成为稻田的养分，当即决定留下来，陪花睡一夜。

紫云英是稻田最好的绿肥。我曾在一篇文章里写过——"红花草散发着清甜的汁液的气息。那些在田野里漫无边际生长的红花草，度过了一整个冬天又迎来了春天的红花草，结束了它们在田野间的使命。现在有更重要的任务要交给它们——一部分被收刈回来，成为上好的青饲料，负责把猪栏里的猪们喂得油光发亮，然后转化成交学费和买化肥农药的钱；另一部分继续留在田间，待一场春雨过后，开出绵延壮阔的花朵,又一场春雨过后,被铁犁连泥土一起深耕,覆入泥水之间,沤为优质的绿肥,滋养这一整年水稻的生长。"

红花草,还有一个名字,就是紫云英。

紫云英很多年不见人种了,因为很麻烦,这种肥田的方式过于传统,收效不如化肥快。种田也变成一件追求效率的事情。真正善待土地的人,已经不多了。

那年冬天,杨兄在广袤的收割过后的荒凉稻田里撒下了紫云英的种子。还有农民见了,跟他开玩笑地问,是为了看红花草开花时候的样子吗?还别说,红花草开花,红色花朵一枝一枝,真是不怎么起眼。它的花朵、花瓣,没有什么令人惊艳之处。可是,当几十亩几百亩红花草,连绵不绝地举起自己的花朵,那情景真的是叫人赞叹。

现在,统光兄见了这春日的紫云英花海,立刻醉在其中。"这个季节,蚊虫还没有孵化出来,青蛙还叫不响亮,非常适合在田里露营。"发给我这句话时,赵老师已经在花海里看完了一场日落。瓦斯炉上烤着年糕,他手里举着啤酒畅饮。

一个人的露营,也是一场浪漫。

真正的浪漫,是一个人的,不是吗?

"你是四月早天里的云烟,黄昏吹着风的软,星子在无意中闪,细雨点洒在花前。"这是林徽因《你是人间的四月天》里的诗句,在看过薄雾晨曦笼罩下的紫云英花海之前,我并不能真正理解何为"四月早天里的云烟"。但是很明显,赵老师已经率先感受到了。

四月气温回升,这个黄昏,稻田里的气味分子变得活跃。晚风里飘荡着阳光晾晒出的草木与泥土的芬芳,当然,还有紫云英的清香混合其中。

稻田开阔,月明星稀。大概,这属于当下"顶奢"的生活状态了吧。

艺术家的浪漫细胞,在这一夜里,同星子与花朵一起辉映。

"天微微亮的时候,拍照真的很高级。有北欧冬季的那种阴沉调性,深蓝色的山和墨绿色的田中间,有一条薄薄的雾气。"用设计师的眼看世界,会观察光影的明暗关系,色彩的渐变堆叠。如果你也看了这场日出,你会如何形容呢?赵老师的图片里,这样的清晨,透着一丝神秘的幽蓝,紫云英上的薄雾遮罩,像极了古典女子轻纱笼面的样子。光彩转换,如梦似幻。

"凌晨最冷,钻出帐篷,全身止不住瑟瑟发抖。太阳出来以后,身体温度好像会随着太阳角度升高而升高,这有点儿像植物,有了阳光,一会儿就精神了。"

陪花睡了一整夜,赵老师还收获了非凡的独特的体验。他说:"第一次在村子旁边露营,凌晨四五点钟的鸡叫,感觉就在枕头边,鸡打鸣真的可以把人叫醒。"

周作人《故乡的野菜》里写到过紫云英,"采取嫩茎瀹食,味颇鲜美,似豌豆苗"。一大早,赵老师又点燃了瓦斯炉,开始准备他的早餐。现摘的紫云英焯水,撒上椒盐。

如此的春膳,真正是大自然的馈赠。

最好的食材,只需要最朴素的烹饪方法,丢在清水里煮熟,几粒盐,就可以吃出人生的美妙滋味。大概,这也是"怜花"的另一种表达吧。

我至今非常敬佩统光兄。这是一个理想主义者,也是一个行动者。他在很多个村庄,用艺术的方式,实践他的乡村理想。这个过程说起来并不容易,甚至可以说很艰难。他希望村庄是美的,希望每一个村庄的管理者都能懂得美,懂得生活的意义。他希望更多的年轻人能用美的方式接近乡村,拥抱乡村。他甚至有一个美好的想法,建设一个全部由城市里的年轻人会聚而成的"理想村庄"。

因此,他的足迹,在云南的大理、丽江,在山东,在山西,在新疆,在浙江,很多很多地方,一遍遍地跑,做乡村规划,做乡村运营,为村庄带去新鲜的创意。

我希望他能实现理想,并且,能带领更多的人走进村庄。在村庄里能做什么,其实是可以大大展开想象力的,可以是儿童游乐园,可以是房车露营地,可以办大地艺术节,可以搞稻田音乐节,可以开展青少年科普研学营,让农民伯伯带领孩子们去发现山野的秘密。

一个能独自在紫云英花海露营的人,我相信很多人都会像我一样喜欢他。

那一次,在花田露宿之后,他又有了一个新的想法——推出"紫云英花海露营",欢迎很多年轻的恋人去花海中露营。

美好的夜晚会有很多事情发生，而第二天一早，所有人收掉帐篷之后，一起在花田里奋力地奔跑，践踏，破坏，翻耕，将花朵埋入泥土。

这真是一个令人感到忧伤的活动。

天空下的美术馆

五联村，一个原本资源匮乏的村庄，为什么会吸引那么多人前来？有时候，谷小蛙也会感到奇怪。但是一想到自己，她也就不感到奇怪了。

如果说，插秧依然是一件痛苦而艰辛的劳作，那么，绝对不会有人傻到自己来找苦吃；情况是这样，每年的春天都有很多人来到这片稻田插秧，每年的秋天也有很多人来到这片稻田收割，那么，一定是什么更有意思的事物在吸引着大家。

谷小蛙去过很多村庄，中国大地上的村庄星罗棋布，情形说起来却大同小异，就是村庄里的生机越来越少。这一种生机，也只是自己的感受，并不一定准确。谷小蛙看到许多村庄变得悄无声息，人越来越少，人都去哪里了呢？城市。城市太有诱惑力了，它对于劳动力的吸附力毋庸置疑——打工收入高，教育资源多，医疗条件好，买东西方便，文化生活丰富，总之，什么都好。相比之下，村庄里有什么？令人生疑啊。

一个能让人待下来的地方，肯定有独特的吸引力。

所以，五联村的这一片稻田，对于谷小蛙来说，就是令人意外的存在。

眼前的水稻田里,荡漾的泥水之间,几十个人弯腰俯身在插秧——这些人都是"稻友",种水稻的朋友们,有的是成年人,有的还是孩子,有男人,也有女人。他们把双脚插在泥地里,如同一片片风雨旗把双脚插在了泥地里。

稻田里的风雨旗,一共有二十四幅,都是稻友们自己创作的。每一幅旗帜有六米长,每一幅的图案都不相同,现在它们高高飘扬在春天的田野上空,将飘扬一整个夏天,直到秋天稻田里金黄一片,直到人们将大地上的果实收获。它们将为稻田祈福,祈求一年里的风调雨顺,雨露阳光。

风雨旗参展作品一:《粒粒皆心愿》。

参展艺术家:葱花及稻友们。

《粒粒皆心愿》是由稻友葱花老师组织二十名稻友共同参与,历时二十天才完成的作品。葱花本来就是手工达人,经常自己做布艺作品送给大家。这一次,她和稻友们一起,把对自己具有深远意义的物件和内容,以米粒的外形,或是缝在布面,或是画在布面,取"百家衣"的寓意,汇聚众多稻友对稻田的祝福,以守护稻田这一季的丰收。

风雨旗参展作品二:《庚戌岁九月中于西田获早稻》。

参展艺术家:书法家缪小俊。

缪小俊也是五联村人,自小也在稻田边长大,他家的田,离"父亲的水稻田"发源地只有几百米之距。我去上学时,过一座木桥,爬一道山坡,路过几棵大松树,还要路过缪小俊的家门口。拾稻穗、搬稻谷、割稻谷,这些农活也是伴随他长大的记忆,所以,缪小俊兄说自己特别能理解粮食的意义。

"现在出门吃饭,如果看到有半碗白米饭浪费了,心里就觉得过不去,觉得可惜。真的不是为了这一碗饭的经济价值,而是你知道,它得来不易。"

缪兄的话,令人感动。他创作《庚戌岁九月中于西田获早稻》,用书法把陶渊明的诗句写在六米长的旗帜上。他想要表达的,并不是秋收的具体情况,而是强调劳动的重要性,以及自己在劳动过程中所得到的精神享受。缪兄觉得,这与"父亲的水稻田"想要传达的精神是契合的。他希望"父亲的水稻田"在耕种的过程中,不仅获得稻谷的丰收,更能让大家收获精神上的丰收。

风雨旗参展作品三:《梦香稻田》。

参展艺术家:稻友Molly及家人。

Molly是"父亲的水稻田"最初的稻友之一,几年之间,她先后带着自己的先生、女儿、儿子、女婿、外孙走进水稻田,感受大地上的劳作。水稻田几乎伴随着很多人的成长,想想看,十年了,十年间,一些人在长大,一些人在老去。稻友们也相伴着,像一株稻子一样成长。

Molly说,"父亲的水稻田"是一幅画,是一首诗。"秋天当我捧着一粒粒金灿灿的稻谷时,我想起自己置身在潇潇春雨中,与周爷爷一起躬身插秧的情景,也想起秋天与一群稻友挥汗如雨收割的情景……我闻到了从稻谷中悠悠飘出的春花秋月、田园嘉禾的芳香。"每一粒稻谷,藏着一滴汗,留有一份情。

风雨旗参展作品四:《耕读即是福,Rice to Meet You》。

参展艺术家:水稻科学家沈希宏博士、寒山老师。

稻友们都知道的沈博士,一年当中的大部分时间都在稻田里,把自己晒得黧黑,真正是"把论文写在大地上"的人。有机会我会再写一写他的故事,当然,谷小蛙也希望能把沈博士的故事画下来。

水稻田里种着沈博士的水稻品种,那些长粒粳散发着稻谷本身的清香。稻谷就像人一样,性格决定命运。每一个品种的水稻都自有其性格,每一种植物,甚至每一种野草,也都自有其性格。沈博士懂得每一株水稻,他聆听水稻内心的声音,并让它们按自己的方式生长。

沈博士和寒山是好搭档,一个只管研究,一个只管种植。现在,他们在创作这幅作品时也是好搭档。寒山和沈博士把六米长的旗帜摊在办公楼的走廊上,寒山平时练书法,就写了"耕读即是福"几个大字,还把稻友的一首《稻田谣》写了上去。"耕读"二字,是我们种田的起点,耕种和读书,让稻友群日渐壮大,新的一季,希望能有更多人加入稻友种田的队伍。"Rice to Meet You"则是沈博士的标识,也是他的口号,因米结缘,遇见更多的人,人多了,福气自然就有了。两个大男人,在走廊上画了半天,画好之后,迫不及待地将风雨旗从三楼挂下去,然后跑到一楼拍照,你仔细看,还能发现沈博士的脚印留在了上面。

风雨旗参展作品五:《年年穗穗》。

参展艺术家：插画家施欣仪。

施欣仪第一次跟妈妈一起到水稻田参与收割稻子的时候，还在读初中。后来她上了高中。后来她上了中国美术学院。后来她工作了，成为一名服装设计师。

水稻的生长，是在各种具象、抽象的元素共同作用下促成的。在土壤、水分的基础上，需要合适的温度、湿度、日照等，作为一个画家，无法实实在在用特定形状来表现这些元素。由此，欣仪理解的水稻，不仅仅是具象的、物质的，同时也是抽象的、混沌的。

一株水稻的成熟，集合了自然界各种有形与无形的元素，我们收获的不仅是沉甸甸的稻谷，也收获丰收的喜悦，还有大自然对我们的祝福。欣仪创作的这幅作品，是抽象的表达方式，用黄色与绿色两种色彩，引发观者的想象与共鸣。

风雨旗参展作品六：《七彩祥云图》。

参展艺术家：画家丁正阔。

老丁很多年前来过稻田，带着他的妻子和女儿，然后在田埂上摆出画架，画一幅稻田的油画。不一会儿，他的画架边上就有一大圈的围观者。

老丁自小在高山上的农村长大，天天跟土地打交道。家门口就有梯田，因为梯田的特殊构造（每块田的出水口会砌得高于农田，只有水位高于出水口，水才会向下流），老丁对雨水有一种特别的期盼。雨水充足，秧苗生长，全村人都其乐融融；若是遇上高温干旱的天气，老丁就得半夜跟父亲一起去别人家的田里"借水",到凌晨三四点,再将挖低的出水口填回去,爱护每一块梯田。虽然现在想起这样的经历,仿佛是一件趣事,但对于当时的老丁来说,那就是生活本来的面貌。老丁在他的创作里,把风、雨、温度、阳光凝集在七彩祥云里。老丁说,他在土地上获得的恩赐,一辈子也不会忘记,因此,他至今还保留着自己的农村户口。

风雨旗参展作品七:《祥风时雨》。

参展艺术家:画家杨泰北。

杨泰北画了一条龙。"龙"这个图腾,在华夏文明里有着不可替代的地位。翻云覆雨,风调雨顺,"龙"在人们心里就是吉祥的象征。对于农耕时代的人们来说,"龙"是庇佑世间万物的神明。为稻田祈福,其实是怀着对自然的敬畏之心,向天地祷告。

风雨旗参展作品八:《田野奇幻之旅》。

参展艺术家:姜昱老师及白石社区课堂学生。

风雨旗参展作品九:《禾下乘凉》。

参展艺术家:江春霞老师及辉埠镇社区课堂学生。

风雨旗参展作品十:《写给稻子的诗》。

参展艺术家:许志华老师及太阳花诗社的学生们。

很多孩子也参与到风雨旗的创作中,把心中的稻田画出来,把四季的颜色画出来,把大地的故事画出来。在那之前,听说很多孩子都没有到过水稻田,也没有真正干过水稻田里的农活。不像我们小时候,暑假就在稻田里摸爬滚打,滚出一身的泥土味。这是时代的变化吧。现在的孩子,不管是杭州这样的大都市里的孩子,还是常山这样的小县城,乃至白石和辉埠这样的小镇上的孩子,他们都不再需要到农田干活了——农事已经过于遥远。

"农民伯伯在春天洒下的滴滴汗水,化为粒粒饱满的稻谷;每株金黄金黄的水稻,都在鞠躬道谢……"这是孩子们写下的诗句。

风雨旗张挂在稻田上空之时,稻田也向孩子们发出了邀请,稻田里不仅仅只有艰辛的劳作,一定还有一些更有意思的事物,需要人们重新去发现。

风雨旗参展作品十一:《稻田之光》。

参展艺术家:作家周华诚及女儿周一朵。

一朵小时候也喜欢在稻田里玩耍。我还记得,在2014年春天,"父亲的水稻田"第一季劳作开始的时候,她就到稻田里玩了。她很小,爷爷教她怎么用锄头挖地,教她怎么拔秧苗,怎么插秧,她学得很认真。

此后每年水稻田搞活动时,很多孩子都会来到田间,一朵和大家一起干活,一起玩耍,非常开心,大家都成了好朋友。

时光一年一年过去,一朵已经上初三了,在准备中考的时候,她也高兴地参与到这幅风雨旗作品的创作中。我们在工作室把画布展开,她开始画一个大灯泡,就像是在稻田里竖起一盏灯,发出它的微弱的光亮。下面是电线,又像是一双筷子,是从土地中取食的意思。

我配合一朵,在画面中写上浅浅的字迹,抄的是《一日不作一日不食》这本书里的一段文字,正是稻田里的所思所想。这幅作品完成的过程,留下了美好的记忆。

参展作品:《肥龙在天》。

参展艺术家:建筑师赵统光。

我必须在这里郑重介绍赵统光。这个建筑师参与到"父亲的水稻田"活动中,他设计了"稻之谷"的建筑,继而又以极大的创意和热情投身到乡村建设中。他给自己的作品取了个戏谑的名字,叫《肥龙在天》,因为知道端午节最早是跟"飞龙在天"的星象有关,所以思维突然有点跳脱,就想画一条最胖的青龙,让它在天上飞。

统光说:"大概也是因为,心里有一种朴素的迷信,就是要想实现风调雨顺,先要让管风雨的龙王心宽体胖起来,就像如果想让庄稼种得好,得先让种庄稼的农民大哥们吃饱喝足;就像不想要灶王爷去天庭说自己家的坏话,就要好吃好喝伺候着,顺便给他嘴巴里塞一块黏糊糊的麦芽糖。"

事实上,在稻田里张挂风雨旗的想法,也是由统光提出来的。这个心里有很多创意又有执行力的建筑师,邀请了自己的几位朋友也参加到风雨旗的创作中。例如,建筑师章忠义的作品《以神明之眼》,是以上天的神明的视角,看待地上的稻田。他将天安村基地的大片稻田、山头,蜿蜒的乡间小道,星星点点的民居,都呈现在风雨旗上。他提示人们,稻田本身有打动人心的开阔的美。又如,书法家叶润泽,作品是《愉快小稻》,这是一幅草书作品,写了南宋徐玑的《新凉》:"水满田畴稻叶齐,日光穿树晓烟低。"水灌满稻田,稻禾正在抽穗,大地笼罩蔼蔼轻烟,日光穿透田边的林木,这稻田的场景,充满了令人赞叹的生机。再如,陈子汗和姜美琪,共同创作了一幅作品:《珍惜每一粒米》。他们提取了土壤、稻叶、阳光、水等元素的颜色,以抽象的几何色块,拼贴出从播种到吃米饭的过程。珍惜每一粒粮食,才是对自然的馈赠,对农人的付出最大的尊重。

请允许我在这里不厌其烦地列举每一幅作品,以及艺术家们的名字。谁能想象,因为这些风雨旗,整片水稻田就成了一座天空下的美术馆。甚至水稻本身,都成为美术馆的一部分,青青秧苗一株一株栽下,在春天生长,在夏天拔节抽穗,在秋天成熟,在冬天沉寂。风雨旗经历风雨,也见证着天地之间光阴轮转的过程。

水稻田,真的只是一片水稻田吗?

人们在田间的劳作,真的只是为了一季的粮食那么简单吗?

这些风雨旗,稻田里数千年间从未出现过的新事物,给了人们一次重新审视稻田的机会。在我看来,也是重新审视脚下这片土地的机会。

我们从这泥土里出发,远离,又归来;人们在这里出生,老去,一代一代演绎生命的故事;水稻在这里生长,成熟,收割,又重新生长……

这是一个关于乡村的故事,也是一个关于生命本身的故事。

夏日热风

稻田里的手艺人

现在,我们要说到那些在田地里挥汗如雨的农民父亲了。

首先是一位父亲,然后是三位父亲,后来是五十位父亲。他们是水稻田的主人。春天的时候,他们的笑脸被稻田的客人们认识。后来,他们都还上了电视。要怎么介绍呢,这些稻田里的手艺人,一辈子劳作的稻田工作者,南方水稻种植技艺非物质文化遗产传承人,精益求精的大国工匠……在我看来,这些称号都与他们的实际相符。

谷小蛙对这些农民父亲已经相当熟悉了。

夏日,阳光热烈,田埂上杂草欣欣向荣。月余前刚拔除的杂草,此时田埂上又见肆意生长,有的已长至膝盖,此时便请割草机出场。操作割草机的师傅老李,六十四岁了,身材精瘦,皮肤黝黑,却有一身力气。老李将割草机斜挎在身侧,双臂大张,握着手柄,操纵割草机,远远看去,好似在玩摇滚的电吉他手。

要驾驭割草机,须先熟悉手感,及操纵刀头的灵活性。刀头不能过于贴近地面,容易触碰到泥土,若将小石子甩起,飞溅容易伤人；但也不能过高，过高斩草达不到效果。越是靠近田埂上的稻禾，就越得仔细操作，这时要将刀头下压，呈一个前倾的角度，避免刀尖伤及稻穗。

说起来，这几百亩稻田，一年到头哪里离开得了父亲们的田间管理？五十位农民父亲，算是正式签约的农人，每一位都有各自的职责与管理范围。现在这个年头，做农民还有意义吗？这个问题也是我们一直在思考的。怎么让劳作更有价值？怎么从劳作中获取快乐？只有身为农民，只有身体力行，一日不作一日不食地参与其中，才能真正体味其中的意义。

谷小蛙向老李借了割草机，也体验了一把割草的感受，机器的震动传递到手臂，不一会儿身体就有点儿发麻，额上汗珠也在沁出。相较于稻田里的人工除草，田埂上的割草机效率自然高多了，每人一天能除十亩田埂的杂草。用割草机除草，一是环保安全，没有化学污染；二是杂草的根系能够巩固田埂，便于通行。割草机高速旋转的刀头，使得杂草的种子四处飞溅，谷小蛙凑近看了一会儿，脖颈和手臂上，被汗浸湿的皮肤全沾满了细细小小的种子，刺痒难耐。

稻田里也依然采用人工耘田的方式。耘田，对于谷小蛙这样的城市姑娘来说是闻所未闻的新鲜事，其实不过是传统南方水稻耕作中的重要一环。人在稻禾中间，俯身向田，用手将泥巴"耙梳"一遍，同时把稗草杂草顺手拔除。这个过程也极是艰辛。最令人困扰的是，四村八乡的劳动力紧缺，即便四处寻觅，也很难在农忙时节凑个满员。管基地的杨兄想办法，通过村书记去隔壁县城雇人，一车一车地往村里运人，按日结算工资。

基地主管老付，对每块田地的情况了如指掌。下雨天，我和谷小蛙一起去找老付聊天。

老付师傅，全名叫付克水，今年六十三岁。他十五岁开始在生产队种田，一天的工分只有四分，而一个成年男子的工分是十分。因为父亲患关节炎，使得他过早就开始承担养家的重担。十六岁，付师傅到生产队申领了两头牛，可以在工余放牛，多赚一些工分。可光是靠种田放牛，实在是养不起一个家。"生产队里有个瓦窑，工分给得高，但是做的工很苦，我那时候为了赚工分，再苦再累的重活，我都去干，很多壮年男劳力都比不过我。"

说这话的时候，老付师傅的脸上，洋溢起一种骄傲，大约这种赢过别人的骄傲，是对那段苦难日子来说最有力的慰藉。

说到烧瓦窑，老付整个人变得自信起来，一边说一边比画。要烧瓦，得先挖坑，挖一个三十厘米深的圆坑，将表面平整干净，连小石头都不能有。选用的瓦泥，得是田地底下的瘦土，一个人挖，两个人挑。从田里到坑边，要爬一个大陡坡，那两筐土真重啊，挑久了，就像是肩上的担子将你往泥里揿。踩泥也苦。先将泥水在坑里搅拌均匀，靠的是一人一牛，在加水和踩泥搅拌的过程中，泥土的黏性越来越强，直到这些瓦泥不再黏足为止。之后再印坯，用脚填泥，用钢丝割形，打磨，风干，烧制，每天要工作十多个小时……

说起这些，老付冲我们笑笑。1979年家庭联产承包责任制推行，老付没再种田，出门去挣钱。1992年，他南下深圳工作，直到2006年才回到这片生他养他的土地。村里会种田、管田的人越来越少了，老付想想，还是种田踏实。2015年是他回乡种田的第十个年头，在基地管理着几百亩稻田。

说起来，种田依然是一件辛苦的事。每天清晨六点多，老付吃过早饭，到仓库开始电话联系其他种田的父亲，安排一天的工作，七点钟后，去田里巡视到岗情况。巡视，也并不是骑个电瓶车到处转转那么简单，得下田边走边看，哪里工作不到位，哪里人手不足，就自己下田补上。有时候，一个上午过去，一圈还没有转完。中午，都是轮流着吃饭，田里的工作耽误不得。

"晚上下班，也没有一个具体的时间，仓库钥匙是我在保管，一会儿肥料到了，要去帮忙安排，一会儿器材到了，要去安排归置。常常吃着饭，一个电话，也把我叫到了田里。"老付说，他每天都在田里，相比起来，在田里工作，让他觉得心里最安宁。

过了两个月，浙江卫视来了一拨记者，下到田里拍摄和采访。衢州的稻友Lucy，也经常带着相机来田间地头采访。Lucy既是稻友，也是一起去日本寻访濑户内海艺术节的好友，她现在隔三岔五也会来到稻田，就好像是把这片稻田当作艺术节一样，拍拍照片，写写文章。

浙江卫视的节目播出了，农民父亲们看到电视，都感到很自豪。节目里他们被称作"稻田大学"的"老教授"，是值得骄傲的手艺人，他们个个身怀绝技，劳动的快乐溢于言表。节目播出后，很多人都看到了农民父亲们的形象。有人说："我种了一辈子的田，第一次能被这么多人看到。"

另一个说："我是没想到，原来种田也能上电视啊！"

老付说："大家都看得起农民，才来拍我们上电视。城市里的人，都对我们种田人有了一个新认识。"

他们在田间忙着农事的时候，谈起上电视的经历，还是会露出质朴的笑容。好像上了一回电视，是一件了不得的荣誉，手上干活也更加带劲了。

谷小蛙上网的时候，也发现节目播出后，很多媒体都关注了，《浙江日报》、腾讯网、网易新闻等媒体都竞相转发。节目还吸引了志同道合的人，从四面八方打电话来，有的说要来参观水稻田，有的说想加入"父亲的水稻田"的队伍。

转眼，稻田一片金黄，稻谷快要成熟了。农民父亲们每天都很高兴，稻田里的活也不那么繁忙，只是为着秋收做一些准备。杨兄经常跟在老付身后去稻田里转转，老付站在田边剥了一粒稻谷，丢到嘴里细细咀嚼。"我们种的这种米，有自带的香气，光是这样放嘴里嚼，就有一股香味，也有甜味。"

稻田在阳光下，像是一片海，海浪起伏，泛着金光。

谷小蛙要在村里住下来

青蛙的声音像是群鼓漫起，伴随着夜色的加深，那样声势浩大。谷小蛙有点想不明白,她春天在田边水沟里看到的甩着尾巴的小蝌蚪,是什么时候变成这样的千军万马了。夜深之后静听,蛙声就像波浪一样一阵又一阵地涌来。

夏天开始之后,谷小蛙也萌生了新的想法。四千多平方米的赤脚王国研学基地已建成,她也打算留下来,在村子里找点事情做,或者在这稻田边开一间咖啡馆。稻田边的一间咖啡馆,听起来很有味道的,不是吗?前不久,听说浙江的"村咖"已经成为网红的顶流,谷小蛙还不太明白,浙江又不产咖啡豆,浙江的乡村又没有咖啡传统,为什么村庄里的咖啡店会火?

听说安吉的咖啡店密度,已超过某些一线城市,谷小蛙特地跑去考察。果然,偏远山区的一家咖啡馆,单日最多出杯量超过5000杯,依靠"咖啡+露营",单日的最高营业额超过30万元。这太让谷小蛙感到意外了。"村咖"的背后,其实是乡村旅游的火爆。

再比如,嘉兴海盐的永庆村,靠着浙江省的"村晚"出圈,一条贲湖老街成为网红打卡地,村里也有了"含咖量"。文艺范、国风味,一家家"村咖"开起来,从网络到线下都挺红火,一群群不知道从哪里来的客人涌进村,很多人来到这里就是来喝一杯咖啡。

谷小蛙想,要是自己也在"父亲的水稻田"旁边开一间稻田咖啡,会不会很有想象空间?

其实这想法也不是异想天开。随着水稻田的名声渐起,很多人慕名而来。有人做过数据统计,一家"村咖"的消费人群里,本地乡村人群的消费比例仅占两成,大多数还是靠城市游客。为"村咖"买单的最大用户群,是"喝惯了咖啡的城市游客"以及"渴望从城市逃离的年轻群体"。说白了,就是来村里打卡的游客,带动了村庄的文艺消费。

夏天如火如荼的时候,稻田又来了一批特别的客人,是插画师管莹老师带了一个班的孩子来到这里。都是高三年级的孩子——这帮孩子马上要去国外上大学了,他们都是在城市里长大的,对于中国乡村的真实样子缺乏一个深度的了解。这次,孩子们就是来到稻田搞研学,把城市与乡村之间的互动关系,作为重要的考察对象。

第一个问题:稻田、乡村对你来说意味着什么?为什么?

A 自然

B 传统

C 文化

D 资源

第二个问题:如果你听到乡村里关于某一个人的故事,这人会是谁?为什么?

A 在稻田里工作的人

B 村里的行政人员

C 从城市来乡村游玩的人

D 在乡村采风的文艺工作者

第三个问题：如果你有一片稻田，你最希望它能给你什么？为什么？

A 生产大量粮食

B 享受劳作乐趣

C 作为科学实验的试验田

D 欣赏稻田的美

为了探寻在青少年眼中这些问题的答案，这一群来自杭州上海世外中学IBDP国际部十二年级的学生来到这片水稻田，开展一次全新的课程设计和实践。

还有一个问题，是我给学生们提出来的："我们能为乡村做什么？"这个问题，并不要求大家立即给出答案，而是留在各自心里，用长远的时间去思考它。

管老师带领学生们在稻田里尝试做一场蓝晒的艺术展，同时也启发大家，这一场在稻田里发生的艺术实践，也可以带到城市中去，在稻田与街巷、乡野与城市之间，创造一种自由的流动。

学生们午餐的场地，也是在稻田中间的舞台上。四野都是稻田，清风徐徐吹来，阳光激发出稻花与植物的香气。这样的午餐的场景，一定会深深印在孩子们的心中。不管以后他们去到地球的哪一个角落，水稻与乡村留给他们的记忆，一定会伴随人生的旅程。

既学美术教育又做研学课程开发的管莹老师，自己创作的那幅风雨旗，还在稻田上空飘扬。风雨旗作品的名字叫《稻田的孩子》。而那时候，她并不知道会带孩子们来稻田研学。她想表达的是——稻田不仅教会孩子们很多关于土地和自然的秘密，孩子们也会将快乐带给稻田。这样一种理念，在我们看来更有前瞻性一些，因为孩子们前景辽阔，在不久的将来，也许会为稻田带来很多意想不到的改变。

归根结底，未来是他们的，世界也是他们的——不是吗？

经历几次稻田活动的谷小蛙，此时有一个想法，也在心中越来越清晰。她在城市有一份创意性的工作，这份工作并不限制她的工作地，而城市的紧张节奏与局促氛围又是她不太喜欢的。她一次次往返于城乡之间，开始对我们在实践中的稻田生活美学有了新的体悟与认知。也正是如此，她开始冒出想法，是不是也可以在乡下生活？

对于这个问题，其实，我也给不出标准答案。

浙江的乡村振兴搞得很火，在这样的大时代下，很多地方冒出的"村咖"，其实是对于这个时代的响应。很多乡村建设得越来越好，乡村振兴的政策也越来越给力，不仅仅是开"村咖"，还有稻田露营地、稻田博物馆、稻田体验农场、稻田厨房、稻田艺术研学等等文旅项目，是不是也可以尝试呢？

"乡村多好啊！这样的生活，才更贴近生活的本质。其实,也可以代表年轻人对于自己生活的理解吧!"

谷小蛙对此倒是充满了信心。她说,只要稻田咖啡馆开起来,一定有越来越多的年轻人,会想要跟她一样在这里住下来。

秋声喝彩

院士来到水稻田

水稻田里一片金黄,秋风送来了谷物成熟的气息,也迎来一位大科学家,中国科学院院士、环境土壤学家朱永官先生。

下午三点后,我陪朱院士在田间小道漫步。穿过板栗树林,前面有一片油茶树,又有一片胡柚树,他对这一切都感兴趣,不时驻足看看摸摸。路边有一小块裸露的山体,他取了一块石头,敲敲打打,说这是沉积岩,又松又脆。

转过两个弯,一大片水稻田呈现于眼前。田边有农人捆扎稻草,也有农人正挖红薯。除了农人劳作,与我们聊天的细微声音,这里便只有阵阵鸟鸣在天地之间。红薯地旁边的灌木丛中,身形小巧的黄鹂上蹿下跳,发出欢快的鸣叫。两棵乌桕树已然落叶,枝头挂着串串白色果实,许多小鸟也在枝头跳跃鸣唱。乌桕树在秋天尤其好看。在乡下水边,也常有零星几棵乌桕树,树影婆娑地倒映水中,如画。

"不管时代怎么发展,唯有食物不可替代。"

"我们经常会想念儿时的食物的味道。其实这是有科学内涵的。现在的人，都在追求快生活，食物也变得快餐化，我们甚至可以想象，食物将会如何影响我们的大脑结构……"

朱院士在我们稻田的田埂上，以脚步惊起草丛中的鸟群。他指着杂草茂盛的田埂说："这个样子就非常好，这就是保持生物多样性。在这个小环境里，杂草有了，昆虫也来了，鸟儿也来了。这对于环境的健康非常重要。"

稻谷成熟，在阳光下显现灿烂的黄色，成群的椋鸟还是麻雀，从稻田上空呼啦啦地掠过，又呼啦啦地停歇，起起落落之间，仿佛是群体的游戏，也仿佛是鸟儿们庆贺丰收的盛典。

一年之中，鸟雀们最开心的就是这个季节吧。地里有粮，心中不慌。大地向来慷慨，对于动物，大地山野都会在这个时节捧出丰美的食物。植物们显然与鸟雀已达成互惠共识，植物奉献果实，鸟雀则将它们的种子带到更远的地方。

路过一棵枳椇树，有农人执竹竿在敲打击落果实，那一串串的果实我们乡间叫作"鸡爪梨"，有解酒功效。我们向农人讨了一些来吃。尚显新鲜的果实仍很生涩，而风干的部分则已十分甘美。朱院士对这个果实很感兴趣，我们吃着枳椇，也举头望树，这树生得高大。平日里，枝头落满鸟儿，只要是枳椇成熟的部分，一定会有鸟儿来啄食。这高大的树，农人并不会把果实都摘完，大半还是会留在枝头上，任它风干，任它给鸟儿啄食。这又令我想到，在我们乡间，农人门前的柿子树上的柿子也常常并不摘完，在深秋季节，柿叶都落光，枝头还有几个柿子高挂，通红通红的，很是好看。这样几个通红的柿子，总能引得成群的鸟儿栖息。朴素的农人常常会这样，特意在枝头留几颗果实，也说不上特别的缘由，或许是一种习惯，或许是说留几颗看看也好，或许是说留给鸟儿吃吧。管它呢——而后来我才知道，这在日本叫作"木守"，也是很有意思的。

我们一边散步，一边聊天，就散漫地走到了稻田中间。这几百亩的水稻田，我们遵循自然环境友好的种植之法，不用除草剂，不用化肥农药，只是用生物发酵的有机肥来施用。一年一年下来，土壤也变得肥沃一些，稻谷会更好吃。我们的稻田里，泥鳅、黄鳝多起来，春夜里农民都打着手电下田捉泥鳅；春天稻田翻耕时，无数白鹭跟随机器飞舞，翩翩身影，起起落落，捕食蚯蚓、泥鳅。

朱院士对于"父亲的水稻田"生态化种植过程很赞赏，说这个做法很好。他说："土壤'吃'了什么，人类就吃了什么。因此必须重视土壤健康，包括肥料的使用、土壤中各类化学元素的含量、微生物的组成等。"他还说，我们要倡导一种理念，"把健康融入食物的全生命周期"。

对于泥巴，我想朱院士比我们水稻田的任何一个农民都更热爱。因为对泥巴的热爱，2019年，朱永官当选中国科学院院士。2022年获得国际土壤科学联合会李比希奖，是首位获此殊荣的亚洲科学家。李比希奖四年一评，每次仅一位科学家获奖，旨在表彰科学家在土壤科学应用研究方面做出的杰出贡献。

这样一个宁静的午后,陪朱院士在乡间悠然自在地散步,似乎我们也是那"生物多样性"里的一部分了。我从稻穗上将一小把稻谷,像鸟儿那样生嚼起来。这吸收了一夏与一秋阳光和雨露的果实,果然是人间至美的味道。我相信对于鸟儿们也是如此。它们在柿子树的枝头,在乌桕与枳椇的枝头,这样享用自然的果实。成群的椋鸟还是麻雀,从稻田上空呼啦啦地掠过,发出愉悦的声音,我似乎也是那群体里的一只。

朱院士说,人类面临的三大挑战,一是气候变化,二是生物多样性,三是化学污染。解决这三大挑战,只有两个途径,一是可持续生产,二是可持续性消费,从而实现人与自然的和谐相处。

朱院士除了是一个土壤学方面的大科学家,还是一位散文家,之前凭借散文《食物变迁记》荣获丰子恺散文奖。他是科学界里懂写作的,文学界里懂科研的,这样的跨界实在是非常有趣。"搞科学研究,如果影响的范围只停留在科技界,这是远远不够的,所以科普写作很有必要。"我们在稻田里,也探讨过写作的话题,朱院士说,写作是非常重要的,搞科研的人如果会写作,就会影响更多的人;种田的人如果会写作,就会种出不一样的水稻田。

朱院士的《食物变迁记》,全篇六千多字,从鸡骨头、蚯蚓、桑葚、蚕蛹、野菜等小处入手,是典型的学者型散文,既有生活的人间烟火的味道,又有科学的看待世界的眼光,读来令人回味不已。"如果没有去做科学家,我可能会去当厨师。"朱院士对于日常生活的趣味,似乎也永远都保持着热情。走在田埂上,遇到干活的老农和过路人,朱院士也会和人家搭话攀谈起来。

我们这样一片水稻田,除了朱永官院士,还有水稻种质资源学家、中国科学院院士钱前也来过。钱老师之前在中国水稻研究所任职,还帮助我们五联村建立了"稻田图书室"。图书室的外墙上,还挂着袁隆平先生之前给村里的题词:耕读传家。

晚上聊天时,谷小蛙认真地说,如果稻田研学搞起来,这些院士研究的课题就值得孩子们好好学习了。看起来普普通通的水稻田,其实无论哪一个方面深究下去,都关涉着国际前沿的科学议题。别看我们小小的村庄,种着小小的水稻田,也真的要有"放眼世界"的眼光与胸襟啊。

这话说得真对,我不禁对谷小蛙刮目相看。一花一世界,稻田里的一朵野花、一只昆虫、一粒稻谷、一块泥巴,深入研究的话都有一个深邃的世界,就看我们有没有眼光、积淀、学养去探究了。"一块稻田种好了,也是对世界的贡献。"这样想来,我们身处的这个小小村庄,对于全世界来说,其意义也绝不是无足轻重的了。

稻草人立在天地间

谷小蛙走到田里去。田里已然是一片金黄。金风送爽,什么是"金风"，谷小蛙算是真正见识到了。风是有颜色的，长长地拂过大地，而稻穗低垂，秋天的田野送来香气。"香气"这个词，原本就来自古老的大地，现在大地正把事物成熟的香气播散在人间，令万物心安。

老曾和女婿一起，在这个季节开始变得忙碌，在秋天土地的收获过后，村民们会有很多喜事要操办，上梁、进屋、嫁女、娶亲、过大寿、宴亲朋。和老曾见面的日子通常需要提前一两个月预约，他在一个本子上记下要奔赴五里八乡的日期。老曾身板厚实，肚子很大，个头一米八，体重一百八，看上去就像是一尊弥勒佛，加上他笑口常开，见谁都先拱手，道一声"恭喜恭喜"，老曾就成了五里八乡最受大家欢迎的人物。哪里有喜事，哪里就有他的身影。老曾的绝活是"喝彩"，传承自他的祖辈，初中毕业时他跟随父亲学木匠手艺，经常听到父亲的上梁喝彩声。那时候，农村造房上梁，都要有人喝彩，喝彩声一起，那多热闹喜庆——

"天地开场，日月同光；今日黄道，鲁班上梁——"

老曾继承了"喝彩"的技艺，还拉起了一个班子，带了六七名徒弟。威风锣鼓敲起来，丈八唢呐吹起来。一辆五十铃的小货车，车上装着威风锣鼓，扎着红绸，拉一车人，经常在乡下来去，老曾是万千喜事的现场见证人，是多少年乡村生活变化的亲历者。

老曾成了国家级非遗项目"常山喝彩歌谣"的代表性传承人，他心宽体胖，笑口常开，嗓子也越来越洪亮了。

在这次丰收之前，我们预约了老曾，请他到稻田里来为大地丰收喝一嗓子彩。

"这个事好啊！"老曾说，祖祖辈辈在土地上讨生活，土地待我们不薄，很少有人想到为大地喝彩。好事，好事！这个事情老曾满口答应下来。

开镰的这一天，老曾的小货车拉着威风锣鼓，丈八唢呐扎着红绸，拉着一车人，来到稻田。老曾立于稻田之间，丰收的稻浪在他面前摇摆，他手举一个酒壶，连饮三杯粮食烧，开嗓大喝曰："福也！福也！福也——"

田间早已围满了农人和乡亲，以及远道而来的朋友们，大家齐声应和："好啊——"

这一嗓子，是喝彩的"起"，喝彩师要把这一声彩头传递给稻谷、麻雀、山川、溪流，传递给高处的神明，传递给所有辛苦劳作一年的农人。

接下来，一连串的词语，是一首献给土地、献给粮食的，最朴素的赞美诗：

> 稻谷两头尖，
> 天天在嘴边，
> 粒粒吞下肚，
> 抵过活神仙……

谷小蛙这一天在稻田里见到了很多有趣的朋友，诗人赵丽华、余风、小荒、志华,小说家周新华,散文作家小荷婉婉,水稻科学家沈希宏,书法家缪小俊,当然,还有古珠收藏家许丽虹,布艺玩家葱花,美食家阿也,等等等等,很多朋友都来了——其实所谓的这家那家,都是虚名,大家到了这稻田里来,就都成了稻友;跟着老曾一起在田埂上游走,心里那个欢乐啊,一个个就好像重新变成了孩童!

孩童们,把稻田变成了游乐场。

接下来这群孩童要在稻田里竖一个巨大的稻草人。

这想法简直是太疯狂了!谷小蛙奔前跑后,见证了整个过程。对了,为什么想要在稻田里竖一个稻草人?根本原因是,这片稻田不仅仅生长粮食,还生长想象、生长快乐。在丰收的时节,我们有了大把的稻草,就想着要做一个巨大的稻草人开心一下。

从有这一个令人兴奋的想法开始,大家就进入了玩的状态,首先是构思、画草图。要有一个什么样的稻草人呢?该有多大才好?要怎么扎?要立在哪里?需要多少个帮手?

一个巨大的稻草人,六七米高……想想都激动啊。如果一件事能让你激动起来,那么,就去做好了。不过,其实直到稻草人竖立起来之前,大家都还是心中没底的。

稻草人的总设计师是赵统光先生,他不仅是一位建筑师,还几乎是一位浪漫主义诗人。稻草人,本质上可以看作一座建筑——经过几个晚上的思索,挥动画笔,唰唰唰,渐渐勾勒出一个潇洒不羁的稻草人大侠形象出来。然后是细化,设计结构、正面侧面图、效果图。

一切在落地之前就需要盘算，在人所不知的地方。

在某个傍晚来临之前，稻友们来到稻田，在金黄的稻浪间，在一条宽阔的田埂上一起扎稻草人。原本计划在落日余晖里让稻草人竖立起来，但没有想到工程量如此巨大，于是，一些工作稍做延后，决定第二日上午再完成稻草人。稻草人的骨架，赵统光用了三天时间，和几位农民父亲一起提前设置完成。

在稻田扎稻草人的现场，很多人聚集在一起，不知从何下手。赵老师将大家召集起来，拿着设计图开始讲解，宽檐帽、蛋挞裙、流苏披风等等，对每一个技术要领，都要分解到位，对每一个任务分工，都要定位到人。小稻友们也参与进来，大家以家庭为单位，领到了各自的任务。

戴上手套，拿上工具，开始干活。那宽檐帽，光是那竹制的骨架都比一个成年人展臂还要宽。稻草理顺，用线捆扎好，再将其固定到骨架上，逐个排布。在为稻草人扎裙摆时，这一家子配合如此默契——妈妈整草，爸爸捆线，闺女米兰负责剪线。小青梅瓜瓜和 Mandy 则是田埂上两只忙碌的小蜜蜂。一会儿理稻草，一会儿找麻线，到处都是她们俩形影不离的可爱身影。

这么巨大的稻草人，肩上的杆子就有七米宽！如此霸气的稻草人，能不能成功竖起来？

真的不知道。

但是这恰恰就是整个事情最为美妙的地方。

如果一切都如预想中的完美，毫无波澜，无非只是完成预定任务而已。

但是稻草人竖立起来的前五分钟，都没有人能保证一定会成功。

真的太巨大了，太难了。

一二三、一二三……十几个汉子抬着稻草人穿过稻田，金黄的稻穗拂过他们的身体。其他所有人都在岸上加油鼓劲。

可是，要把这么巨大的稻草人竖立起来，真的太不容易了，我们没有吊车，没有什么特殊的工具，只有绳索，靠人力从各个方向使劲。

正是过程的艰辛，结果的不可预知，才让整件事变得更加有意义。所有值得去尝试的事情，难道不正是如此吗？

所以，当稻草人如愿竖立在稻田上的时候，每个人都如此开心。

竖立一个巨大的稻草人，哪里只是在游戏？这几乎就是传统中国里的诗意生活。每个人都在劳作之中，享受劳作带来的成就感和快乐。

终于，稻田守护者——"Paddy 奥特曼"（沈博士命名）如期降世，成功出现在水稻田上。

它将守护这一片水稻田的丰收。

它也将守护这一片土地上，农人的劳作与汗水。

它守护孩子们的快乐——不仅仅是学校里和课堂上的快

乐,还有在大地上追逐嬉戏、四处飘荡的笑声。

它也守护大人们心里,仍然残留的一点点诗意。

作家莫小米老师说:"这是最古老的诗意,也是最现代的风景。"

"福也! 福也! 福也——"

老曾的喝彩歌谣,也在稻田与天空之间激荡起情感的力量;这座巨大的稻草人"Paddy 奥特曼"立在天地之间,像是一个守护者,走过春夏秋冬。

每次当我们走过那片稻田,远远地看见稻草人时,都觉得它简直是一种图腾,一种象征,看起来带着某种骄傲和不甘平庸的神态,在陪伴稻田里的一切,也创造和生长着新时代下的稻田故事。

稻草人,不就是这一群理想主义者的故事吗?

冬日酒歌

回到村庄,回到山野

说起来,五联村没有任何特别的天赋资源可以依靠,也没有深厚的历史文化积淀可以在这个时代用来消费。这是一个名不见经传的小村庄,在本地的县志上也找不到只言片语的记载。

这样的村庄,在中国大地上太常见了吧。

五联村的人们世代务农,耕作自家的小片土地,历史上不曾出过什么名流大家或文臣武将。20世纪80年代之前,这个村庄的人们还普遍没有出过远门,直到90年代初,才有年轻人陆陆续续出门打工,远行者的脚步逐步在长三角或珠三角区域流连辗转。这些外出打工的人,让村庄里的人们知道了温州、上海、杭州、广州、深圳这些遥远的地名,他们在回家过年的时候身上穿着漂亮衣服,口袋里揣着现金,村庄的人对于远方充满浪漫的想象。

阿英是从1994年的秋天开始跟着村里人一起到杭州打工的。那一年杭州的服装厂招人,村里总共去了四个年轻女子,她们高中毕业没有考上满意的大学,就选择了务工这条道路。2000年以后,阿英重新回到村庄并成了家,她的丈夫是隔壁村的茂子,茂子是阿英的同学,也在杭州的轮胎厂打工。

大约在三年以后,他们的孩子出生。茂子坚持在杭州打工,阿英则在孩子出生后,选择在家带娃。

可以说,阿英一家见证了五联这个村庄最近二十年的巨大变化。首先是村庄里的道路变宽了,浇上了水泥路,宽阔的公路也通到了村口;其次是村里人住上了楼房,村民们的交通工具从最开始的自行车,换成了摩托车,大约在十年前,村民家里又陆陆续续有了小汽车。阿英家也不例外,茂子结束了在杭州的务工生涯,回到了村庄,之后在县城的一家机械厂找到了工作。这样他就能照顾上家庭和孩子了。孩子上了小学后,阿英也在县城的一家纺织厂上班,夫妻俩的收入加起来有五六千元,大大改善了生活条件。五年前,阿英家也买了一辆国产小轿车,这样即便是碰到刮风下雨的天气,也不影响上下班和接送孩子上学放学了。

阿英现在是村里一家民宿的管家。

她主要的工作是接待民宿的客人,并为几个房间打扫卫生。暑假里民宿的客人比较多,很多人带着孩子出来玩,感受农村的乡野风情。有些村民的亲戚也会过来,家里住起来毕竟不那么方便,有时候就安排住在民宿。阿英很善于跟客人打交道,也能跟客人聊天。有时上海、杭州的客人过来,一住七八天,经常是阿英指导他们去哪里玩,到哪个村买农产品,到哪个地方买新鲜的西瓜或到哪里去摘胡柚。

民宿的老板建平,也是隔壁村人。作为一名80后,建平有很多年也在杭州打拼,从事证券投资,收入不错、工作稳定、时间自由,过着还算圆满的都市生活。也不知道从哪天开始,他萌生了回家过日子的想法。是什么缘由呢,他也想不起来了。大约是村庄里老宅荒废后,房屋周边那一丛高高的野草、茂密的芭蕉,湮没了上山的道路,也遮蔽了村庄的生机,让他心有所动。不管怎样,想回家过日子的想法一旦在心里落地,就像一颗种子落在了春天的原野上,一场雨,一阵风,种子就发芽了,再来一阵阳光,它就蓬蓬勃勃地生长起来了,压也压不住。

更大的原因,也许是人到了一定年纪,想要寻找一种更加宁静的生活方式吧。村庄里的生活,日出而作,日落而息,不像城市里的生活节奏那么紧张和奔波,空气和水的质量也比城市要好。但是,建平想要回村过日子的想法,受到了父亲的强烈反对。以前村里的孩子都一门心思想考上学校,去城市工作生活,现在怎么想要回来了呢?是不是在城市混不下去了?父母的脸往哪里搁呢?这是老一辈人的想法,建平却不那么在意。有一段时间,每次吃饭的时候,父亲也会在饭桌上唠叨几句,建平一开始想解释一下,时间长了,父亲的唠叨没有减少,建平听了就有点烦心,索性自己在山坡上搭了一个临时建筑,简单装修了一下,就住了下来。

小屋不大,搭在建平种桃树、种葡萄的山坡上。建平不知道自己咋想的,他找了一片山坡,在那里种着果树,头两年种葡萄,后来种桃树,再后来种猕猴桃,什么都尝试。种了两年没种好,又拔了树苗从头再来。他一个人,白天在山上,晚上就在山上的小木屋中。山野很寂静,鸟鸣、蛙叫、虫子歌唱,日日夜夜就这样过去了。其实这日子也挺好的,建平说,这样的日子简单又安静,一点儿都不复杂。

再后来,建平遇到另外几个年轻人,一个是拍电影的导演,一个是在做生意的创业者。几个人聊着聊着,就想开一家民宿。开民宿这个事,那几年挺红火,既是一种生活方式,又是扎根乡村、建设乡村的具体办法。几个人一拍即合,他们改造了村里的十几幢老房子,把原来荒芜一片、野草丛生的山脚,改造成了年轻人喜欢的民宿乐园。

在距离民宿大约六公里远的地方,有一个年轻人也从城市回到了村庄。他是个记者,在杭州工作,有一年在老家发起了一项很有意思的文创活动,叫作"父亲的水稻田"。他带领很多城市里的朋友一起到乡间种田,一年一年,粉丝很多,也让小村庄变得很热闹。建平与他之前并不熟悉,建平心想,这个事情挺有意思,说不定哪一天可以合作一下。

如果要说,村庄真的变得有意思起来,那就是因为有了这些年轻人的回归。

有了年轻人,村庄才有了活力。

有了人与人之间的碰撞,村庄的活力才开始加倍。

一生二,二生三,三生无数。从这个意义上来说,建平也好,记者也好,电影导演也好,都是最开始的"一"。"一"像是一粒种子,"一"的萌芽唤来春风,唤来整个春天。"一"有了"二",有了"三"。"父亲的水稻田"从原来的三四亩,扩大到了五百亩;从村庄一个角落的一丘田,变成了山谷之间覆盖三五个村的大片稻田;这片稻田也衍生出了研学基地、研学线路,衍生出了连接四个村庄的酒业公司,同时还连接了几百个城市家庭。

建平的小木屋,还孤独地坐落在山坡上。民宿里的客人不少,平日里喧闹得很,忙完了接待,建平会回到他自己的小木屋来。小木屋是腾空而设,房间里一张床垫,墙上一台空调,门口一台洗衣机,统共二十来平方米,麻雀虽小,五脏俱全。每天忙完工作,建平把自己往床上一扔,很快进入梦乡。清晨有时被鸟鸣叫醒,睡不着了,就会坐在门口的小板凳上看看书。

阿英每天早晨,会开着车,在九点钟按时来到民宿,开始一天的忙碌。想到曾经在杭州,租住在城乡接合部的简易工棚里的日子,恍如隔世。现在这个生活是她喜欢的。厨房里的阿姨正在准备客人的早餐。早起的孩子已经在小道上奔跑追逐。上山和下田的村民路过门前,也会跟阿英打个招呼,亲切的声音响起,就像是这个村庄千百年来所一直拥有的日常一样。

这是村庄里2023年初夏的平常一天。鸡鸣狗叫,鸟儿啼唱。到了近午时分,会有三三两两的车辆开到村庄里来,城市里的客人已将这里当作一个休闲放松的好去处。城市与山野,到底有什么区别?建平有时候也会这样问问自己,他的答案是,山野比城市更接近于生活本身。

这个小山村迎来了史上最多的客人,三三两两的城市人与这些回乡青年的朋友,他们带来了很多有意思的生活方式,甚至在一定程度上消弭了城乡之间的分界线。谷小蛙就很迷恋现在的生活——有一段时间,她还要经常回到城市,只是偶尔才来村庄;最近半年,她几乎是想待在这里的村庄不走了。我们有时候也会聊天,我期待着她的咖啡馆能早日开张。同时,我们也想,如果有一天,这里出现一个年轻人村落,又会如何?

会不会有更多的人,想成为五联村的新村民?

一坛美酒慰平生

酒是很多人都热爱的事物,冬天来临的时候,酒香已经飘荡在整座村庄里。酒香温暖又热烈，仿佛是冬天的一把烈火，正点燃大家心中的激情。

水稻田收获的稻谷，已经在仓库里堆得像座小山。这是一个低温冷库，稻谷在这里被低温带壳储存，可以最大限度地锁住谷粒内部的水分和新鲜滋味。只有当客人需要的时候，工人才会从仓库中取出稻谷，碾米，包装，把最新鲜的大米快递到客人的手中。

另一半稻谷，将经过蒸煮、发酵等工艺，堆积一段时间，再通过蒸馏技术，提出粮食内部蕴藏的液体——清澈透亮的，热烈汹涌的，波澜不惊的，饱含力量的——酒液，这珍贵的事物，每一滴都是粮食的精华，大地的甘露；它们从稻谷的内部被提取出来，再被酒罐封存若干年时间后，等待着与不同的人群发生奇妙的相遇。

衢州葛哥酒业，成为村庄里的另一件新事。因为"父亲的水稻田"每年只卖新米，不卖陈米，等到新稻谷丰收，旧年收获的稻谷将全部用于酿酒。于是，天安、天马、五联、和平四个村集体，与种植水稻田的米道公司共同合作，成立衢州葛哥酒业，四个村集体占股47%，以"父亲的水稻田"自产有机水稻为主原料，生产销售葛根酒和粮食酒。截至目前，已酿造五万公斤白酒。

建平向我们介绍，未来村里的酒坊和酒窖建成后，年产量将维持在十万公斤左右，预计村集体可增收一百二十五万元。

葛根，也是特别被偏爱的食物。建平原先在山坡上的小木屋里住着,四面荒山,他都种上了一种藤蔓植物,葛——葛是好东西。小时候上街,见有山里人蹲在街边卖葛根,一根粗如手臂的长葛根,已然煮熟,有人来买,就引刀横断,割下几片来。这是最朴素的卖葛根之法——既不称重,也不议价,古风犹存。人家买了葛根,就撕一小块下来,放进口中大嚼。这葛根块甜津津,粉糯糯,嚼了一会儿,口中只余一些丝络渣渣。就是这样的葛根。葛藤在山野极多,味道也尤甘美,只不过挖葛根是件非常辛苦的事。葛的生长又极慢,要许多年之后,那地下的葛根才长得粗壮结实。

当年白居易在杭州任刺史,有一天,他邀请灵隐寺的韬光禅师进城赴宴,为此特意写了一首诗:"白屋炊香饭,荤膻不入家。滤泉澄葛粉,洗手摘藤花。青芥除黄叶,红姜带紫芽。命师相伴食,斋罢一瓯茶。"葛粉、藤花、青芥、红姜,都是又简单又美好的事物,葛根粉的妙处,恐怕在一千多年前,或者更早就已被大家所知。

东汉时期,我国最早的医学专著《神农本草经》记载,葛根"味甘,平。主消渴,身大热,呕吐,诸痹,起阴气,解诸毒"。后代典籍中,多将葛根列为佳品,记载其性味和功用,也将葛根应用于治疗疾病。南北朝陶弘景所著《本草经集注》记载:"即今之葛根,人皆蒸食之。当取入土深大者,破而日干之。生者捣取汁饮之。解温病发热。其花并小豆花干末,服方寸匕,饮酒不知醉。"吃葛根,饮酒不知醉,对于好酒之人来说,这可是绝妙的事。

鲜切的葛根，味道很香，草木混合着绿豆味，很是清雅。"父亲的水稻田"自产的生态稻米，与葛根一同酿制美酒，稻米的甜润与葛根的香气融合，产出高品质的葛根酒。为什么是葛根酒呢？因为葛根本身，具有强大的药用养生价值。葛根酒，既是"父亲的水稻田"实施三产融合之路的重要一环，也是"父亲的水稻田"重点打造的项目。

本地的葛根不够用，还得向外地购进几万公斤老葛根。以葛根酿酒，是浙江民间的传统，村庄里有句很有意思的话，葛根可酿酒，也可解酒，所以喝葛根酒，是边喝酒边解酒。老一辈村民，对葛根完全不陌生，在粮食短缺的年代，淀粉含量很高的葛根可作为主食，就和地瓜土豆一样，救过很多人的命。哪想到，现在大家生活条件好了，反而更加怀念和留恋这朴素的乡野之物。

关于葛根酒边喝边解的传说，有点近似于玩笑话，但建平记下了，并付诸实践。一是他觉得这葛根是好东西，二来本地荒山不少，若能发展葛根产业，也是带领乡民致富的一种途径，不妨一试。也因存了此心，你在本地乡野之间各处行走，常可见到路边山坡布满葛藤，充满茂盛蓬勃的生命力量。

葛根酒出锅了，滋味清新，回味甘甜，真是好酒！葛根酒若是窖藏三五年，那更是妙物。为了推广葛根酒，让更多人知道葛根酒，建平出门就带上一点，让想喝酒的人尝一尝。酒这个东西，不怕巷子深，就怕人不知。他有时候还会讲一个故事，就是山坡上种了好几年的葛根，连密林深处的野猪都知道是好东西，趁着夜深人静，野猪偷偷跑出来，偷这样的根茎来吃。

接下来，天安、天马、五联、和平四个村的书记都碰过头了，准备好好地推广一下本地的葛根酒。这是我们村自己的酒，酒的事业做好了，村集体实力也壮大了，这可是一件大好事。商量来商量去，书记们准备在春节前办一场大活动——乡贤品酒会。你想啊，每个村都有乡贤，如果能把乡贤的力量发动起来，让大家一起把酒话桑麻，为家乡发展出一份力，那是多好的事。

酒是神赐给人间的礼物，是世间最动人的水。它慰藉过无数人的不眠之夜，它也温暖过无数人的孤独旅程。它是水稻田里春日的阳光，它是村庄里四季流转的光阴，它是乡亲们的牵挂与期盼，它也是乡贤们助力村庄发展的未来希望。

百战归来仍少年，一坛美酒慰平生。一碗朴素的乡情之酒，让我们醉在家乡的怀抱里。

山海有情，稻米进城

顺钱塘江而下，一千年前的人坐一叶扁舟，随波逐流，可以一直到达杭州。这条江，上游的涓涓细流，就在我们的水稻田边上。

我住钱江头，君住钱江尾。日日思君不见君，共饮一江水。共饮一江水兮，也共飨一捧米。

这年秋天，“父亲的水稻田”出品的大米，出现在钱江尾杭州最繁华的城市中心开展的一次新米雅集活动。

想想也很神奇，一个小小村庄的故事，居然能在高楼林立的地方、杭城最繁华的中心地带被讲述——或许，这也是一种城乡之间的联结，一种新鲜的尝试。

大米，作为我们日常生活中的主食，我们餐桌上绵延数千年的角色，从来不是最抢眼的主角。这一次，我们将它请到了舞台中央，在杭州的钱江新城，举办了"父亲的水稻田·新米雅集"活动，把久违的米香，邀请到大家的身边。

金黄的稻谷布满现场，是一整个秋天。是的，我们把水稻田的秋天"搬"到了城市。

一筐筐的金黄，装点出秋的喜悦。三十来位旧友新知一齐会聚于这片田野，空气中飘荡着谷物成熟的香气。

刚碾出的"父亲的水稻田"新米，不需要过度的清洗，淘米水里藏满了营养，懂得保养的人可以放心用它洗脸，因为这些新米不添加任何防腐剂，更不打蜡，也没有任何的农药残留。我们珍重土地，尊重自然，对水稻不用一点化肥和农药，施用生物菌肥；我们挑选的大米品种也很特别，讲究米饭的口感；此外，我们也特别注重储存保鲜和加工，让大米看起来非常朴素。

电饭煲飘香的时候，来自乡野的米香，盈满了整个时尚空间。吸一吸鼻子，能感受到这是熟悉又久违的回忆里的香气。

米饭煮好，先不着急着吃，让它在锅里再焖一会儿，让每一粒开花的新米，收一收，口感上更具有嚼劲。谷小蛙、建平、博士、诗人们都来了,这是一场以米为名的聚会——甚至,大家还准备了土猪油、酱油、红糖、肉松、海苔、萝卜丁等各种不同的调料和小菜,用来搭配新米的品尝活动。

吃饭喽!

一口米饭……唔……真的是美味。

说是"新米雅集",还真的是吃饭活动啊。

可是光是吃米饭,就已经足够美味了——煮熟的新米,米粒近乎半透明,淡黄色的胚芽肉眼可见,一筷子入口,颗粒感十足,有弹性,有嚼劲,而且米香浓郁。将一勺猪油与米饭搅拌均匀,剔透的米粒冒着热气,融化了刚拌上的猪油,再淋上一点酱油,哇,满满儿时的回忆,真的是唇齿留香。

想想看,你有多久没有这样认真地吃过一碗米饭了?

记得古时书上写,有僧人吃饭总是要先淡吃三口:"第一,以知饭之正味。人食多以五味杂之,未有知正味者,若淡食,则本自甘美,初不假外味也。第二,思衣食之从来。第三,思农夫之艰苦。"

饭之正味——这是古代一位僧人说过的话。在我看来,淡吃三口白饭是最好的建议,因为世上的一切滋味,都不如这大道至简的纯正之味。

当天,媒体人来了不少,诗人和作家也来了不少,还有许多是年轻的家庭主妇。不同职业背景和文化经历的人在一起,却同样都被一碗饭治愈。

"我真的好久没有吃过这样香的米饭了!"

其实说到正味，乡下真的还有很多。在乡下生活，食物往往最为新鲜，也往往最为简单。一棵青菜，一碟豆腐，也能做出最为地道的鲜美菜肴。最好是落过霜以后的青菜，去屋角的菜园子里摘来，清洗干净，下锅清炒，就会炒出甘糯的清香。

要想喝酒，也不难，直接从焐酒的地方舀出一勺来，可以尝到最质朴真实的粮食香味。

正味，是最普通的味道，也是最纯正的味道，它是味觉的基点，是人间滋味的出发地。一碗米饭的正味，是淡淡的清香，久嚼之后的甘甜；一棵落过霜之后的青菜，是甘糯的清香，也是人间的好味道。

一碗热气腾腾的新米饭，就是这一季收获最甘美的滋味。现在，这片水稻田进城，也是把乡村之美、农耕之美、生活之美带到城市，让大家更能理解今日乡村之美。

天安村的书记李涌泉，完全没有想到一个小村庄的活动，能在城市里引起这样的反响。他也没有想到，为什么我们村庄里最有吸引力的东西，是这样质朴无华的大米——一碗简简单单的米饭。

以后，我们真的要真诚地向城市里的朋友们发起邀请："去我们村吃饭！"

谷小蛙今天也随着大家一起进城，在钱江新城忙前忙后，布置场地，接待朋友。她越来越把自己当作普通的村民一员了。她知道，"父亲的水稻田"现在名气越来越大，这是一座桥梁，既让城市里的朋友能去到水稻田和乡野之间，也能让乡野之间的大米及生活方式走进城市,把更多的美好,传递给更多的人。

"我们种的不仅仅是一片水稻田!"谷小蛙在接受《钱江晚报》记者采访的时候说,"其实我们想传达的是,生活在哪里不重要,心里有一片自己的水稻田,才是最重要的!"

一年又一年,五联这个小小的村庄,正在写下自己的故事。

"目光清澈的人,在那稻田相见"——又一次,稻友们相见了,大家都很开心,"刚才有朋友问,这个'父亲的水稻田'活动如何在别人都看不懂的时候,就这么坚定地往前走?"

"我的回答是,感谢每一位稻友,他们在自己还看不懂的时候,就跟着我们一起往前,这才是最大的力量。我们一起种田,不只是收获大米本身,而是在于,我们参与其中的每个人,都会成为一座桥梁——我们每个人搭桥连接起来的,是一座乡村振兴之桥,也是共同富裕之道。"

听到大家的这些话,望着眼前那么多的陌生朋友,谷小蛙不知道怎么回事,眼睛里开始有了晶莹闪亮的东西。

一片田,一群人,一碗米饭。这就是关于当下中国沿海省份浙江的一个小小村庄的故事,也是一片水稻田和它的朋友们的故事。这个故事很平淡,又很隽永;它很琐碎日常,但又静水流深。

本文发表于《人民文学》2024年第三期

还乡记

徐海蛟

一

离开的想法一夜间变得坚定。

之前都是一些飘忽的念头，来得快去得也快，晨雾一般，微风一吹就散了。

"再也不能在这儿待下去了。"二十六岁这一年，生日一过，吃了母亲下的一碗"长寿面"，杨敬业做出一个重要决定："一定要在明天离开这地方。"

这是生活了二十六年的村庄，不能说杨敬业对这里没有感情。他喜欢那些曲折的巷子，少年人风一样在巷子深处飞驰。他喜欢黄昏的田埂，一个人于暮色中晃荡其间。他喜欢百步尖，这是村庄倚靠的青山，一年四季，苍翠葱茏。他喜欢亭溪，日夜不停歇地自深山而来，以清澈甘洌的水养育了村庄。他喜欢村子南面一棵巨大的银杏，每当深秋时，金色华盖撑开，落下一场阳光幻化的雨……这一切，他喜欢。

这一切，并不能留住杨敬业。

杨敬业是去过香港的，1993年他去香港探望二十年没见的姑母。一趟远行,改变了杨敬业对生活的看法,他似乎突然意识到世界的辽阔,城市里有那样多的路,通往那样多的地方。而在城杨,只有两条路,一条是向东面去的小机耕路,另一条是从西北面大山间往外蜿蜒伸展的古道。

说实在,两条路都难走,山路高低错落,爬着耗力气,小机耕路弯弯绕绕,走着耗心性。有一回,他和父亲各挑一担竹笋,相跟着到邻镇集市上卖,走到山间上坡路,簸箕晃荡起来,他下盘未稳住,一屁股跌在地上,竹笋飞落下来,重重砸在腿上。那天,他并未即刻起身追赶前面疾步行走的父亲。索性坐下来,揉揉疼痛的小腿肚,风晃动着面前的茅草,一种从未有过的悲哀向他袭来:"这就是我的生活吗?除了望不到头的山,除了一亩三分地,除了树,除了竹子,在这里还能看到什么?"那年杨敬业十八岁,高中毕业未能挤上大学的独木桥,只好回到村里,跟着一位老木匠学一门木工手艺。

杨敬业其实并不适合当一个手艺人,毕竟太书生气。

他喜欢读书,干活之余搬一张椅子在门口菜畦旁一放,脚搁在一块石头上,一读几个小时。他写得一手娟秀的毛笔字,读初中时,村里人有红白喜事,逢年过节要写个对联,或者写一封告示,都会找到杨敬业。不适合归不适合,杨敬业学木匠却很灵,说白了,木匠这个活吧,除了需要一点力气外,还要靠头脑。读过书的人毕竟有他的优势,别的小伙都是图方便,挑基本的活学,造房子,打柜子,造农具,十里八乡木匠会的就是这些粗糙又实用的活。木工活的尽头却是一项技术活,甚至可以说是艺术活。若要给它进行分类，木工分为"大木""细木""圆木""雕花木"。大木建房修舍，细木打制家具，圆木打造桶盆箱壶，雕花木活计最精细，技术含量最高。这个工种旨在为房梁、门楣、床铺、柜子、窗户、太师椅等雕刻装饰花纹，内容多涉及民间传说、山水人物、花鸟虫鱼……说白了，它已经摆脱了匠人仅仅讲实用的阶段，进入审美阶段。当初，父亲逼着杨敬业学木匠，杨敬业的条件是要么不学，要么就跟一个顶好的师傅学真正的技术，他就跟了邻村韩岭的一个老木匠，挑了雕花木这门手艺。

杨敬业学得专心，手艺日日精进，令老师傅很满意。不过恰恰忽略了一件事，在这个逼仄的小山村里，他的手艺多半用不着。这么说吧，他学的是雕花木，干的常常是大木和细木的活，村民们偶尔建房，有时打造几件家具，实在谈不上审美意趣。说白了，他的技艺和这些村庄是不匹配的。

不过杨敬业不死心，村民请他做个简单的活，例如打一只四四方方的衣柜，杨敬业呢，一定要在柜门拉手上，给人家做出一朵木芙蓉花造型。城杨流传着一个好笑的故事，说杨牵牛请小木匠杨敬业改造一下濒临坍塌的牛棚，小木匠给牛棚加了几根木柱，顺带着在其中一根木柱上雕出了牛郎织女鹊桥相会的画面。这件事非但没给杨敬业带来好评，反而让他在村民心中落下一个迂腐印象。

也不知从什么时候起，小木匠杨敬业有了个"花炮木匠"的绰号，大概是说他的活做得花哨，这事让杨敬业心里很是愤愤了一段时间。是不是从这个奇怪的绰号开始,杨敬业讨厌起城杨来了?

似乎也不全是,让杨敬业不喜欢的事够他在笔记本上写满整整两页。杨敬业向往城市,他讨厌这里的路,讨厌半天一班的车,哪怕进一趟城,都得耗去整一天时间。当他从香港回来,从上海回来后,似乎突然感悟到城市才是世界的中心。杨敬业不否认自己喜欢更现代的生活,敞亮的高楼,璀璨的夜晚,他喜欢背诵郭沫若的那首诗《天上的街市》,就是描绘城市夜晚的。他还喜欢城市的便捷,医院、商场、酒店、咖啡馆……对了,杨敬业喜欢喝咖啡,当第一次在电视上看到雀巢咖啡广告时,杨敬业就喜欢上了咖啡,去上海时,他还特意进了咖啡馆,坐下来点了一杯咖啡,看到周遭的人,闲散坐着,轻声聊着,耳边有钢琴的声音。杨敬业想:"他们过的才是生活。"杨敬业固执地认为钢琴的声音是必要的,这几乎是文明和优雅进入日常的标志。

杨敬业也不喜欢村里的人,不喜欢他们的生活方式,无论什么事,都一副疲沓将就的样子,他们嘴里常挂着一句话:"我们城杨人,世世代代都这么过的。"

隔壁邻居李红莲将家中柴草、杂物一并堆在一个违章搭建的草房中。那个草房自屋旁横出来,不但碍眼,还常散发着浓烈的气味,气味登堂入室,进到不远处杨敬业家楼房里。杨敬业母亲和李红莲沟通了不止一次,每一次都以争吵结束。李红莲不是谩骂,就是抹鼻子流眼泪,呼天抢地说自己命苦:"我在自家墙上搭个草房碍着哪个挨千刀的啊,床上常年瘫着个半死不活的人,我们真是命苦啊!"李红莲的老公瘫痪在床,常年吃着药,这本来和违章搭建不相干的事大概也着实放大了她心里的敌意。

还有杀猪的圆眼阿大,村里只有他一个移动肉摊,他卖肉相当随性,你要四两肉,用手比画,说这里割一块,他一刀下去,准有八两。除了杀猪,圆眼阿大的另一个爱好就是骂人,骂村里的人,骂村外的人,重点是骂村主任、村支书。他曾扬言,要将猪粪泼到村支书办公桌上。

不过最终促使杨敬业下定决心的还是一场相亲。他和对方约在东钱湖边的韩岭老街见面,那会儿韩岭老街还没开发,说是街,也就一点神似,让人看出过去这一带有过一遛门面。姑娘是镇上人家的,杨敬业一见就喜欢。杨敬业那天心情大好,和姑娘沿着穿村而下的小溪往上走。时间正值春天,万物如新,每一棵树换了新妆。走过一棵樟树时,杨敬业看到树上新叶在春阳里闪烁,顺势一跃就摘了一片叶子在手中。

那天的见面一晃过去了,当晚,介绍人来到杨家传话,说姑娘没看中小伙子。这令杨敬业很沮丧,他相亲时献足了殷勤,对方竟一点没感受到。不过更令他沮丧的是介绍人口中两句话,一是土生土长的城杨人,姑娘不考虑;二是走着走着会跳起来摘树叶,小伙子不稳重。

离开城杨时正值秋天,风里明显有了凉意,路旁小雏菊开了,田野里晚稻熟了,稻穗在秋风里起伏着。不得不说杨敬业心里生出了丝丝缕缕的离愁，但杨敬业没有回头，他知道，此去千里万里，他要摆脱的就是这个村庄，这个烙在他身上二十六年的乡土的烙印，他要过另一种生活，尽管他还不知道另一种生活长什么样儿。

二

杨敬业先到了杭州，在一个装修公司里干木匠，由于手艺精细，活又做得踏实，常常受到雇主好评，倒也算顺利谋到了一个职业。

谋个职，自然不是杨敬业的追求，他离开城杨，不仅为了到外面闯荡一番，而且要闯出一片天地的。过了几年，他自己拉了个装修队，和装修公司合作，算是装修公司外包单位，这样一来，钱明显好赚了。杨敬业仍不满足，在杭州赚了钱后，很快发现上海的装修市场有着广阔前景，说白了，他的手艺得有更大的用武之地。

杨敬业带着在杭州赚到的第一桶金和几个靠谱的电工、水泥工、木工，风风火火杀到上海，凭借之前经验，很快在上海打开了局面。

这个从小山村出发的小木匠，用十年时间破茧成蝶，成为装修公司老板。在大城市上海，有了车，有了房，有了家室，妻子给他生了一对儿女，这么些年过去，杨敬业尝到了成功滋味。他已经是地道的上海人，讲话的语气也变得软糯缓慢起来。按正常逻辑，成功人士首先会想到回乡，毕竟在大城市里，没有太多人会注意到你的成功，好比锦衣夜行，没有人会留意到你的华服。只有回到乡下，回到一个小地方，人的成功才会被放大。不能说杨敬业没有过这样的念头，可在他刚生出这个念头时，心里又植入了一个反向情绪，这一次对城杨，他是彻底失望了。

事情发生在杨敬业杭州创业时期，有一天他接到一个家里小妹打来的电话。电话那头，平常性情温顺的小妹，愤愤地哭了一顿，说老父亲的手骨折了。令人震惊的倒不是骨折，而是骨折的原因——父亲和村里养鸭的杨贵金发生了争执。杨贵金一群鸭冲进杨敬业父亲侍弄的菜地，将一畦刚冒出土的鸡毛菜扫荡一空。父亲去找杨贵金理论，双方起了争执，又动了手，杨贵金用力一搡，父亲倒在浇了水泥的村路上，摔断了右胳膊。

这件事让杨敬业怒火中烧，想着父亲一辈子要强，啥时被人欺负过？他连夜开了车，花去三个多小时从杭州赶回宁波，又从宁波赶回城杨。车离开宁波东钱湖镇后，真正进入黑夜的领地，没有路灯，两旁茂密的树林压过来，黑黢黢的，道路在车灯中起伏不定，仿佛暗夜里行船。

杨敬业赶回了老家，本想撸起袖子，找杨贵金干一架。但置身其中时，似乎又发泄不出那么大怒气。两户人家已经在村委会协调下，谈好了处理方式，杨敬业父亲先去治疗胳膊，对方负责后续医疗费。"这样就结了？"杨敬业心里咽不下这口恶气,"那我也敲断他一条胳膊,我来掏医疗费,可以吗?"母亲说:"杨贵金拎着一只猪蹄上了门,诚诚恳恳向你爸道了歉。"

这就更令杨敬业憋屈了,他发现自己带着一腔主持公道的正义赶来,现在这些需要主持公道的人突然蔫了,真有拿拳头砸向棉花的感觉。

第二天一早,杨敬业驱车离开了老家。从昨夜到今晨,仿佛经历了两个世界。晨光中,道路明亮,两旁的田野像写意的画卷泼洒着色彩,村舍则像画卷中写实的部分,透出亲切又陌生的感觉。不过,杨敬业无心欣赏这乡野景色,一心要快些回到城里去。他想,这个地方真是难以改变,不仅改变不了面貌,也改变不了人心,他再也不要踏进这个村子了。

念头闪过后,杨敬业自己也笑了,这是一个多么无厘头的想法,自己出生的村庄,父母、妹妹都在,他杨敬业有什么办法不踏进来?

无厘头归无厘头,至少五年内,直到在上海办了自己的装修公司,杨敬业都没有踏进城杨一步。那么过年过节,是不回家探亲吗?当然要回,杨敬业可是很孝顺的,逢年过节必然要回来和父母团聚。只是每次,他将车开到东钱湖镇上,就不想往前了。镇上住着小姑一家,小姑最是疼爱杨敬业,可以说完全把他当自家儿子看待,他远道而来,小姑开心得不得了。那几年,杨敬业探亲,就将小姑家当成大本营,父母、妹妹都从城杨出来,会集到小姑家里,大家扎堆聚几天餐,年也就过完了。这种模式让杨敬业如释重负,也帮助他避开了心里那个不愿触及的角落。

当然只是权宜之计，一个人想要不回到生养自己的村庄，几乎是不可能的，尽管杨敬业在努力回避着。

几年后，杨敬业当然又回过城杨村，只是每一次都格外匆忙。在情感上，他是愿意多待些日子的，但又有一些莫名的抵触情绪促使他匆匆发动汽车，驶离这个地方。

杨敬业或许没有想到，一个生他养他的地方，是和他"绑"在一块儿的。不管他究竟怎么想，不管他步履不停走到哪里去，这个村庄有一天都会召唤他。很难说这么些年过去，他离它更近了还是更远了。他想逃离，他想远走他乡，身体却和情绪反着来，身体里夜夜回荡着那个小山村的风声。

这不，2016年冬天，杨敬业不得不回村住了二十天。父亲患上了直肠癌，动了一次大手术，做了化疗，需要儿子照顾。杨敬业是个孝子，他再也按捺不住回家的心情了，他决心将公司交给副总打理，亲自照顾父亲一段时日，这也算是向老父亲尽一份人子的情意。

再次回到城杨，杨敬业觉察到了变化。这种变化并不是沧海桑田，并不是开天辟地，但它确乎生发着。古道整饬过了，村庄变洁净了，那些躲在角角落落的年深月久的垃圾不见了。

这些都是外在的，用杨敬业自己的话说，这是"面貌"，面貌是一层皮囊，并不代表灵魂。

不过这段时间，城杨这个古老的村庄修正了杨敬业的一些认知，尤其是对城杨人的认知。这样的改变，大概也和杨敬业这二十年在外闯荡有关，一个人见识了更多人事，是会修正感受和认知力的。

杨敬业发现，城杨这地方的人并没有想象中的那么坏。例如那个李红莲，她确实性情强悍，同时，杨敬业发现她很勤劳，丈夫终年卧病在床，儿女不在身旁，李红莲一个人拉扯丈夫，还要打理五六亩田地，并不是容易的事。并且，杨敬业有一天和李红莲聊了聊，才恍然明白延伸到他家侧面的违章搭建，里面放了许多木柴，那些木柴是李红莲用来给丈夫煎药的。还有令杨敬业咬牙愤恨的杨贵金，听说杨敬业父亲动了手术，特意从自己的鸭群里，挑了两只肥大的老鸭送来，还拎了一篮头生鸭蛋。这件事令杨敬业心里泛起了一股说不出的滋味。

杨敬业发现了一些曾经视而不见的小小的善意，当然，大城市里也有善意，但善意和善意是不同的，村庄里的善意质朴、细小，就像田埂里蹿出来的小花，热烈自然。杨敬业同样发现，村庄里的生活令人心安，出门不用锁，晒了被子，下雨前必然有人将它收了，那种自然的情意或许没有从前那样浓，但仍然在。

二十天回乡生活，短暂又漫长。四十六岁的杨敬业，已过不惑之年，他开始重新审视这个年少时生活过的地方，仿佛打开了一本少年时读过的书。

他心里的偏见已经被生活的筛子筛去了许多，他更愿意带着理解的眼光看待自己的父母，也更愿意带着理解的眼光看待这个村庄。

每天早晨,他都要去村北面古道走上一段,这是他们小时候通往外面常常走的路,是他曾经挑着竹笋绊倒在地的路,是他的父亲从外面挑着粮油和糖果回村的路。望见晨曦越过村口,落在井然有序的屋瓦上,他的眼睛有些潮润。

有时候,他也去攀村北那座山,攀至半山腰竹林中,站在竹叶间漏下来的晨光里回看村庄,既有离开故园的感慨,又有重新审视故土的亲切。

三

老父亲的手术做得利索,肿瘤切除后,未有向周边扩散迹象,身体恢复得快。二十天后,杨敬业重又离开城杨,一头扎进大城市快节奏的生活中去。

这个他曾出发的地方,就像生活里的偶发事件,像一个投进心湖的小石子,一闪而过了。

不过城杨依然在召唤杨敬业,以某种不可预见的机缘。

2019年12月,一场铺天盖地的疫情暴发了。杨敬业绝没想到他做得风生水起的装修公司,会那么快撑不下去了。在病毒肆虐的日子里,在巨大的不确定面前,还有谁装修房子呢?工人们却要吃饭,杨敬业既要给工人发工资,还要支付一大笔门面租金、水电费,这样入不敷出的状态,苦苦支撑了半年。半年后,也只能服输:宣布公司解散,待日后重新开张。

持续漫长的恐慌里,母亲和妹妹都打电话给杨敬业,让他先住回城杨。她们的理由很简单:"至少在这里,我们有自己种的粮食,不会让你们一家饿着肚子。"

电话这头,杨敬业笑了,笑母亲和妹妹见识不够,城里何尝会让人饿着呢? 不过,放下电话不到两周,有一回,杨敬业冲进超市,货架上的大米和盐悉数被民众抢购一空,唯一可抢到的大概就是一处架子上的老坛酸菜面,那里面有被央视3·15晚会曝光过的老坛酸菜,恐慌的大众显示出最后一点倔强,愣是拒绝了将手伸向这款方便面。那一刻,置身于人潮涌动的超市,杨敬业突然有了一种孤独感,这种孤独感有别于年少时一个人在黄昏的田野晃荡时的那种孤独感,这是一种繁华中的慌不择路,这是不见兵,也不见马的兵荒马乱。

2020年夏天,杨敬业再次回到城杨小住,顺便想想下一步棋怎么走。

那会儿,城杨正经历着一场蝶变。杨敬业到来时,村庄每一个部分都在热烈生长着。中国人民大学艺术学院教授的一个团队进驻了城杨,他们对村庄进行了整体设计,并以艺术赋能乡村的方式,全面改造这古老的村子。这当然不是杨敬业所能想见的,原先的城杨,好比一本被人翻破了的旧书,而今,它要轰轰烈烈书写新篇了。

通往城区的主路铺上了沥青,显得开阔井然,车行其中,青山次第打开,村庄渐渐走入眼帘,大有进入陶渊明笔下晋人桃花源的感觉。

河道整治拓宽,亭溪焕出新颜。杨敬业卷起裤管,走到清可见底的溪水里,水花拍打着他的小腿,那个年少的杨敬业仿佛在溪中涉水而来。曾有多少次,他卷起裤管和村里小伙伴在这条溪中玩耍。此刻,他还能听到当初回荡在溪岸的笑声。这大概就是故乡吧?古希腊哲人曾说,人不能两次踏入同一条河流,或许不包括故乡那一条,我们只在故乡的水中才能重逢年少的自己。

信步走去,村中已有了十几处景点。最触动杨敬业的,是三个篾匠,用掉近两千枝毛竹,在村口做出一个大型装置艺术作品——竹编草帽。没错,教授就是这么说的,这叫"装置艺术"。并不是竹编草帽本身的大令人震撼,是"装置艺术"这个词和城杨的土手艺人联结在一起,让杨敬业内心格外震动。尽管是个手艺人,或者说是个生意人,杨敬业对文化和艺术都是高看一眼的。

他没有想见,有一天城杨村这些土生土长的泥疙瘩,还能激发出艺术细胞。确实,"王侯将相,宁有种乎?"艺术细胞这东西,就更不好说了。

就在杨敬业回村不到两个月,有一天,村里派人来拆李红莲家的违章搭建。这令杨敬业说不出的诧异,他首先想到现在的村支书大概手腕比较强硬。随即,他发现李红莲竟乐呵呵地在现场指挥,还给村干部和干活的师傅递了茶水和西瓜。"太阳要从西边出来了吗?"

杨敬业有所不知,艺术学出身的教授,正到处挖掘村民身上的艺术细胞,这一下挖到李红莲身上了。李红莲身上还有艺术细胞？杨敬业起先以为李红莲身上只有吵架细胞呢。

不过这确实是一个糟糕的偏见。

不到一个月，又脏又乱的违章搭建处，立起一个半开放的回廊式展示馆，那是李红莲的草帽馆，教授和他的研究生还给它取了一个网红名字：草帽物语。

杨敬业才留意到，草帽馆墙上展示出的一顶顶帽子，均出自李红莲之手。李红莲确实有艺术细胞，她的草帽编得娴熟细腻，有章法，有凭直觉而来的美感，一股热烈的、饱含生命力的气息在帽子的经纬间蔓延。

改变岂止是艺术细胞被激发呢？最难得的大概是人的梦想和热情被激发了，有了梦想，自然也会带来更多善念。杀猪的圆眼阿大现在成了"志愿者"，杀猪之余，跟着建筑队，兴致勃勃改建公园，改造村庄，这是"放下屠刀，立地成佛"的意思吗？

村民刘爱丽在千年银杏树旁开了一个书吧，这也是杨敬业第一次留意到，他总以为这个村子里和他同样年纪的人都不爱读书。可刘爱丽告诉他，开书吧是她一直以来的梦想。现在，她将一个石头小屋敞开来，在里面放上书，顺带着出售亲手做的小饼干、小糕点。杨敬业发现，刘爱丽藏的书也多得惊人，她也是一个"读书人"，只是隐藏了这么多年，这项喜好到今天才被看见。

一个轰轰烈烈生长的村庄，最要紧的是人心的萌动和生长。几百颗向阳的心，几百颗富有创造力的心，几百颗深怀梦想的心,都冲破了岁月的尘土,都勃发起来。

城杨已经不复是二十四年前的城杨了。

四

这一次,杨敬业回城杨住了整整五个月。五个月,他一直在打量这个村庄,试图重新认识它,认识它的面貌,发现它的内里。

"在新的时间坐标中,理想的村庄会是怎样的呢?城杨是不是可以成为一个理想的村庄?"杨敬业在潜意识里问自己。

他隐约想到,一个理想的村庄是敞开的,好比一台充满了接口的电脑主机,随时接受广阔世界带来的改变,它应该或者说必须带给村民以理想。如此看来,城杨是有希望的。

时间到了2021年春天,杨敬业要返回上海了。他特意来到那棵一千多岁的银杏树下,仰起头,掌心向外,将双手紧紧抵到树干上,皲裂的树皮仿佛时光的痕迹。他禁不住想:"银杏树见证了村庄的故事,也即将见证一个新的时间,一个独属于这片土地和人的时间。"

和煦的风自东边吹来,树叶簌簌响着,仿佛回应了杨敬业心里的声音。

这时,有一个念头自内心深处冒出来:"我是不是应该回来,在这里做点什么?"

一个奇怪的念头,一个"不合时宜"的念头,刚探出头时,杨敬业就想挥手将它赶走,它违背了杨敬业的初衷。但车一路向前驶去,驶离东钱湖,驶上高速,杨敬业还是被那个念头牢牢揪住了。"初衷是什么?是执意地离开一个地方?是一定要在城市和乡村间划出生活界线?"当然不是,初衷是为了让生命在适宜的地方开出花来。

当年执意离开城杨的杨敬业,蓦然惊觉城杨早已不是那个城杨,它的确还是一个村庄,却迎来了现代的生活方式,这里的人也有了新的观念,他们正在咬破习惯和世俗的厚茧,正在变得有想象力、行动力,变得包容开放。

这里不但有了咖啡馆,也有了钢琴的声音。是的,的的确确,当杨敬业坐在城杨咖啡馆里,点了一杯焦糖玛奇朵后,钢琴的声音清晰地叩击着他的耳膜,落进他的心海。如果钢琴声也是衡量一个地方的现代文明指数,这个小山村的蜕变是否有些梦幻呢?

车还未到上海,杨敬业就下了一个重大决定:回城杨。

这是过了知天命之年的杨敬业为自己下的又一个重大决定。五个月闲居,似乎令他真正理解了一个村庄的天命,也理解了自己的天命。回城杨,做一个理想的民宿,回城杨,过一种更宁静的生活,这个愿望那样迫切,又那样坚定地占据了杨敬业的心。

本文发表于《青年文学》2024年第三期

画外桐坞

孙昌建

1

杭州地铁3号线,留下站换331路,八站路十二分钟,经留泗路就到了转塘街道的外桐坞村。

这一天是2023年8月23日。

一下车就看到"全国文明村"的大招牌,从绕城高速的桥洞下进入村庄,该村的Logo"画外桐坞"很是鲜明夺目。新的宣传语有两句,一句是"国际艺术村",一句是"未来新乡居",这大约就是外桐坞村最新的定位吧。以前另有一句,叫"中国的枫丹白露",这就点出了外桐坞村的特点,它是杭州的一个画家艺术村,亦称艺术小镇。

这一天离杭州亚运会开幕还有一个月的时间,这可不是一般地说"倒计时"的概念,而是因为外桐坞村离叶埠桥村近在咫尺,而叶埠桥是亚运会高尔夫比赛的场地,因此这几天跟村里人的言谈,他们总是离不开"亚运会"这三个字的。

外桐坞村不大,只有163户人家,目前全村有663名村民,仇姓占绝大多数,还有就是姓李的。仇氏祖先相传是明朝时避战乱而迁入的。村里只要碰到姓仇姓李的,妥妥的没问题,肯定是本村村民。

外桐坞村有着特色明显的红色基因,当年朱德元帅曾四次到访调研外桐坞村,它更是绿色茶文化的大本营,是西湖龙井茶的主产区之一。

步行绕村一周,也不过是二三十分钟的时间,村边的茶园四季葱郁,特别是站在三层四层楼上看四周的茶园,那可真是一种视觉享受。现在的外桐坞村有点像景区的味道,但又是十足的乡村,处处都有人间烟火气息,因此当我们今天从"八八战略""千万工程"的层面来观照和审视乡村治理时,外桐坞村恰好是一个比较独特的案例。2023年,画外桐坞入选为第一批全国"一县一品"特色文化艺术典型案例,这是由国家乡村振兴局颁发的,画外桐坞也是整个杭州市唯一入选的一家。

与村党总支书记张秀龙的聊天是在村会议室里进行的,之前我已经看过未正式出版的"村志",也已读过他写的数万字的"自传",那写的是他这些年做村支书的经历和心得,是满满的干货,又有浓浓的茶香。

张秀龙从2005年起担任村支书,在这之前他开过出租车,做过茶叶生意,应该说在2000年前后已经是村里带头致富的几个人之一。他说既然选择了要做村干部,那就不是为自己发财,而是要带领村民实现共富。

2003年,杭州开始推行"千万工程"。在这之前,外桐坞村就是放在龙坞的十一个茶村来看,也是没什么特色的。老底子的龙坞也是个乡镇建制,后来才并入转塘街道的。

在龙坞本乡，流传着一句顺口溜，叫作："里桐坞的嘴，大清里的腿，白龙潭的水。"这话从老主任仇维胜的嘴里说出来，意味着此话是放之龙坞而皆准的，因为这嘴、腿和水，恰是龙坞的三个"资源"。"龙门坎的水"是因为那里有白龙潭，那水就是真正的矿泉水；大清谷相对地处山区，所以那里的人很勤快，那个年代不勤快是没饭吃的。最为有趣的就是，里桐坞正式的名称就叫桐坞，它和外桐坞本来就像两兄弟，村贴着村，但是里桐坞的人就像外交家一样能言善道，所以有"里桐坞的嘴"之说，即那里的人都有说"大书"的天赋，我认识的几位名师都是那个村的。只是在龙坞人的发音中，"书"（shū）是读作"史"（shi）的，"读书"就是"读史"，这想来也是挺有意思的。

因为年龄和受教育的原因，张秀龙的普通话比仇维胜要好多了，两位都讲到了2003年开始的"千村示范、万村整治"工程，而且巧的是，一位书记，一位村委会主任，都是在这一年以后上任的。仇维胜的父亲也做过村主任，这么二十年下来，现在人们也叫他"老村长"，以前叫他父亲是"老村长"。张秀龙则是从村后备干部做起，已经磨砺多年。

在他们的讲述中，外桐坞村虽然有不错的自然条件，但之前的农村总是农村，有着难以言述的"脏乱差"。

关于这一点，从嵊州嫁过来的马姐和从上虞嫁过来的厉萍这两个外来媳妇都是深有同感的，不过那毕竟是二十来年前的事情了，至今提起，又有沧海桑田之感。

厉萍是初中毕业后到杭州来打工的，在留下的天堂伞厂工作时恋爱结婚。在亲事要定下来之时,娘家人也来外桐坞村看了一下,得出的结论是,杭州的乡下并不比上虞的乡下好多少,而且交通也很是不便,所以娘家人以为女儿是在骗人呢。

嵊州来的马姐情况也是如此。巧的是,马姐是我五年前采访过的龙坞越剧名角李秀珍的儿媳妇,这也是在本次采访完了之后我才知道的。厉萍和马姐这两个外来媳妇的出现,也可以说明,当年外桐坞村的小伙子要结婚,要在龙坞或转塘一带找对象,可能还是颇有一点小困难的。

"千万工程"落实到外桐坞村,那就是村容村貌的整治,如电线的上改下,污水管道、煤气管道的铺设,还有就是拆违,这都是牵一发而动全身的事情,所谓家家有本难念的经,一个村更是这样,而且村里还有不少历史遗留问题。在张秀龙看来,好在村两委班子很是团结,但凡是村里的大事要事,只要是村两委班子定下来的,那先是书记和主任带头,跟上的是班子成员,再就是党员,全村163户人家,有40多名党员,那基本可以是一个党员带四户人家。

在马姐看来,村里面貌的改变,先是由外部环境的变化引起的,比如绕城公路开通之后,龙坞有一个出口,这交通就方便多了,再是留泗路的拓宽,也大大改善了交通。厉萍说原先她在留下上班,如上晚班,下班后就没有公交车了,只能骑自行车回家,那时留泗路一路黑灯瞎火的,所以她后来把厂里的工作辞了,改去城里的商场做导购员。

是的,老底子的外桐坞,的确没有太多的资源,如把龙坞

放在杭州或西湖区范围来看，那也是藏在深闺人未识的。反
倒是民国时期，作家郁达夫来写过龙坞的山水。龙坞生产的
茶叶叫旗枪茶，据说这名称还是左宗棠给起的。旗枪很有名，
但当年是卖不出好价格的。改革开放之后，人们八仙过海各
显神通，这外桐坞人的生活才有了长足的进步。

　　但是外桐坞村发展什么，主打什么，一直没有定论，所以
都是在摸着石子过河，或者说一直在河里摸石子，边摸边过
河，或者说早就过了河，但为了摸石子又下水了，正如我早年
写过一首有关龙坞白龙潭的诗，里面有"一位热爱瀑布的女人
没有归来"一句。

　　正是借着"千村示范、万村整治"的东风，彻底改变了外桐
坞村的环境，以前的"脏乱差"，变成了现在的绿和美。都说梧
桐引得凤凰来，但是人不是凤凰，他们是不会自己飞来的。有
一天张秀龙和仇维胜他们看到茶园里来了一批写生的师生，
一问是中国美术学院的，美院老师说走了好多地方，一到外桐
坞村，就有进入世外桃源的感觉，说以后会经常来。张秀龙说
欢迎你们经常来，带头老师也是多问了一句：你们村里有没有
空房子？我们每次来要背画夹什么的也麻烦，如果你们这里
有空房子，那我们可以把画具放在这里。

　　问这句话的老师叫徐恒，他等于是第一个来吃螃蟹的。当
时村里还留有一些老房子，那还是人民公社时期留下的炒茶
房等，有的村早就处理掉了，而外桐坞村则一直"闲置"着。

　　恰好，这些炒茶房的面积层高等，正符合画家老师们做工

作室的要求，于是就这样，"凤凰"就飞进了外桐坞村。

都说机会是留给有准备的人的。这个准备就是村两委班子曾经反复讨论过的：外桐坞村要怎么发展？开农家乐，环境卫生和道路交通又成问题；引进产业又谈何容易；而打造茶村，那龙坞十一个村，村村皆是茶村。

而当时周边的村，有的已经做得很有名气了，如有一把大茶壶的上城埭村，其农家乐的名气已经可以跟梅家坞和茅家埠媲美了，有的村的康养项目、精品民宿等都颇有特色，那么外桐坞村到底走什么路呢？

很多时候可能是这样的，既要坐而论道，但道有了人却不来，这也很麻烦的；有时日夜兼行，却还找不到道。好在村两委班子成员的意见还是统一的，那就是要多多引进艺术家。村里家家户户都是三层楼四层楼，把房子租给艺术家，这首先可以增加收入呀，收入不就是共富的标准之一吗？

随后村两委班子取经学习，直到从北京宋庄回来，他们就下定了决心，村干部带头低价租房给艺术家。书记村委主任带头，仇维胜主任把租房合同一签掉，一回家夫人就跟他吵架。是的，刚开始有的村民嫌房租太低不肯租，有的在观望，后来一打听，艺术家帮村民卖掉的茶叶就以五万、十万、十几万元计的，这才明白了"醉翁之意不在酒"。而且大家心里都清楚，茶叶是他们的主业，每年能卖掉十万元甚至几十万元的茶叶，这才是正道呀，毕竟茶叶也不好卖呀。

而一开始吸引画家艺术家的，第一肯定就是环境，第二是相对比较低廉的房租。

张秀龙和仇维胜至今还记得,时任浙江省委常委、常务副省长的蔡奇同志曾经到外桐坞村考察,他先是去了中国美院,在美院听说了外桐坞村之后就直接过来了,他说要打造艺术村就要用最高标准。

这个时候外桐坞村的红色基因已经为人所知了,朱德纪念室已经启用。

2

十年,我三次写过外桐坞村。

第一次是为写作《杭州创意标点》,此书出版于2013年,相关文章题为《外桐坞艺术村》。

第二次是应《龙坞茶镇》一书而写,此书出版于2019年,相关文章题为《画外桐坞画内香》。

所以到了2023年的8月,笔者已经是第三次正式踏入这同一条河。如果算上访友喝茶等,那到外桐坞村已经有七八次了,每一次都是熟悉而陌生的,熟悉是因为还是那个气息,陌生是每一次都觉得又有了新的变化,但这个变化并不是大开大合式的。

在村会议室和老主任仇维胜的家里,这三十年的村史,在仇主任的讲述中,有点像一部年代剧,这就不再只是仇氏故事了,而是一个一个的艺术家进入了外桐坞村。

其中最有代表性的故事,是韩国画家闵庚灿来到了外桐坞村,这个故事我在2019年已经讲述过,因为这是一个传奇。

时年八十五岁的闵庚灿讲话是细声细气的,采访是在他新的画室中进行的,画室的墙上正有一幅未完成的长十米、高两米的大画。当闵老师讲到他少年时接受日本式教育时声音才变高了,情绪也有点激动,但是讲到他十岁时来到中国的情形,却是异常平静的。

那一年闵庚灿是骑着自行车到外桐坞村的,他是来找画室的。本来他去的是上城埭村,那里的人说你到外桐坞村看看吧。画家在村口碰到了电工阿牛,这就有故事了。

闵庚灿到中国来,则是坐着美国运输舰来的。那是1945年抗战胜利之后了。

闵庚灿1935年出生在韩国的仁川。十岁那年他在码头上玩,登上了美国的运输舰,因为是小孩,人见人爱,一直等到船开出码头很久,大家才意识到出大事了,但是要让船回去已经不可能了。后来就是大家管他的吃喝拉撒了,他也依然在船上玩,因为一切都是新鲜的,包括有个船员喜欢雕刻,这是他最早受到的艺术熏陶。

船一直开到了上海,美国船员把他交给了上海的牧师,希望通过教会以后能把他带回仁川。之后这个船员,每个月都通过牧师给他寄生活费。

牧师把闵庚灿带到了杭州。那是个兵荒马乱的岁月,牧师把他安排在卖鱼桥上新民小学,当时是个教会学校。闵庚灿说那时才开始学说中国话,也就是杭州话,他的母语是朝鲜语,也会讲日语,因为这是仁川沦陷后被强迫学的,在跟美国船员的接触中又学了一些洋泾浜英语,就这样南腔北调地开始了在杭州的生活。

小学毕业后就上了中山中学,也就是后来的杭十二中,后来并入杭十四中。那个时候他就比较正式地开始学画画了,因为有一阵子他就寄宿在画家周昌谷姐姐的家里,他表现出对画画的浓厚兴趣,似乎也有这种天分,而对数理化则一点感觉也没有,但是很可惜,高中毕业后考美院没能考上。那是50年代初。后来他去参加了开荒造林,在生产劳动中渐渐显露出他的绘画才能,他开始画宣传画,而且是那种大场面的宣传画。再后来他在浙江话剧团做布景师。这其中的生活曲折宛如一部长篇小说。

后来,中国迎来了改革开放,而闵庚灿则回到了仁川,他去寻亲寻根了。再后来,他又来到了中国杭州。从那时起,两地来往就方便了,他也成了一名职业画家,在韩国办过大型画展,韩国人也很喜欢他的大画,在当地也享有盛誉。在这期间,他也经历了家庭的变故等,但这些没有把他打垮。有一阵子他给普陀寺画大画,就在寺庙里住了几年,生活简简单单。但是生活又不是永远这么简单,至少他对画室的要求,不仅要大,而且还要高。他在杭州朋友的山庄里住过一阵子,但这毕竟不是自己的房子,于是闵庚灿到龙坞来碰碰运气,他已听说这个村有房子,有画家在此租住。

因为在路上碰到了人称牛哥的阿牛,牛哥把他带到自己家里,两人一商定,钱由画家出,翻新了牛哥的房子,牛哥住一半,画家住一半。

牛哥大叫名傅剑华,此前是一名电工。因为遇到闵老师,常为他去城里裱画,这一来二去的,他也觉得颇为麻烦,于是开始向闵老师学画,也学裱画,然后他开起了自己的裱画工作室。

就这样,因为艺术家的进入,前些年外桐坞村便开始办起了免费的书画培训班,张秀龙带头参加了书法班的学习,他说要打造艺术风情小镇,如果你村干部还是老粗一个,那是不行的。村里文化礼堂还专设了村民书画室,大家可以在那里练字习画,且还有一个展示的空间。

再后来,闵老师的画越画越大,牛哥家的房子就不够用了。正好村里建起了美术馆,闵老师的工作室就设在了美术馆,美术馆也时常举办一些画展。

以前村里是一片麻将声,现在则是润物细无声,大家都埋头在临帖在画画,特别是村里的中小学生农家子弟,那更是近水楼台先得月,房东向租客学画画,这样的故事比比皆是。

而且特别重要的是,傅剑华的策略也很接地气,本村的人来裱画只收成本费,画家来裱画,稍微收一点点手工费,画家们一比较就觉得合算呀,于是他这生意就好了。

可是别以为傅剑华就满足于当一名裱画师,不,看得多练得多,眼界也高了,他也慢慢地开始收藏一些画了。画家们常来裱画,他价格又那么便宜,有时画家会说,你从这里面挑一张吧,就这样他彻底转行了。

不仅如此,别忘了外桐坞是个茶村,是以出产西湖龙井茶而著称的。茶农一年辛辛苦苦,以前基本就靠这点茶叶收成,而且还不一定卖得出好价格,而画家交往的朋友多,而且对茶的品质要求也高,画家们由此又在无形当中担当起了外桐坞村的茶叶推销员。画家都是自觉自愿的,茶农采茶,画家看得到,他们炒茶,画家也看得到,他们包装茶叶,画家更是看得到,然后在清明前的那些日子里,房东早泡了新茶给画家品尝,画家喝了说好,画家的朋友喝了说好,朋友的朋友喝了还说好,那接下去的事情大家就懂了。

不仅如此,按照老主任仇维胜的说法,像闵老师这样的画家过来,平时都闷声不响在画画,有时还在茶园里或家门口画,游客们经过,连说话的声音都轻了,因为大家对艺术还是有所敬畏的。这么一来,整个村的文明素质不就提高了吗?

这是一个又一个闵老师带来的变化,这也是一个又一个傅剑华变化的故事。梧桐引得凤凰来,没想到"凤凰"来了之后会有连锁反应,这种反应或许是一个漫长的过程,正如土质的改良,空气的净化,包括人心的向善以及对艺术的领悟。这就是变化,这种变化不是一夜之间发生的,但变化又在时时刻刻发生着。

当然,艺术家和村民之间的矛盾也是难免的。比如练声的声音,有人听来是美妙的,但当你要睡觉时这声音就可能会成为"噪音"。好在总体上说,这些年村民的素质也在不断提高。

张秀龙书记说,这些年村里没有发生过一起治安和上访事件,传说中的夜不闭户也已经可以做到了,而且随着艺术家的进驻,整个村的环境变得更美更自然了,因为那些艺术家装饰的房子都很简单朴素,没有贴金描银的。

更为重要的是,现在村里的人气很旺,来此游玩,老少咸宜,正如陶渊明所写的那样,黄发垂髫并怡然自乐。是的,在走向共富的路上,外桐坞村一直没有停下脚步,用村支书张秀龙的话来说,他们要把整个外桐坞村当作一个企业来经营,工作没有结尾,应该忘记自己的任期,哪怕只剩下最后一天,始终要让自己站在起点上看问题。

遗憾的是,因为疫情的原因,在2022年的最后一天,老画家闵庚灿永远离开了人世。

3

前面写到的傅剑华是一直在村里的,而仇姐姐是这些年才回到村里来创业的。仇姐姐大名叫仇琴芳,"×姐姐"的叫法现在颇为流行。

前面写到全村163户人家,家家户户有茶地,真所谓靠茶吃茶,但真正开茶叶公司,能把茶叶生意做大的,全村可能也不超过五家,这还包括了外来商户。

柴米油盐酱醋茶,茶排老七,这说明茶还并不是生活之必需,如果抛开文化的加持,茶就是茶,它以自然属性为主,但是"茶为国饮、杭为茶都"已成现实,所以龙坞人做茶,那又似乎是天经地义的。

和仇姐姐聊天的那一天是9月7日,早上我到村里的时候,似乎能闻到隐隐的桂花香味了,到傍晚我看仇姐姐在微信朋友圈里说:"气温这么高,桂花一下子要开没了。"

是的,上午的聊天,我们聊到了桂花,因为她已经在做桂花龙井和桂花九曲。这些都属于花茶系列了,花茶属于再加工茶,是用新鲜的花与当地的西湖龙井、九曲红梅茶以传统的窨制工艺制成的。她这几年一直在研发四季花茶,虽然并不是主打产品,主打的还是西湖龙井,这是毫无疑义的。

如果一定要归类,仇姐姐属于返乡创业这一人群,她之前学的是计算机,毕业后在合资企业和高新企业都做过财务和运营,后来又自己创业办公司,虽然不能说风生水起,但也算是开了眼界得到了历练。财务出身的她,最知道成本核算。看着村里的环境一天天变好,也看着父亲一年又一年做茶的不易,她说父亲这一辈,那是视茶为生命的,父亲有很长一段时间是跑供销的,应该说积累了一定的经验,她看到父亲这一辈这几十年做茶做得那么辛苦,但是又找不到前行的方向,因为大家的产品是一样的,并没有说你外桐坞的茶就比龙门坎或大清谷的要好一截。所以这让仇姐姐一直在思考,突破口在哪里。

我们说到了手工炒制,仇姐姐说一天最多也只能炒制一斤半的成茶,你要每天炒到两斤,手上一定是会起泡的。但现在真正能做手工的,已经少之又少了,最多是做半手工,即"杀青"先机制,"辉锅"用手工,那对茶叶的滋味和香气是会有提升的。一杯机制,一杯手工,用两只同样的杯子,同样的开水去泡,它呈现的形态还是会不一样的,沉降速度有差距。但是机制是趋势,是标准化产品的必经之路。就是在这样的趋势下,仇姐姐在想着还应该做一些什么与众不同的事情。

首先,她想要提高自己的个人能力,更多地是指学习能力,这一方面显示出了仇姐姐的能力。学什么? 首先还是学茶。

你在茶缸里泡大的,还要学茶?

要学的,从种植到加工,从茶艺到评茶,从运营到管理。仇姐姐说,其实这一行也是"让女人走开"的行业。除了采摘需要用女人的巧手,这不是说男人不会或不能摘,而是他们往往没有这个耐心和韧劲,诸如今天流行的茶艺表演这类环节,似乎也还是由女人唱主角的;而在整个茶叶炒制的过程中,都是由男人扛大头的。

现在仇姐姐返乡来做茶叶,就觉得要掌握茶叶生产的全过程,所以这几年她开始学习评茶和制茶,首先是做一名茶艺师,再是学习评茶,最后学习制茶工艺。第一是学习手工制茶,细皮嫩肉的女生需要克服心理障碍;第二是向"九曲红梅茶制作技艺"代表性传承人贾柄校老师学习制作红茶。这就比她父亲这一辈又向前跨出了一步。因为父辈只熟谙于西湖龙井的炒制。

另一方面,仇姐姐开始在包装设计上做文章。因为之前龙井茶的包装一直很传统且固守一种模式,跟已领风骚的福建茶包装相比,可能落后了很多年,但是在包装设计上的投入,到底能有多少产出,还是没有把握,所以她说只能是自己动手学习。2017年她主创设计的伴手礼"桂花龙井"获得杭州市旅游商品设计大赛银奖,2023年她的"杭州的茶in龙坞"获得由杭州市文旅局举办的杭州市伴手礼创意设计大赛金奖。

"杭州的茶in龙坞"这款设计特别值得一提,因为它朴素又简约,亮点是在包装纸上印了一张龙坞的网红打卡地图,既体现了包装要返璞归真的主旨,又宣传了龙坞茶镇,所以显得别具一格。

事实上,设计的灵感更多来自观念的更新。之前西湖龙井茶的包装,还没有引入伴手礼的概念,动不动就是半斤装的,仇姐姐说之所以用伴手礼的概念,就是觉得茶叶总归有礼品的属性,但这个礼品要给人以没有负担的感觉,高档的茶叶也要少而精。问仇姐姐学过设计吗,她说没有专业学过,但是村里到处都是老师呀。所以在外桐坞村,不是说村民开始学书法学绘画就是艺术氛围,返乡者自己动手做设计,这可能更接近了艺术本身。仇姐姐也坦言,自己开的是小公司,请不起大设计师,更不可能平时养着一个设计师,她只是本着回归自然的原则,从生态环保的角度来做设计。当然作为80后的她,也不会错过短视频这个推广平台,那几天看到她做的一期短视频节目,就是关于桂花龙井的。

现在仇姐姐在村里也有点朝九晚五的感觉,因为小孩在城里上学,所以平时下了班还得赶回城里去。她说做了茶才知道不容易,那么好好地待茶,就像好好地待自己的家人一样。

<h2 style="text-align:center">4</h2>

外桐坞村还有一位姐姐,那就是"秀空间"的秀姐姐,她大名叫郑秀珍,属于新乡人的代表。

秀姐姐的老家在浙江浦江,浦江是书画之乡,现在人们提到它则会说上山文化一万年。秀姐姐是学美术出身,之前在杭州西湖边做艺术展览,属于艺术经纪人,她在那个天地里已经打拼有些年了。她说之所以选择到外桐坞村再次创业,就是想安放自己的一份理想和情怀,而且她还特别强调,新乡人来到外桐坞村,那都是有故事的。

她这么一说,我以为我懂了,换句话说,到外桐坞村的新村民,都是带着故事来的。

秀姐姐说自己是受农耕文化影响长大的,前些年外桐坞村名气已经很大了,到这里一看,发现村民很淳朴,好像还是有那么一点世外桃源的味道,于是决定从头再来,卖掉在城里的房子,切断一切的退路,带女儿到这里来生活。打磨这个"秀空间",她花了好几年,而又恰逢三年疫情,所以说这个日子过得还是很紧张的。

从定位上说,"秀空间"主要还是跟文创相关的,其主业有三大块。

一是乡村运营,这包括了政府和民间正在打造的艺术乡建;二是文旅设计,这其实包括了非遗产品的设计、制造和销售;三是开发相关的研学课程,包括茶礼、宋韵文化等等。

"秀空间"在外桐坞村的存在,也等于是一种展厅和客厅的作用,来参观旅游的人可以在这里逗留,可以坐下来喝一杯茶。而且它也还真有可看之处,如具有中国少数民族特色的非遗作品,特别是那些手工作品,还是颇有吸引力的,但是从经营的角度来看,观光客如光是走马观花地经过,那是不可能产生经济效益的。

所以现在的问题是,如何让文创产生经济效益,这是一个很现实也很严峻的问题。其实各行各业都需要一个带头人,秀姐姐无疑是外桐坞村文创的一个带头人。她有一个想法,想发动村里的妇女在农闲时也动起手来,比如做做手工等。因为村里人一半是妇女,且又有一半的妇女是赋闲的,平时她们虽然也做点家务,但现在的家务活已经不重了,所以完全是有时间和精力能做一些什么的。

采访之中我和秀姐姐加了微信,她一周推送的内容,除了为家乡浦江的巨峰葡萄吆喝之外,还有"秀空间"内容的推送,这里有直播,有做白露茶、展示宋韵文化的视频,也有赞美妈妈的味道的内容,包括做艾叶团子等,这是她推送了好久的一个主题。秀姐姐最近还干起了老行当,在村美术馆帮着策划新的画展。跟她聊天的时候,几乎每五分钟就会有一个电话进来。是不是可以这么理解,秀姐姐是在用自己的忙碌为他人打造一种休闲的生活,而她自己,包括她那略带沙哑的嗓音已经暴露了一切,但是太阳每天都是新的,每当新的一天到来时,秀姐姐和她的空间又会蓬勃而充满生机。

5

相比于要操心好多事情的秀姐姐,中国美院毕业的毛双则显得单纯多了,至少看上去是这样的。

毛双是带着十六个月大的女儿跟我聊天的,在她租住的房子里。她刚认识不久的闺密陈老师则给我们点香泡茶。女儿很黏妈妈,而妈妈对女儿说话也是细声慢气的,有时从少女到母亲的转换是不用换频道的,她们天生是相通相融的。

毛双首先告诉我房东很好。她随小朋友称呼房东为爷爷奶奶,她说她生孩子前,还租了一个"教室"用来开培训班,现在不租了,爷爷奶奶还给减了房租,以前是一个月一千七,现在则只要一千五,爷爷奶奶有时还会搭把手帮自己照管女儿。

毛双是江西上饶人,从美院毕业后一开始是住在大清谷的,有一次偶然来看"植觉"空间,突然就爱上了这里,她说至今想来也是颇为奇怪的。

在这里,我要插上一句,"植觉"可能是最早进驻外桐坞村的植物空间,每一个少男少女,我想尤其是女生吧,看到"植觉"空间,一定都会喜欢上的,因为那些苔藓,那些多肉植物,它们在那么小的空间里都具有这么旺盛的生命力,那种不可言喻的美感,这是特别让人惊叹的。

可是一般的人看到"植觉",买走几盆植物,或者只是微信上晒一晒九宫图,就算是表达一种热爱了,但是毛双干脆把家搬到了外桐坞村,而且她在这里也等到了一份她曾孜孜以求的感情,并且有了这个宝贝女儿。

毛双说这些年她在村里参加了好几场婚礼,都是她们这一拨新外桐坞人的婚礼。这么说吧,恋爱不成的,在这里成了;之前没怀上的,到了这里就怀上了。

于这些年轻人而言,外桐坞村好像是一种缘,是千里姻缘一线牵,或者说叫前世修来的,在这里得到了一种福报。

而从文学和电影的视角上来说,这完全是有可能的,虽然你在大城市邂逅意中人的可能性更大,但那是在地铁上,在大商厦里,今天遇上了,明天你再去就碰不上了,而在外桐坞村,抬头不见低头见,一切皆有可能。

毛双学的是跨媒体专业,她的目光没有仅仅停留在"植觉"上面,而是投向了茶园和周边的小山林,因为那里的植物更为丰富,于是她从欣赏层面进入了"专业"层面。2021年她在村里开设了植物蓝晒课,主要是教学龄前小朋友的手工印染、手工制作。蓝晒又叫蓝图晒印法,因为工艺操作简单、无毒、高效,且有着中国传统蓝染的艺术效果,最有趣的是那种蓝是在阳光的照射下逐步显现出来的,这好像是太阳所施的魔法,因此它深受小朋友的喜欢。而当时开班教小朋友,其实也是为她做母亲进行准备,她一直教到怀孕八个月。

毛双说她现在准备自己教女儿,这几年让女儿在大自然中长大,而不是在幼儿园里长大,从小培养女儿对自然和美的认知。也许过一阵子,她又会重新开课,她相信那时应该会教得更好,因为做了母亲之后,在育儿方面有了心得,也就是说已经爱心满满了。

在毛双租住的房子里,我看到了房东,即毛双口里的爷爷奶奶。那几天村里的老年食堂刚刚开张,他们正在谈论中午吃饭的问题。在客厅里,有毛双的作品,那主要是蓝染作品,好像有蓝色的海水突然涌进屋子的感觉,美而梦幻。

毛双在讲述的时候,闺密陈老师偶尔会搭几句话。她和毛双是在村里的市集上遇到的。陈老师之前是做茶叶和香道的,最近也刚住到龙坞这边来,她也在尝试把好多植物做进香里,甚至把茶叶也做进去。

讲起对外桐坞和龙坞的感觉,她们说,到了这里,就不想再去其他地方了,因为在这里,生活和工作,生活和艺术是可以结合在一起的,而不是朝九晚五地那样工作。

我也突然发现,在外桐坞村,似乎女士更懂得舍和得,因为我采访的对象基本都是女士。本来在我的印象中,女士都有"理还乱"的一面,但是在外桐坞村采访的几位,她们的逻辑感都很强,对要什么和不要什么,已经有了明确的判断,包括下面要写到的,也就是文章开头提到过的两位:马姐和厉萍。

6

文章开头写到的马姐和厉萍,当年都是从绍兴农村嫁过来的,那都是二十多年前的事情了,虽然还没有多年媳妇熬成婆,但她们的经历,恰好也见证了外桐坞村这些年来的发展和变化。

马姐的老家是嵊州的崇仁古镇,那可是越剧名镇。马姐初中毕业后到杭州打工,后来认识了现在的先生,就嫁到了龙坞。马姐来自越剧之乡,巧的是她的婆婆李秀珍在20世纪50年代初就是龙坞、转塘一带鼎鼎有名的越剧名角。李秀珍有三个儿子,老大是当老师的,老二就是马姐的丈夫。

绍兴女人的勤快,一点也不逊色于杭州女人,这种勤快的动力,还是要把日子过好,所以她们都不愿意只做家庭妇女。等孩子稍稍大一点,刚学会走路之后,马姐就推一辆自行车出去摆地摊,那就真的是把塑料布往地上一摊,杂货食品什么都有,天气好也是可以赚几个零花钱的。没办法呀,家里经济困难,当时是欠着钱的那一种情况,光靠丈夫一个人上班的工资肯定不行,家里是有一点茶叶,但那时也卖不出好价格来。

于是便说到了那时周边的环境,全是泥路啊,晴天还好,雨天这个地摊就很难摆了。所以整个龙坞地区包括外桐坞村环境的提升,那都是她亲身经历的。只是环境整治之后,马姐已经不摆地摊而去工业园区里开杂货店了。

那时几乎每个乡镇都会有这么一个园区,里面有好多家工厂,她就在那里开了一个杂货店,一直开到2012年。后来园区要提升改造成文创园区,这个杂货店就不存在了。从那以后,马姐还是很想再开店,因为开店意味着每天可以见到现金。

大约过了两三年,村里有人开民宿了,他们就来叫马姐帮着打理，因为村里第一代的民宿都是外面的人来投资的，就这样马姐转行民宿业了，现在做的这一家已经是第二家。从毫无经验到渐渐入门，马姐说最高兴的是她等于是在家门口上班赚钱，比比摆地摊的日子，那不知要好多少倍了。管理民宿之外，现在每天中饭之后还是能回家做一点家务，这对她来说也特别重要。而晚上，不管客人多晚回到民宿，她都会等着客人回来，所谓宾至如归，就像家里有人等着你，让住客有一种回家的感觉。

马姐说，想想自己这些年一路走来，可能还是属于不安分的人，总想做点事情。自己从老家出来之后，又带着弟弟哥哥出来，现在他们也早在杭州成家立业了，想到这一点，马姐说她还是很欣慰的。而自己干上了民宿这一行，那又是跨过了一个门槛，因为要学的东西有很多，服务啊管理啊。马姐说她现在更喜欢外桐坞村了，你想想人家花个六七百元要到你村里住一个晚上，那我们天天住在村里住在家里，是不是也有一种赚了的感觉呢。

厉萍跟马姐有不少相似之处，第一都是从外乡嫁过来的，第二现在都是在村里上班。有所不同的是，厉萍是村里的社工，管理着村里的美术馆，所以她有一个很了不起的头衔：外桐坞村美术馆馆长。

2018 年，村里在文化礼堂办起免费的书画班。厉萍说一开始只是抱着一种去"支持一下"的念头，那时一周有两次课，一次书法课，一次绘画课。问她为什么后来学绘画而不是书法,心直口快又颇有智慧的她说,书法写得好不好,很容易被一眼看出来的,而绘画你只要比人家好一点点,人家就不会说什么了。上了几节课之后,她就开始自己练了,就是画村里常见的事物,比如说兰花,还有就是葫芦、南瓜等寻常之物。逢到美术馆要办画展,逮到机会她也会向老师请教,不过更多的还是自学,现在抖音上什么都可以学,有那种教学短视频。她说也就是从那个时候起,村里包括张书记、牛哥等就一直在练习,而自己也没有中断过,所以在2020年,村里就聘她去管理美术馆,这就给了她更多的学习机会,那些画家老师总是鼓励她。她说她也知道自己有几斤几两,一开始老公也不理解,说还要自己花钱买纸买笔墨来练,图个什么呢?厉萍说就图个高兴,用现在的话来说就图个精神共富吧。因为这些年孩子也长大了,家务事也不多了,像牛哥学画后开了裱画的工作室,而自己学画之后被聘为美术馆馆长,这个以前做梦都不会想到的。她说自己现在已经在参加一些农民画比赛了,有一些征画活动,她也会把画寄过去,因为她想这也是一种工作,自己参与进去了,如果还带动更多的妇女参与进去,那就更好了。

厉萍说完这些的时候,我又去看了她铺在地上的一些画,还别说,虽然都是一些小品,但还是相当有生活气息的,而从她的题图落款来看,毛笔字的长进也是颇大的。采访结束的时候,她跟我说了一句大实话,她说美术馆是我们村的门面,把这么重要的门面交给我来管,我是一定要把它管好的。

7

最近一次去外桐坞村,是国庆长假中的一天,这一天我是到邻村喝茶吃饭,趁隙再到外桐坞村里转一转,一进村就闻到了浓郁的桂花香。高兴的是,我在村里已经能见到一些熟悉的面孔,一听口音就知是本村人。像前几次陪我走村串户的李强和小仇都是年轻人,他们是村干部,对外桐坞村的发展有着自己的想法。我本来是想找他们再聊聊的,但是又怕打扰到他们的休息,不,是怕打扰到他们的值班。

还有我笔下写到的几位女士,看她们那几天的微信朋友圈,都不约而同地晒着桂花,这也就是杭州在这个季节的馈赠吧。

仇姐姐的朋友圈:晨间,初放在茶园里的花,一抹金黄洒满秋,闻香喝茶好时节……

秀姐姐的朋友圈:来这座飘着"桂花茶香"的艺术村,从不辜负你的到来……

毛双的朋友圈:娃喜欢待在桂花树下,我一摘桂花,花瓣翩翩落下来,像一场桂花雨……

马姐的朋友圈:秋意正浓,满园桂花飘香,来一杯西湖龙井,真是一种人生享受啊……

我也搜了张秀龙书记的微信朋友圈,可能是他这一阵子太忙了,可能发朋友圈不是他的日常,所以未见他更新。但我知道他是颇有文才的,这以他的"自传"为证,这"自传"实际上是

他当村干部的体会,已经写了几万字了。在此,我愿意跟大家
分享一段他的文字,那也是他的一段心路历程——

　　小时候,走在山村的小道上,每当下雨时,路面就
变得湿滑不堪,填上一块小石头,都觉得路好走了很多。
那时,我心里萌生了一个愿望,希望有一天整个村庄的
道路都能铺满小石子,那样大家出行就会更加便利。这
个小小的梦想在我年幼的心中萌发。时光流转,我逐渐
长大。随着时间的推移,我目睹着村庄的变化,小路变
成了大路,铺满了石子,甚至用水泥浇筑。村民的房屋
也由泥房变成了砖瓦房。这一切的发展,让我深感家乡
的变化与成长。我对家乡的情怀与责任感越发油然而生。

　　这一段文字可以看出这位书记内秀的一面,而在作家海飞
策划监制、海小枪枪著的小说《野风吹过外桐坞》(浙江少年儿
童出版社版)这本书的封底上,也有一段张秀龙的推荐语,这
段文字拿来做本文的结尾,我想也是合适的——

　　2003年,"千村示范、万村整治"工程揭开了美丽
浙江建设的序幕。二十年来,"千万工程"推进一步,我
们就紧跟一步,在泥土气息和人文内涵上做文章。外桐
坞村依托浙江省内艺术高校资源,立足本地,因地制宜,
完成了从偏僻落后小山村到全国乡村振兴知名品牌的蝶

变升级。本书以外桐坞村为原型,以少年视角,生动再现了村庄如何以"茶画融合"为特色,在诗情画意中走出一条物质富足、精神富有的共富之路……

常山胡柚香

李 英

我们的故事,从一颗胡柚果开始。

浙西常山县的每一座山,每一块地,每一个村,都被绿意簇拥着、包围着。在常山连绵的山岗上,你随处可见茂密的胡柚林;在常山散落的村庄里,你随处可见房前屋后的胡柚树。

为了这片绿油油的胡柚树,为了这片黄澄澄的胡柚果,几代常山人披荆斩棘,栉风沐雨,付出了辛勤的汗水。

一

青石镇澄潭村胡家自然村,一棵一百二十多年树龄的胡柚树至今屹立在那片胡柚林里,根深叶茂,树壮果稠。

它的主人是胡家村的退休老师徐立成。从他家这棵"胡柚母亲树"开始,百年来,常山遍植胡柚。在徐立成的记忆里,他很小的时候,这棵胡柚树就已经这么大了,应该是他爷爷的爷爷辈种下的果树。后来有一段时间,因为疏于管理,这棵树曾枝叶枯萎,差点死亡。徐立成的父亲带着全家老小,给胡柚树培土、浇水、整枝,终于让这百年古树重焕生机。

四十年前,常山县农业局开展田野调查,发现了这棵胡柚树。老农艺师叶杏元和贝增明对这棵胡柚树进行了认真研究。这棵树看起来像香泡树，却又不是香泡树，果实吃起来像橙子，却又不是橙子，酸酸的，苦苦的，风味独特。

他们敏锐地感觉到，这种"似橙非橙，似橘非橘"的柚果风味独特，值得在全县大面积推广。而这种果子长在山沟里，多年来连个名字也没有。县农业部门把这棵树命名为"常山胡柚"，因为出生地在常山县胡家自然村，外形又长得像柚子，后来简称为胡柚。

从这一棵"母亲树"发端，胡柚树悄然生长在常山农家的房前屋后，胡柚也成为这座县城的知名特产。叶杏元、贝增明等一批老农艺师，从这棵胡柚开始嫁接培育常山胡柚品种，从几百亩、几千亩，到几万亩、十几万亩。

这棵胡柚树，2013年由衢州市林业局挂牌为"衢州古树名木"，四周建了石条栏杆加以保护。每年胡柚开花或果实开采，果农们都会在这里举行庆祝仪式。

徐立成的地里，除了"胡柚母亲树"外，还有十多棵胡柚直生树，树龄都在五十年以上。这是上辈人馈赠给他们这代人的"金果树"。

徐立成生在1946年，退休前在青石初中教过数学，后来教生物。他有四个子女，三个女儿在杭州，一个儿子在无锡。儿女们都想接他们老两口去城里，但他们不乐意，就愿意守着这片胡柚林。除了园子里的十几棵老胡柚树，他家还有两块地，总共有七八亩，种了一百多棵胡柚，光那棵"胡柚母亲树"，每年就可收获果子一千多斤。

前不久，我们在徐立成家里采访，他远在杭州的女儿从手机监控视频里看到，就打了电话过来问："家里怎么来了这么多人？"

徐立成在电话这头乐呵呵地说："家里来了很多作家，他们要看那棵胡柚母亲树呢！"

二

80后樊燕霞身上充满了青春的气息，仿佛有使不完的劲。她只要有空就往胡柚基地跑，每每置身于那一片郁郁葱葱的翠绿之中，都仿佛有一片轻盈的绿色云彩朝她飞奔而来。

在童年的记忆里，樊燕霞就常常跟着父亲樊利卿在胡柚林里奔跑。

父亲虽然只有初中文化程度，但那时候在农村也算是文化人了。他当过村里的会计，也开过农资店卖化肥农药。后来，父亲白手起家，收购销售胡柚，成为胡柚销售专业户。他把一车车胡柚运到北京、山东、河南等地，有时一天要发几车货。那时候，樊燕霞才读小学，放假的时候就跟着押车的舅舅，一路颠簸，两天三夜才到北京。樊燕霞在市场上帮父亲发名片，那上面印了父亲的名字和联系方式。

小小的樊燕霞跟着父亲在北京过了好几个春节。后来，樊燕霞考上大学，毕业后在杭州和几个同学一起创业，掘到了人生第一桶金。

都说，子女长大了要往外"飞"，拽都拽不回来。可是，已经在杭州工作了两年的樊燕霞却和父母商量，要回到乡下，专心做胡柚产业。

父亲说："我做胡柚销售三十多年，可都是苦力活。你一个女孩子可别跟爸一样卖苦力。"

母亲说："你是家里的独生女，好不容易大学毕业，已经在杭州有一份不错的工作，怎么还要回来当农民？"

樊燕霞说："你们干的是苦力活，我回来就是想让你们以后少干点苦力活。我们要用互联网做胡柚营销，前景广阔着呢！"

父母拗不过倔强的女儿，虽然嘴上反对，心里还是乐滋滋的，一家人在一起有个照应，再说如今搞销售还真需要年轻人的智慧。

樊燕霞回到乡下老家，做的第一件事就是用母亲的名字注册了家庭农场，把父亲的果业专业合作社做大做强。就这样，父女俩开始了新一轮创业。

与老一辈不同，樊燕霞从绿色生态和电商营销着手，一番努力后，胡柚销量直线上升，最多的一年她帮果农销售胡柚六千吨。但挑战也随之而来，有销量但基地产量不够，随机收购又难以保证果实质量。

樊燕霞决定以自己的家庭农场为中心，建立规模化的胡柚精品园。她创造了一种联挂基地模式，让胡柚种植大户联合挂靠在农场,由她免费提供化肥、农药和科技管理,保证按市场价收购,同时又让大户有一定比例的销售自主权。基地很快形成规模,标准和质量有了保证,价格就相对高,销量也比较稳定。这种优质优价的良性循环,给传统种植的农户带来了新的生机。她的家庭农场和专业合作社,如今有近五百户人家,一千六百多人。

樊燕霞一路走来,并不是一帆风顺。有一年,基地里的胡柚遭病虫害侵袭,有些叶子开始枯黄,她赶紧与父亲到田头分析原因,采取措施。从那次开始,樊燕霞和社员们更加注重优化土壤环境,加强病虫害防治,加强品种改良。

辛勤的汗水,换来的是丰硕的果实和成长的喜悦。樊燕霞赢得了合作社社员们的好评和欢迎,也赢得广大客户的信赖和支持。

为了父亲的胡柚,为了果农们的胡柚,樊燕霞甘愿奉献自己的青春力量,深耕胡柚产业,用自己的所学所思,带动更多的父老乡亲增收致富。

三

走进漫柚溪谷,仿佛走进绿色王国,漫山遍野都是绿油油的胡柚树。放眼望去,数千亩胡柚基地逶迤连绵,绿色铺陈,景色壮观。

把胡柚事业做起来,这是钦韩芬孜孜以求的目标。钦韩芬是土生土长的常山人,曾在常山县微生物厂工作,后来进了食品质量检测站,几年以后就被推到副站长岗位。可是谁也没想到,她竟然辞去公职,创办了胡柚企业。

万事开头难,但这难那难,都没有难倒钦韩芬,她的目标就是要把胡柚卖向全国,卖向世界。那时,公司刚起步,只有四五名员工。为了打开销路,她坐着绿皮火车到处跑,吃的苦一火车都拉不完。

从衢州坐绿皮火车,无论到新疆还是到深圳,都得几十个小时,钦韩芬随身带着几张旧报纸,累了就在座位底下铺开打个盹。为了节省开销,出差时就专找两块钱、五块钱的小旅馆住。

在北京推销胡柚,钦韩芬天刚蒙蒙亮就起床,推着平板车赶往早市摆地摊,用常山普通话吆喝着卖胡柚。

机会总是垂青有准备的人。经过多年的商海历练,钦韩芬终于走出人生低谷,在胡柚事业上迈出了坚实的一步。经过二十多年的发展,钦韩芬的公司形成了完整的产业链,建立了四十个果蔬基地,标准化基地面积达五万多亩。事业做起来后,钦韩芬把扶贫帮困与社会责任放在第一位,从2003年起,在西北、西南等部分贫困地区,通过和农民共建合作社、收购农特产品、科技扶贫等方式,帮助低收入农民实现脱贫。她还创建产销联盟,在新疆、四川、甘肃、云南等地联企业、联基地、联农户,帮助贫困地区、贫困农户建基地、销产品,为上千名农村劳动力提供了就业岗位。

2021年2月25日,中共中央、国务院作出关于表彰全国脱贫攻坚先进个人和先进集体的决定,钦韩芬的浙江艾佳果蔬开发有限责任公司被授予"全国脱贫攻坚先进集体"称号。

钦韩芬有空闲时,就会登上漫柚溪谷的观景台,放眼眺望四周,只见一望无际的胡柚林,整个人仿佛沉浸在绿色的海洋里。在成熟的季节里,金黄色的胡柚果压弯了枝头,就连空气里,都时时飘荡着淡淡的清香。

随着胡柚产业链的发展,常山胡柚又迎来了新的发展机遇。

关于"千万工程",关于山区共同富裕的时代命题,关于一颗胡柚果的成长,常山人有了自己的独特理解和实践。

胡柚这颗小小的果实,如今成了常山乡亲们的福果,那清新的胡柚香,常常飘扬在常山的田畴沃野上……

本文发表于《人民日报》(2023年9月20日第20版)

一寸乡心

方格子

的确，相对于广袤的中国大地，蒋家村不甚广大也并不开阔。但我们知道，这片总面积不足9平方公里的村落，却有着人类文明最为辽阔的象征——没错，它是一本书。在"千万工程"实施二十年后，村庄已然转身，从古老文明中孕育，蜕变，如今已是融合了现代文明的古老村落，颇具非凡的灵动之气。有诗意，有高度，堪称一部流动着思想和智慧的书。

修一座祠堂

从富阳城区出发，过鹿山大桥，入隧道，十五分钟后，上杭新景高速公路，我打开车载音乐听乡村歌谣，"穿过溪流来看你"，一曲未了，便能看到民国风的建筑就在大源溪对岸——蒋家村到了。

蒋家村像一个熟悉的陌生人，变化如此之大，我几乎要认不出她了。由此，我想到，在过去的二十年里，蒋家村已然经历了沧桑巨变。

的确，早在2003年7月，省里提出未来发展的八项措施，谋划和实施"千村示范、万村整治"工程,蒋家村开启村容村貌整治。十年后,中国进入"美丽乡村"战略发展模式,房前屋后堆放的柴火,废弃农具,以及永远不会再使用但舍不得扔的旧椅子、蓑衣、挑担……十年整治,冷暖自知。2023年盛夏,我行走在蒋家村街巷,看这个村落,俨然已是古老文明和现代文明互为渗透互为融合的景区。村庄全然改变,满眼皆绿,尤其是村民的精神面貌焕然一新,人心皆顺,皆大欢喜。

在蒋家村,时间在青石板上流动,穿过洁净安静的弄堂,就从明代来到21世纪。如果将村庄看作一艘船,前行的方向靠舵手。2008年,蒋顺国担任蒋家村书记。在一系列学习之后,他已深谙乡村振兴的意义。怎样集聚更强的民心,助推蒋家村社会经济全面发展?这个古老的村落怎样在当下发挥文化优势?文明怎样才能转化为新的经济增长点?他与老人谈心,与乡贤谋思路,找能人议出路。一年后,他决定做一件大事——修祠堂。

"乐助祠堂,造福子孙",是大好事。

但好事不好做。村民盯着盼着,村支书上任的首要任务不是带领村民共富吗?修祠堂花钱,祠堂能生钱?

村里有老人好意劝慰说,修祠堂是大事要事,可搞得不好会要命。还有人说,你不要像你树奎阿太一样自讨苦吃,收不了场。蒋顺国吃一惊,一百多年前,他先祖蒋树奎是蒋家村"家长",起心动念修建祠堂,可命运多舛,因财力不足后续修缮难以为继,树奎阿太深受儒家思想浸润,自认难以面对匠人、无颜见乡人,竟以命相抵往生而去。如此悲剧,蒋家村人传了几代。到蒋顺国担任村支书的这年,蒋氏宗祠虽无大碍,但有的地方瓦破屋漏,有的木料已经腐烂。修缮保护,实为迫在眉睫之事。

蒋顺国不是没有犹豫,但似乎冥冥之中有暗示,他想到,自己是书记,某种程度上,他接过的是先祖蒋树奎"家长"接力棒。一棒在手,责任重大,他与村两委同人一商量,打起精神,决定大干一番。

2009年10月18日,蒋家村人将永远记住这个日子。那一天,秋高气爽,暖阳温煦,蒋氏宗祠修缮乐助大会在祠堂召开,外地工作和创业的蒋家村人怀抱对故土的一腔热情,纷纷伸出援助之手,在他们心中,宗祠是根,是祖,是绵延不绝的血脉。那一天,世居蒋家村的陆氏族人,也施以援手。

祠堂一修三年,三千三百五十万元维修资金陆续到位,蒋家村祠堂、何家祠堂,和一批明清建筑老台门得到修缮。蒋家村转个身,变了大样。这三年的整改提升,个中酸甜苦辣,身为书记的蒋顺国少跟人提起,唯有在夜深人静时,那些艰苦卓绝的时光重新回来,使他禁不住感慨。那些年,蒋氏家谱也得以重修。他认为,修家谱,是得其精华,是从家谱里找出祖先为人处世的智慧,从而提炼出适合这个时代的闪光部分为当下所用,有的处事准则成为当下蒋家村人的规训,是村人身心建设的镜子。

祠堂修葺至今已十余年,人们慕名而来,他们站在天井,让阳光落在肩上。站在那些厅堂,想象这个村庄发生的诸多变化,几可用传奇来形容。修旧如旧,并非固守陈腐,"彝伦攸叙""碧天银光",这些古朴敦良的匾额,在新时代光芒感召下,散发出的迷人魅力,人们为之倾倒。蒋家村村两委班子或许不曾料到,为老旧建筑的修复,披肝沥胆,终能将这个村子带上以非凡的文化做底蕴的台阶,由此带来蒋家村经济的稳步往前。

在蒋家村祠堂,有一块匾额总是吸引更多人驻足仰望,"可以观德"。可以。观德。同去采访的文友叹说,蒋家村可以。蒋家村,德为先。

蒋家门口修祠堂,可以观德。是肯定,是激赏。

老人的故事是从祠堂门打开的一声里延续的,他们记得祠堂历经的沧桑,它像慈爱的老人,静静端坐,见证朝代更迭,见证万般变迁里的村庄。蒋家村祠堂,先人赠予后世的一份厚礼,一文一字见乾坤,给村人以身体庇护,以心灵慰藉。

随后的几年,蒋家村开始将文化融入经济,或者从另一个角度上,是在这片有着深厚文化底蕴的土地上,开出经济之花。

在蒋家村,底气来自深厚的文化底蕴,文化建设渐趋成熟的当下,经济窗口打开。在2010年以及随后几年的蒋家村标杆店建设规划方案里,有四大窗口值得注意,通过美丽经济窗口,我们看到一二样态的经济正有序开展。

2023年8月,在"千万工程"实施二十年后,蒋家村正阔步前进。一马当先的是文旅。作家麦家带来的文学影视经济是该村最为重要的业态,从他作品中延伸的影视场景,将台门气韵和蒋家村古村落气息完美结合。人们在《风声》中感受"风声巷"发生的历史与当下,在英雄主义精神辉映下走进他的小说世界——可以毫不夸张地说,麦家是蒋家村人不可替代的荣耀,读他的书和对他作品中某个人物的探讨,已成为另一种风尚。漫步村巷,文学的光亮从任何一个角落渗透,多年之后,与生俱来的文学教养必将成为蒋家村人另一种生命基因。

其次是产品。新青年读物。红色卡片,背包,旧时代的器物,不一而足。我们或许可以这样理解,在物质如此繁盛的当下,人们不需将实物带走,漫步这个全中国都少见的与文学如此密切相关的村落,在充满生命活力的街道,踱步进入富春茶社喝乡民自制绿茶,在民国老街弹吉他,在麦家书屋发呆,那都是尤为珍贵的生命体验。因为文学,因为书本,因为精神愉悦,或者人们愿意留下来,成为村民,成为这里的一分子。这样的经济增长模式,探索与实践并存,形成另一种产业。

眼下,潺潺流水,倒映着蓝天与白云,与梦想,与希冀。它们也倾听着这个村子关于"一座老台门,半部民国史"的保护式更新与蜕变。

让时光回到过去。

早先,这个村子叫"蒋家门口",蒋氏祖先在明朝时从东阳到青田,青田晖公考取进士为翰林,遂隐居西湖边。后其孙焰公乐于山水，觅得赵岭而居，此后，蒋氏便定居在此。"青田学士西湖老，炎汉世家赵岭绵"，蒋氏一脉开枝散叶，一个村形同一户人家，又好客，路过的人被当作客人相待。或许一杯热茶，或许一个热番薯，四乡八邻的人深感蒋家门口的热情。当年大源山里的学子去大源中学就读，路过蒋家门口，总能见到这个村子的热闹，人口众多。乡村的集市沿公路一字排开，喧嚣热闹。

采访的日子，我们在村口学校门口下车，认得出镶嵌在清水灰砖墙面上的"民乐完小"出自校友麦家手书。一簇茂密的石榴从围墙伸出来，硕果累累，绛红色的石榴果在晨曦里闪着光，如孩子们的笑。

一本叫"蒋家门口"的书

二十年，她以一个外乡人的视角，看到村庄日复一日的变化，在习焉不察的日常生活中，她仍然惊叹她客居的村庄已然不是当年模样。在一个早起女子的屋门口，整洁有序的敞开的道地边，种着各种名目的绿植，她正在给植物浇水，修剪枝叶。见我们闲散模样，像不经意地，她指了指屋边小路：从这里往前，过台门，过红馆，过祠堂，就是书屋了——她认定我们是来参观麦家书屋的。像蒋家村人一样，她也已将麦家书屋当作文化地标，这使她平添一份荣耀。攀谈中得知，女子是山东人，跟随河南籍丈夫先在浙江别处打工，2003年在蒋家村租房住下,这一住就是二十年。她道地边种植的花草,繁盛丰饶,陪伴她在他乡度过年岁。

能在他乡一住二十年,是什么吸引了她?"蒋家村有文化,人们都客客气气。在这里开小卖部生意还不错。"这个周身散发出活力又恬静淡然的女子,她默不作声见证了蒋家村如何翻过一页又一页。她自己也像在书里,是文字的一部分。这让她有些自豪。

前往书屋,也即麦家旧居。途中,我们时不时走进台门。一幢又一幢台门屋,俨然就是书屋。这些明清时期典型的江南特色建筑,何尝不是藏书。台门是细活,但细活里见恢宏。更可看作鹤发童颜的老者,"我有人间故事一二三,请进来,喝杯茶,待我细细道"。泛着岁月光泽的门槛,记录着多少故事。进得门内,莲花盛开,这高洁的花儿,与古朴泛黄的木板壁上那些雕刻在时光里的故事,交相呼应。没错,另有人间故事在板壁身上演绎,时间在此似乎为你停顿了片刻,又锵锵锵地往前去了。一动一静,动的是光,静的是无声的戏文。从这样的台门里走出去的人儿,他们的名字,平凡,平淡,但又不平凡。革命仁人志士,教育家,作家,科技工作者。

中台门,元昌台门,效先台门,泰昌台门,耐耕堂。已然打造成以中国共产党红色期刊为主题的红色报刊史料馆的老台门,无一不在延续这个村庄的文化。

青石板街巷,通往各家各户,大弄,香火堂弄里,祠堂弄,花台弄,白果树弄,苦竹园弄。在一个小弄堂里,精神矍铄的老者拄着拐杖,慢慢前来。他是蒋姓家族里最年长的,据其儿子讲,他父亲是蒋氏家族的"家长"。老底子那辰光,家长类似族长,主持家族大事,蒋家村老人都记得,"开祠堂门,点蜡烛,议大事"。这位老家长在这个村落行走了近百年,他的双脚感受着村里道路的变迁。老人从小到大没吃过一片药,长寿不是秘密,村里空气好,最近还纳入了"氧吧"级村庄,有个趣事,说给老人备了白蛋白,到诊所去挂点滴,老爷子婴儿一样哭出声——他说在蒋家村活了百年,从不需要打针吃药。

2023年的某个清晨,他的拐杖照旧在青石板上笃笃响,有一块青石板看得出是拼接起来的,他记得一件事:当年修缮台门铺设弄堂时,有一些青石板破了。施工者建议用新的替代,但蒋顺国说:"破了的青石板同样有故事,蒋家村给我们最大的底气是故事,故事是文化的组成部分。文化在哪里?在一面旧墙上,在一块破了的青石板上。"老人说着这些,露出由衷的赞赏:顺国书记对文化有感情的。

二十年披肝沥胆,蒋家村仍然古老,但它俨然已是现代文明的承载地。这是蒋顺国的认识。他说,每块砖头,每个弄堂,都有人们生活的痕迹,这些痕迹都有故事承载着,一株老树,一根老藤,是村人的记忆。记得住乡愁,乡愁是什么,是一声穿过弄堂的呼唤,是半碗舍不得喝的粥汤,是道路,甚至是一个待拆的门洞。

人们还记得一件事,"三改一拆"那年,有户人家的台门,因建造新屋拆了一半,只剩半壁墙一个门洞,属于拆改之列。

那个台门里有很多感人的故事发生,按照规定属于拆改之列,但蒋顺国知道,"一刀切"的做法会将多少好东西"切"掉!他得"违规"保留。他匆匆赶往拆迁现场时遇见半壁墙的房主蒋定国匆匆赶来,他是来为那半壁墙求情的。两人到得现场,但见工程队正要行动,蒋顺国说:"留下,留着这半壁墙,留着这家人文化的根。"

如今,墙壁粉白,青石门框支撑着这脉家族在蒋家村的记忆和故事。采访那天说起半壁旧墙一个门洞的事,蒋定国仍然心怀感动,他们家族三十二个堂兄弟,他犹记得奶奶临终遗言:孙子,这屋子有蒋家血脉滋养,无论天地变幻,你要留着这墙,这门,这青瓦屋顶。

从一张拍摄于1972年的照片,我们依稀能看到,蒋家村台门的规模,一幢幢青瓦屋顶,典型的江南民居,前道地,后院子,斜斜的屋顶下,是人间词话。有个老人用一句当地方言来概括:"阿拉蒋家门口台门木佬佬。"有几个老台门建造年份甚至早于蒋氏宗祠,数百年风雨已将老台门侵袭,有的濒临倒塌,有的拆除建起了新屋。时代车轮往前,人们风驰电掣追赶时间,台门似乎成为蒋家村适应新时代的一枚不合时宜的标记。祠堂端坐村中,它已从旧时代走到新世纪了,台门呢?台门与祠堂,几乎是一对惺惺相惜的老伙计,修缮迫在眉睫,要契机,要项目,要信心——蒋顺国上任初期,就已将台门纳入他任期内必须修缮的项目之一。

后来,蒋家村被列为省级历史文化村。艰苦卓绝的争取,项目论证通过,资金下来,台门陆续修缮。那几年,东奔西走是蒋顺国的工作常态,回村就是回家,村委会办公室像他家卧室,疲了乏了累了困了,就在桌上趴一趴。蒋家村有句俗语,"天上才子做大事,落地才子管乡俗",意思是说,天上才子做大事,落地才子会用乡土俗语来评价村里的一些事。修祠堂,修台门,这些不会言说的建筑到底能给村里带来什么?议论声喊喊喳喳:"这么多钞票拨下来给村里,分分给我们,老百姓手里有钱了,这就共富了嘛。"修台门,免不了要将周边附房及自行搭建的建筑拆整,有人到书记家去吵,花盆碎了一地。妻子收拾好碎片,难免委屈,好好的一个家庭工厂办着,儿女各有工作,吃穿不愁,自家男人何苦去做这个千人骂万人责怪的书记。

二十年里,前十年,人们看到的蒋顺国,满脸严肃,不苟言笑,往日的温和不见了,笑容被沉重的负担压得四处逃逸。有人背后给他起了外号"警察"。他听后吃一惊,冷静下来想想,警察就警察吧,"乡村警察"蒋顺国,豪气涌上来,竟跟麦家书本里的英雄有了时空交集。他熟读麦家的书,写书难不难,这么难的事麦家做了,做得这么出色。书记难不难,难。但无论如何,总得做点事,当基层干部嘛,大都要有一种"骂声中开始"的准备。最后,他希望在"掌声中继续"。

近十年,人们发现蒋顺国多了一些白发。不管怎样,书记脸上开始有笑容了。

采访时，我们说，你这一生中，当了十五年书记——或许还能更久，谈谈感想。

他笑一笑，说，我这一生不是刚开始嘛。主持蒋家村全面工作，没什么好说的，就是一个“问心无愧”。

我们问及台门的修葺过程，蒋顺国不由得流露出自豪。他深知，台门考究，细致，看得出过往的匠人如何将建筑当作艺术品来雕琢。单就这点，当下修葺这些艺术品，是弯下腰向先人致敬。这个出生于1965年的乡村男人，高中学历不能阻挡他学习的毅力。他潜心研究江南民居结构，浮雕，建筑朝向，天井，等等，在他好友的初步点拨和自发的深层学习后，“乡村警察”能看懂古建筑风格与年代的关系。一打眼，从外观到内里，不费多少时间，他便能大致晓得这房屋是三百年前还是三百年后的工艺。他得了学习的益处，越发地爱钻研；懂得越多，越发地敬佩先人。

如今，已修葺的二十二座台门，从祠堂到南面澳沟（大弄）进入，到白果树弄出来。这条古建筑群游览线路像一串由历史文化做成的风铃，丁零零响在耳畔。暗算弄，杂货铺，风声巷，读书广场，富春茶社，红馆，法制馆，数字馆，耐耕堂，赵岭剧社……眼下，这些修旧如旧的台门正被有效利用。台门内，历史故事，家族故事，当下时代故事，相互交融。红色报刊史料馆作为党史研学中心，已然发挥着不可替代的作用。另有台门作为展陈场所，记录着诸多足迹。富阳文联首任主席蒋增福的出生地"耐耕堂","晴耕雨读",作为耕读文化基地,陈列着这位德高望重的乡贤的足迹印记;另有台门,因其建筑风格与内涵,定为书房。

台门新生,文化重生。经济发展找到支点——是近十多年间的事。

这些在新时代焕发光彩的台门文化,为蒋家村带来繁盛的文旅气象。学者来了,他们被这些替代蒋家村先人诉说故事的古建筑倾倒,打动,他们驻足,流连。

年轻人寻迹而来,他们扛着自媒体器具,从另一个角度捕捉关于这个"江南台门"的别样风采;富有年代感的墙面,那一句"潮起潮落,潮落后是潮起",像给予他们的暗示,就像《人生海海》的上校,他直面人生的通达和勇气,传达给了年轻人。

游学的孩子带着勃发的好奇心在弄堂里穿梭,他们看过根据麦家小说改编的电视剧《暗算》《风声》,眼下,他们叽叽喳喳去了风声巷,从富有民国韵味的邮政局门口经过,被麦家书屋门外的莫斯电码吸引,求知欲被激发。

长三角一带的客人来了,见过世面的他们,按捺住激动,硬是相约下次再来。

红馆那边,馆主正在介绍那个时代的新青年如何为新中国的建立振臂高呼。

采访期间,跟着村支部委员去"四房台门",协调台门后小弄堂的番瓜地处理方案,为了这个即将成为"民国书房"的台门整修,骄阳下这个秀气的女子来了一趟又一趟,好在周边住民都很支持,虽然舍不得,但终于还是答应"提前收获农作物",让出原本属于台门后门的空地。

从"定邦台门"遗址出来,遇见三五孩童,踩着滑板一溜烟过去,循着童稚的声音一路往前,却是到了广场。广场不大,在这个村中心,宁静而富于书卷气。板凳,脚踏车,课桌,让人不由得慢下脚步,侧耳倾听从麦家书屋传出的翻书声。墙面做成的黑板上,留着读过的书、写过的字、思考的痕迹,那一行"读书就是回家",在这里,妥妥帖帖的,像满腹诗书的兄长,看着学弟学妹们,如饥似渴地读书,感知世界,出发思考。此地温暖,治愈。春风化雨。

行路至此,我们确乎可以将这村庄看作一部缓缓打开的书。没错,在这个村里,我们随处可见文化。新房在建造,在它周边的房屋上,贴了长条红纸,写着"姜太公在此百无禁忌",是乡俗,是智慧,是今人与古代先贤的隔空相望。老人说,老底子人认为(此习延续至今)造房子就是动土,动土毕竟惊动土地菩萨,为不惹恼菩萨,得有与他相匹配的神仙来呼应,姜太公是也。这个乡俗是从什么时候开始有的?蒋家村人淡然告诉你,从我们爷爷的爷爷,再往上几辈,他们小时候就有这个习俗了。

我有一个村

在蒋氏宗祠大门两侧,白地黑字竖排的楹联,"民族未来是儿童,国家本源是教育"。2023 年 8 月 17 日,延续二十二年的蒋家村学子奖掖会议在村会议室举行,表彰当年考入的二十名大学本科学子及五名研究生。新考入浙江大学的学生蒋裕作为学生代表的发言,道出了所有孩子的心声:作为生于斯长于斯的蒋家村人,无论去向何方,这方有着深厚文化底蕴的水土将永远是我们的坚实依靠,是乡愁,是成长路上不竭之勇气的来源。

离家前,重温村训。一如琅琅书声:孝父母,敬长上,友兄弟,立教养,守法度,奖贤能,惩顽恶,戒械斗。是蒋家村孩子另一种成人礼。领读人蒋勇华坦言,每次回味一下村训,都觉得是对自己修为的敦促。

蒋家村重视教育有迹可循。《蒋家门口 1928 年至今备忘录》中提到,蒋家村素来重视教育,旧有私塾启蒙。至 1919 年,从外地学成归来的蒋瑞生等四位创办鼎新小学并置校产,蒋家村学子仍然记得曾经在祠堂习字念书。先后有四五位受过高等教育的蒋家村人回乡担任校长。村里人提起蒋达,总要念叨他的办学贡献。毕业于旧时杭州安定中学的蒋达,接受过较为专业的办学培训。回村办学是他一生夙愿。他在延续传统教育基础上,引入新思想和体育运动,成立足球队,建起文化剧团,还在本村举办提灯晚会。新中国成立后,国民中心小学改为民乐完全小学。茅盾文学奖获得者麦家在此读完小学。

《备忘录》提到蒋家村有"秀才田",三房太公首立秀才田,作为奖励拨给秀才耕种。哪家有人得中秀才,秀才田就归他家耕种,所得钱粮用于生活和读书,不至于让读书人家因财力窘迫而放弃学业。

关于教育,当下的蒋家村,仍然能说出至少四五户人家,在经济并不宽裕的情况下,积攒起造房子的积蓄,而孩子考取好的中学,所需不菲费用,此时的家长总是毫不犹豫决定:读书要紧,建房事宜延后。

蒋家村历来有个传统,重视教育为荣光,互帮互助为责任。无论何时无论何地,蒋家村人只要有困难,街坊邻居总会出手相帮。更不用说到了外地,乡音就是密码,是暗号。在蒋家村的发展历程中,乡贤的作用不可小觑,他们给村里带来了新的文化、理念,以及经济增长点。

二十年砥砺前行。蒋家村拥有了诸多荣誉:浙江省五星级农村文化礼堂,浙江省历史文化村落保护利用重点村,浙江省美丽乡村特色精品村,省级农村引领型社区,杭州市美丽乡村精品村,杭州市民俗文化村,区级优秀文化建设村。不一而足。

这些荣誉,无一例外,让蒋家村人更为精益求精,从而产生强大的幸福感和认同感。从村两委每个基层干部开始,从耄耋到花甲,从幼学至弱冠;或者从另一个角度说,从作家到农夫,他们心中无不有个扎实的值得固守的地方,这个地方从外在的物化到内里的情感,都使人们愿意说出"我有一个村"。

他们对故土的情感像植物根须深入泥土。对此,费孝通在《乡土中国》中也有诠释:因为只有直接有赖于泥土的生活才会像植物一般地在一个地方生下根,这些生了根在一个小地方的人,才能在悠长的时间中,从容地去摸熟每个人的生活,像母亲对于她的儿女一般。

我有一个村之麦家。

二十年,他用文学建构起自己的精神世界,他相信村庄有感知,有魂灵,他对文学的挚爱,与对故乡的挚爱一样深情。"万卷古今消永日,一窗昏晓送流年。""这世上,书是最博大的,礼是最宽广的。"他对蒋氏后人寄予希望,也是对自己的叮咛:一如既往,尊崇祖先教诲,一手执书,一手掌礼,乘风破浪,蒸蒸日上。

我有一个村之蒋顺国。

二十年,不善言谈的村支书,说到村里的事却头头是道,如数家珍。比如,大学生回迁截至2014年11月30日24时。然而,大学生回迁进村,政策上不允许其进入村级股份合作社的董事会,持有的股份也被打折。像蒋家村的大学生回迁,只能持有村级集体股份90%(是他铆足了劲争取到的额度,富阳其他村相同情况只持70%)。这位乡村书记怎么也想不通,村里的孩子有出息读书上大学了,读了几年大学回来不能拥有100%股份(曾有一些年,考上大学后必须将户口迁到学校,毕业分配后落户单位,自谋职业者将户口放在人才中心或迁回村子)。他认为,有文化有见识的大学生回迁,理应成为村庄发展的接班人后备力量,但回迁年轻人无权持有百分之百股份,就不能进入董事会,说政策不允许。

他睡不着,在他担任政协委员时,为此事写提案,写了一年又一年,跑了不知多少部门,接待他的工作人员不解了:你一个村支书,给非亲非故的回迁学子争取一个同等享有完全村民的权利,有必要这么用力? 他不高兴了:什么非亲非故? 他们都是蒋家村人,你说非亲非故,我说他们全是亲人。协调、争取无果,他只得拨出12345市长接待电话,那边电话一通他就自报家门,并声明,不是投诉也非举报,只想给回迁学子们一个政策解释,给予重新编制。至今此事也未曾落实,他说,我有耐心等,年轻人呢,他们怎么想? 拥有了文化,某种程度说却被歧视了。

其实,为村民办事,早在他创业办厂时就已开始。有个小插曲,他八岁的儿子跟另一个孩子闹架,那孩子说,看在你爸爸对我们家好的分上,我不跟你计较了——这让他百感交集,甚至感动到要落泪了。或许就从那时起,村邻有难事解决不了,第一时间想到的却是他这个不太有笑脸的"乡村警察"——村邻说:"托顺国去问问。"他便去了。一年又一年,二十年,就学,就业,就医,桩桩件件的事,他帮了这个帮那个。帮了就帮了,自己也不再放心上,但村民记得。他们会在村邻之间传,"顺国帮了一把"。他们这样说,"顺国去跑了几趟,事情办好了"。

我那天去祠堂采访失地农民保险报名现场,随后到村委会,刚才在祠堂看到蒋顺国穿着白T恤,这会儿一身迷彩服,像要奔赴某个救灾现场。一问才知,溪对岸东方村一户人家的门轴坏了,给他电话问他会不会修。我们一听乐了:"支书你是八级钳工,样样精通。"祠堂的老人闲来无事,下棋前照例会说说村里的"大事",有老人算出来,这二十年来,顺国为村里人解决了不下二百多件事。

前几日,他独自从东山景区下来,路过公墓区块,他意识到,进一步提升公墓周边环境成为当务之急。公墓是人们老去后最后的"家",他希望将公墓建成生命走向终点时温暖的归宿。他笑笑说——温情爬上脸颊——"人在世间数十年,走到终点时,不至于被蛮荒惊到,得有终极关怀"。

在乡贤陆法祥眼里,顺国这些年变化很大。他身上多了书卷气,多了温和的品性,有教养。他的修养体现得很明白,一个村干部应该具备的德才他那里能看到。另一个就是文化,这个文化包括乡俗文化和时代文化。他努力,肯学习,他能摒弃陈腐旧习,整个人有了质的变化。的确,学深学透政策,才能像航海,有航线,有方向,将一个村子带上宽阔的大海,驶入时代的航道。

克己。自律。谦让尊重。用心做人,用心做事。谈到自己,他又显得词穷,憋了半天,想出这几个词,说,这是他从族谱上看到,也是自己追求的。

但无论如何,村庄今后的发展如何谋划,仍然使他夜不能寐。村邻见他又紧锁眉头,谐谑说,这么难的工作,你还在做,总有好处的吧。

有。好处就是,在他漫长人生的短短十五年,作为一个男人,担当了一个村的重任,人生价值各有实现的途径。于他,看到村庄的变化,人们思想观念的蜕变,莫不是最大的安慰和价值。

我有一个村之村委会一干人马。他们各司其职,没有豪言壮语,踏踏实实做好每一件事。

我有一个村之村民。我们为自己是蒋家村人自豪,村里干部开始做的事我们不理解不支持,现在,村里的事,就是自己家的事。不支持村里,等于放弃建设自己的家。

我有一个村之"我们村里的年轻人"。他们走出校门,他们脱下军装,他们带着青春气息,回归田野——一片被文化浸润的土地。

我有一个村之四方来客,他们带着项目,带着对这个村庄的希冀,成为新的村民。蒋家村再一次热闹起来了。

民国风情一条街上,人们穿越时空,旧时光里的故事,次第上演。

另一条街上,文艺青年生活节会在某个秋季重新开始。啤酒,咖啡,热饮,或许还有一杯原住民自酿的米酒。

在读书广场那边,改编自麦家小说的剧本,正在上演。上校,密码专家,或者像寻找藏宝图一样为陈华南找到那本丢失的笔记本。年轻人集聚在一起,在蒋家村的任何一个角落,谈论各自的成败得失。他们将在这个位于中国杭州富春江南岸的小村落里,治愈,栖息,重新出发。

在蒋顺国的桌上,铺展着一张新蓝图。新规划的三大板块:东山景区板块,东坞坎富春理想谷板块,蒋氏耕读及红色文化板块。是理想,也是现实。至2022年,村级集体经济总收入524万元,其中经营性收入427万元,村民可支配收入6.58万元。

我有一个村——在他们心中,这份共同的忠诚于泥土的情感,这个抚育过他们的村庄,是被时间和历史照拂的圣地。无论人们四散哪方,终将会聚一起。

从2003年,到2023年。光阴里的故事。一如大海航行,不进则退,需要蒋家村人再次鼓起风帆,启航。

村庄很大,蒋家村在册人口近四千。村庄很小,难以在中国地图上找到。但是,当人们心中认定自己拥有一个村庄时,顷刻间有了气吞山河的豪情。无论遭遇何种磨难,那个村子,那个从泥土里生长的与人类共存千百年的村庄,便成为坚实的依靠。翻开属于今天的一页,我们看到,当今的蒋家村人,他们凭着对历史的敬重和尊仰,用新时代的画笔,描绘世纪画卷。毋庸置疑,在时间的长河里,这一幅幅画卷赓续着远古文明,在下一世的时间里,展颜,新生,重生。

故土在,一寸乡心万里归。

稻　香

傅炜如

引　言

　　一弯苕溪,源自浙江境内的天目山南麓,从临安流至余杭,在此穿城而过,像条天然的分界线,将杭州和余杭一分为二。苕溪南岸是片新城,它深入杭州城西科创大走廊腹地,之江实验室、人工智能小镇、5G创新谷等数字经济创新引擎散发着创新魅力。苕溪在南湖附近忽然北折,九十度转了个弯,像条绸带般串起了北岸八个村,这里是一望无际的永久性基本农田保护区,绿色的稻田是另一番生机。

　　一南一北,城市与乡村隔岸相对,又在慢慢交融。

　　顺着苕溪北上,那里是一片见证了中华五千年文明的圣地——良渚遗址。五千三百多年前,世界的文明像一颗恒星在那瞬间爆发,尼罗河流域的古埃及形成了世界上大一统的王权国家;苏美尔人在美索不达米亚南部平原建立起了城邦文明;印度河流域哈拉巴文化开始显现……在亚洲大地东部,长江中下游环太湖流域,一个以稻作农业为经济支撑的良渚古国出现了。农业成了当时社会发展的重要经济支撑。

　　有人说,乡村振兴是推动中国经济社会发展的又一台动力强劲的"发动机"。这台"发动机"将会激活乡村的资源,一旦触发,可以持续让中国未来十年保持每年7%的增长。如今在余杭,"发动机"的声音像春雷般"轰隆隆"地响动着。

　　我驱车从文一西路隧道出来,穿过杭州未来科技城林立的高楼,开至苕溪大桥时,视野逐渐开阔。向右拐入永溪线,毫无防备地,成片稻田扑面迎来。正值八月,田间涌动的绿浪叫嚣着头顶的烈日,削减了酷热的体感。

　　余杭永安村就在这片绿意的裹挟中。

　　这是我此行的目的地。

　　听说这个村最近很火,村里年轻的小伙姑娘多,绝大多数还不是本村人。他们放弃了周围企业的高薪工作,齐刷刷来到村里,每天围在一起"头脑风暴",讨论怎么把村子打造成自带话题和流量的"明星"。

　　专业的说法,这叫"运营",他们把运营企业的那套思路挪到了村里,永安村是他们的创业空间,他们的项目是水稻产业。

　　永安村有什么特别之处?

　　我要去村里找一个叫刘松的年轻人。他是永安村的职业经理人,用现下时髦的名词,叫"乡村CEO"。

　　他是我打开永安村的一个口子。

一、挑"女婿"

刘松第一次驾驶在这片绿意间,是三年前的八月。他接到永安村书记张水宝的电话,邀请他到村里看一看。他有些意外,又有些忐忑。当时刘松刚递交杭州余杭区农村职业经理人应聘报名表,他在应聘单位意向栏,勾选了"余杭街道永安村的稻香小镇"。

这个时候村书记找他,有啥事?

开车到村委会,一名五十多岁的男子迎了出来,个头不高,看上去很精干。张水宝见到刘松,没多寒暄,直接说:"走!我带你在整个永安村转一圈,边走边给你介绍情况。"

村书记对他的态度有些出乎刘松的意料,说起来也算是意向公司的"老板",一路上对他这个"求职员工"倒是满面笑容,温和谦逊,没有一方当家人的威严。

张水宝是个直爽的性子,开门见山告诉刘松:"八十多个报名永安村的人里,你的简历最出挑。"

这位在村里任职了二十多年的村书记,眼光是"毒"的。多少风风雨雨,他像养育孩子般,一手将永安村抚养成人,现在到了为她择"良婿"的时候了,以后又多一个人同她携手并进。

刘松是他看中的"准女婿"。

张水宝心里有道坎,"28.5万元"这个数字像一根针扎得他日夜难眠。

2017 年，永安村的村集体收入只有 28.5 万元。在同年 GDP 达 1695.13 亿元的余杭区，这个数字说出去像在开玩笑，别说张水宝脸上挂不住，整个余杭街道、余杭区的领导，都在为此事发愁。

在北岸的八个村中，永安村位于中部。东连南苕溪，西接洪桐村，南临溪塔村，北界下陡门村。自古以来，这里一直是鱼米之乡，土地肥沃，在 7.09 平方公里的村域面积里，有 5259 亩耕地，当地人靠种粮为生，过着富足的生活。应了"永安"这个名字，百姓安居乐业。

可渐渐地，丰腴的土地成了甜蜜的负担。20 世纪，城镇化进入了快速发展的轨道，杭州民营经济迅速崛起，农民守着一亩三分地种粮食，收入越来越低。村民看着别的地方搞开发、办工厂，都赚得盆满钵满，他们也眼红了，不再死守这片良田，开始走出村子，外出淘金，自己的土地便抛荒长草了。

这里还有个限制条件——97% 的耕地是农田保护地，不能进行大规模城市开发。不只是永安，苕溪以北八个村都面临这样的情况。

不大拆、不大建，要发展村集体经济，只能在农田上做文章。这道命题作文，对缺乏村项目、又没有专业知识和经验的村书记来说，很头痛。

永安村以及周边七个村，到底怎样才能富起来？怎样才能缩小余杭的城乡差距？

2018年5月至7月，余杭区领导到村里调研了五次，召开了一次大规模的座谈会。听取了八个村村书记、主任的意见后，区领导把这个课题布置给了余杭区农业农村局和余杭街道，将永安村定为试点村。

2019年，杭州市余杭区农业农村局发布了《关于加强余杭区农村职业经理人培育工作的实施办法》，广发"英雄帖"，开始公开招聘农村职业经理人。

来自安徽的刘松是第二批报名的。

村里转了一圈下来，张水宝也不藏着掖着，村里好的坏的都跟刘松交底："我们一没有钱，二没有人才，三没有空间。"

余杭其他几个村招聘职业经理人，有的给出了丰厚的奖励条件，能达到考核要求的，最高可奖励100万元。永安村条件不允许，只能拿出5万元。

眼前这个高高瘦瘦的小伙子一直没怎么说话，总是笑眯眯地听着。

刘松站在共享小院的二楼露台，望着成片稻田，绿意从他的眼中蔓延到脑海。从良渚时期开始，这一片土地就开始了水稻种植。目眺远方，他仿佛看到了五千多年前，良渚古城外围，先民们在稻田中日出而作日落而息的画面。

他说："张书记，我来永安村。"

张书记问："为什么？你要给我个理由。"想"娶"自己的"女儿"，要表诚意。

"我学农业出身，做水稻产业我擅长。这里的区位优势得天独厚,我们完全可把永安村打造成未来科技城的后花园。"

张水宝的心像是被什么托住了,眼中有了亮光。

最后他问:"如果接手,你能不能至少做满五年?"

"我可以。"刘松憨憨地笑着,"这里离我家近,回家方便。"

这两个差了二十多岁的男人,第一次见面,互相有了信任。

口头上的承诺有了,接下去,这个"准女婿"还要通过职业经理人的正式考核才行。

二、"乡村CEO"

城乡发展不均衡,是二十多年前浙江"成长的烦恼"。2003年7月,浙江省委十一届四次全体(扩大)会议提出了"八八战略",其中就有一条:"进一步发挥浙江的城乡协调发展优势,加快推进城乡一体化。"

城乡差距"犹如一辆高速行驶的汽车,如果零部件配备不齐全、不合理,很容易出事故"。

杭州余杭区领导也知道这个道理,奈何余杭的经济总量是杭州各区县中最大的,不光是城市和乡村,村子和村子也有差别。很多村子当下的情况像跷跷板,美丽乡村起来了,村集体经济下去了,集体经济做好了,环境不美丽了。

有的村子地理位置好,造了很多房子租给乡镇企业做厂房,一年能有四五万元收入。但村里违章建筑不少,乡村也很难美丽起来。很多自然环境好的村子比较穷,村委会没有能力经营乡村,政府每年要通过上亿元的财政补助,保证这些村集体开门运转。

这个"跷跷板"要怎么平衡?

特别是2020年党的十九届五中全会后,浙江成为全国先行先试的"高质量发展建设共同富裕示范区",目标就是探索怎样通过乡村振兴,让农业强、农村美、农民富,使得城乡差进一步缩小。

落在试点永安村头上的使命更大了。

余杭区农业农村局开了会,商量了一个解决办法,给村里找个运营人,给村股份经济合作社成立的子公司找个总经理,名字就叫"农村职业经理人"。发展村集体经济,引入市场化的运作,让专业的人来做专业的事。

这个创新的做法具体要怎么实施?重任落在了当时区农业农村局政策改革科的章斌头上。

刚接到任务,他也是一头蒙,做法是好,具体操作起来上哪儿找经验去?他在网上搜,通过各种渠道问,电话都打到了四川,仍一无所获,全省乃至全国没有人做过这个事。只能自己想办法。

章斌先跑去余杭各个村做调研,当时余杭262个村,他走了一百多个。

他问村书记:"假如说给你们村里招个专门负责增加村集体经济的人,年薪15万元,你们愿不愿意?"村书记们回答倒是肯定的,但态度有些微妙:"来个人帮我们赚钱,我肯定愿意。

就担心村班子会有意见。他们的年薪只有七八万元,招的人薪水比他们高,这怎么弄?"

这面前还有个难题,他要说服财政出这笔钱。财政有他们的顾虑:"这个东西有猫腻怎么办? 假如说村书记跟哪个人关系好,把他招进来,过了两年没有效果,又没相关的惩罚措施,30万元拿走了,你们怎么办?"

农村职业经理人这事被拖了下来。章斌心里也不笃定,按照这个情况,还是引入第三方运营公司更方便。

这个方案很多村不是没尝试过,效果并不尽如人意。

就拿永安村来说,2019年5月23日村里成立了杭州稻香小镇农业科技有限公司(通常大家称之为"强村公司")后,张水宝找到了一家杭州做乡村运营的公司,前后跑去跟对方谈了五次,他说明了村里的情况和需求。对方一听,很有兴趣,表示愿意接这个项目,直夸永安村条件好、潜力大。

一开口,一年的运营费要价30万元,张水宝也点头答应:"我相信你们公司的能力,只要你们能运营好,带我们把水稻这条路走出来,这个价值得。"嘴上这么说,他心里着实有些打鼓,便提出一个要求:"你们要派人驻在村里开展工作。"

想了想,他又补充:"马总,既然你们这么有信心,敢不敢入股?"

我跟张水宝聊天的时候,他告诉我,当时他是在对赌,如果对方连入股都不敢,怎么相信他们能运营好村子?

考虑了几天,对方打来电话:"入股怎么个入法?"

张水宝说："其实入股只是个形式，来表示你们的诚意。百分之二三十，具体多少你们定。"对方说："我们入股20％。"

定下来后，运营公司派来一个年轻女孩子，之前她在五星级酒店做经理，有管理经验，但不太了解农业。张水宝想了想也行，至少懂公司的管理制度。上岗后，张水宝提出了两个要求，一是制定规则制度，二是卖大米，把稻香小镇的大米品牌做起来。通过什么渠道做？让他们动脑子。

过了一年，制度有了，可稻米竟一斤也没卖出去。

张水宝行事果断，马上跟对方说："马总，我觉得我们要放弃了。我们请你们是来运营的，一斤大米没卖出去像什么话？"

双方的合同解除了。这一年的运营费也白花了。

到了年底，农业农村局领导问起章斌情况："职业经理人这事办得怎么样了？"章斌说："这事有点难办。"他把情况如实说了一遍。

领导说："允许失败嘛！我们试一试又不要紧。"

在浙江，历来不缺"无中生有"的故事。从"莫名其妙、无中生有"，到"点石成金"，这是浙江发展持续焕发生机的秘诀。

章斌硬着头皮说："行，那就干吧。"

确实，比起第三方运营，若是政府出面招聘"乡村CEO"，可以让村民在村庄运营事务中更具话语权，当然对经理人的能力和水平也有更高的要求。

三个月后，《关于加强余杭区农村职业经理人培育工作的实施办法》出台了。招聘对象是那些愿意在乡村做运营,愿意回乡创业的年轻人,年龄在45岁以内,如果确实优秀,也可以突破年龄限制。

招聘人员实行合同管理,基本年工资18万元(区农业农村局出资15万元,按年度拨到村庄,乡镇出资3万元,含"五险一金"、福利费、工会费等),另有绩效考核奖金,则需要他们在乡村经营中获得,考核制度由各村股份制经济合作社自行制定。农村职业经理人所建团队的工资,需要他们与团队共同从乡村经营中获得。

首次聘用期两年,对合同期满确需续聘的,经综合考评,满足条件的可予续聘。

公告发布后,全余杭只有四个村子来要人,其他村子都在观望。可这四个村,人也没招满。

鸬鸟镇的山沟沟村报名人数只有两个人,不符合开考条件,直接退出了。径山镇径山村名声在外,来报名的很多。笔试面试排第一的人,还在政审环节,被一家上市公司挖走了,对方给出的工资是这里的三倍。

只剩两个村子——径山镇小古城村和良渚街道新港村,他们招到了职业经理人。但不到三个月,新港村的小伙子找到章斌,提出了离职,转身去了一家企业,甚至都没来得及拿工资。最后只剩小古城村的职业经理人唐文铭,一直坚守到今天。

到了第二年,来要人的村子多了起来,也许是观念的转变,也许像永安村这样找第三方公司来运营的不如人意,也许是看到小古城村的尝试有了小成效。

最后农业农村局选了八个村,为他们招聘了八个职业经理人。余杭街道永安村的刘松、径山镇径山村的姜伟杰、黄湖镇青山村的杨环环等,平均年纪不到三十岁。

当时摆在刘松面前的选择很多,论名气和产业,永安村并不占优势。当他了解到永安村有成片水稻田,他的心仿佛见到了心爱的对象,有了莫名的悸动。

刘松记得那天职业经理人的面试题:"假如你是永安村的职业经理人,你会怎么运营发展?"很直接,这难不倒刘松。他进房间时,对面坐了七个面试官,免不了有些紧张,看到题目后,他倒回答得胸有成竹。

职业经理人的面试官,都是章斌去各个单位找来的专家。有浙江农林大学的教授、余杭区农业农村局的领导、乡镇农办的负责人、所在村的村书记等。但最后村书记的意见占了大头。

刘松顺利通过了笔试面试,与永安村的"姻缘"就此结下。

三、两份"见面礼"

刘松刚到永安村,送了两份礼物。

第一份,他参与了开镰节。第二份,他制订了永安"稻香小镇"三到五年的战略规划。

2020年9月,刘松还在工作交接期,张水宝让他提前上任,参与11月永安举办的开镰节筹备工作。这么做,张水宝有他的打算。

这个月份,绿色稻田里金色的麦子逐渐多了起来,一簇簇垂在枝头,风一过"嗖嗖嗖",像是低声歌唱似的,欢迎秋天的到来。每年11月的开镰节,是永安村的大日子,不仅是传统习俗中的庆祝丰收,现在更是村里增收致富的一个活动日。

刘松来之前,算过一笔账,村里种粮综合成本在2200元每亩,综合收入是2755元每亩,这样一亩地的收益实际上只有555元。想要赚钱,光卖稻米远远不够。

村里的夜来得早,太阳一落,只听秋蝉鸣叫,时不时传来几声狗吠。没有了城里的嘈杂与喧闹,刘松享受夜深人静时的思考。白天忙完对接会,刘松坐在二楼的办公室,伏案策划开镰节。稻米电商周、稻田艺术节、稻田体验节、稻田美食节……刘松是在下一盘棋,水稻这个农产品,在他脑海里不断延伸,精心布局,越铺越大,像个万花筒,花样层出不穷。

永安村一炮而红。领导、嘉宾、企业客户、游客……开镰节那天,村里停车场不够用,不少村民开放了自家的院子。当天游客数量超过2万人,有27家企业来认购稻田。

村民们也高兴,从没见过自家门口来那么多人,永安村不一样了。

村书记张水宝更忙了,接待的客人一拨又一拨,但心里舒坦。记得上一年的开镰节,自己忙着村务,又要对接相关事宜,分身乏术,效果还没那么好。他也深刻体会到,用水稻来致富,是一个可以实现的梦想,刘松让他看到了希望。

开镰节后没几天,刘松一早来到张水宝的办公室。两个月来,他俩习惯在早上八点多商量事情,有时候更早。这个点最清静,村书记还没事务缠身,刘松也不用对接业务。

刘松交给张水宝一份文件,是一份《永安"稻香小镇"战略规划》。未来三到五年,永安"稻香小镇"将通过平台化运营,开展现代农业、农业旅游、乡村社区等"三大业态",并利用"永安大米"等自有农产品品牌。这是刘松这段时间调研永安村交出的报告,是他对张水宝的承诺,也是对他自己的规划。

刘松跟我说:"直到今天,这个规划一直没有改过,因为我觉得是最真实的。"在这个规划里,2025年,永安村将成为"全国乡村振兴样板",稻香小镇公司全年实现主营收入一亿元。

能看出刘松的野心,这"底气"还是村书记给的。

经过一次开镰节,刘松的能力让村里看到了。原本担心外来的和尚念不好经,没想到他没有水土不服,反而如鱼得水。

张水宝心里对这个"女婿"很满意,大家对他的评价也不错。小伙子总是笑眯眯的,为人谦和有礼,主要是勤勉低调,踏实肯干。

刘松正式参加了永安村全体村干部大会。会上,张水宝书记把他介绍给全村工作人员,当场表明了态度:"刘松来了后,强村公司这边决定做的事,我们村两委要举全身之力,协助他的工作,决不能拖半点后腿。如果谁在这个事情上没做好,我要找谁的问题!"

其实,他私下跟村干部们都说过:"职业经理人是村里引进的人才,刘松是来帮我们村创造财富的,物质上他自己又能获得多少? 如果对他的工作不理解、不配合,你们就不要在村委会待了,没有头脑,没有资格待在这里。"

话是重的,村干部对这个书记是信服的。

2002年,从部队转业回来、还在保险公司上班的张水宝临危受命,回到永安村任职。那时,只有十六个村民小组的永安村账上不仅一分钱也没有,还欠了16万元。整个村子进出只有一条三米宽的泥路,广袤的农田,遍布着一块块"补丁",被切割得七零八落。

经济环境不行,村里党员的凝聚力涣散,没什么战斗力。

张水宝把目标对准了村里唯一能赚钱的制砖厂。承包厂的是两个本村人,一年的承包费12万元,其中一半算土地租金付给村里。

在年底承包到期前,张水宝想着靠制砖厂增加村里的收益。他召开了村民代表大会,说要公开招标。话一出口,遭到了大家的反对:"这牵扯到村民的利益,想要换承包商事情麻烦着呢!""经营厂子,本村企业就该优先嘛。"

张水宝说:"个别村民的利益重要还是村集体的利益重要? 村民的工作要靠我们来做。"

砖瓦厂两个老板得知后,意见很大,找到村两委来。张水宝说:"公开招标是铁定的,不是不给你们机会,这是公开竞争。你们也可以参加,如果你们中标,可以继续经营,如果人家中标,按照规定就要换主了。"

招标结果定了下来,有了新的承包商,村里打算折价给他们8万元。两个老板还是不罢休,继续闹。张水宝又出面说:"这个价格不接受,我们只能请第三方评估公司,评估出来价格是多少算多少,没有商量的余地。"他们自知设备老旧,折旧下来没多少钱,又不能改变结果,只能退出。

新中标的是桐乡的一家承包商,他们的制造技术和经营水平非常高,一年的产量比之前是承包商翻两番。他们一年的承包费是72万元,从12万元到72万元,村里年收入是过去的6倍。这在整个老余杭镇都是轰动的。

张水宝跟我说,当时他把这件事处理好后,村里党员干部的凝聚力一下子上来了。以前每次开村干部会,村干部总是一边开会一边发牢骚,这个不行那个也不行,等正儿八经说要议几个议题时,他们就拍拍屁股走了,散会了。

他来了半年,把制砖厂这块硬骨头啃了下来后,会上所有党员干部都给他拍手鼓掌,他很感动。后来想想,他觉得只要认真做事、多动脑子,大家都会看得到,村里会信任你。

有人问他:"你这么干不怕得罪人?"干村务工作的,谁能不得罪几个人? 个人恩怨在村集体利益面前,又能算多大个事?

何况张水宝得罪人的事还不少。制砖厂的事定下来后,有一次,碰到厂里几名拖拉机司机无理闹事,觉得排队轮流拉货效率低,影响了他们赚钱,一大早把厂的大门给锁了。张水宝得知此事后，直接报了警。他知道都是本村人，今天跟他们讲好了道理，明天又会有负面情绪。

闹事的几个人问："谁报的警？"

张水宝说："我报的。"

"我们不信。你是村书记，不嫌丢人？"

"你们就应该到派出所受教育，增强法律意识。"

事后，张水宝又亲自到派出所把他们接出来，语重心长地跟他们说："你们也不要生我的气，大家要遵守规矩办事，赚钱嘛大家都是辛苦的。你们在家门口这么做事，到外面去也这么做？经常这样，家里子女跟着你学以后会怎么样？"

自此以后，厂里这样的事情没再发生过，大家也知道了这个书记的铁面孔。

刘松来了三个月后，有一次省里在湖州南浔召开全省乡村产业高质量发展推进会，张水宝叫上刘松一起去学习。当天晚上，两人在南浔的夜色下，敞开心扉聊了很多。平时忙着工作，这样的机会很少。刘松激动地畅谈着未来的规划，也说了工作中遇到的问题。

张水宝说："你到永安村来，我一定让你的能力发挥到极致。你只管运营，碰到的村务事都由我来解决，村民那我去做工作。"

在这点上，章斌和张水宝想到一块去了。

在职业经理人下派到各个村工作前，章斌考虑到村里会把他们当作村务工作者用。他说："有的村干部觉得来了个文化人,让他们写写村里的文件,这不是职业经理人该干的事。"

余杭区农业农村局给要人的村子定了四条规则。第一条,必须是村民代表大会大家都同意了,才能来报名招人。第二条,关于村子的发展,村两委(村支部、村委会)自己要有想法,每个村关于农村职业经理人的岗位职责都要明确。第三条,要把村里的资源打包给到股份经济合作社的子公司,并且要给公司制定考核目标。第四条也是最难的,村书记要放权。

四、村书记的铺路

二十多年的书记生涯里,村里大大小小的事务都是张水宝一手抓。

当初刚在村里树立威信没多久。2003年9月,村规模调整,姚村、下木桥村合并到永安村,永安成了新的行政村。

村两委班子合并后,张水宝又带头抓队伍建设。好在大家相互间磨合得好,张水宝很自信地跟我说:"现在放在余杭街道,甚至整个余杭区,我们村干部的团结是数一数二的。"

2003年6月,浙江正式启动了"千万工程"。在全省选择了一万个左右的行政村进行全面整治,把其中一千个左右的中心村建成全面小康示范村。

永安村与周围七个村一起,开始了田园整治工程。

村里修起了主干道,有专家来到村里,开始勘测规划。

张水宝带着专家团队在村里转,主要介绍农田情况。村干部跟他说,都是规划专家,不用亲自抓。他不这样想,村里哪片农田地势高哪片低,即便是专家也不了解实际情况。他们对着一张行政区划图,也不知道具体的标高,万一规划错了,会导致大片农田水倒灌。再加上财政资金有限,哪里规划沟渠,哪里规划道路,要精打细算才能出效果。

"千万工程"从一开始就注重打造"千村千面""万村万象",根据不同村的资源禀赋、区位条件、历史人文、功能定位进行规划布局。要把永安村的"美貌"展现出来,熟悉村貌的张水宝必须参与到她的"化妆"中。

"化妆"后,村貌不一样了。村民最明显的感受是,从村里去镇上,时间短了也方便了,种田更舒服了,很多稻谷不会因为运不出来烂在了地里。

田园整治为永安村日后的发展打下了第一个基础。

2018年,永安村启动了美丽乡村建设,村容村貌更精致和现代化。时隔两年,外出的村民逢年过节回到村里,能见到阡陌纵横、白鹭翩飞的景象,不知不觉回村的次数也多了。

"还原美丽"只是第一步,"千万工程"要做的是加倍释放"美丽效益",推动美丽资源向美丽经济转化,真正让产业带动农民富起来。

如今,永安村村民都意识到,曾经一度舍弃的农田成了美丽风光,田园景色是他们的滚滚财源。

2015年的时候,张水宝在"田长"责任书上郑重地签下了自己的名字。永安村成了首个"田长制"试点村,他也成了全国第一位"田长"。

张水宝很乐意接受这个新鲜的"官职"。以前的政策是鼓励农民放开手脚想办法增收致富,他们没有永久基本农田的概念,村民们把农田变为蔬菜自留地、种桑树喂蚕的农地、鱼塘等等。村两委觉得这样不好,但"师出无名",不知道如何管怎么管。

"田长制"给了他机会。一番工作后,村里过去稀稀落落的简易房、堆场、树林、池塘一扫而空,原本东一块西一块的土地逐渐连成片,为发展规模化、集约化种植创造了条件。

2018年,张水宝开始带领永安村开启土地集中流转。这是村两委一直想做的事。村民的土地统一流转至村集体,再由村集体按照高标准农田标准建设后发包给专业大户。按照标准规模种植,粮食生产全部机械化。

现代化的农业规模,像是真正的"中央厨房"。不仅有统一的品种和技术,后期的管理、包装、销售都是集中经营。这么一来,土地产出收益大大提高了。

张水宝算过,现在村里有5000多亩农田,村民每亩土地的租金从流转前点状租赁收益的800多元,提高到了集中流转后的1400多元,亩均收入从2000元提高到了6000元。

集中流转后,村里的农民释放了更多的劳动时间,他们创业务工,增加了非农收入。

顺着这条路,张水宝找到了浙江大学农业与生物技术学院,与他们合作,引进了"浙禾香2号"品种,大米的售价可以从原来的每斤2元,卖到每斤13元。水稻从原来的劣势产业破茧成蝶,成了特色产业。跟专家讨论后,他对这里生产优质稻米很有信心。

张水宝没信心的是怎样做大米销售,怎样运营来增加强村公司的收入。他知道自己的思维跟不上市场的节奏,是该让年轻人来了。

章斌去永安村的时候,张水宝诉过苦。章斌说:"村书记和职业经理人的关系,我给你打个比方,职业经理人好比是厨师,要做一桌子菜,你只管买菜回来,怎么做、做什么交给职业经理人,至于最后一桌菜呈现什么样,他们各凭本事。反过来说,你菜都没给他们买,让他们做一桌色香味俱全的菜,再牛的人也做不来。"

这层意思张水宝明白,强村公司的资源属于村里,但资源的使用权得放心交给职业经理人用。

这一两年,与第一批招人时的无人问津相比,职业经理人这个岗位成了香饽饽,刘松作为"代言人"迅速火了起来,接受各大媒体的采访越来越多,但每次他都会说:"我站在高处,大家看得到我,水宝书记才是底下那个为我们铺石头的人,他是永安村最大的功臣。"

五、"没有风口,就创造风"

2020年10月的开镰节后,永安村向外界释放了一个信号,

"禹上稻乡"接下去要有大动作。

可开镰节不能天天搞,永安村要持续散发吸引力,还得动其他脑子。

最开始,刘松用最简单、也最见效办法——策划农旅活动。他想,最终的目标是吸引人来消费嘛,那就让大家在万亩良田间,品尝到永安特色的大米。

单靠刘松一个人肯定不行,村里给他组建了一支九人的管理团队,包括七个本村村民,有退休返聘的老书记姚凤贤,还有从国外留学回来的沈燕……

刘松和团队开始每周策划一个活动,注册了微信公众号,把每天的活动安排放到线上,吸引大家来报名。他先做一些小活动,上午九点开始DIY做草帽,十点包粽子,下午玩亲子活动……刘松把这一系列的行程都发出去,吸引大家报名。收费标价是89元、99元一个人。

对于零基础、零粉丝的永安村,结果可想而知,周末没有一人来报名。这活动也要办,刘松请村两委帮忙,叫来村里没有上班、没有上学的年轻人和小朋友,免费体验活动,刘松用视频、图片将过程记录下来,当天晚上推出推文,大致内容是今天活动很成功,大人玩得开心,小朋友也学到了新的知识。这样的小活动就两三百块钱的小成本。

这样过了两个月,平台上的粉丝数量慢慢多了。有人在后台留言,开始寻求合作。一般都是企业和机构,看到永安村的稻田景象,想来这里做团建。他们问起活动费用,刘松说:"免费！首团全免。你带着团队过来，看看我们这边的环境、服务、场地满意不满意。如果满意，下一次来的时候我们再谈价格。"

首团免费的模式，快速吸引了大量的渠道客户。永安村的新伙伴渐渐多了。

看到了效果后，刘松找到了短视频制作和推广团队，每次有大的活动就提前在网上策划短视频、网红直播打卡，同时配套搭建好线下活动场景。

永安村慢慢有了流量。

可这时，刘松的脚步却慢下来，在活动策划上总是再三思量，直到想出满意的方案。他有他的考虑，现在的乡村旅游火热，每个地方打造的项目和创意大同小异，甚至同质化严重。若是照搬照抄当然简单，但发挥不出特色，赚不到回头客。永安村要走出一条自己的路。

于是，他把农事劳作变成了一场场农事节庆，不光有开镰节，还有开春节、插秧节，与稻田迷宫、长桌宴、稻田婚礼、草垛乐园……互相形成了配套。稻田里搭建了儿童游乐设施，"浑水摸鱼""珍珠开蚌"这些特色项目吸引了很多年轻人。

这些人来了一批又一批，村里看似热闹，实际产生的收益并不多，反而打扰了村民的日常生活。他们开始有意见了，有些直接到刘松办公室表达不满，有些情绪激动的直接把车开到村道上，把路堵住。

这出乎刘松的意料，他不理解，心里又难过，我是在帮你们服务啊,村民们好像并没有体会。

事情"闹"到村书记那儿,张水宝说:"农村说简单也简单,说复杂也复杂。乡村振兴它不是某个人的事情,而是大家的事情,也是所有老百姓的事情。"

"你要让他们知道,你每天在想什么,你作为一个农村职业经理人在做什么,为什么这么做。站在他们的角度去跟他们沟通,这样问题才会变得简单,才能形成合力。"张水宝的话点透了刘松。

怎么把这些活动变成长期的经济效益?怎么样把游客留住?刘松又动起了脑筋。

互联网行业有句话:"没有风口的时候,就自己创造风。"

刘松想到了农田认养,这个并不新鲜,当下流行的认养模式通常面向家庭,个性化需求高,维护起来麻烦,规模也有限。如果能跟企业合作,让他们来认领农田那效益就高了,企业平台大,自身也有对农副产品稳定的需求,也有团建、做各项活动的场地需求。

这个想法在刘松脑袋里破土而出的时候,一家科技公司找到他,他们做的是农业相关的数字化平台,提出要跟永安村合作,做乡村数字认养。

"怎么个数字认养法?"刘松问。

"通过微信小程序,推出'认养田'项目,可以每10亩8万元的价格'认养'水稻,认养田的主人可以在手机上实时追踪自己的田地,在手机上实现24小时'云种植'。"

"我们面向的是企业。"

"企业就更好了,空间更多。把认养的农作物在数字平台上以积分形式累计,来兑换农副产品,也可以来村里游览体验,村里的产业不就活了吗?"

"这是个好办法,让农田也能'潮'起来。"

"以后我们也会采集PM值、水质等更多维度的数据,实现生产环节的自动化。人们在小程序上不仅能看到田,还能实现远程种植。"

"远程种植"这个名词让刘松心头一颤。两人一拍即合。

数字化农业,这是永安村的一个发展方向。当初刘松跟张水宝讨论过,书记有句话让他很认可:"数字化只是借助的手段,背后的具体操作还在人。"

刘松决定,永安村"稻香小镇"要改革,数字化是大刀阔斧的重点。

他要把村里的资源通过数字化的手段串起来,像搭积木一样,一块块地把房子搭好。他要利用永安村的区位优势,争取资源条件。是时候跳出原先水稻生产基地的单一功能,站在消费者的视角看待乡村了。

刘松开始往村外"走",寻求合作。

他找到了阿里巴巴合作,打造了农业数字大屏——"稻梦空间"。我刚到永安村时,走进他们的文化礼堂,一张科技感十足的大屏呈现在我面前,上面能远程看到水稻生长、农田气象、土壤肥力……村里的稻田装上了监控,以数据的方式实现了全流程的实时管理。还专门设计了"农安码"，让消费者能放心追溯大米，更加安全可靠。

刘松又跑到之江实验室找合作，打造"数字乡村"和"未来乡村"，实现乡村治理的数字化改革。

科技的手段像给村里的农业增添了羽翼，管理起来更便捷了。但这不是最重要的。

第二步的数字化营销才是点睛之笔。

刘松把永安村的稻米送进了明星直播间，当天晚上的销量就破了纪录。趁着这势头，他又开通了"稻香小镇"自己的直播带货平台，村书记、村民都被他"忽悠"成了带货主播。

临近过年，张水保书记穿着一套中山装，脖子上挂着一条大红色围巾，左耳上挂着耳麦，在直播间滔滔不绝地给自家大米品牌打广告。氛围到了，销量也来了。

刘松在旁乐呵呵地说："这叫主打一个接地气。"

其实，前期的市场反响并没有像刘松预想的那样顺利。

一次，他信心十足地带着产品到企业推销时，有个负责人毫不客气地说："在杭州，'禹上稻乡'的知名度很高，但不敢保证你到了宁波知名度还很高。你要靠产品带动区域品牌，现在还没到区域能给产品带来品牌的时候，你们这个包装上是要有些调整的。"

刘松抬着的脑袋像谢了的花朵，越压越低。他回去想了很多，明白"禹上稻乡"品牌发展最根本的还是要提升产品特色。在他和运营团队的策划下，稻米的衍生品，米浆、锅巴、米乳、米糕等正式亮相,逢年过节还推出各种礼盒,像米月饼礼盒、米酒礼盒……甚至为"禹上稻香"品牌的大米设计了一个叫"米多多"的IP形象。

"乡村CEO"刘松自己当起了业务员,刘松到相关公司、超市、平台挨个去跑,主动寻求合作机会。产品定位不清晰,品牌打造不够响亮,刘松就不厌其烦地跑到浙江大学请教专家。

通过政府的牵线搭桥,永安村又与天猫、盒马鲜生、谷绿农品等企业加强了合作。这么一来,永安村的内生动力被激活了,村庄有了新思路、新渠道。

"数字化"像一条长鞭,驱使着永安村追赶时代的浪潮,快速发生着改变。

如果说把永安村的"稻"路图比作一架飞机,"数字化"和"科技化"是两个机翼,品牌是飞机头,坐在驾驶舱的是刘松和他的运营团队。

我问刘松:"现在还有村民找上门来'算账'吗?"

刘松有点不好意思地笑道:"现在村民看到我都很客气,村里照面都会打招呼。"

村里有了自己的业态,村民的收入涨了。2021年的时候,村民的人均收入就有56920元。

章斌好几次来永安村,都跟他们说:"老百姓的参与力度还不够。你们要想办法带动他们的参与度和积极性。"

刘松说:"现在村里有不少人开起农家乐、民宿的,还有把村里的非遗手艺拾起来,做起非遗工坊的。下一步我们就打算把庭院经济搞起来。"

章斌说:"对嘛!游客多了,老百姓何愁没钱赚,家门口支个摊位,卖点土特产、矿泉水、茶叶蛋,就能进账不少。要让老百姓有这种获得感才行!"

2022年末,刘松再次算了一笔账,目前村里有800多亩土地由企业数字认养,村里提供种养服务,产出的大米以及衍生品都归用户所有,永安村每亩地的综合收入从过去单纯卖粮食的2755元提升到了8000元。刨去种粮成本,农田每亩收益从555元提高到了5800元,村集体经营性收入由2019年的73万元提高到2022年的505万元。

两年的时间,永安村在余杭街道的排名,从最后一名的"差生"变成了第一名的"优等生"。

六、第一份工作是养猪

刘松为什么适合当农村职业经理人?

我发现他的身上带着农民的质朴,也具备生意人的头脑,还有梦想家的情怀。情怀是可贵的,每次我跟刘松聊起农业,他说:"农业我一直都很喜欢,现在是越干越喜欢。"

从出生起,他就没有离开过土地。

1985年冬天,刘松出生在安徽芜湖的一个农村。虽说家里头一直做农业,但他有个"不安分"的爷爷,喜欢把农业当成生意来做。

　　刘松说,他出生那天,爷爷又开始创业了。孵化设备在那天送到家,蛋孵家禽的生意就这么开始跟刘松一起相伴长大。那时候村里做这些的很少,供不应求,生意倒也不错。后来合伙人拿钱跑路了,生意没能做下去。

　　好在刘松爷爷脑子活泛,人讲义气。他有很多"江湖朋友",经常喝一顿酒,就开始称兄道弟,开始谈生意。

　　作坊倒了之后,爷爷开始四处卖秧苗。有一次,他卖到黄山的一个部队农场,经朋友介绍,那里有100亩土地,他一看觉得不错,马上承包下来,带着全家人从芜湖来到黄山。那时候刘松四岁。

　　他们种水稻,种蔬菜,种西瓜……效益也还算不错。等农场稳定下来后,爷爷又不甘止步于此了,他让刘松的二伯伯开了一个大米加工厂,自己的水稻自家加工,然后再销售。

　　刘松的童年是真正在地里度过的,儿时的记忆中有大片稻田,时常嗅着浓浓的稻香,闻着香甜的瓜果味,还有和家人在一起的画面,富足温馨。

　　等他考大学选专业的时候,他想也没多想,觉得自己就适合做农业,报了安徽一所大学的动物科学专业。

　　毕业后,刘松的第一份工作是养猪。

　　2008年10月份,老师把刘松和其他五个大四的学生介绍到朋友的一个农场实习。老师的这个朋友姓李,比刘松他们大上七八岁,他们都叫他大树哥,经常开玩笑说:"大树底下好乘凉嘛。"

那时候刘松还是个初出茅庐的小伙,他看到这个李总觉得挺可靠的,他的面相像弥勒佛,笑眯眯的,很面善。第一次到农场,李总把刘松带到宿舍,里面配齐了全新的生活用品,脸盆、毛巾、牙刷、床单……他说:"老弟你先来,你看能干我们就一起干,不能干我再给你送回去。"刘松也没啥别的想法,就在农场待了下来。

他的主要工作是养猪。可刘松没养过猪,农场里猪的品种见都没见过。农场里的人也不叫他名字,都叫他大学生。他们觉得大学生来养猪很稀奇,还总问他问题,"大学生你肯定都知道",刘松笑笑不说话,其实他没比他们懂多少,心想不能让别人看出来。

刘松回学校借了三本很厚的养猪专业书,每天晚上在宿舍埋头硬啃。猪场选址设计有什么规范,跟现在养猪场的差距在哪里;猪注射的疫苗环节跟书里提到的是否一样;饲料配方是不是符合标准……

待了一段时间后,刘松写了一份猪场提升整改方案,手写了好几页纸,提出了四个方面的意见,然后他准备回学校上课。

李总看了很惊喜,开车送他回学校,还给了他一个信封,里面装了3000块钱,是这段时间的工资。这笔钱对刘松来说不算少,他一个月生活费才500块,都赶上他半年的生活费了。

刘松一路上坐在后座,心里很纠结,想来想去觉得不妥,自己的想法都是书上"抄"来的,不值得这么多钱。下车后,他给李总发了个短信："谢谢大树哥,你给的钱实在太多了。我拿了500块,剩下的钱放在你外套口袋里。"

回到学校后,班里同学都很羡慕他,有个这么大方的老板,平时大家抽烟,都是七块钱的普通烟,老板给他们抽的都是20多块的高级香烟。

毕业之后,刘松选择回到李总那,跟他一起干农场。在那里的第三年,刘松遇到了工作的瓶颈。这个瓶颈像那年的冬天一样难熬,寒潮一直流到了他心里,他第一次对农业犯了怵,甚至打了退堂鼓。

那年刘松在农场种反季节蔬菜,主要有茄子、辣椒、黄瓜、西红柿四个品种。

按照往年,他们9月份开始育苗,10月底之前定植,到了元旦后就可以上市了。蔬菜刚熟的时候,他们是不摘的,因为价格便宜,要特地留到过年前后,那时候价格卖得高。

可是那年,安徽六安的天出奇地反常,冬天还没来得及打声招呼,大雪便随着一场寒潮落在了土地上,积起了一层薄薄的雪。

农场中20多亩地的十多个大棚里种着茄子,突如其来的寒流让茄子受到了影响,只是刘松没想到影响会那么大。茄子受冻后,表面上看不出端倪,但有经验的师傅提醒他,茄子挨冻不能卖,抓紧把它便宜点卖掉。

他们叫来大卡车,摘了满满一车茄子往批发市场送。第二天,老板们找来说,这茄子都是坏的。刘松说,不可能,这么好的茄子怎么会坏。老板们掰开来给他看，茄子里面都是黑心的。

刘松的脸也一下子黑了，这损失就大了，一个大棚的产量有两万多斤，十几个棚的损失就有二三十万斤。他越想越自责，觉得自己经验不足，预防工作不到位，况且他一个月工资只有4000多块，这么大笔钱怎么赔得起。李总安慰他："没事。这也不怪你，明年我们接着干。"刘松说："大树哥，明年我帮你白干一年。"李总摆摆手。

刘松在农场干了四年，后来离开的原因有两个，一是因为妻子，另一个也是因为李总。

这些年他把农场的活干了个遍，后面两年他还做了场长，负责整个管理和运营，对刘松来说，这里已经没什么挑战了。四年里，刘松结了婚。成家后，有了经济压力，他不得不面对买房、生娃等等现实的问题，心里想着怎么能多赚点钱。

李总看出了刘松的处境，他们俩早就像哥俩一样，很多事心照不宣。他知道刘松讲义气，面子重，便先开了口："老弟，你在我这里每年赚的钱有限，你的价值也不能完全发挥出来，你可以去更好的地方。我们都是自己人，你在外面混得好，老大以后跟你混，混不下去你再回来我们一起混。"

后来刘松每到一个地方工作，这位大树哥都会来看他。慢慢地，刘松也有了自己的团队，对待下属，他总是会想到李总带给他的温情。

刘松与妻子的相识，还是因为养猪。

他俩是大学同班同学,上学时没什么交集。毕业后两人都去养猪了,刘松在六安的养猪场,妻子在合肥的养猪场。班里从事专业相关工作的只有不到十个人,这些人拉了一个QQ群,经常交流工作情况。养猪跟别的农业不一样,工作人员要住在养猪的区域里,不能随意进出农场,怕猪感染病毒。刘松和妻子两人只能在群里讨论养猪方面的问题,一来二去就熟了,特殊的工作环境也让两人惺惺相惜。

他觉得自己养猪种地,不是一身味儿就是满身泥,女孩子恐怕都避之不及。他觉得这个女生不会嫌弃他。

有一次,刘松问她:"你对对象有什么要求?"她说:"我没什么要求,对我好就行。"刘松觉得这姑娘挺好,能处对象。

两人结婚后,一起来到杭州打拼。比起其他人对农村工作的不理解,同是农业出身的妻子对刘松工作很支持。刘松忙的时候,没有休息时间,顾不上小家庭,她没什么怨言,在家挑起大梁。

刘松以为自己不会再做农业了。

没想到,来到杭州误打误撞,因为一次给鸡看病,又回到了熟悉的领域。只不过,他对农业有了新的认识。

到杭州后,刘松想多赚钱,各处投简历,哪里的工资高他就去哪应聘。

九亩生态农业有限公司的钱经理给刘松打电话的时候,刘松正在等一家食品企业的面试,他应聘的是销售岗位。电话那头传来的声音有些急切:"听说你会给动物看病? 我们农场的鸡每天大面积死亡,能不能过来帮我们看看?"刘松想反正是空当期,就去帮个忙。听对方的介绍,这家公司还是上市企业正泰集团旗下的。

第二天,对方派了车接他到安吉的农场。一路上他问了些养殖情况,初步判断应该是大肠杆菌感染了。他让对方先在药店买点人吃的抗生素带着,一下子配不到合适的兽药,并让对方留一只典型病状的死鸡。

到了安吉的山里,天已经黑了,对方很客气,做了一大桌子农家菜。钱经理说:"小刘先吃饭。"刘松说:"我先给鸡看病。"刘松拿出听筒,听了听鸡的呼吸道,一般这种疾病白天听不到、晚上才能听到,随后又开始熟练地解剖鸡,结果跟他预想的没差。

他对钱经理说:"明天上午不要给鸡喂水,下午把配来的抗生素倒在鸡的水里,它们渴了会抢着喝水,能起到药效。用了药后,第一天鸡的死亡率可能和现在差不多,到了第二天死亡率就会下降80%,第三天开始用专门的兽药,一周之后,鸡就不会死了。"钱经理很感动,称呼都变了,一口一个刘老师。

刘松吃完饭便回去了,那桌菜味道好,倒是留下了印象。蔬菜新鲜,猪肉肥嫩,是大城市吃不到的"土"味。

过了一周,钱经理给刘松打电话:"刘老师你神了! 跟你预判的差不多,现在没有鸡死亡了。"听说刘松刚来杭州还在找工作,钱经理邀请他去安吉的农场。谈到薪资,对方说:"一个月可以给4000块。"刘松说:"4000块一个月我是肯定不会给你干的,我大学刚毕业就拿这些钱。"过了几天,对方又来电话,说加上奖金一年可以给他 10 多万元薪资。刘松觉得这工资还可以,但毕竟不在杭州,又有些纠结。他回去问妻子,她说:"去吧,毕竟农业才是你擅长的领域。安吉离杭州也不算远,每周末你可以回家看我跟儿子。"

他在安吉主导了 100 多亩山川基地的规划和建设,又把农场里原有的品种引进扩充项目,还参与了正泰公益基金会主导的中国和日本有机农业技术交流合作项目。

两年后,刘松跳槽回到了杭州。

这次他的主场是下沙的一家农业开发有限公司。作为技术骨干,他一边种地一边带徒弟,培养了十几个农技人才。种蔬菜水果,养鸡鸭猪羊……这里离城里近,每到周末节假日,总有人来参观游玩。刘松开始琢磨起来,怎样才能把农场经营搞得更活,给自己增收?

夏天要在大棚菜地里蒸桑拿,冬天要在大雪寒风中搞生产,很是辛苦,如果能用更轻松的方式来赚钱呢?

他想起爷爷同他说起过,小时候在地主家干活不要工钱,只要求地主年底按工钱折算一小块地给他。刘松去跟老板谈,依样效仿爷爷的做法,老板出固定承包价,他的团队负责生产,自负盈亏独立运营。

一个普通的农场有了人气,经营被搞活了,生意越来越红火,成了杭州最早一批的亲子体验活动基地。老板看上了刘松的思路,跟他合伙开了家农场托管公司。公司刚开张,一口气签下四家农场的托管协议,还被不少投资机构相中。

一年后,上市企业海亮集团农业板块找到刘松,挖他担任总经理,负责生态体验农场的规划、建设、管理和运营。大公司里,资源平台更多了。他的业务还涉及研学基地的规划建设,整合周边地区的旅游资源,开发农业研学课程,组织农业旅游活动……

刘松自己都没想到,这都是农业的"触角"。他站在土地里,"开垦"出了另一番天地。他的收入翻了番,年薪20万元。

刘松也是在这个时候跟余杭区农业农村局熟悉的。有一次他去农业农村局办事,有个领导说:"我们要招聘农村职业经理人,你接触这行的人多,帮我们推荐几个。"刘松觉得这称呼很新鲜,问:"这有什么要求?"领导说完,他笑道:"我倒挺符合要求的。"领导以为他在开玩笑,一个上市企业的总经理怎么可能跳槽到村里干活。没想到,隔了几天收到了刘松的报名表。

事后,刘松认真地思考过:"以往的工作说到底都是服务老板的,如果有机会来服务一个村,这个意义和价值更大,因为服务的是整个村的老百姓。"

他是对农村抱有热情和理想的,这些年来,他知道现在的乡村并不是以前的乡村,浙江的乡村也不是传统意义上的乡村。乡村的振兴离不开运营,如果余杭的农村职业经理人模式能成,可以推广到整个中国乡村。

七、"乡村造梦师"

永安村成了一个明星村,现在每场活动爆满,参观团队一拨接着一拨。

余杭街道很高兴,试点有了成效。他们找到章斌,希望永安村周边的七个村各招一个职业经理人。章斌说:"那不可能,每年招聘的数量有限制。你们有想法可以自己招。"

永安村周边几个村挨得近,情况跟永安村差不多。2018年的时候,余杭区农业农村局和余杭街道一起启动了"永安稻香小镇"(后改名为"禹上稻乡")的建设项目,涵盖了苕溪以北的八个村,目的就是让它们抱团发展。

现在永安模式的成功,为"禹上稻乡"的其他七个村找到了复制的路径。

街道打算仿照农村职业经理人的模式,培育一支乡村运营人才的团队,帮其他几个村做好专业的运营。他们起了一个更加诗意的名字叫"乡村造梦师",每个"造梦师"联系一个村。

他们的职责很明确,以水稻为主题,做都市农业文章,壮大村集体经济。

于是,研究生阶段学习农业、毕业后又在农业集团工作的孙华林来了,在亚马逊公司旗下集团做营销的谢小清来了,曾在余杭互联网大厂工作过的李赫男来了,刘松的老同学、安徽省体制内从事农业工作的江峰跳槽来了……本村的"海归"沈燕也正式加入了战队。

刘松也从"强村公司"的CEO变成了"强镇公司"的CEO。

2022年年末，六位"造梦师"在永安村集结。他们先在刘松的团队里一起培训工作，逐渐熟悉对接村的情况，等摸熟之后再去驻村。刘松的团队从刚开始的九人壮大到了现在三十多人。

原以为"乡村梦"造起来会像刘松那样顺利，可几个月后，等他们摸熟了各村的情况，一个个坐在办公室垂头丧气。不是无从下手，就是连跟村书记最基本的沟通都无法实现。他们也私下抱怨，不是每个村书记都像水宝书记那样好沟通。

有些面上应承得好，可实际对"禹上稻乡"项目不感兴趣，甚至觉得参与这些只是徒劳，光环都在永安村，对他们没有加持，还不如自己另谋出路，所以对"造梦师"提出的方案既不重视、也不过问。有些村书记积极性倒很高，一谈到落实具体的项目问题就来了，村两委班子中间有矛盾的，与村民有纠纷的……想要解决问题，还会被各种条条框框束缚。

刘松明白这些兄弟姐妹的难处，平时他把永安村的工作分配给他们，就是为了让他们尽快熟悉乡村运营业务，有时候他们来找刘松商量工作，他也会手把手教，出谋划策。

每周有时间，刘松把他们召集在一起开会，听他们诉说困境，一起分析，共同出谋划策。我跟"造梦师"们聊到工作时，每个人都会提起"四张清单"：农产品清单、产业主体清单、闲置资产清单和外部资源清单。这是刘松教给他们的四个思路,各个村有哪些特色农产品,有多少闲置农房有待激活,有多少土地可以流转开发,有多少民宿、农家乐,村民、村两委有哪些发展的想法,都需要调研清楚,村里的工作就从四个方面慢慢地向外延伸。

"造梦师"江峰对接的是溪塔村,按理来说,有十多年农村工作经验的他干起来会像做拿手好菜一样得心应手,可事实是他想出的"菜单"不合当地人的"口味"。

江峰看中的是溪塔村一块成片的稻田,位置好,种植面积大,形成了一定的规模。如果把这片稻田开发,像永安村一样做农文旅,再配上研学、活动等"冷菜",这能吸引很大的客流。他兴冲冲地把想法跟村书记一说,书记没表态,让他先去找种植大户商量。种植大户一听,马上摇头:"你们把场地占走了,那我们种什么? 产量不就下降了。"江峰同他们分析利弊,试图说服他们,他们却无动于衷。

他没办法,掉头去找书记,想让村两委出面做工作,书记反而倒起了苦水:"小江,你还不知道我们村的情况,村里有村里的规定,条条框框框得很死的。你的想法简单,但程序比较麻烦,原先的产业可能都要网上招拍挂的,法律程序上有难度啊……"

江峰听出了意思,他的这条"稻"路村里不认可。每次他去村两委开会,聊到一些问题,他们就切换用"土话"交流,江峰听不懂,只能尴尬地坐在一边。像是隔了一层玻璃,看似在一起,却不在同一个空间。他们眼里,江峰还只是个外来人。

他想到刘松总说一句话:"不能被问题困住太久,要学会跳出来。"碰到了棘手的问题不能不干,而是要寻求新的思路,这是"造梦师"的使命。

江峰头一份工作热情被现实浇灭了,但看着团队小伙伴们工作热情那么高,他又被带动起来,在互相鼓励下,开始寻找溪塔村的新路子。

出生在河南信阳农村的孙华林对乡村是有情怀的,他之前在大公司做农业项目,各个地方跑,经常和老婆分隔两地,来到这算是成全了他的事业和家庭。可每天回到家里说起村里的烦心事,老婆都觉得不平,硕士毕业明明可以在城里找一份体面的工作,好不容易从农村走出来,为什么又回到农村里?

孙华林觉得不可惜,自己有专业的本领傍身,又积累了资源,村里正是他大展身手的空间。更重要的是,他看到了这个职业依托于政府的优势,看到了农村创业的新风口。

跟他有一样看法的是李赫男,这个山东女孩第一次来到村里就喜欢上这儿了,她发出了跟许多人同样的感慨,没想到公司附近还有这样心旷神怡的地方。"禹上稻乡"已经开发了一系列产品,还有数字农业作为基础,她爽朗地笑着对我说:"相当于房子给你建好了,就看你怎么装修。这是发挥个人能力,也是迎接新挑战的地方。"

我采访的那几天,负责线上销售平台的谢小清心里装不下多余的事,满脑子跟萤火虫杠上了。

我周一刚到永安村,赶上了"造梦师"的汇报会,余杭街道几个负责人来验收成果,谢小清给对接村上湖村想出的点子是,依托秀丽的自然风光,在村里做一个萤火虫项目。相比其他"造梦师",她的点子很吸引人,可上级提出的问题也多。一来一去,把小清问住了,即便调研了村里很多地方,做了很多功课,许多实际问题确实没想到。另一边,她跟村里沟通这个项目,村两委态度很积极,但涉及村里改造,又牵涉到村民的利益,情况变得复杂起来。事情像浪潮,一个接着一个朝她打来。

街道领导说:"你的项目风险大,如果黄了,投资经费就浪费了。不像对硬件改造,如果运行不起来,至少还能改作他用。你怎么确保你的萤火虫能一直存活?"

余杭街道计划着今年拿出 2000 万元,推动"造梦师"乡村运营的"造梦计划"落地。当然不会七个村都有,而是采取选择性投资,看哪个项目好,落地能有回报。这次汇报会,算是"造梦师"们的一次"期中小考"。

谢小清当然想争取到这笔投资,她在办公室烦恼,跟赫男外出吃午饭还纠结着这事。赫男给她出主意:"你去外面多考察考察,听说莫干山的萤火虫项目做得不错,不如你去取取经。"她觉得有道理,有案例可以学习总归是好事,她看着外面的稻田,心情又亮了些。

这是她喜欢在村里工作的原因,好像什么事在这儿都变得简单了,即便是有竞争对手的同事,总是互相倾诉、互相扶持,像是回到了老家温州的农村,儿时的记忆中,邻里关系也是这么简单美好的。

"造梦师"们办公的地方是村里的一处旧厂房,我沿着楼梯走到三楼办公室,有些陈旧但很敞亮,桌椅拼在一块,大家一起办公。从三楼的窗口望出去,顺着稻田中间的水泥田埂路,能看到永安村的新中心——游客中心和文化礼堂,这里是门面,代表着永安村的新貌。厂房的东侧,一条马路之隔,是永安村村两委。厂房后边,是农民的自建房,不远处,正如火如荼地建设着新项目,那是6800多平方米的"稻香综合体"、4200多平方米的"米多多之家",另外一个方向,还有3500平方米的"稻上学堂",三大产业空间是永安村的未来。

隔着透明玻璃的是另外一间办公室,那里坐着强村公司的几个老员工。退休返聘的老书记姚凤贤每天早晨例行在村里检查完卫生后,最早一个来到办公室,他的办公桌很干净,没有电脑、文件,只有一杯茶,等待着随时被召唤。他也没想到,这些年轻人来了后,自己竟成了他们的好伙伴。村里遇到什么难事,第一时间都会向他求助。有些个不懂农活,还央求他下地带他们种菜。"造梦师"们说:"姚师傅啊,他可好玩了。"

很多时候,姚凤贤都是透过玻璃窗,看着这群比自己女儿还小的年轻人,活力四射地办公、讨论、开会,每天被笑声包围。有时隔着玻璃听不清他们在高兴什么,但他的嘴角也会不自觉地勾起来,心想:真好,村子越来越有活力了。

八、"燕"归来

永安村需要一个"代言人",谁来好?

刘松团队商量来商量去,小伙伴们觉得没有人比沈燕更合适了。有海外留学背景,有十多年资深企业管理经验,又是土生土长的永安村人。而且她形象好,给人感觉像塘里的莲花,清爽舒服。

刘松和水宝书记也赞成,他俩是了解她的。当初沈燕拿着一份亲子活动方案来村两委找书记,希望在村里定期开展公益阅读活动,张水宝就知道她是个有个性的姑娘。等农村职业经理人来了后,他说服沈燕,让她留下来协助刘松,她算得上是刘松在永安村最早的合作伙伴。

"代言人"的工作不好做,最近半年,她每天筹划和经营"禹上稻乡"抖音号,还要做直播。这些对她来说都是新领域,一有时间便到各处学习培训。

八月的清晨,趁暑气还没从地里升起,沈燕头戴一顶草帽,身穿一件防晒服,跟视频团队跨进田地,拍共享稻田、拍农作物科普、拍稻田景色……

"兔家菜园您好,您家菜地里已经给您补种了萝卜和白菜。哦,对了,您的菜地里番薯已经成熟了,记得赶紧来挖哟……"

"见过彩色水稻吗?今天我们正用彩稻种植我们认养企业

的名称,这是我们企业农场主的专属服务哦,再过两三个月就能看到了,期待吗?"

账号开通三个多月,吸引了二十多万的粉丝。他们都爱看这位漂亮姐姐在地里讲红薯、讲秋葵……这种"反差感"很有意思。

虽说在"家门口"工作,沈燕每天到家都很晚,忙的时候见不到人影,更别说去照顾两个孩子。她的父母不高兴了:"同意你回村里是让你照顾家庭,现在倒好,更忙了。"

沈燕记得她在村里工作一个月后,有一天吃晚饭时收到了工资,她倒挺意外,当初答应水宝书记的时候,反正在家闲着也是闲着,就当在村里做公益了,问都没问工资。父母看到她手机短信上的7000块钱,忍不住数落她:"你刚回国参加工作的工资都比现在多。还不如老老实实在家待着,帮你老公管理一下公司也好。"老沈夫妻悉心培养的女儿,竟回到村里来工作,他俩在亲戚朋友前的面子怎么挂得住?

父母有情绪,沈燕很理解,这种和父母"对立"的场面她见怪不怪。从小到大,她骨子里是叛逆的。

一代人有一代人的苦衷。七十多岁的老沈是在村里过过苦日子的,每年夏天,头顶着烈日,村里男丁全部下田抢收抢种。这段记忆也留存在沈燕脑中,小时候干不了重活,她也时常在田边帮忙送送水。对于世代以农耕为生的农民来说,下地种粮是他们的根脉。可拼尽全力,只能从中收获温饱。

后来老沈受不了贫穷,把田地交给兄弟打理,自己进城打工,慢慢地又做起了生意。沈燕随父母进了城,她记得每次骑车回来,在石子路上一颠一颠,屁股都是发麻的,要缓好几天。

沈燕第一次和父母有分歧是在中考的时候,她学习成绩不错,英语特别好。当时中考有两个选择,考高中或者上中专,那时候上中专能包分配、转户口。老沈让她读高中,将来有机会上大学,但他又很在意户口,一心想让女儿变为城里人。沈燕知道父亲的心思,于是自己选择了上中专,学习外贸英语,没想到读了两年改制了,包分配取消了。

沈燕骨子里的不安分因子跳动了,她想着出国留学。老沈倒很支持,那时生意做得红火,家里条件不错。他问女儿去哪个国家,沈燕说,乌克兰,我想学俄语。老沈说,你好歹去个英语国家。可沈燕决心已定。

后来沈燕到了乌克兰也偷偷后悔过,2011年刚到那里时,语言不通,中国留学生又少,再加上学语言课业繁重,让她既无助又疲惫。第一年跟家里人联系,全靠写信,后来才慢慢开始用网络电话、视频。挺过第一年,沈燕考上了乌克兰总统大学,在异国他乡一待就是七年。

硕士毕业后,沈燕有机会留在国外工作,但考虑要照顾父母,她选择回国。之后的工作很顺利,在多家企业历练,一路从员工做到高管,后来又自己当了老板。

回到永安村是2020年,当时沈燕怀了二胎,她来乡下躲避疫情,这里空气好,空间开阔,对孩子的成长有帮助。沈燕请了产假,在村里住了下来。

那段时间,她也面临着职业的瓶颈,停下来后,开始思考自己到底想要什么。想干的都尝试过了,赚了钱,可是心里总空荡荡的,忙忙碌碌过日子,没有一种价值感和归属感。

年纪小的时候意气风发,敢打敢拼,满足于物质上的价值回报。有了家庭和孩子,观念发生了变化,她更想追求精神上的回报。

之前在城里,每个周末沈燕会发起一场亲子阅读的公益活动,为孩子的教育做些有意义的事。回来后,她发现大多数住在村里的孩子没人管,大人们不是在外打工,就是在家搓麻将,孩子们课外时间总是玩手机、看电视。她想干脆把公益阅读挪到村里来,让孩子们有事可做,培养他们的阅读习惯。

这需要村里的支持。沈燕拿着方案找村书记、找刘松谈,刘松看了方案像是挖到了一块宝藏,很惊喜,那时他刚到永安村,正需要组建自己的团队。

他说:"能不能打开些思路? 不局限于阅读,村里的亲子活动是不是也可以结合做起来?"

沈燕一听也有道理,阅读只是一个很小的点,如果把这范围扩大,把文化理念植入到乡村,从村民培训开始做,提升村民的素养,改变村里的风气,这不是更有意义吗?

第二次跟刘松见面,是在张水宝的办公室,他们正式邀请她加入强村公司。沈燕觉得在家门口工作挺好,又可以做自己想做的事,一口答应下来。

按照沈燕的性格,既然接手了,必然全力以赴。除了策划亲子活动,还能做什么? 农产品销售她不在行,可她有人力资源的管理经验,会做企业文化、会营造企业的价值观,她可以把"稻香小镇"的品牌推出去。

后来沈燕成为"乡村造梦师"也是顺理成章的事。

下陡门村是沈燕对接的村。

两个村挨得近,在村里开车稍不留神便蹿到了邻村。永安村是个精心装扮的时髦女子,而下陡门村是一个素面朝天的姑娘,凌乱的模样掩盖不住自带野性的美。

这种美也激发了沈燕去挖掘的好奇心。

它是离苕溪最近的一个村,与北湖草荡一溪之隔。最早的村民在草荡的湖面、湿地上"筑坝占垦,庐舍桑麻,俨成村落"。沈燕在走访调研时,总听村里的老人说,"吃饭靠种稻,用钱靠养蚕"。以前下陡门村家家户户养蚕,现在走在村里还能见到许多桑树。后来因为茧贱伤农,桑园改为了水稻田。

沈燕探索下陡门村的心情像苕溪的水,时而高涨、时而低落。当她看到这里原生态的自然美景时,心想,上天怎么赐给我一个这么好的礼物,有足够发挥的空间。可是一走访发现,桑园没了、鱼塘也没了,没有支柱产业,村里空心化还严重,心里的希望像水流般流走了。

沈燕一筹莫展,跑回永安村15号院,去找吕绍麟。15号院似乎是永安村年轻人的心灵之所,喝一杯吕老师泡的茶,听他用带着台湾口音的普通话温婉地讲几个故事,好像什么结都散了。

　　吕绍麟是台湾人,一直致力于两岸乡村研究,有非常丰富的乡村运营经验。刘松和他是在朋友的引荐下认识的,两人一聊,很多理念不谋而合,他邀请吕老师住在永安村,成为"乡村造梦师"的"导师",吕绍麟也慢慢把自己的资源带了回来。

　　沈燕把情况一说,吕老师哈哈大笑,宽慰道:"一定是上天觉得你能力强才把这个村交给你。这些并不一定是坏处。"

　　沈燕抿了一口茶,感到口感微苦。

　　"这话怎么说?"

　　"老年人多,但会有很多闲置房屋,至少有房子可以腾出来。老年人会传统手艺,这不是跟村子原生态的风格很搭?若是往这方面想,会有思路。"

　　茶的香味慢慢涌上舌尖。

　　吕绍麟又和她讲了一个故事。那是台湾的池上乡,起初他们邀请钢琴王子在稻田里开演奏会,没想到这个举动让台湾文艺界人士趋之若鹜。渐渐地,当地用艺术带动了乡村发展,成为台湾乃至全球游客的一个潮流目的地。与其说是个故事,不如说是案例。

　　沈燕在茶香间,突然想起下陡门村的那棵香樟树,每次白天开车路过,总会看到很多人在那打卡拍照,有次她好奇地凑上去一看,手机里的画面简直是现实版宫崎骏动画片。在清透的阳光下,香樟树似乎有了另一种生命力,它像一个巨人般立在苕溪畔,招摇着臂膀,召唤着人们,坚定而有使命感。

　　沈燕的激情又被点燃了。

池上乡用音乐来打开"稻"路,下陡门村为何不用艺术绘画来点亮自己?打造一个漫画村,她不能辜负了香樟树的流量。

她回到下陡门村,跟村书记谈了自己的想法。

书记很支持:"这个思路可行。可眼下你有没有什么办法让村里的收入涨一涨?"

沈燕确实有个想法。能让人留下来的不只是美景,还有美食。

她开始挨家挨户走访、打听,哪家包的青团好吃,哪家包的粽子好吃。到了清明节、端午节,她把这些老人聚集在一起,从苕溪边采来野生艾草,买来食材让他们包,然后用村民家的土灶蒸熟,通过"禹上稻乡"的渠道包装、销售。沈燕把这过程用短视频、照片记录下来,传到网上。两个节气下来,青团和粽子的销售额做了8万多块,下陡门村"小时候的味道"也涨了一小波流量。

村书记很高兴,这成本低,收益大,没想到平日里最熟悉的点心有这么好的带动效果。

沈燕说:"要调动村里大家伙儿的积极性才好!"她听过一句话,"农民更不是'愚昧无知'的群像,他们可以是乡村的艺术家,生活的哲学家,理性的经济学家……只要一点阳光,就能从大地深处开出美丽的花。"她愿意做他们的阳光。

回到村里居住后,沈燕每次跟城里的朋友见面,她们都会问:"你经常来回开车一个多小时,累不累?"她说:"走!周末

到我家烧烤去。"来过一次的朋友都无比羡慕,问:"你们村里
还有没有闲置房子? 我们来租一栋。"

沈燕想到了下陟门村闲置的老房子。若是通过美学的设
计进行改建,在现有的基础上跟当地的生态做融合,再加入艺
术的理念,让它们更贴合当地的气质,会不会唤醒真正的乡
愁,让更多像她这样的年轻人回到乡村?

人来了,资源也就来了。

下陟门村有它漂亮的基础,像人一样,五官已经长好了,
天生丽质,只需要再给她化一下淡妆,她的美就会被放大,会
被更多的人看到和喜欢。

村书记对沈燕说:"你这个'造梦师'还真不是来凭空造梦
的。"

沈燕笑笑,心里空荡荡的价值感,好像正一点点在填满。

九、传承之"稻"

村子像明星,火也有火的烦恼。

现在村里每天参观的人一拨接一拨,上级调研的、兄弟乡
镇学习的、省外县域参观的、企业考察的……运营团队的小伙
伴们每天要花费不少时间精力做接待。

我在永安村的时候,跟"造梦师"们约时间,经常会听他们
说,今天有接待任务。有时候,手头工作做了一半,被一个电
话叫去接待团队了。

他们私下也吐槽："本来想着来学习做农业，没想到在这干得最多的是端茶送水。"

刘松了解小伙伴们的心情，嘴上不说，却放在心上。

作为中国农村一路发展的亲历者，他明白从"千万工程"到美丽乡村建设，再到乡村振兴，乡村经历的是地域空间重构和综合价值重塑的不断发展的过程。特别是在浙江，农村仅仅依靠农业就能生存的时代已经结束，如今强调的农村地域空间是一个向外部开放的，多种产业复合体的经济空间。

刘松一直是清醒的，做农业"脚"还得踩在泥土里。当有一天当客户觉得"认养田"不再新鲜，网友们觉得"禹上稻乡"系列农产品不再"香"的时候，还能拿得出什么产品来保持村里的新鲜感？

参观团队多是好事，怎么转为经济价值？他在动脑筋。

日渐成熟的乡村运营机制，能不能在其他村里激起水花？刘松想到，把乡村运营机制提炼成可复制的经验，以市场化方式向外推广。

这单靠一个村、一个团队来做这个事情是不够的，刘松觉得要引入社会资本。

得到村两委同意后，今年年初，"禹上稻乡"强村公司联合了浙江芒种运营有限公司，共同成立了一家浙江千村运营有限公司。这背后的经营逻辑，就是以现有的运营模式和团队的专业人才为基础，形成走市场、系统型的推广机制。

有了这身外壳，永安模式走向各地。

张水宝跟刘松谈过,这个模式刚刚起步,合作的村要有所选择,不能为了经济利益砸坏了自己的口碑,要凭良心帮助乡村破解运营难题。

与他们签下协议的第一个村是杭州市西湖区桑园地村,紧接着杭州以外的安吉县鲁家村也找到了他们。书记们的目标很明确,跟永安村有着差不多的困境,乡村建设成果已比较完善了,但是怎么来赚钱,很多想法想不到点子上,他们急需专家来支招。

为什么以前的村子留不住人,现在却可以?很显然,是乡村变了。

在专业运营之下,传统的乡村开始转起了旋轮。

一转眼,第二批农村职业经理人马上三年到期。张水宝想为刘松做点什么,或者说为自己的"女儿"再做点什么。

他满怀心事地找到章斌,章斌说:"放心,刘松会续签。不止刘松,其他村的农村职业经理人都会续签。余杭区财政会继续支持下去,农村职业经理人招聘也会继续下去。"

农村职业经理人这列列车已经行驶远去,即将到达下一个站点。在这个站点,章斌觉得需要给它加个油。

他一直在想一个问题,制度怎样进一步完善?

考核措施是有必要的,这是对职业经理人的检测。怎样赋能留住人才?怎样给他们成长的空间,做出一整套职业规划?

章斌让刘松牵头,把余杭区农村职业经理人协会先建立起来。以后职业经理人也能和其他技术行业一样,通过评职称来晋升。

章斌对张水宝说:"可以尝试评估永安村的投入,将其折算成股份,让职业经理人入股公司,职业经理人就是对董事会负责,而不是对村两委会负责。"张水宝一听,这个主意不错,他表示永安村愿意做试点。

刘松跟我说,他当然愿意,这是好事啊,"这样等于把公司和职业经理人充分绑定,那我肯定拼了命把公司搞好。村里赚钱,我也能赚钱"。

九月末的永安村,早晚有了些微凉意,绿色的稻田似乎被渐渐涂上了颜料,呈现越来越多的金黄,像一幅未完成的画。白鹭在稻田里低飞,时而从刘松的眼前掠过,村口田地里,稻草扎成的巨型猩猩、大象、犀牛等伫立着,为永安村迎接着远方的来客。很多时候,刘松是没有时间仔细欣赏这片稻田的,可只要空闲了,他便到稻田里走走,捋一捋脑中繁杂的思绪。

乡村不是城市的"背面",是具有独特价值的生命体。在重大的历史变革时期,它还会肩负起引领时代的使命。

六千多年前,河姆渡文化早期的一群先民来到这里,他们平整土地,种植水稻,用骨器、木器耕作。有一天,海平面上升,这片稻田被淹没在海水中。时间过去一千年后,河姆渡文化晚期的先民,再次看中了这片土地,重整旧山河,又开始种植水稻。有一天,海水又来了,这块地又被淹了。时间又过去很久很久,大概几百年之后,良渚时期的先民,又来种水稻了。

沧海桑田,初心不改。

如今在这片土地上,村民执着于耕作稻田的故事,依然被续写。

我走在稻田里,双手慢慢地将过稻田里一株株饱满的稻穗,一凑近,闻到了稻香,穿越数千年历史而来。一幅"男耕女织"的画卷在眼前徐徐展开——吃过简单的早饭,良渚先民开始了一天的生计,男人拿起石犁,走向稻田……这是农村的血脉与肌理,它在一代代传承。

秋天了,是丰收的时候。这个月,刘松成了很多人的"师傅",其团队和浙江省农业农村厅乡村振兴发展研究中心开展了一千名"乡村CEO"培养计划,很多年轻人像他当初一样,目光炯炯、内心炽热地奔赴乡村。

他接过"徒弟"们递上的拜师茶,有些紧张,心头沉沉的。

他喝了一口,抬头对"徒弟"们说:"我们国家不是只有一个永安,全国有无数个永安,都需要有能力、有想法、有梦想的年轻人。通过你们跟乡村的双向奔赴,实现你们的理想,实现乡村的发展。"

本文发表于《人民文学》2024年第二期

海的那一边

赖赛飞

看不见的风景决定了看得见的风景——卡尔维诺。

西沪港是象山港的子港,我曾经形容它为别在母港腰间的荷包,里面藏满珍奇。现在看过去,事实远不止如此,连同沿岸的村落都富饶美丽却隐秘。

住在西沪港南岸的墙头镇时,透过濒临岸线的北窗,目光的尽头就是海的那一边,这些年来被称作斑斓海岸的西沪港北岸,属于黄避岙乡。西沪港面积有五十多平方公里,港南、港北之间的距离刚好让现实的厚重明艳统统化作一抹浅蓝,影影绰绰形同仙境。

不止一次,从此岸到彼岸,我在西沪港中泛舟,如同泛舟西湖,只不过港面比湖面更平静。乘的多是木筏,方形平板一块,小发动机提供驱动力。乘坐这种筏子的好处有自在和不隔。几乎四面环山的港内风也温柔,坐在小板凳上,脚踩潮流,在明净的天空倒影里滑行。发丝顺着海风微微飘拂,让人想象到港中海藻还有鱼类薄而韧的尾鳍和背鳍的种种顺流漂拂。

更多的时候,沿着近五十公里长的海岸线环港而行。

今年的伏季之尾,大地和海水仍未有凉意,日间的阳光更添渲染力。西沪港北岸不算高大的山岭和有限的田间,浓绿至于巅峰,沿途的芙蓉却已花发。与深灰色柏油公路并行的是深红色自行车道,镶着蓝色、白色、黄色边。两侧草坪上,穿插着景观小品:亭台、小广场、游乐场、雕塑……从这里看向南岸,又是海的那一边,如梦如画,情景重现。

至高泥村已至斑斓海岸的深处,气象上更宁静美丽,却已经到了西沪港与象山港的交互处。腹大口小的西沪港,至此也隐隐有了风起潮涌的意味。就是山与海在此也稍稍拉开了距离,仿佛是为了盛下更多的色彩,高泥村因此还完整拥有象山很多村庄具备的层次感:山水、田园、海滨、海洋。

来到高泥村常常让我想起围棋术语里的"金角银边"一词。

高泥村除村南是西沪港北岸,村西又是象山港东岸。村北是黄大山,村东也是黄大山,形成与海湾夹角相对应的山脉夹角。狭长地带上分布着里高泥、外高泥、东塔三个自然村,组成安放在山海之间的一把彩色角尺。外高泥落在角上,外头是东塔、里头是里高泥,现在合并为高泥行政村。

高泥村所在的黄避岙乡位于象山县北部。从前,这里曾是康王赵构避兵之处,另有黄石公避世一说。无论哪种,两位的所避方向都指向江山的边沿,用当地方言来说就是"乡下角落头"。但象山港大桥一建成,来象山的车辆经过大桥后的第一个高速出口——象山北就在黄避岙乡,反成了前沿。至第二个出口即墙头戴港的一段基本上沿着西沪港东岸行进——白墩港特大桥、戴港特大桥。凭窗俯视天光云影下的西沪港,大面积蓝色地上,变幻着各种色块、色条、色点。有海面阳光反射形成的波光粼粼跳荡出万紫千红,有巍然的黛绿色山头倒影明明暗暗重重叠叠……有虚才有实,倒影之中,就有属于高泥村的黄蓝色渔排、红顶屋,组成了海上高泥,呼应着不远的岸上高泥。木筏在水面拉出一支支细微的白色航迹,犹如高泥人在海中无尽写意,勾勒人鱼之间的密语……看多了,怀疑他们穿上拖鞋就能在海面自由航行。

退潮以后,圆润的西沪港会变成瘦西沪,露出的滩涂面积远比水面大。赶海的习惯在西沪港沿岸村人中间深入血脉,由此形成了西沪时间,即随潮水的涨落而作息。而在高泥村,从养殖黄鱼开始,又进而细分出了高泥时间——随鱼类的进食习惯而作息,我爱用西沪晨昏指代。

从随潮水涨落到随黄鱼沉浮,也就二十来年。

不论晴雨,四更天,高泥的养鱼人从睡梦中渐渐醒来。三点左右,用过简单的早餐,人家的门打开了。戴着头灯,一闪一闪,自带光亮的人影从各条小路驱车汇至村前空荡荡的公路,然后通过几条近便的码头到达海水与陆地交界线。潮水正在暗中行进,离岸的小木筏紧接着响起了马达声,星星点点划过海面,直到点亮每一个渔排。从村到海就完全醒了,高泥村的一天从此开启。

等到人们跳上渔排,引起轻微的晃动后归于平稳,高泥村重新寂静下来。天地万物还在睡梦中,高泥人有条不紊地开始备料。

夏末,五点不到,清晨真正来临。东边的霞光绚烂又柔和。近海面的空气温润,高处则见松爽,似乎秋意将随时从天而降。鱼的胃口也在此际打开,带有浮力的颗粒饵料一旦撒出,平静的海水忽然沸腾起来,无数张金嘴伸出水面抢食。只听得一片响亮的咔嗒声,鱼群在急切吞咽,仿佛无数的开关同时被疯狂按压。

当吃饱的鱼群迅速沉入水下时,西沪港的海水才会像一个人激动的心情终究恢复了平静。高泥人接着巡查鱼况、检查网箱、清理网面……一直忙碌到九点左右上岸。

因此,上午九点多看见高泥人端着饭碗,那是他们劳动了一上午后进的午餐,而不是散淡人的早餐。

这阵子,陈来丰与陈宝安兄弟俩起得特别早。陈宝安的渔排就在村前不远,差不多等同于去自留地的距离。他已经七十三岁了,较早一批养鱼人之一,现在网箱里以黄鱼为主计有十多万尾。尽管海上劳作那么多年,他的身材依然保持了壮硕、挺拔。他却说自己老哉,比不上了。然后打趣他的亲兄弟陈来丰,说他才年轻,养的鱼才多呢。陈来丰五十出头,带我们下海、开筏、上渔排一气呵成,壮年如他,养的鱼也较大哥多出三倍。他的渔排靠近港口,离村庄远多了。

老啦,明年不干喽,陈宝安为自己的年龄唏嘘。网箱里成品黄鱼现在就可出售,按今年行价每斤二十多元,每条一斤左右——最受欢迎的体重。小鱼苗今年四月份才养下,我就知道他明年不会上岸。

说起养鱼的经历,陈宝安仍在后悔当年卖鱼后直奔银行,有时一笔存几十万元,却没有想到去买房。那时房价多便宜啊!他叹了口气:你看,现在还在养鱼!我说,不然呢,你买了房接着养的吧!他忍不住笑开,说起两个孩子在宁波工作,自然是在城里买的房,也都水涨船高。

终究是涨到了。

看他一个人嘴里、手上不停,提及这阵子没了帮手,老伴和兄弟媳妇去大西北旅游,城里的孩子们去了另一方向——抓住暑假的尾巴,都在游山玩水,留下老哥俩每天喂鱼,这才叫起早摸黑。说得大家都笑起来。

提起最早的一批养鱼人,严兴国就成了村人口中绕不过去的人。他是高泥村老书记,曾获县"十大惠民好书记"称号。十六岁开始在海上养殖海带,二十世纪九十年代带头在西沪港养鱼,属于第一个从传统的西沪时间走向专属高泥时间的人。今年他六十八岁,算起来已经在周边海域行走了半个世纪,摸透了这片海,更摸透了手下鱼的脾性。

回忆这五十多年,反复的波折也成了平常,就当潮来潮去。当时苦寻致富门路的严兴国关注到外省海水鱼养殖的消息,立即带了几个人动脑筋用手头找得到的东西:毛竹、空油桶、铅丝、泡沫塑料、渔网就鼓捣出了养殖网箱,既原始简单又复杂无比。初试大捷,轰动乡邻,为村里在海上蹚出了一条致富路。过程中几遭挫败，单就出远门购鱼苗一项，曾经经历过空运、火车托运、长途汽车托运的反复折腾，到达高泥村的成活率低得惊人。

见过的风浪太多，他的面容初看几乎到了波澜不惊的程度，唯有说起村里的成鱼销售，仿佛是谈到了另一片海洋，陌生的、广袤的，远比西沪港难以把握。特别是出口这一块，越来越进入深水区。说到这里，他刚才平静如水的面容忽然浮现出明显的忧色，是将责任揽在自己身上的人常有的神色。

前面说到行人习惯在经过西沪港时在大桥上面看桥下的风景，那么在西沪港抬头看桥的人，眼里的风景自然有着别样的深意。

西沪港深处能看到的都是连接线上的桥，同样两端搭着青山，上方是碧空、下方是蓝海。广阔的青绿中，白色大桥如同刚从天上落下来。这里的人将之当作象山港大桥的延伸来加以欣赏。

历代困于偏远的人，对路途的改变特别敏感和记忆悠长。始终记得象山港大桥通车的那一刻，从村里到宁波市区的距离从两个多小时一下子缩短至二十来分钟，从此摆脱了"角落里的角落"印象，成为很多人心目中海的那一边，可望又可及。如同没来得及梳妆打扮，后续的斑斓海岸建设无缝衔接。

直至现在，严兴国还跟村里的养鱼人一样，常常抬头望桥。没有它，他还得山一程水一程地折腾。当年要不是西沪港的慈悲神奇，鱼苗只要能活着到港就欢快长大，他或许就失败在了遥远的路途上。现在,快速便利的交通物流,带出了鱼、带来了人,都是财富。至于鱼苗,西沪港畔就能生产。

我知道他指的是附近两个怀着大海的人和他们的水产良种场。

象山港湾水产种苗有限公司在外高泥自然村的海边,再往前就是高泥村的转角处,坐落着装修一新的大渔心宿——这家酒店的特色之一是去海上网箱现捞黄鱼给自己的宾客尝鲜。

一长溜育苗池的顶棚和围墙都被涂上了蓝色,作为海边基调,路过的人很少会关注到里面的秘密。外来游客更无从知晓,也就生不出好奇心当它是海洋馆去窥探。

不为展示而生,它是孕育,创造源源不断新生命之所在。

冬春之交,大量的成鱼已经出售,一年的收成上了岸,纵有留下的黄鱼也在冬眠,是属于高泥养鱼人相对悠然的时节。此时另一群高泥人进入特别隐蔽的忙碌状态:繁育鱼苗,包括岱衢族大黄鱼。从亲鱼促产到幼苗育成,守在池边,他们醒来的时间会比养鱼人更早,直至不分昼夜。

春寒料峭,育苗棚里始终温度很高,水色闪着寒光。直到四月初,达到规格后的鱼苗进入各养殖海域,包括近在咫尺的西沪港。

高泥村"一条鱼"的产业链从这里开始。

港湾水产目前是国家级大黄鱼良种场、全国现代渔业种业示范场,所育鱼苗不仅供应市场,还提供放流,仅大黄鱼苗这些年就放流了近两亿尾。

天最冷的时候就是他们最紧张的时候,大海母亲,神秘浩大的繁育,现在被搬进了岸上的池里。我同事有感而发:海里鱼少了,人帮着生,好⋯⋯甚至信马由缰起来:只有天还是空的!

在我眼里,创立和运行这家公司的郑根兴、徐万土对海的热爱与生俱来。年复一年,带领一支高技能人才团队固守在这段海岸,有时穿梭在海陆,常常凝视着一汪海水和微不可见的新希望,总在承受无数失败迎接最终成功的路上。养殖池里各种鱼的飞翔有多令人神往,从此流淌出来的数据有多令人振奋——共繁育出岱衢族大黄鱼、银鲳、梅童鱼等二十六个品种,其中填补国内空白五个,就意味着他们有多少个日夜在殚精竭虑,直至朴实其表,神奇其里——所有心系海之贫瘠或富饶的人所具备的共性。

从海到陆,从鱼卵到鱼苗,仅仅是数目的庞大和个体的渺小就构成离谱的反差,让鱼类繁育在人手里变得异常地奇幻——无尽的变数而难以把握、无尽的变数更令人着迷,就像蕴藏在西沪晨昏里的神妙之美,难以名状更难以忘怀。

每年,公司都会邀请专家免费给养殖户提供讲座,也时有村里人捞了鱼奔到这里——有实验室帮助查验。

自然少不了招收村民参与公司养殖。

高泥人说,外面的海风吹得来,将树叶直接吹焦了。言下之意,西沪港的海风最柔和,就像高泥村淳厚的民风,同样滋养了眼前这一片小天地大乾坤。

襟怀似海，相互成就。

每年春天，黄鱼苗出海，五厘米上下，迷你的，灵光乍现的，哪怕一勺子下去，里面有多少的未来！

未来向大海。

巧合的是，育苗棚斜对面见到象山海韵水产专业合作社和宁波西沪水产有限公司两块牌子，参观后得知专门从事鱼类销售，近年开发出了活黄鱼销售。

很近，一路之隔，仿佛眨眼的工夫，鱼苗就长成了大鱼，同样魔幻，同时产业链就被悄悄拉长，鲜活的状态下直奔东西南北而去。

为了紧实它的肉质，增加耐力便于运输，驯化池内，成群的大黄鱼甩头甩尾正游得带劲。

从冰鲜到活鲜，味道提升的同时，价值跃升。

两处都紧贴公路，一出门看山上丛林茂密，海面渔排错落有序，田地肥沃庄稼郁郁葱葱。舍不得眼底风光，忍不住溜达。左看右看都是鱼的秘密基地，几乎与鱼同游。再想起活泼泼正在远去的鱼，带着西沪港的一汪海水。这个平静的港湾，它清澈又致密的潮流片段不仅站上了岸，还驻留在了无数场所。

如果严兴国是带头进入高泥村时间最长的人，现任村书记朱中华是脱身养殖却依然在其中辗转反侧的人。

村里致富门路如果不能再拓展,致富效益不能再提高,总归愁人。在村委会大楼办公室里见面伊始,他张口愁得我一时没了下文。

后来,了解了他的经历,才知他的心事重重不无来由。

虽然放弃养殖已经十多年,但回村几十年,这个过去的东海航空兵,省级"担当作为好书记"称号获得者,见过鱼被寒潮大面积冻死。西沪港水温一般不低于七摄氏度,少数强寒潮下也会低于五摄氏度,带来巨大损失。他也见过赤潮来临鱼浮满网,见过台风一次次吹折当年的简易网箱导致鱼归大海……都是一朝一夕的事,损失动辄几十万元甚至上百万元,一年或几年收入全赔光。

如果硬要区别,后来不过是从自家的到村里的,担忧的人与鱼更多而已。而这些年,通过网箱升级,增加抗风能力;通过减少养殖密度,减少病害发生……

提起全村养殖规模扩展最快的时期,百分之八十以上的人家都投入养殖大军。扩大生产急需资金,经济基础跟不上,他曾经给十多户村民做了贷款担保,整个班子担保数加起来超过百户。年底的时候,替周转不灵的村民筹措资金,脑子想得发紧,电话打到耳朵发烫,腿走得笔直……

台风仍然每年吹来,海面上就卷起了大浪,大海就是大海。踩着随时可能翻折的网箱,他与干部们只想着把人全部带上岸。现在好多了,但每次还是站在岸边坚守,严禁人下海。难怪我从渔排上听到了抱怨:一刮台风就死守着不让人下去,不但村干部,镇里的、县里的,甚至派出所的,让鱼怎么办! 至此照例话锋一转:道理也是这么个道理,以人为本嘛。

一村之内,村干部是蹚路的,还得是断后的。除了将一条鱼养大,更要让一条鱼走远。高泥村的黄鱼基本上由客户批发统销,很长时间,当地人也很少吃到高泥人养的大黄鱼。能否进行零售,能否实现活鱼销售,能否深化黄鱼加工,增加附加值的同时,平抑市场波动。围绕一条鱼,前前后后的事情层出不穷。

村里一年出产上千万尾鱼,一尾哪怕增加一元收入! 朱中华声音里的神往被某些东西深深遮蔽。

斑斓海岸线建设启动时,他和党员干部们将之作为升级村庄,带动产业和旅游,带来全新机遇的一场东风。高泥村是沿线积极配合、主动作为的村庄之一,也是成效明显的村庄之一,顺利成了沿线的一颗明珠。

单是村容村貌,这些年下来,大大小小改善治理数百次之多。每一次改变,哪怕是最微小的,都是一股特殊的潮流。高泥人显然习惯于赶潮流,更热爱掀起潮流,然后浩荡前行。

朱中华眼中的潮流无处不在。

我看到的快递点如此、养老院如此、黄鱼节如此、垃圾分类系统如此……

至少在附近,高泥村第一个设立了村级快递点。显然,这不仅仅服务于村民生活所需,更重要的是生产所需。养殖过程中产生的物资进出,快递开通了更多更远更快捷的路。

高泥村居家养老服务站则是一个难得的任凭岁月累积而无暮气沉沉的所在。这个类似大户人家的三合院近旁辟有幸福菜园,生产特供服务站的免费有机蔬菜。目前住了十多位老人,普遍八九十岁。多数在此吃午、晚两餐,共付费五元,仍住自己家。也有以此为家的,则提供装修舒适的套房。

我在那里吃过午餐。如常的三菜一汤:当日清蒸白鲦一条,红烧肉、鱿鱼丝炒茭白丝各一碟,小龙鱼豆腐汤一碗。中有爱喝两口的,跟我坐一起的老爷子,将九十,自加了一碟炒花生,一杯自浸的杨梅烧。我们饭毕,他不慌不忙,自斟自饮。

里外通透,入眼故里,入耳乡音。这餐厅给人的感觉也更像乡间小学堂,只要撤走碗筷,随时变身课桌从头再来。

从这些二十世纪三四十年代出生的老人嘴里听到最多的话是:当年我们埋头吃苦,哪里料想得到还能过上今天这样的日子!不可置信的口气,听上去很是欣赏自家的眼光独到,福寿绵长。

操心长者的生活,从居住、就医直到一日三餐,既是解决奋斗者的后顾之忧,也是让长者安然在故乡养老。

让鱼游出去还不够,朱中华更想要人游进来。乡土专家徐万土,"国万人才"朱文荣……这些特殊高泥人的进入,使传统的农渔村有了现代企业并且发展良好,提升了村里的资源价值,增加了村民的收入。

听他的口气,如今游客就是一条条金贵的大黄鱼,而且不该总是与高泥黄鱼擦肩而过。为此,村里专门设立了黄鱼节,营造了一场场非凡的相遇。

在高泥村的一天之初,夜幕中除了海面上的动静,仔细谛听,村庄里也响起了细微的沙沙声。是村里的陈凤仙、鲍承国夫妇,一对七十多岁的老人,儿女各有出息,仍是手脚停不下来,看上了这份清洁行当,而村里随后看上了他们的细致。

落花时节、大樟树换叶的时候、节假日,他们跟养鱼人一同出门。等到晨光照亮大路小巷,干净如常,就像什么都没有发生过一样。生活了一辈子,熟悉得不可能遗漏每个角落。每当他们挥动起手中的扫把,还像一股清新的潮水漫过全村。

曾经追随其身后,手心团了一团纸巾。村里的智能垃圾分类系统很完善,端点集中在精致的圆形卡上。每家每户对应着二维码、编号、姓名、电话。产生的垃圾分类后投入指定的公共垃圾箱。除了给游客准备的垃圾箱,村内行走的无卡之辈,打不开任何一个垃圾箱,更不用说扔在地上。

这里的无处可扔属于扔不下手,村庄的干净与美丽不仅是山上、人家、地头,一直要延伸到海里。码头区建有专门接收海上废弃鱼货的装置;给鱼喂料,网箱四周加围了一圈密网,防止饲料溢出。即使如此,一旦喂料结束,他们都会立刻用抄兜仔细地捞走所有的残余物。我去乡里的时候,乡党委委员王琮提到,有一次去高泥村,遇见一辆运泥车驶过,掉落了一块土坷垃。没等他停稳车,有位白发老奶奶率先从樟树下奔过来捡走,吓了他一跳——生怕奶奶速度过快出故障。

看到他俩又在擦拭垃圾箱,是要将之拾掇成装饰品?只有多年以来打心底欢喜自己的村庄、眼前的日子,才会习惯对日常的讲究,几乎使垃圾这个概念消失了本义。

请用一句话点评村庄环境:回不去了! 樟树下的老人们说得开怀直白。原来,村人自己亦难以想象,脚下曾是一个生活加生产垃圾——废竹、烂木头、碎泡沫、破渔网遍布的地方。第一次村庄环境大整治时,清理出了一万多件废弃物,典型的垃圾成山。现在,整洁成了习惯,对自身和身外的基本要求。为了美化环境,村里、镇里曾经每年举行庭院美化评比,优胜者获得花草券。

绿意统治的夏末,我对这多年的坚持有着直观的领略。人家门前、庭院花容仍艳:紫薇、月季、太阳花、三角梅、黄金菊……有人偏爱皮实的多肉植物。养老服务站对门的那户在自家矮墙上栽了整整一圈,甚为可爱——栽种它们的花器五花八门,很多是废弃的塑料瓶罐,上部被剪出风车、花朵、波浪……美的心思和手艺很迷人,让每个角落都斑斓起来。

高泥村虽长而转折,到底是地盘不大,我走了几遍,也就将之梳理完毕:

村后的大山岭蜿蜒过黄大山,经过整修,现在成了宽敞的斑斓古道。依然有过山岭的人,以前被生活所驱使,叫跋涉,现在为修身养性,叫游览。两旁的丛林,绿意无限中不时递出婉转的鸟鸣,光景犹如吹皱一池春水,时间起了涟漪,人的心随之雀跃。

原生和栽种的山花,自开自落,浮在溪水中流入村庄,蓄成村后清凌凌的长方形小水库。

另有一条溪流顺着大山岭直接流进村中心。在此修建了公园,高处建了丰收亭,亭前有鱼鳞池,就在水库脚下。四周散落着古樟数棵,池杉几列,修竹大丛,都还寻常。一棵巨松傲立,令人仰止。

村里特别为黄鱼建了个馆——高泥黄鱼馆,就在松间。粉墙、灰砖、黛瓦、漏窗,传达的是古朴悠闲。但仅是外表,进得门来另有一副面孔:西沪黄鱼共富工坊。

作为努力的缩影,外面的村庄与海,人与鱼,近处与远方,奋斗成果和为理想而继续前行,全都容纳进来,形成一腔的丰富多彩、饱满激荡——高泥人习惯用散淡包裹起来而已。

公园周边是人家,曲径通幽,石板甬道两侧镶嵌着卵石,两旁有鱼形墙绘。不规则的空地上,曾经用于制作网箱的废旧木板被制作成了景观小品,其中少不了大黄鱼,游动在出其不意的地方:转角、夹缝。有人家大门两侧的院墙也贴上了彩色鱼群,到了晚上,鱼群变成了彩灯,在夜色中继续它们的畅游。

紧挨公路里侧有个宽阔的黄鱼广场,一条金色的黄鱼雕塑高高跃起在空中。周末的傍晚,我见一位年轻的父亲带着他的稚儿在嬉戏,你追我逐,逗得孩子咯咯笑。

"这孩子,笑得像条黄鱼咯咯叫。"一旁大樟树下乘凉的老人们说。

广场上还有个低矮得多的雕塑,是一个地面上的母亲搂着她的小宝贝。

那一刻,感觉都稳了。

无处不在的黄鱼元素不仅体现在人家门口——贴着黄鱼形标牌,还出现在了近海的田野上。有七八条编扎的大黄鱼,体形硕大,体态却轻盈,正侧身游动在岸上。它们的身下,春天油菜花金黄,这个季节,共享菜园的各类蔬菜已届收获。附近荷塘里荷花结子,更多是莲叶无穷碧。流淌在一旁的小河,白色与紫色睡莲花还开在水面。更大片的水稻田里,稻穗齐头并进,处于挺立向躬身的途中。

唯有在这里,当人家、港面早早被点亮时,整片田园还在睡梦里,等待清晨的第一缕阳光来点亮繁密叶尖上的露水,完成古老的唤醒。

当年朱中华在这片田间看见远道而至的朱文荣,一定是看见了未来本身——又是船又是车,最后一段沙石路的黄尘让这个年轻人看起来灰头土脸。可是他的眼神亮晶晶,满身活力无法掩盖。其实最让朱中华满意的是他的想象力和行动力。跟西沪港潮水似的,潮潮新鲜,永不疲倦。他奔波,描述,恒定清澈的热情直接打动人心。朱中华立刻看中了这个远方来客,将带来更远处村里人暂时看不见的机遇。

朱文荣出生在江苏泰州兴化,学成归国后先在象山港彼岸盘桓了几年,终于依据潮水的流向在2008年的夏天摸进了西沪港。在他眼里,当时的高泥村远得令人生疑,直接让他生出无限神秘之感,我的理解是好奇心大起。虽然高泥村面貌与今日有差距,有一点已令他印象美好深刻:好客。听村里人说话的语气,尾声顺势微微上扬,就像微微一笑的嘴角,感觉一切都好说,置身完全陌生环境的自己很快放松下来。

直觉很准,只来第二趟,就确定注册公司。有村、乡、县的协助,一切进行得顺风顺水。翌年,租用村里闲置厂房的象山旭文海藻开发有限公司就开始投产。几年以后,又开始了海藻养殖。他还流转了村里六百多亩耕地,建起了田园综合体,名为里海,让自己完全融进了高泥村,成为美好风情的一部分。

在里海,他将另一处村中空置房改造成了安澜别院,成就画龙点睛之笔。这个民宿有着唯美而含蓄的苏式风格——终于流露了自己的来处,使故乡并不遥远。

一家运转良好的企业当然不会让朱文荣停下想象和行动的脚步。他尝试在山坡种植红美人,在田里种上了成片的荷花,食用的和观赏的。荷花盛放于盛夏,引得无数人穿过荷塘的栈桥,在藕花深处流连,清香染衣。近年又尝试在水稻田里养鸭、养蟹、养虾、养鱼,生产有机稻米,深受欢迎。

他的美学实践从来都以人间温情为底色。

在安澜别院见到了朱文荣。喝着工夫茶姿态悠然,不妨碍出言简洁,语速极快,信息量很大。他的身上一定装填了满满的未来,坐着也是蓄势待发。我想,来到高泥村的十几年间,他的所作所为构成一股已成气势的潮流,顺着时势一路向前奔涌。

从农耕角度看,一个村庄六百多亩田地不算多,但它们就在庞大的山海之间成功辟出了田园风光所在,时不时让人将滨海风情误作湖光山色。

剩下的真是海了。从岸边伸出去的数条宽阔水泥路直接形成了简易码头,时长时短,半干半湿。西沪港一日两潮吞吐着它们,从不影响其坚实纽带的性质。

只有站上渔排,才能发现除了网箱内的鱼在底部深水区游动,还有网外的在海面上游动,特别是小黄鱼形成了银色的欢腾的一片。半空中,白色鸥鸟在盘旋滑翔,忽而俯冲下来。

许是日间阳光过于强烈,黄昏的海面上,出现了衣着保守的外来人,大多数是游客。望过去,吴带当风,曹衣出水,惊为天人。间有三两钓者被接上渔排垂钓,只有他们从头到尾引不起注意,但我能够想象得出网箱里的黄鱼、鲈鱼、红鱼、铜盆鱼、黄姑鱼在水下隔着网眼吐着泡泡,围观捣蛋。

下午四点左右,一批高泥人早早吃上晚饭。等到他们再上渔排做好准备工作,西沪港的黄昏刚好降临,鱼群再次从深水区浮现……

西沪港晨昏就是如此迷人,曙暮光下,除了人们在专心劳作,鱼群在倾情欢闹,还有更广大的美好。

比如,日间的天和海蓝得惊艳,夜间的天和海蓝得幽深,只有晨昏的天是月白蓝,化开了似的。将醒将睡之际的世界,甚至风都静息下来,海面一平如镜,任霞光渗透,含而不发。沿海岸线的村落安详如祥云,行走的人们——步行、骑车、驾车、开船,都是落在自然的温柔以待里,落在自身的平心静气里,落在无数种令人欣悦的想象和期待里。

此时进出高泥村口,会发现接近地面的"未来乡村"四个金色大字格外亮眼。对面,一排装饰华美的乡村小别墅矗立着。侧方,绿草成茵,巨石横卧,上镌"春暖花开"四字。这样布置,该是诗意的留白——面朝大海,这里有无尽的面朝大海。

未来也没有尽头,永远年轻。

村里仅黄鱼销售旺期就发展出了五月份、休渔期、十月份、年底,加上黄鱼鲞、活鱼,轻松覆盖了全年。

然而年底总归是大出货的节点。天冷,入夜,海上作业更见辛苦,也聚拢了更多的人气,兄弟邻居都来帮忙。当沉重的渔网伴随着号子声从四面拉起,黄鱼群出水,用金身瞬间融化了寒夜的凛冽,终于让那些看不见的努力绽放耀眼的光芒。

见过这个场景的人从此带着金子般的目光。

高泥村从不缺连接大海的通道,有一条还是凭实力出类拔萃——通往新建海上平台的长长的栈桥。除了白色栏杆,余皆装饰成深蓝、湛蓝、浅蓝、青蓝,乃至所有想得出来的蓝。二〇二三年五月,"亚运味道"象山(黄避岙)首届黄鱼风情节在高泥村举行,当时的主舞台就设立在此,旁边是村民的新型网箱,观众深入体验了一把身处大海、身处鱼群、身处鲜味旋涡的滋味。按照设计,今后几年海上平台还会向海面纵深拓展,形成海上花型的美学空间。

这阵子,一直在喜欢的西沪港晨昏里盘桓。采风最后一日,才选晴朗的正午走在栈桥上。时间一长,放弃了遮蔽的抵抗,交出自己。即将身化一汪蓝色之际,我向往起了上午才离开的清凉地界——读海书屋,此刻那里才是海的那一边。

当时从朴素至简陋的黄避岙乡政府出来拐过几个弯,一眼就发现了外观整齐淡雅、内里现代舒适,集阅读、收看、展示、演练各种功能于一体的乡村文化空间。这一带是乡里最宽阔和热闹所在,书屋对面即为学校,此地最亮丽的建筑。

学生与书使我想起了风行象山的"青年与海"这个提法,随之想起了在文艺活动中认识的一位高泥村年轻人。

他叫柯杰,大学毕业回到了象山,在县城创业,一边从事健身管理,一边做电子商务。只要有机会,就参与到推介家乡的宣传中去。

他通过平台和渠道销售的不仅有自家的海鸭蛋,还有大黄鱼、西沪三宝(海带、紫菜、苔条)、水果等农渔产品,让自己与高泥村与西沪港时时刻刻不离不弃。创业渐入佳境,打算在年内入驻象山电子商务创业园。

正是在他这里,我听到了"高泥村是自己的根"一说,更听到了期望:高泥村是个好地方,条件已经很好,往后还可以在人文方面加以充实,吸引更多的青年回归。

触动人的不止话语本身,而是出自一个二十多岁的人口中,使我想起了自己的二十多岁——仅仅一代之差,对远在孤岛的家乡曾只停留在逃离一个选项。

西沪港畔的高泥村是个怎样的村庄? 当我回到北岸望向南岸的时候,从山岚水云何澹澹中确切看到了海的那一边——无尽斑斓。想到朱中华时常会在高泥村时间起始点清醒一下,他在睡梦中还能辨别出这些声音吧? 尤其是三轮车、木筏上发动机的声音,甚至鱼的咯嗒声。陪伴他的声音,也是高泥村的声音,发自山海深处,发自时间与夜幕的深处。那些密集的动力声响所构成低低的喧嚣,直接驱动了不动声色的奔腾,就像西沪港的潮流,从大洋到近海,从象山港横折入西沪港,通过陆地的小小裂隙,直至深入高泥人的家门口。这种长途奔腾,归根结底更如时代的潮涌,通过种种途径深入角角落落,绵长而雄浑。

至此可以这么说,对于是港、是村、是人,自有了跨海大桥,有了斑斓海岸,有了美丽乡村……时代提供足够的可能,给予有准备的人,才能二十年走出千百年的改变! 大前提下,高泥村的斑斓由表及里:首先由海天、村居、植物群落、道路、海上牧场等构成。斑斓进而成为人们内心和日常之本色:怀抱希望和享受得了成果的劳作是如此辛苦又如此美丽。他们走过的这段长路就是一场斑斓的行旅——一潮又一潮,每一潮带来的改变都是平凡人生中的一场颠覆、一场传奇,反过来辉映了山海与村庄本身。

高泥村简介:象山县黄避岙乡高泥村坐落于西沪港与象山港交界处。目前村民250余户800多人,拥有耕地600多亩。2003年5月16日,时任浙江省委书记习近平来象山调研海洋经济,指出象山发展海洋经济已经具有良好的开端,又有较好的自然条件和资源优势,希望象山把发展海洋经济作为一项重要的工作来抓,进一步发挥优势,寻找差距,全力推进海洋经济快速发展。同年,响应"八八战略",高泥村成立了第一家海水养殖合作社,开始了村容村貌的治理整顿。2006年9月14日,习近平来到象山出席第九届中国开渔节和象山港大桥工程奠基典礼。2012年12月28日,大桥及沿海高速公路建成通车,高泥村拐上了桥海时代的快车道。2013年,响应"美丽乡村"发展战略,市、县、乡三级共同启动"斑斓海岸"文明示范线建设,至2016年建成。2017年,党的十九大报告提出实施乡村振兴战略,高泥村走上了深化发展之路。经过二十年的奋斗,共有160户超60%的村民从事网箱养殖,海水养殖面积达3000多亩。养殖的大黄鱼、鲈鱼等远销国内外,年产值达1.4亿元。2022年村集体经济收入超120万元,人均可支配收入超5万元。完成了数百项村庄洁化、美化、便利化、数字化项目和活动,不但成为"浙江省黄鱼养殖第一村",还先后获"全国文明村"、"中国美丽休闲乡村"、"全国示范性老年友好型社区"、浙江省3A级景区村庄、浙江省气候康养乡村、浙江省首批未来乡村建设试点村等三十多项荣誉。

"千万工程"是一次伟大革命

张国云

只此青绿映碧水,湖光山色两相宜。

广袤之江千里江山如画,浙北水乡荷塘月色,浙中丘陵富春山居,浙西南山区江山多娇,活脱脱一幅村美人和共富的清明上河图。有人说,这些都源于浙江持之以恒、锲而不舍,实施了二十年的"千村示范、万村整治"工程,简称"千万工程"。

时针拨回到21世纪初,当时的浙江城市化加快,但城乡差距却在拉大。2002年底,时任浙江省委书记习近平深入市县调研时发现,地方经济发展"先天的不足""成长的烦恼""转型的阵痛",针对浙江农村环境"脏乱差"这一直观问题,紧扣农村建设和社会发展明显滞后这一深层问题,聚焦城乡一体化这一根本问题,亟待寻找到破解城乡二元结构、解决城市和农村"两种人"、探索"三农"路径问题的"金钥匙"。

2003年6月,习近平同志在广泛深入调查研究基础上,提出从全省近4万个村庄中选择1万个左右的行政村进行全面整治,把其中1000个左右的中心村建成全面小康示范村,在浙江大地展开了"千万工程"的时代画卷。习近平同志出席2003年"千万工程"启动会和连续三年的"千万工程"现场会并发表重要讲话,为实施"千万工程"擘画蓝图、立柱架梁。

党的十八大以来，习近平总书记一直倾心关怀、倾情牵挂、倾力指导“千万工程”，多次作出重要指示批示，指引浙江不断把“千万工程”推向纵深，全面塑造宜居宜人的农村人居环境，全面激活创业创富的农村发展动能，全面理顺互动互促的城乡一体关系，全面提升和乐和美的农民生活品质，全面提升善治善成的乡村治理水平，也探索走出了一条加强农村人居环境整治、全面推进乡村振兴、推动中国特色社会主义共同富裕的科学路径。

当“千万工程”和美丽乡村建设已经成为浙江一张闪亮的金名片时，2018年9月，浙江“千万工程”又荣获联合国“地球卫士奖”，得到了世界广泛的认可和赞誉。

正因为“千万工程”是展示美丽中国、美丽浙江的“金名片”，蕴含中国特色社会主义在省域层面实践、理论和制度创新成果的“大宝库”，推进中国式现代化省域探索的“强引擎”。用老百姓的话来说，“千万工程”是继实行家庭联产承包责任制后的一次伟大的革命。

1

这是一次什么样的伟大革命呢？

我们发现浙江“千万工程”的故事，首先是从“垃圾革命”破题的，即以绿色发展理念，引领农村人居环境的综合治理。

那天，我们自浙西南的龙游县城出发，沿灵山港南行，经溪口镇后东拐，即进入山清水秀的大街乡地界。这里地处仙霞岭余脉，贺田村就位于依村而过的潼溪边。不论是谁，只要走进贺田村，就会被这里超乎寻常的整洁、干净所震慑：

村道上见不到生活垃圾，哪怕是一张小小的废纸；每条道路都宽敞平整，两旁没有任何堆积物；见不到乱窜的鸡、飞舞的苍蝇……

在村里走着，你可能还会产生幻觉，怎会有这么整洁的乡间村落，该不是画作，该不是梦境？！

没错，这的确是如画之梦境，只不过生活在此的村民，把梦境化为了现实。这一由贺田村倡导和总结的，以"垃圾源头分类可追溯，减量处理再利用"保洁机制为内容的村庄整治模式，被称为"贺田模式"，在"千万工程"中已成为当地及邻近地区的样板。

贺田村党支部书记劳光荣六十多岁，外形朴实，却闪烁着一双机敏的眼睛。他语速很快，相关数据随口道来，舌头从不打半点结。对于我们形形色色的问题，他的回答非常到位。他说自从"贺田模式"出名以来，很多人前来参观学习，让他的不少精力不得不投入于此，但他乐此不疲，因为结合"千万工程"的实施，在经济条件并不太好的农村，大力推广生态共建的新农村建设模式，自己责无旁贷，乐见其成。

自1993年起，劳光荣就担任贺田村的党支部书记。1997年那年，他的妻子患了重病，求医问药耗尽了家底，还负债40多万元。不得已，他在村两委换届前放弃参选，外出赚钱。但村民们要求他重新回来的愿望非常迫切,乃至"惊动"了贺田村所在的大街乡党委。在由乡党委安排的一次"公投"(留在村里的十八岁以上村民参加)中,600多张选票里有500多张是投给他的。劳光荣于是又担任起村党支部书记,这副担子至今再也没有放下过。

重新"执掌"村党支部的劳光荣,满心希望彻底改变村里的面貌,提高村民收入。在随后的几年中,他与村两委班子一起,不断推出有利于村庄发展,有益于全体村民的"重大举措",如革除村民盗伐林木的陋习、在村里推广提子种植等,村里还专门组建了农业合作社。近年来,劳光荣等村干部又大力引导村民们种葡萄、毛竹、茶叶、板栗、高山蔬菜等,还联系了山外客户,按照市场价统一进村收购。

发展村级经济,增加村民们的收入,提升共同致富的幸福感,拥有优美的生产生活环境,让村民们生活在宜居的村庄里,这些是乡村振兴的题中之义。可偏居一隅的贺田村毕竟是个典型的小山村,卫生基础设施根本没法与城市相比,村民的环保意识也淡薄,要把这里建设成文明、整洁、环保的美丽山乡,谈何容易!

在劳光荣第一次提出这一建议的2007年底,虽然"千万工程"已实施好几年,别的村已在人居环境整治方面颇有成果,贺田村的村容村貌也有了很大改变,但屋前路旁的环境卫生仍不尽如人意。比如:村内随处可见一坨坨狗屎;每家每户各有一个粪坑,有的粪坑据说还是从爷爷辈手里留下来的,每到夏天,众多粪坑臭气熏天,大头苍蝇乱飞;更糟糕的则是破败的屋舍、脏乱的道路、四处乱扔的垃圾了……

有很长一段时间,在整个大街乡各行政村的卫生评比中,贺田村经常被排在末尾,"脏乱差"曾是本村及周边村民对贺田村的一致评价。

劳光荣是土生土长的贺田村人,让自己的家乡成为一处美丽之地是他深埋心底的梦想:

为什么这片生我养我的土地不能像大城市那样整洁、有序、文明呢?"脏乱差"是村庄的沉疴,这些老问题一贯有之,想要一一解决,真的绝非易事。

2008年3月,已思忖许久的劳光荣把村两委班子成员召集在了一起。大家刚坐下,他就迫不及待地道出了自己的想法:

"贺田村的当务之急,就是立即搞'垃圾革命'!"接着,他说出了"垃圾革命"的大致设想。村干部们被他撺掇得摩拳擦掌,但也有一些顾虑。究竟怎么实施?眼下的村集体经济仍显薄弱,难道伸手向村民们要钱?再说,村两委马上就要换届选举了,何不平静安稳地度过这一任期,反而要去自讨苦吃?!

劳光荣得知大家的心思,便非常诚恳地说:"难道大家能眼睁睁看着我们贺田村的子孙后代就这样穷下去?一个村庄,连垃圾都处理不好,谈何致富?困难再大,只要大家齐心协力,总归有办法。"

这段话可能空洞了点,但接下来的话语很贴心:"换届是一回事,为村民办实事是另一回事。只要真心为群众办好事,即使一时不被理解,也能求得问心无愧。"

的确,生活垃圾这个头疼的大问题不解决,已经取得的整治成果、今后的整治规划都是白搭。村里曾突击搞过一次卫生检查,结果让众人刻骨铭心:村里只有三个垃圾堆放点,由于没有统一管理,每个垃圾堆放点周围至少几十平方米范围内总是脏乱不堪、臭气熏天;每家门口都有一个垃圾堆,苍蝇蚊子满天飞。没错,每家每户、每时每刻都会产生生活垃圾,这是生活必然,关键在于必须让村民养成文明处理垃圾、科学投放垃圾的观念和习惯。而劳光荣和村干部们就要在贺田村对生活垃圾发起进攻,开展一场轰轰烈烈、独具个性的"垃圾大革命"!

经过长时间思考和反复商议,劳光荣和村干部们心里有了盘算:他们把全村划为5个责任区,每个责任区都由相应的村民代表和小组长来负责;全村共设24个垃圾投放点,所有生活垃圾都必须投放在这24个点上;鸡、鸭等家禽被统一管理,外村的狗一律不准进村;村民投放垃圾的时间统一为早上八点钟之前和下午五点钟之后,若村民错过投放时间,对不起,你只能等到第二天早上再把生活垃圾投放出去。

这些规定还不是全部。贺田村还规定,投放垃圾之前,村民必须先把垃圾做一个简单的分类,主要分成四类:有机垃圾、建筑垃圾、可回收垃圾、不可回收垃圾。有机垃圾主要是菜叶、残羹剩饭等,这些有机垃圾可还山还田,是一种极好的肥料;建筑垃圾可用于填坑铺路;可回收垃圾指的是纸板箱、易拉罐等,村里集中统一分类,到达一定量时,一并拉到废品回收站去换钱,钱将留在村委会作为公益金;不可回收垃圾则是指有害垃圾,比如电池、农药罐等,通常由垃圾车每天清运走,在乡环卫站统一协调下焚烧填埋。

为了让全体村民都能按以上各项要求操作,每个月10日,村里统一发给村民垃圾袋。垃圾袋分两种,一种黑色、一种黄色。黑色垃圾袋用于盛放不可回收垃圾,黄色垃圾袋用于可回收垃圾。每只垃圾袋上还印有与每家农户相对应的固定代码,一级代码表示所在责任区区域,二级代码是每户代码,这像是给每袋垃圾贴上了"身份证"。此法能达到见袋知人的效果,一旦有人家违反规定,很快就能查个水落石出,村民们的自觉性和主动性,想不提高都难。

"'垃圾源头分类可追溯,减量处理再利用',这是我们这套生活垃圾处理机制的核心,即把垃圾处理工作的重点,从以往的终端处理,转移到垃圾产生源头上去,并要求村民把垃圾细分类别,从而把垃圾量减到最低。我认为,这套机制能够实现'不用花多少钱,举手之劳就能改变村里面貌'的预想。"劳光荣不无自豪地说。

"这场'垃圾革命'打响之后,不少村民也有过抱怨,有人还当面对我说:'有必要这样兴师动众地对付垃圾吗?还要让我们对垃圾进行无聊的分类,完全是没事找事了!'但当全村的环境越来越好,看着舒心,住着也舒心时,大家不仅理解了村干部们的一片苦心,还都很自觉地成为环卫参与者和监督员。现在说贺田是'全县最干净的村庄',一点也不夸张!"劳光荣说。以前一到夏天,贺田村小店里最好卖的就是粘苍蝇的纸,有些人家不用这种纸,连一餐饭都吃不太平。如今,村里苍蝇、蚊子基本绝迹,店老板早已不愿再进苍蝇粘纸这类货品了。

如此科学、完善、系统、有效的生活垃圾处理机制,绝对可以与大城市媲美。然而劳光荣还不罢休,他还想做得比大城市更胜一筹。

跟着,贺田村又推出了一套十分具体、针对全体村民生活习惯的考评机制,每个月都组织专人进行全村性的清洁大检查。大检查的主要内容包括:室内环境、庭院绿化情况、家禽家畜情况、门前屋后道路清洁情况。每家每户的清洁状况都要进行统一的评分,并在村里的黑板上进行公示。得分高的用户非但能获得奖品,还有希望被评为村年度"卫生示范户"。村庄卫生状况的提升,还增强了村民的荣誉感,大家越来越看重自己在维护环境卫生过程中的作用,每月的卫生考评结果在墙上公示,哪怕只有零点几分的差距、一两位的排名落差,都让村民们很关注,甚至为此争得面红耳赤。

据说,有一个农户家里妻子热心投入清洁工程,丈夫稍显懒散,即引起了夫妻纠纷,直到村两委出面才重归于好。当九十二岁高龄的林日如老人得到奖品时,全村人都羡慕不已,为之感叹……有了这般良好的气氛,还怕村庄卫生整治工作做不好吗?

之后，贺田村还完成了道路硬化、绿化、亮化工程；潼溪标准防洪堤建好了；8000多米的林区道路建成了，毛竹运输成本大大下降；原本居住在破旧泥墙矮房的老人们，都迁入了舒适的集体公寓。村里陆续建起图书室，内有藏书2500余册；建起村民综合楼，里面有超市、老年棋牌室；建起休闲公园、灯光球场，全村的老老少少在这里打太极拳、跳舞、唱戏、下象棋、打篮球、打乒乓；村里还组织了排舞队、腰鼓队、民乐队……

"村里每年还举行村级'春晚'活动，推出诸如'和睦家庭''好婆婆''好媳妇'等评比活动，优胜者还会获得水壶、扫帚之类的奖品。如此丰富多彩的文化活动，把全村村民都吸引了过来，也让邻里关系越来越和谐。"

劳光荣把我们领到村里每年举办"春晚"的灯光球场上，把"春晚"的盛况好生描绘了一通："'春晚'的表演者除了村民自己，还会有村外的民间艺人。村歌《亲亲家园》必定是要唱的，村两委干部也要上台演唱《在希望的田野上》。'春晚'演出那晚，整个贺田村喜气洋洋，连外村的村民都会赶到这里看热闹。"劳光荣说，一场轻松、祥和、快乐的村级"春晚"让全村人更加团结和谐。

这正是"前山微有雨，永巷净无尘"。在贺田，多年不见的画眉、喜鹊和一些不知名的鸟儿，叽叽喳喳地在花丛中鸣唱。走在洁美的乡村小道上，犹如置身于如画山水之中。

2

这是一次什么样的伟大革命呢?

我们发现浙江"千万工程"的故事,敢于从江南水乡的"水革命"起步,治污水、防洪水、排涝水、保供水、抓节水的"五水共治",既是"千万工程"基础性、长远性战略工程,也是事关千家万户幸福安康的民生工程。

为了破解"九龙治水、各自为政"的困局,浙江成立了治水专班,全称是"浙江省'五水共治'工作领导小组办公室"。我们向施振强副主任了解治水情况时,他突然扑哧一声笑道:"看来,今天你们找对人了!"

原来他刚从浦江县委书记转岗过来,浦江"铁腕治水",他是主要组织者之一。施振强副主任说:"你看'浦江'二字,必定是因水得名。"据说,在一万年以前,浦阳江畔的先人择水而居,"上山文化"遗存中的一颗万年稻谷,改写了世界稻作文明的历史。

时光到了20世纪80年代,浙江流传起一句民谣,形容几个具有代表性的地方产业:"永康一只炉,义乌一只鼓,东阳一把刀,浦江一串珠。"这里所说的"一串珠",指的是浦江的水晶。

浦江的水晶产业,其实主要就是灯具饰片、服饰上的水晶贴片以及水晶工艺品等的加工。加工过程,一般是先用硫酸等化学液体去除杂质,再用抛光粉在抛光机上将晶体打磨成多角多棱状。

没有复杂难学的技能，只要有两只手，有一条板凳配上一张木案，有一个电机带动一个转盘，就可以干水晶加工，设备投入只要几百元；只要肯吃苦，就可以开水晶加工厂。因此，在极短时间内，水晶加工点遍布浦江城乡，并在浦江形成一条产业链，从产品加工、原料设备供应到房屋租赁、商贸服务等"三产"格局也很快形成。

最兴旺之际，全浦江有水晶加工户2.2万余家，85%的行政村都有水晶加工户，水晶产业产量占全国80%以上。水晶加工毫无悬念地成为当地"富民产业"，甚至在广东灯具市场说起浦江水晶，无人不知，且市场里从事水晶灯具销售的大多也是浦江人。其时，全县38万户籍人口中一半以上与水晶产业链利益相关。

"刚开始加工水晶时，磨一颗八角水晶珠能卖三毛钱，利润有一毛多。到后来一颗售价才六七分，利润只有一分多。"一名过去的水晶加工作坊主介绍，因人工费用不断上涨，激烈的竞争中买方压价，产品利润下降，单家单户做水晶加工赚钱越来越难。

一边是产业的急剧发展，一边是环境付出的沉重代价。由于在整个水晶打磨加工过程中，必须一直用清水冲洗，水晶加工业用水量极大。更严重的是，冲洗后产生的废水中含有玻璃粉末、重金属，是对环境有极大污染的工业废水。这类废水呈奶白色，一旦排入河流中，好端端的溪河就会变成"牛奶溪"

"牛奶河"。加工水晶贴片时往往还用沥青等物质进行黏合,冲洗过这类产品的废水呈黑褐色,直排后又让原本清亮的河流成了墨河、黑水河。

那时,浦江每天有1.3万吨水晶加工产生的废水、600吨水晶废渣未经有效处理而直排,导致固废遍地、污水横流。数据显示,治水前,浦江共有462条"牛奶河"、577条垃圾河、25条黑臭河,全县85%以上水体受污染,而浦江人的"母亲河"——浦阳江更是成为钱塘江流域污染最严重的支流,出境断面水质连续八年为劣V类。

施振强越说越激动:"浦江人已经到了无路可退的地步!'牛奶河'、垃圾河,甚至黑河和臭河比比皆是,在这样一种环境中,哪一个浦江人不是苦不堪言!"

"当地有个叫傅美芳的中年人,眼含热泪说,我们住在这里,已经忍受不了这种恶臭了,周围都是得癌症的,我丈夫也得了癌症。"

"还有个上了年纪叫吴杏芳的村民更是悲愤地哭诉:'我们自己已经六十来岁了,但我们还有下一代,子子孙孙日子还要过下去,这条西溪请政府部门一定要帮我们治理好。'"

还有人用瓶子灌了东溪或西溪的水,直接找到了政府信访部门。一边是浦江人的泪和恨,再也不能在垃圾堆上数钱,再也不能在病房里花钱;一边是水晶加工业已经成为整个浦江县的支柱产业,当外表闪亮的水晶成为浦江人的金饭碗时,浦江人对水晶已经深度依赖。要革除产业弊病,这个难度可想而知。

施振强回忆,当时让他感到最煎熬的是:治水屡战屡败。2006年开始治水,仅仅是对上万家水晶加工户进行了一些规范管理。到2011年第二波整治时,相关部门要求水晶加工户对污水进行最初步的沉淀处理,结果反而招致激烈反弹,又以失败告终。

"对此,我们也不断地反思,经过反复权衡,这才慢慢清醒过来,浦江治水,涉及浦江县几十万人的生活,也涉及几万家水晶加工户的彻底整治,无疑是一场革命。既然是革命,肯定涉及社会的方方面面,关系到既得利益。这就需要打破常规,对违法乱纪的、顶风作案的经营户,甚至一些黑恶势力,必须绳之以法。"施振强说。

2013年4月25日,顺应浦江百姓的强大民意,借着全省"五水共治"和"三改一拆"的有利形势,浦江县委、县政府再次打响了水晶产业整治战。

这是一场关系浦江未来的生死之战,也是一场关系每个浦江人的全民之战。

一场大规模水晶产业污水整治行动,在浦江大地展开。如同一场风暴,迅速席卷无数水晶生产户,席卷每条污水河、每处排污口。

从2013年4月25日零时起,1000多名县、乡干部组成各种类别的工作组、巡查队、突击队,对全县所有无照经营户、违法经营户、污染物偷排经营户发起了一轮又一轮的整治。

河山村是这场水晶产业整治"第一枪"打响的地方。在这个只有348户人家的村庄里,居然聚集着140家水晶加工户。100多名检查整治人员在此集中行动,一个多小时的时间里,就查出30多家偷排漏排污水或无证生产的水晶加工户,其中7人涉嫌违法被警方带走。

检查整治行动共分两大类。以工商部门牵头的,名为"金色阳光突击行动",主要在白天行动,专门查处无证无照的非法企业、作坊、加工点;以环保部门牵头的"清水治污零点行动",多为夜间行动,主要是查处趁着夜幕偷排、漏排的企业或个体加工户。

逢山开路、见水搭桥,势不可当。检查整治人员和执法人员实施突击检查,关停、取缔偷排污水的水晶加工户,对偷排重金属超标的污水的作坊主予以立案侦查。拔掉一个个钉子户,啃掉一块块硬骨头。这样的突击行动反复进行,有时一天内会有三四次。

浦江县水晶整治办主任傅双庭介绍:从2013年4月25日至12月27日,全县开展"金色阳光突击行动"657次、"清水治污零点行动"485次,检查水晶加工户11200户次;553人被移送相关部门处理,其中治安拘留147人,追究刑事责任25人;依法拆除水晶违法加工场所64.7万平方米,减少水晶加工设备6.58万台。

另一组重要数据是,水晶行业整治攻坚战打响后的八个月中,浦江水晶加工户数就由15837家减至2507家。

这次大规模整治,涉及一二十万人的利益大调整,可并未引发一起出县上访和群体性事件。对于前些年信访量一度高居全省榜首的浦江来说,这绝对是个奇迹。其原委究竟是什么?

"这是因为这回动了真格!起初大家还是观望的多,后来看到有人还因为违法排污被逮捕法办,就知道这回政府下了天大的决心。"云南籍打工者罗印田说。

那年,水晶磨盘加工户邓善飞因涉嫌严重污染环境罪,被当地检察院批准逮捕,邓善飞也成为浙江首例因污染环境而被追究刑事责任的犯罪嫌疑人。后来,笔者曾调阅过他的案卷,大致如下:

邓善飞:先把磨盘上的油渍清洗干净,然后用电解的方法,放到自己配好的化学药水里面电解除砂。

警察:化学药水里有什么东西?

邓善飞:硫酸镍、氯化钠、高锰酸钾之类,排到外面水沟里。

警察:从水沟流到哪里去了?

邓善飞:水沟是通到外面居民区的。

……

磨盘生产应用电解原理,在铁质的磨盘坯子表面镀上金刚石粉、硫酸镍、氯化钠、高锰酸钾等物质,最后一道工序是用清水清洗磨盘。整个简陋的生产过程,将产生大量含有重金属镍的废水,若不对废水进行必要的处理,任其排放,对环境的破坏不可想象。但邓善飞为了攫取更大的利润,根本没有配置什么废水处理设施。他在加工点的墙角凿了一个洞,把未经任何处理的重金属严重超标的废水直接排入门口的小水沟,流入附近居民区的溪河中,再由溪河汇入浦阳江。

本以为这样做,只有天知地知,但2013年6月22日,他被浦江县环保执法人员逮了个正着。通过对加工点的排入环境口(地上)、排入沟的废水、废水排放口的分别采样化验,发现这三个点的废水样本,其重金属含量已分别超过国家标准10000多倍、47倍和1000多倍。要知道违法排放的废水中,重金属只要超标3倍以上,即构成严重环境污染罪!

2013年7月17日,浦江县人民检察院以污染环境罪对犯罪嫌疑人邓善飞批准逮捕。11月19日,浦江县人民法院以污染环境罪,依法判处邓善飞有期徒刑一年,并处罚金3000元。

一大批简陋的水晶加工点消失了,企业主转而从事其他行业。一名原先做灯饰水晶球的企业主坦言,尽管以往从事水晶加工业一年能赚400多万元,如今转行做服装生意收益稍少了些,但如果算上环境账,"那就是赚到了"。在最早开展水晶加工的虞宅乡,过去的水晶加工户虞丽元正在和乡邻们一起做土面条。她认为,自己放弃了水晶加工,仍然可以找到更为适合的致富门路。

据浦江县经济商务局提供的数据,2013年5月至11月,全县用电量同比下降15.6%。"在六十年一遇的高温季节,全县没有因限电而拉闸一次,这在往年是不可想象的。"与此同时,2013年上半年全县万元GDP能耗同比下降了11.7%。

如今,浦江县的传统产业如绗缝、葡萄种植、麦秆画制作等重现热闹景象,仙华山、郑义门等山水人文景点以及特色民宿吸引着一批批游客到来,乡村游正蓬勃兴起。一江清水还引来产业"俊鸟",经济新常态下,浦江水晶等各大支柱产业以治水去产能促转型,由此腾出的发展空间和不断改善的生态环境,也给电商、智能锁、生物医药等新兴产业带来发展契机,一批新经济新业态破茧而出。

通过整治,浦江县就像被一双"魔术之手"拂去了工业化进程中留下的沉疴腐疾,抚平了落后生产方式造成的满目疮痍,实现了一场脱胎换骨般的蜕变。

这时,施振强亮起嗓子:"我会负责任地说,到2014年,浦江县就消灭了境内全部462条'牛奶河'、577条垃圾河。"

为了扶持浦县江水晶产业健康有序发展,在省有关部门支持下,至2015年上半年,浦江加紧建成东、西、南、中4个水晶产业集聚园区,总面积达1000亩。全县所有水晶企业都搬入园区,实行统一治污、统一管理、统一服务,其入园标准有十二条,从注册资本、设备水平、环保处理等方面作出严格限定。

我们在浦江水晶产业园区参观,看到从园内各个企业排出的污水,统一进入巨型污水处理池中,经过几轮过滤,污染物被逐渐去除,直至污水成为清水。据园区负责人介绍,经过这套净化设施处理过的污水,其水质可以达到I类,甚至可以直接饮用。

更让人欣慰的是,在浦江县工业园区内,一家新型建材企业的两条生产线正在运行,每天可消耗水晶废渣600多吨。从全县各地统一回收的水晶废渣,按比例与页岩、石灰石和其他建筑废料相混合,经融化、碾压就变成了新型建材——砖。

"年前小别才三月,归燕悄然已报春。淡淡微风吹弱柳,绵绵小雨润细村。已经治水惊天地,再使转型泣鬼神。大美小康如我待,此生欲作浦江人。"这是省政协原副主席、诗词爱好者陈加元为浦江之变写下的一首名为"又回浦江"的诗,治理前后的强烈对比,以及对如今浦江之美的深深爱恋,跃然纸上。

3

这是一次什么样的伟大革命呢?

我们发现浙江"千万工程"的故事,从事关百姓日常的"厕所革命"为突破口,觉得如厕这件事看似小,实则大也。从某种程度上说,厕所卫生反映着一个地方的文明与发展程度,也反映着社会管理能力。

常山县位于浙江西部,地形以山地丘陵为主,是农业大县。2018年全县人口34.4万,其中农村人口29万余,占全县人口总量近85%。在户厕改造上,常山县实现了困难群众厕改率

100%、农村旱厕拆除率100%两大目标,显著提高了农民群众的获得感、幸福感。

"千万工程"推进过程中,常山县围绕建设"何处心安、慢城常山"大花园的目标,针对农村公厕脏、乱、差、偏这些痛点,提出"小康路上,一厕也不能少",借鉴"河长制"的做法,在全省首创并推行公厕"所长制",使得一座座干净方便的公厕"登上了大雅之堂",成为常山县"千万工程"建设的亮点。

那天常山县委书记叶美峰接待了我们,说到了公厕,他引用了美国作家朱莉·霍兰在其著作《厕神:厕所的文明史》里的话:"人类的文明并非从文字开始,而是从厕所开始的。"

受传统观念影响,常山县的乡村公共厕所一般建在较为偏僻的地方,而且不少还是旱厕,蚊蝇滋生、异味四溢,不知已有多少人反映公厕"连脚都踩不进去"了,乡村公厕不仅没起到服务群众的功能,反而带来了困扰。

常山县虽不是经济富裕县,但为了"厕所革命",这几年县里砸锅卖铁的决心都有。县农办牵头负责乡村公厕建设,安排了专人专职主抓。县财政每年设立1500万元的专项资金。等级公厕建设列入文明村镇、美丽乡村评比中的"一票否决"事项,也列入乡镇考核事项,并每月进行督查通报。

但老百姓对此不认可,觉得民生问题千千万万,这么大张旗鼓搞"厕所革命",是不是捡了芝麻,丢了西瓜?显然,人们对"厕所革命"的真正用意,还没有认识清楚。

针对这一情况,常山县将工作向后退了一步,更多地与百姓交流文明的问题，改变他们的观念。

"中国是农耕社会，尊重农业生产是最基本的社会共识。过去皇上也是农民，也信奉肥水不流外人田，皇家的便溺也是要拉去郊区当肥料用的。中国的农民，撒泡尿都得跑自己地里。"常山县环卫所一名工程师对我们说，"但过去人与自然是一种融合的和谐状态，这个问题不突出。现在经济和城市都急速发展，打破了原有的自然融合。因此厕所问题是复杂的发展问题，是多层次的融合性问题，需要系统解决。"

也许思想长一寸，行动进一尺。是的，要让老百姓深深体会到生活品质改善之重要，他们才会强烈意识到农村必须来一场"厕所革命"。

后来在"厕所革命"的实施过程中，常山县又遇到新的阻力。这个阻力主要来自全县农村改厕工作进展不平衡，乡镇重视程度有高有低，推动方式有简有繁。加之农民主体作用不突出，技术创新跟不上，农民群众"不愿用、没法用、用不上"等现象不同程度存在。这使得常山县的公共厕所改造工作，一度徘徊在十字路口。

怎么办？众人细细反思后，觉得是"厕所革命"的初衷出现了偏差。

之所以坚持不懈推进"厕所革命"，其初衷应该是努力补齐影响群众生活品质的短板……是的，公共厕所改造的重点应该在农村，难点也应该在农村。马上调整工作思路，把农村"厕所革命"作为改善农村人居环境、促进民生事业发展的重要举措,接着又调整了工作方案,启动实施农村生活污水治理三年攻坚,与全省农村卫生厕所覆盖率一致,达到98.6%。

自2017年起,常山县分期分批启动农村210座独立公厕的新建和改造提升工程,确保"每村都有一座公厕"。在公厕建设与运作维护过程中,常山县克服经济基础薄弱的劣势,切实保障资金来源。县财政从美丽乡村建设资金中连续三年、每年拨付1500万元专项经费,让农村公厕的运行维护有了持续的资金保障。

根据建造等级的不同,常山农村公厕建设造价从15万元到50万元不等,由村镇自主筹资建设。在公厕的管护方面,除了三格式化粪池定期清掏等工作,常山县还为每一座农村公厕配备了一名保洁员。保洁费每座公厕每年5000元,由县财政统一拨付。对于新建公厕和改造公厕也出台了详细的奖补措施:A级公厕每座最高奖10万元;AA级最高15万元;AAA级最高可达20万元,被评为"最美乡村公厕""优秀所长"的单位和个人还有奖励,这大大激发了大家建设和维护公厕的积极性。

常山县腾出力气抓农村公厕建设,最终目的是充分保障群众如厕方便,所以公厕的覆盖面、便利性尤为重要。这些农村公厕的面积多在40至80平方米,"麻雀虽小,五脏俱全"。公厕有的建在卫生所、活动广场附近,有的建在主干道两旁,还有的建在乡村旅游景点周边。公厕内除了男女卫生间,还有专门的工具间、管理间和第三卫生间,无障碍设施齐备,并注重运用环保新技术和智能设备。同时,公厕尽可能延伸服务,厕纸、洗手液、搁物板、衣帽钩一应俱全,为广大群众提供了舒适舒心的如厕环境。

在农村公厕建设过程中,常山县坚持实事求是,既不搞"贪大求洋",也没有哗众取宠,而是量力而行、尽力而为,合理布点、理性投入。农村公厕建设中严格做到了"六不":污染控制、无异味,不臭;环境卫生、无杂物,不脏;简约美观、环境协调,不难看;路口指引、临近引导,不难找;数量满足、布局合理,不排队;优质服务、免费开放,不收费。

常山县青石镇砚瓦山村是这一轮农村"厕所革命"中的最大得益者之一。村里因为有材质、造型各异的奇岩怪石,因而成了当地小有名气的赏石佳地。许多游客慕名而来,村里的乡村旅游也日益红火起来。然而,村里很快发现了新的问题:因为没有一个像样的公厕,许多游客万般无奈只得到村民家"行个方便"。

村民徐德胜家的厕所就常常被游客借用,"有些时候十来个人排着队来,说心里话,麻烦是有点麻烦的"。平常无人关心的公共厕所,这时成了乡村旅游发展的"拦路虎"。全面开展的农村"厕所革命",为砚瓦山村解决这个难题提供了契机。村支书徐卫国高兴地说:"2018年村里新建了三座旅游公厕,很快建成并投入使用,游客如厕难的问题已大大缓解。"

常山县规定,新建、改建公厕全部按照国家《旅游厕所等级标准》《旅游厕所质量等级的划分与评定》的要求进行景观化建设,也就是按照旅游厕所A、AA、AAA等级标准布局、设计。为了达到"一厕一风情、厕厕成风景"的良好效果,常山县根据每个镇、村的实际情况,在设计公厕时因地制宜采用浙派、徽派、现代等建筑样式,形成了别墅式、田园风、水岸船型等多元风格。

此举不仅让公厕"从无到有",还让公厕"从有到优",根据公厕周边环境、景色特点,配合设计与之相生相融的造型和色彩,做到"景、厕"相得益彰。比如江源村公厕就是在村民家老房子的基础上重新翻建的,保留了老建筑的骨架和韵味,还与紧挨着的古老的江氏家庙风格协调。又如长风村在全村建筑外立面改造时,将公厕一并设计到位,以黑白灰为主色调,仿照浙派建筑风格,让小小厕所和特色民居巧妙地融为一体。

为解决农村公厕后续的维护运营问题,这时的常山县又从浙江全省推行的"河长制"中获得启发,建立了常山公厕"所长制"。

那天一大早,外面下着小雨,我们几人早早来到塔山脚下的一座星级公厕。厕所白墙青砖,竹林为障,24小时开放,所有蹲坑和洗手池均采用感应式冲水器,同时还为残疾人设立了单独卫生间,男女厕所内都还有老年人和儿童的专用厕位。2017年,这座公厕被评为"全国最美公厕"。我们刚到这里,只见常山县住建局局长徐敏急急忙忙走进来。他一会儿用手摸一摸,看看洗手台有无灰尘;一会儿用脚划一划,看看地面是否湿滑。原来,徐敏还是这间公共厕所的"所长"。

"我们常山县的'所长制',明确县委书记任全县公厕总所长,县委副书记任乡村公厕'总所长'。城区各公厕'所长'由县住建局干部和各街道党工委书记担任;乡村公厕由乡镇党委书记担任集镇公厕'所长'和辖区公厕'总所长';村支书担任所在村公厕'所长',一村有多座公厕的,由村两委干部分别担任。全县形成'县、乡、村三级联动、乡镇部门紧密配合'的工作机制,做到'一厕一所长、责任全覆盖'。"徐敏介绍,如今全县每个公厕都有了"所长"。

我们在当地调研中发现,常山农村的每座公厕都做到了"一牌一本,一日一巡,一考一评"。"一牌一本"即"所长"公示牌和"所长制"工作日志,公开"所长"信息。"一日一巡"即落实"所长"职责,每天巡查不少于一次。"一考一评"即建立考核机制,倒逼"所长"主动作为。

而在一些小城镇厕所,我们还见到从市场方向寻求让厕所长效运行的方法。如有一座公厕,里面竟有音乐吧、书吧,还有Wi-Fi网络。最具特色的是这里首创"以商养厕"的管理模式——通过在厕所内摆放自动售卖机、销售工艺品等,来解决维持公厕日常维护、保洁等所需的费用。据了解,每月除了支付公厕日常维护、保洁等所需费用外,还有上千元的盈利。

有了"所长"之后,常山还建立了公厕"所长"考核和星级评定机制,定期开展"最美公厕""优秀所长"评选活动,把等级公厕作为文明村镇、美丽乡村评比中的"一票否决事项",列入对乡镇的考核内容。在"所长制"的强力推进下,常山县到

2019年底已完成全域所有乡村"至少有一座公厕"的建设目标,自从"所长制"确立以来,农村公厕就成了"总所长"叶美峰下乡必看的地方之一。

"2017年初,常山县开始推行'所长制'后,上级许多同志见到我都说'总所长你好',口气怪怪的。直到'厕所革命'在全国打响,同志们的目光由不屑一顾变成不可思议,都提出想来常山县看看我们的美丽公厕。"叶美峰说,的确,公厕"所长制"是迄今中国诸多省份中绝无仅有的。

如今的常山县农村公厕,不仅在服务上体现了人文关怀,还引入互联网思维,实现了智慧管理。运用互联网技术,常山县重点实现公厕定位功能,形成一张常山县公厕电子地图,让群众有如厕需求时可一键搜索、精准定位;建立公厕管理网络平台,开发手机小程序,引入自动化控制技术和自动化管理,实现自动开关门、照明、排风、冲厕等功能。

围绕"何处心安 慢城常山"城市品牌,常山公厕还统一标志形象设计,以胡柚娃卡通形象制作公厕导向牌,在装点风景的同时,也让市民和游客倍感亲切。

在常山县,我们还见到了一座"会呼吸"的公厕。"这个公厕是在原有旱厕的基础上改建而来的。我们还在公厕内外种上能净化空气的绿萝、三角梅、吊兰和茶梅等绿植花卉,使它与周围环境融为一体,为正在创建的县级'美丽乡村精品村'增添一抹美丽的文明风景。"该公厕"所长"说。"会呼吸"的公厕,正是常山县公厕改革的一个缩影。

有一首唐诗这么说:"郁金堂北画楼东,换骨神方上药通。露气暗连青桂苑,风声偏猎紫兰丛。"诗以艺术笔法记录了一次愉快如厕的经过,在一个环境清幽的地方,原本的不堪之事变成了一种享受。这是古人一次不无夸张的描绘。如今的常山县,"村里的公厕比自家的厕所还漂亮"的现象比比皆是,许多村民下田回来上村里的厕所时,甚至都会脱鞋进入,原因就是不想弄脏干净的地面。

或许,厕所在我们的生活空间里只占了一个小角落,但厕所既是"面子",也是"里子",体现着一个地区的文明程度。常山县的美丽公厕,确实在一定程度上改变了民众对厕所的偏见,帮助村民养成良好的卫生习惯,提升了村民对村庄的认同感和归属感。

4

这是一次什么样的伟大革命呢?

我们发现浙江"千万工程"的故事,说到底就是一场生态文明的"绿色革命",又是一项系统工程,迫切需要全面推进乡村振兴,发展新型集体经济,走向共同富裕。

作为浙江省唯一的少数民族县,景宁畲族自治县在打造鸬鹚乡中心村的过程中,立足于为广大农民提供周到服务,实现幸福生活,从难处入手,在实处着力,克服了资金、人手、经验等方面不足的困难,中心村建设和管理工作顺利推进,其在乡镇中的带头作用日益体现，畲族人民的生活质量也得以逐步提高。

"拆偏远、建鸬鹚"，是鸬鹚乡中心村改造的总体思路。鸬鹚乡紧紧抓住"千万工程"中心村培育建设项目契机，深化培育中心村"家"的建设理念。为了吸引分散居住在山里的农民下山，住进移民小区，乡里创新方法，推广城市公寓套房的居住形式，让农民实实在在地感受到"套房"的舒适、卫生。移民小区的公共服务设施配套齐全，也促进了中心村的人口集聚。

鸬鹚村是鸬鹚乡政府所在地。"千万工程"全面实施以来，鸬鹚村按照中心村布局合理化、产业规模化、人口集聚化、设施配套化、服务社区化、环境生态化"六个化"的项目建设要求，有序实施各个改造项目，接纳大量下山移民，成为全乡最重要的中心村，也是省级中心村培育点。用了五年时间，鸬鹚村征用土地约1.6万平方米，建设下山移民小区，其中套房4幢共56套。建设套房能让土地得到集约利用，不但节省了农民建房资金，而且改善了农户居住环境，这一好做法很快在全乡乃至全省得以推行。

中心村建起来了，日常管理也是个大问题。鸬鹚乡未雨绸缪，制定并落实农村垃圾"户集、村收、乡运"的运行机制，配备保洁员，还推出了长效保洁制度，农民爱护环境的自觉性不断增强。为改善鸬鹚中心村基础设施，鸬鹚乡又集中资金，投资120多万元用于路面硬化、农厕改造等，并完善建设了排污管道及生态处理池。与此同时，完善与改进村务活动室，引进与提升卫生室设备，改善幼儿园教学设备，推进安全饮用水工程、河沟池塘治理、无线网络工程和信息化视频监控系统建设等。

经过几年的建设和管理，鸬鹚中心村已经换了模样。"现在，村里的垃圾山没了，路边杂草铲除了，路面硬化了，下水管道也在改造，垃圾箱装到了路边，还有了专门的保洁员，村貌和以前大不一样了，村庄干净卫生，我们也过上城里人生活了。"鸬鹚村的村民自豪地说。在广大村民心目中，鸬鹚村俨然已是一座"美丽小城市"。

走进长兴县，我们读到一首诗："三万六千顷，湖侵海内田。逢山方得地，见月始知天。南国吞将尽，东溟势欲连。何当洒为雨，无处不丰年。"

这是一首描绘浩渺太湖的名诗，写的是太湖的阔大和太湖湖畔丰饶的生活，如今人们又在谱写太湖更新更美的诗篇。湖州市长兴县是浙江省最北的一个县，紧依宽如大海的太湖。

来到该县和平镇毛家店村，用"旧貌换新颜"来概括它的今昔变化，既简洁又准确。这是一座已经建成的可谓典范的中心村，道路宽阔、绿树成荫，白墙蓝瓦的新房与周边的青绿茶山相映成趣，与以往的混乱斑杂不可同日而语。

村党支部书记徐建国向我们介绍说，已有近300户家庭迁入这里的新居，家家户户的房子都非常舒适，新建中心村的环境也特别优美。而随着居住区域的集中，全村已腾出1000多亩土地,全都用于发展现代效益农业。村里的花红和猕猴桃基地已基本建成,将成为村里发展生态农业、村民致富的重要支撑。

中心村建设是长兴县社会主义新农村建设的主要内容,是该村全面深入实施"千万工程"的重要抓手。早在2011年,经反复酝酿,长兴县委、县政府出台了《关于加快中心村培育建设的实施意见(试行)》,把全县249个行政村规划成92个中心村(含92个集中居住区和150个居住点),引导农村人口、产业、公共服务集聚,配套建设农村基础设施和公共服务设施,加快进度,建设中心村。

也是从这一年开始,长兴县启动了林城镇北汤村、虹星桥镇港口村等18个试点村的建设工作,2012年起,又对部分试点村进行调整,并在此基础上新增8个重点培育村。林城镇北汤中心村的居住区,采用了徽派建筑风格,远远看去像一幅雅致的水墨画,近处则可发现即便是建筑细节都很讲究。确保建筑质量,让村民们住得满意,让村民享有城里人一样的居住条件、居住环境,甚至超过城里人,是这个中心村建设的基本要求。

环境整洁、服务完善、管理有序、文明和谐,同样是长兴县中心村建设的基本要义。结合"千万工程"实施而推出的新农村建设十大工程、中心村培育、"魅力乡村"创建等,就围绕上述这些基本要求展开,力求绘就长兴县新农村版图。数字表明,2012年以来,在新农村十大工程建设的过程中,长兴县每年统筹 10 多亿元资金,协调交通、建设、国土、教育、文化、卫生、环保、农业、林业、水利等县级有关部门,通过农村联网公路建设工程、农村社区服务中心建设、农村环境卫生整治等各项工作的开展,确保政府公共资源向中心村倾斜,统筹城乡发展步伐,建立健全农村尤其是中心村公共服务体系。

"由于前几年的中心村建设成果不错,2012 年之后又启动了洪桥镇金星村、虹星桥镇后羊村、煤山镇新安村、泗安镇管埭村、吕山乡吕山村等 23 个村的中心村和'魅力乡村'创建。近年来,我们花大力气全面提升中心村个性特色和'魅力乡村'建设品位,为全力争创'浙江省美丽乡村创建先进县'做好保障。"

时任长兴县发改局局长陈剑峰说,通过一二三产并举、功能与品位并重、精神与物质齐抓,优化村庄功能,改善农村环境,提升人居条件,促进农民增收,中心村建设切实达到了务实、有效、群众满意的应有效果,呈现出"村民富、村庄美、村风好"的美好景象。

"予独爱莲之出淤泥而不染,濯清涟而不妖,中通外直,不蔓不枝,香远益清,亭亭净植,可远观而不可亵玩焉……"这篇出自北宋大哲学家周敦颐之手的《爱莲说》,被工工整整地书写在杭州市桐庐县江南镇环溪村的爱莲堂内。

经常充当导游的环溪村村委会主任周忠莲介绍说,环溪村住的都是周敦颐的后裔,村子迄今已有六百二十余年的历史,历代乡贤名士辈出,属于国家级深奥历史文化保护区古村落之一。

不单是历史文化保护区古村落,还是一座文明和谐的中心村。"为了实实在在地打造一座中心村,我们村投入的整治费用达到2500万元,不仅将河道、街面统统整治了一遍,实现了"三线"(电线、宽带、数字电视)入地,还建起了九个生活污水处理池,全村600多户的污水全部纳入了管道。池上面种着花,铺着草,要不是有人指点,根本看不出是个污水处理池。"周忠莲介绍,对环溪村来说,最重要的改变,是村庄的定位、个性的开发和历史文化资源的充分利用。

2003年开始,"千万工程"在全省拉开序幕。那时的环溪村还不是第一批待改造整治的中心村,但在村党支部书记周忠平和村两委的带领下,大规模的规划、改造和提升工程还是在环溪村展开了。党员干部和广大村民已在思考:环溪村的老房子、古树木以及纵横全村的发达水系,都有很大的历史价值和利用价值,为什么不对它们进行保护和整治?村里的历史文化资源这么丰富,为什么不突出它的个性,把村庄打造成一座以休闲旅游文化为特色的中心村?

环溪村的想法很快得到了江南镇和桐庐县的支持,水利、农业、城建各部门专家相继来到环溪村考察,改造和整治计划也有了眉目。但是难题接踵而至,尤其是旧村改造,涉及不少村民的利益,先前的纠葛重新翻了出来,新的矛盾又在滋生。该怎么办?周忠平便首先从自家亲戚"开刀",给大家立个榜样。就这样，村民们越来越主动地配合村里的各项工程。至环溪村延续五年的改造整治工程结束，全村共拆除建筑近一万平方米，且没有发生一起信访事件。

2012 年之后，环溪村成为一座以"莲文化"为休闲旅游主打产品的美丽村庄，村两委又在思索一个新的问题：在拆除猪栏、关停小作坊后，村民的生计该如何保障？这一片绿水青山，怎样才能真正变成带动百姓增收致富的金山银山？显然，做大做强"莲文化"这篇文章是最稳妥、最靠谱的。经过村两委反复研究，在上级部门的支持下，环溪村以村集体的名义，将全村原本分散经营的约 600 亩土地统一流转过来种植莲花，进一步扩大开发以赏莲花、摘莲蓬、挖莲藕为主题的农业观光游，得到了全村的认同和支持。

之后，环溪村又把环溪的村标注册成为商标，莲花田进一步扩大，休闲旅游业产值持续上升。新发展的"清莲文化"又打出了"清正廉洁"这个牌子，引得更多人在此驻足，深悟古风高洁的优良传统。而始建于明嘉靖年间的周氏宗祠"爱莲堂"几经修缮，如今环溪村不仅已成为一座环境整洁、服务完善、管理有序、文明和谐的中心村，更是江南一带新时代新农村建设的典型样本。

80 后叶洪清的"茶+物联网"模式，让爱茶者实现了从"茶杯到茶园"的无缝对接；陆俊敏、梅晓芬夫妇离开大学讲台回归故乡，丈夫种起了茶叶，妻子则在村里办起私塾煮茶讲经；

村民孟雪芬为了"让茶不仅仅是茶",一直在尝试茶产业创新路径;建立了云缬坊的叶科,提取了茶色素,将"茶+扎染"文创产品推向了国外……

除了本地人,还有更多的外地年轻人才,也陆续来到了这里。有在茶园中设计茶室、茶亭的著名建筑师徐甜甜,有把老街中的百年汀屋改造成书吧、茶馆的资深媒体人夏雨清,还有"小茶姑娘"等民宿业主、餐饮业主,星星点点地在茶园周边建起了一家家茶宿、茶餐厅……他们发挥特长,搅得这里的茶产业界、茶文化界风生水起。

以上这些场景,发生在浙西南的丽水市松阳县。这里山清水秀、生态环境一流。近年来的"千万工程"和美丽乡村建设,让这里的天更蓝、山更绿、水更清,宜居宜业,且留住了田园乡愁。在好山好水中,松阳县的茶产业更加兴旺起来。

据典籍记载,松阳茶叶源于东汉,曾是松阳人民引以为傲的"三张叶子"之一。20世纪90年代之后,松阳的茶产业开始进入快速发展的轨道,在扩大茶叶种植面积的同时,众多茶农不断完善、改进原有茶叶加工技术,琢磨出一套独特而完整的"松阳香茶"种植加工生产技术,使松阳成为中国香茶发源地。如今,"松阳香茶"不但已成功注册了地理标志证明商标,还成长为浙江优质绿茶的典型代表,被评为2017年最受消费者喜爱的百强中国农产品区域公用品牌、2018年浙江省最具成长性十强品牌。

同时,松阳涌现出一批优秀的茶叶加工技术人才,他们除了带动和引导本地茶农发展茶产业,还有不少人走出松阳,带动其他地方的农民从事茶产业。如在庆元县龙溪乡,由于"松阳茶师"孟文化的带动帮扶,从事茶产业的村民的生产生活条件得到很大改善。有人说,几乎全国的产茶区都能找到像孟文化这样的"松阳茶师",他们带动当地农民种植、加工和销售茶叶,颇受欢迎。松阳县有关部门曾经联合开展"松阳茶师"培训工作,并建立了"松阳茶师"档案。据统计,本籍的"松阳茶师"已超过6000人,不少"松阳茶师"被各产茶区高薪聘请,有的月薪超过10万元。

随着松阳的山水环境越发秀美,乡村全域美丽基本完成,生态农业成了松阳发展的重中之重,茶产业的扩大和升级成了一大亮点。如是,不仅有上千外地茶商慕名来到松阳,经销茶叶、创办茶企、从事茶延伸产业,更有大批松阳籍茶师、企业家、创业者回到故乡,投入蓬勃发展的茶产业,还有成批年轻人纷纷离开大城市返乡,成为松阳的新生代茶人。小小的松阳县因了各路人才的会聚,变得热闹,变得忙碌,充满生机。

2018年3月28日,一个全国性的关于茶叶品质提升的研讨会在松阳召开,50余位知名专家学者共同为茶叶品质提升发展出谋划策。会议提出,要坚持绿色发展理念,通过搭建互联互通平台,促进"品牌强茶"走出去,进一步推动一二三产业有机融合,实现茶产业的可持续发展……这只是在松阳举办的其中一项茶产业高端活动。松阳县已连续十多年举办"中国茶商大会·松阳银猴茶叶节",将业界专家学者、知名企业老总、茶商、各茶叶产地市场负责人等请进松阳。也就是在2018年，联合国粮农组织(FAO)、中国农业科学院农业环境与可持续发展研究所又选择与松阳县雪峰云尖茶业有限公司签订示范合作协议，实施"碳中和茶叶生产项目"，成为全国唯一合作示范点。在松阳街头遇见国内外一流的茶叶和茶产业专家，这绝不是什么稀罕事。

古市镇上河村的魏碧华成功研制出单口锅全自动智能扁形茶炒制机等茶叶加工机械，还获得了三项国家专利，原来手工炒制一锅茶起码需要半个多小时，如今只需要短短八分钟；范正荣在松阳从事茶叶加工销售二十余年，创办的浙江振通宏茶业有限公司是最早一批涉足茶资源综合开发利用领域的企业，目前已成长为超亿元企业；因为参加了松阳茶商大会，深圳市悠谷春茶业有限公司总经理孔晓澄将深圳的精制茶厂搬到了松阳，大量松阳茶叶经他之手从农产品转化成了商品……各路人才会集松阳之后，找到了适宜自己的发展平台，发挥各自作用。毫无疑问，诱人的创业创新天地吸引着各路人才要素"上山下乡"，投身乡村振兴，创新共创共富机制，农村经济活力由此泉水涌流。

松阳县现有生态茶园15.32万亩，2022年实现茶叶产量1.86万吨、产值20.49亿元，茶叶全产业链价值达135亿元，形成了全县40%的人口从事茶产业，50%的农民收入来自茶产业，60%的农业产值来自茶产业的产业发展格局。

回家创业，各路人才要素"上山下乡"，投身于乡村振兴，在美丽山水间成就事业,实现梦想,这已经成了最近几年一股不可小视的潮流。

5

这是一次什么样的伟大革命呢?

我们发现浙江"千万工程"的故事,本身就是一场"自我革命",不但要革除沉积的顽瘴痼疾,而且要以此认识世界、把握规律、改造世界,最后得到世界的认可。

这对于湖州市安吉县递铺镇鲁家村村民裘丽琴来说,更是一件石破天惊的大事:这一天,作为浙江普通村民的她,竟然代表着5700多万浙江百姓,站到了联合国的授奖台上。

北京时间2018年9月27日,美国纽约曼哈顿。联合国总部大厅灯火通明,气氛热烈。联合国环境规划署将年度"地球卫士奖"中的"激励与行动奖",颁给了中国浙江"千万工程",而这个奖的受奖代表,就是裘丽琴。站在授奖台上,在众人注目下,裘丽琴刚开始发言时难免有些紧张,声音略显颤抖,但当她说起浙江的乡村变迁,说起"千万工程"给她和同村乡亲带来的巨大变化时,她的声音渐渐变得昂扬、响亮:

"我是一名家庭主妇,过去每天要提着重重的污水桶,走到很远的地方倒掉。现在管网接到了家里,我再也不用提着桶走路去倒污水,村子也变得更美了。感谢'千万工程'让我的生活更幸福!"

全场顿时响起长时间的掌声。

这一发自内心的拳拳盛意、肺腑之言，再一次证实了，通过努力，浙江从过去的"垃圾靠风刮，污水靠蒸发，家里现代化，屋外脏乱差"，变成了如今"污水有了'家'，垃圾有人拉""雅居美庐，满目叠翠"。

或许大家会好奇，此刻站上颁奖台的为什么是鲁家村？

在浙江省北部，有一个县叫安吉，是习近平总书记"绿水青山就是金山银山"这一理念的诞生地，也被称为"中国美丽乡村发源地"。

裘丽琴就来自这个山区小县。她是一名已有二十多年工龄的村干部，也是一位"千万工程"的参与者和见证者。与笔者谈起鲁家村这些年发生的变化，她特别强调："用年轻人的话来说，我们村成功实现了'逆袭'。"

什么叫"逆袭"？

说得明了一点，"逆袭"就是原本身份、地位、资源、能力等均处于绝对下风的人，不安于现状，凭借自己顽强的意志和战斗力，最终战胜比自己强很多的对手，或完成了几乎不可能完成的任务，为自己打造出另一片天空。

而"逆袭"用在村庄变化上，就是实现了华丽转身。如果不是与她面对面，笔者真的不敢相信从一个中国村民嘴里，会迸出"逆袭"这么一个词。

这个故事还得从十多年前说起。

那时的鲁家村是一个典型的贫困村，村民中流传着一首顺口溜,把村里糟糕的状况说得很形象:"垃圾堆成山,污水遍地流,蚊蝇满天飞,臭气四季吹。"裘丽琴记得很清楚,那一届村委会新班子上任的第一天,就收到了一份特殊的礼物——在全县187个村的卫生考核中倒数第一,这犹如"当头一棒"。

从青年时嫁入鲁家村,到中年时成为村干部,裘丽琴面对的都是一个环境脏乱、没有产业、少有年轻人的落后村。尤其在工业化、市场化浪潮中,不少村民纷纷走出乡村、走向城市,鲁家村的村容村貌更加不堪。很长一段时间,让裘丽琴羡慕的是相距不远的高家堂村,因为那里宜居宜业。为统筹城乡发展、优化农村生态环境,2003年6月,浙江启动"千万工程",高家堂村率先将环境整治与乡村旅游产业发展相结合,成了绿色生态富民家园,为其他村提供了样本。

裘丽琴与村支书朱仁斌上任后的第一个目标,就是尽快恢复乡村发展的底色——绿色。但千头万绪,从何入手?两人在村里转了无数圈,方案拟了一份又一份,最后盯上了房前屋后的垃圾。"偌大的村子连个垃圾桶都没有,环境怎么会好?"裘丽琴觉得,垃圾入桶,看似小事,指向的却是生活方式变革和可持续发展的大事。

兴冲冲地准备买垃圾桶、开展入户宣传时,一翻账本,村干部们傻眼了:村集体可用现金6000元,负债150万元。找县里、街道垫付?没有先例,不现实。让村民出钱?村庄发展缓慢,大家本就有怨言,不靠谱。最后,朱仁斌等村干部自己筹资8.5万元,给村里每25户分发了一个垃圾桶,为每个村民小组聘请了一名保洁员。

然而,改变农民千百年来的生活习惯,谈何容易?筹钱买来的垃圾桶,放在路边成了摆设,村民依旧把垃圾往路上扔、向河里倒,还有人抱怨:"赚不到钱你们不管,扔个垃圾却要来管,吃饱了撑的!"

裘丽琴难免有些委屈,却也不恼:"只有干部做出表率,才能让村民从实实在在的变化中看到乡村的未来。"那些年里,与别的村干部一样,她下河捞过垃圾,在烈日下扫过村道,吃过村民的闭门羹,也收获无数点赞。党员干部们把整座村庄当成了自己的家,像一个个勤劳的母亲操持着"洒扫庭除、内外整洁"的事务。渐渐地,鲁家村没了五颜六色的垃圾,垃圾分类成为大家新的生活方式。

从被村民亲切地称为"裘妈"起,裘丽琴知道:村庄的第一步跨越,成功了!

但另一个问题接踵而至,让裘丽琴揪心:村庄环境变好了,但经济发展没有起色,约三分之二的村民依旧外出,村庄空心化严重。"种一年田,赚两三万元,不如在城里打工。"裘丽琴说。这也是很多乡村当时遇到的难题。绿水青山向金山银山转化的通道难以打通,城乡差距难以缩小,农民无法安居乐业,"农民没有活力,村庄就没有希望"。

关键时刻,村党支部召集全体党员、村民代表开会,大家坐下来专门商讨出路。会上声音很多,有人想发展种养业,有人希望引进工业企业,也有人觉得乡村旅游才有前景。"最后大家决定,先做规划,找准方向。"裘丽琴动情地说。

随后,朱仁斌等村干部动员乡贤众筹300万元,请来上海、广州的专业设计团队,量身定制发展蓝图。三个月后拿到新规划,裘丽琴惊讶不已:"山还是那座山,但换一种思路,就完全不一样了。"如村里低丘缓坡较多,以往种养业规模效益低下,但在新蓝图中,18个家庭农场布局错落、各具风格,非常符合2013年中央一号文件提出的发展家庭农场的要求。

裘丽琴记得,那一年,这份规划被做成PPT后,在县里招商引资。一家蔬菜企业看到后动了心,成为最早入驻鲁家村的投资者。很快,更多的投资纷至沓来。可大家又很快发现,随着工商资本大量涌入,如何保障村民利益成为新问题。"只有你中有我、我中有你,才能抱团共赢。"裘丽琴说,当时村里的想法,就是要把投资者的利益和村集体的利益融为一体。

2015年1月,鲁家村引入专业旅游公司,权益分配上,旅游公司占股51%,村集体占股49%,采用"公司+村+农场"模式,每年给全村村民分红600万元以上。将股权量化,村民不出一分钱就当了股东,既拿租金,又挣薪金,还分股金。不久,村民年人均纯收入近4万元,股权增值60多倍,一本股权证大幅提高了村民的幸福指数。

这年底,为把散落的18个农场串联起来,长达9华里的铁道环线建成了。小火车正式通车,整个鲁家村沸腾了!多年来,小火车载过数以万计的游客,为村里带来10多亿元工商资本,也吸引了大批外出务工的年轻人回乡开启新生活,鲁家村成了名副其实的"网红"打卡地,还被誉为"诗和远方的田野"。

裘丽琴与我们分享鲁家村成功"逆袭"的故事和心得,希望越来越多的村庄变得美丽整洁,越来越多的绿色环境变成生态资源,越来越多的村民过上美好生活。

美丽的鲁家村像一个窗口,见证着浙江农村生态环境的变迁。鲁家村这种创新的乡村产业发展模式,也为其他乡村发展提供了新的思路。众多的浙江乡村,探索出各具特色的美丽经济发展之路,成为一座座宜居宜业的美丽村庄。

……

联合国环境规划署在颁奖词中,对浙江"千万工程"给予高度评价——

"这一极度成功的生态恢复项目表明,让环境保护与经济发展同行,将产生变革性力量。"

浙江在生态环境领域,以一个省的一项工程,获得联合国"地球卫士奖",这在全球是史无前例的。

说到这里,人们不免欲问,浙江为什么能?

我们一直在思考这个问题,经过粗略勾勒后,发觉浙江乡村建设大致经历了"三步走":

第一步是2003年至2010年,以村庄环境整治为重点的"千村示范、万村整治"阶段,广大乡村从"脏乱差"迈向整洁有序;

第二步是2011年至2020年,以美丽乡村建设为重点的"千村精品、万村美丽"阶段,广大乡村从整洁有序迈向美丽宜居;

第三步是2021年以来,以未来乡村建设为重点,开启"千村未来、万村共富"新阶段，推动乡村从美丽宜居迈向共富共美。

也许仅几步，但你要知道每一步浙江都以实施"千万工程"、建设美丽乡村为载体，聚焦目标，突出重点，持续用力，常常需要经历示范引领、整体推进、深化提升、转型升级，以此推动美丽乡村建设发展。如果非要说出几条可供人们学习借鉴的经验，大致有：

不断以绿色发展理念，引领农村人居环境综合治理。浙江省通过深入学习和广泛宣传教育，让习近平总书记"绿水青山就是金山银山"的理念深入人心，成为推进"千万工程"的自觉行动。把可持续发展、绿色发展理念贯穿于改善农村人居环境的各阶段各环节全过程，扎实并持续改善农村人居环境，发展绿色产业，为增加农民收入、提升农民群众生活品质奠定基础，为农民建设幸福家园和美丽乡村注入动力。

不断高位推动，党政"一把手"亲自抓。习近平总书记在浙江工作期间，每年都出席全省"千万工程"工作现场会，明确要求凡是"千万工程"中的重大问题，地方党政"一把手"都要亲自过问。浙江省历届党委和政府坚持农村人居环境整治"一把手"责任制，成立由各级主要负责同志挂帅的领导小组，每年召开一次全省高规格现场推进会，省委、省政府主要领导同志到会部署。全省上下形成了党政"一把手"亲自抓、分管领导直接抓、一级抓一级、层层抓落实的工作推进机制。省委、省政府把农村人居环境整治纳入为群众办实事内容，纳入党政干部绩效考核和末位约谈制度,强化监督考核和奖惩激励。注重发挥各级农办统筹协调作用,发展改革、财政、国土、环保、住建等部门配合,明确责任分工,集中力量办大事。

不断因地制宜,分类指导。浙江省注重规划先行,从实际出发,实用性与艺术性相统一,历史性与前瞻性相协调,一次性规划与量力而行建设相统筹,专业人员参与与充分听取农民意见相一致,城乡一体编制村庄布局规划,因村制宜编制村庄建设规划,注意把握好整治力度、建设程度、推进速度与财力承受度、农民接受度的关系,不搞千村一面,不吊高群众胃口,不提超越发展阶段的目标。坚持问题导向、目标导向和效果导向,针对不同发展阶段的主要矛盾问题,制定针对性解决方案和阶段性工作任务。不照搬城市建设模式,区分不同经济社会发展水平,分区域、分类型、分重点推进,实现改善农村人居环境与地方经济发展水平相适应、协调发展。

不断有序改善民生福祉,先易后难。浙江省坚持把良好的生态环境作为最公平的公共产品、最普惠的民生福祉,从解决群众反映最强烈的环境"脏乱差"做起,到改水改厕、村道硬化、污水治理等提升农村生产生活的便利性,到实施绿化亮化、村庄综合治理提升农村形象,到实施产业培育、完善公共服务设施、美丽乡村创建提升农村生活品质,先易后难,逐步延伸。从创建示范村、建设整治村,以点串线,连线成片,再以星火燎原之势全域推进农村人居环境改善,探索农村人居环境整治新路子,实现了从"千万工程"到美丽乡村、再到美丽乡村升级版的跃迁。

不断系统治理,久久为功。浙江省坚持"一张蓝图绘到底",一件事情接着一件事情办,一年接着一年干,充分发挥规划在引领发展、指导建设、配置资源等方面的基础作用,充分体现地方特点、文化特色,融田园风光、人文景观和现代文明于一体。坚决克服短期行为,避免造成"前任政绩、后任包袱"。推进"千万工程"注重建管并重,将加强公共基础设施建设和建立长效管护机制同步抓实抓好。坚持硬件与软件建设同步进行,建设与管护同步考虑,通过村规民约、家规家训"挂厅堂、进礼堂、驻心堂",实现乡村文明提升与环境整治互促互进。

不断真金白银投入,强化要素保障。浙江省建立政府投入引导、农村集体和农民投入相结合、社会力量积极支持的多元化投入机制,省级财政设立专项资金、市级财政配套补助、县级财政纳入年度预算,真金白银投入。据统计,十五年来浙江省各级财政累计投入村庄整治和美丽乡村建设的资金超过1800亿元。积极整合农村水利、农村危房改造、农村环境综合整治等各类资金,下放项目审批、立项权,调动基层政府积极性主动性。

不断强化政府引导作用,调动农民主体和市场主体力量。浙江省坚持调动政府、农民和市场三方面积极性,建立"政府主导、农民主体、部门配合、社会资助、企业参与、市场运作"的建设机制。政府发挥引导作用,做好规划编制、政策支持、试点示范等,解决单靠一家一户、一村一镇难以解决的问题。注重发动群众、依靠群众,从"清洁庭院"鼓励农户开展房前屋后庭院卫生清理、堆放整洁,到"美丽庭院"绿化因地制宜鼓励农户种植花草果木、提升庭院景观。完善农民参与引导机制,通过"门前三包"、垃圾分类积分制等,激发农民群众的积极性、主动性和创造性。注重发挥基层党组织、工青妇等群团组织贴近农村、贴近农民优势。通过政府购买服务等方式,吸引市场主体参与。同时,通过宣传、表彰等方式,调动引导社会各界和农村先富起来的群体关心支持农村人居环境,广泛动员社会各界力量,形成全社会共同参与推动的大格局。

6

这是一次什么样的伟大革命呢?

这里有一组数据让我们发现,围绕浙江"千万工程"的所有变革,经过二十年的扎实推进,最终赢得的是一项山乡巨变的富民工程,让农民过上高质量的富裕生活是推进"千万工程"的一切出发点和落脚点。

浙江省各级财政累计投入超过2000亿元。据统计,二十年来浙江全省各级财政累计投入村庄整治和美丽乡村建设的资金超过2000亿元。真金白银投入,浙江省建立了政府投入引导、农村集体和农民投入相结合、社会力量积极支持的多元化投入机制,省级财政设立专项资金,市级财政配套补助,县级财政纳入年度预算。透过"千万工程"二十年实践看,浙江始终坚持以民为本的发展观、政绩观,持续推进农业发展、增加农民收入、促进农村进步,把增进广大农民群众的根本利益作为检验工作的根本标准。

九成以上村庄达到新时代美丽乡村标准。据浙江省委农办摸排,2002年的浙江仅有约4000个村庄环境较好,剩余3万多个村庄环境普遍较差。这是一种发展现象。浙江改革开放先行,彼时当地农民已经较为富裕,纷纷盖起小别墅,但家里现代化、屋外"脏乱差",村里"垃圾靠风刮、污水靠蒸发",老百姓对环境问题反映越来越强烈。这又是发展方式多年累积的结果,如何有效扭转,考验执政能力。对此,"千万工程"采取务实、渐进式的路径,规划先行,以点带面,扎实推进农村人居环境建设:"污水革命"率先全面完成、"垃圾革命"实现全域分类、"厕所革命"实现全面覆盖、美丽乡村形成全域格局。基于此,浙江成为首个通过国家生态省验收的省份,农村人居环境测评持续位居全国第一。截至2022年底,浙江全省90%以上的村庄达到新时代美丽乡村标准;创建美丽乡村示范县70个、示范乡镇724个、风景线743条、特色精品村2170个、美丽庭院300多万户,浙江美丽大花园映入眼帘。

农村等级公路比例100%。与"千万工程"配套,浙江又创新实施农村指导员、科技特派员、"四好农村路"等机制,多层次支持农村加快发展。浙江"四好农村路"建设全国示范;农村等级公路比例100%,县域内跨乡镇、跨行政村断头路基本打通;农村电网持续改造升级,供电可靠性达到99.99%,显著高于全国平均水平。率先基本实现城乡饮水同质,城乡规模化供水覆盖率90%。浙北水乡、浙中丘陵与浙西南山区各美其美,美丽公路串起"美丽乡村创建先进县示范县""整乡整镇美丽乡村""精品村""美丽庭院","千万工程"引领浙江美丽乡村建设走在全国前列。

农民收入连续三十八年领跑全国省区。2022年,浙江农民人均可支配收入达到37565元,已经连续三十八年领跑全国省区。实践证明,浙江农村人居环境的大力整治与持续建设,并不是以牺牲农村产业发展与农民增收为代价。"千万工程"是造福浙江千万农民的民心工程,给农民带来美丽生态、美丽经济和美好生活。农旅融合、民宿经济、生态工业……浙江乡村产业百花齐放,整体走在全国前列。截至目前,浙江全省乡村旅游和休闲农业接待游客3.9亿人次、营业总收入469亿元,从业人员33.4万人。如今在浙江,美丽乡村成为当地发展的又一张金名片。农民有切身的获得感幸福感,"绿水青山就是金山银山"的理念也在实践中深入人心。

城乡居民收入比降至1.90。统计数据显示,浙江城乡居民收入比从2003年的2.43缩小到2022年的1.90,低于全国平均水平的2.45,连续十年呈缩小态势。田园变公园、村庄变景区、农房变客房、村民变股东、资源变资产……在"千万工程"引领下,村美人和共富成为浙江乡村发展最动人的形态,这也为浙江高质量发展建设共同富裕示范区打下了扎实基础。2023年浙江省委一号文件提出，以"千万工程"统领宜居宜业和美乡村建设，并部署把提高县城承载能力与深化"千万工程"结合起来，在城乡融合中提升乡村建设水平。

建成农村文化礼堂20511家。截至2022年底，浙江累计建成20511家农村文化礼堂，实现500人以上行政村全覆盖；建成农家书屋25335个，全省行政村农家书屋全覆盖。此外，浙江农村建有图书馆102家、文化馆102家、博物馆142家；从省到村的五级公共文化设施网络布局日臻完善，"15分钟品质文化生活圈""15分钟文明实践服务圈"遍及城乡。农村环境建设由点及面，乡村振兴发展由表及里。从产业兴旺、生态宜居，到乡风文明、治理有效，是自然生发、迭代升级的过程。伴随"千万工程"持续深化，结合广大农民精神生活需要，浙江省2013年启动农村文化礼堂建设。如今，浙江建设新社区、培育新农民、树立新风尚、构建新体制等全面推进，乡村人文善治的局面生动呈现、活力凸显。

农村集体经济年总收入760亿元。截至2022年底，浙江农村集体经济总收入达到760亿元，全面消除了集体经济总收入20万元以下、经营性收入10万元以下的行政村。这组数据从侧面反映出浙江乡村的组织化、市场化水平。集体经济实力强，基层领导班子强，是实施"千万工程"的重要保证和前提。二十年来，以环境建设为载体，浙江农村组织力持续提升，这对于产业发展、基层治理等都十分关键。乡村建设迭代升级，浙江省正在大力实施"强村富民"集成改革，助推农村集体经济改革发展,并将其作为打造共同富裕示范区建设十大标志性成果之一。目前,浙江全省村级集体总资产8800亿元、占全国十分之一强,集体经济收入30万元以上且经营性收入15万元以上行政村占比85%以上,经营性收入50万元以上村占比51.2%。

培育超过4.7万名"农创客"。浙江省农业农村厅数据显示,目前浙江省已累计培育"农创客"超4.7万名。"农创客"是指大学毕业后投身农业农村创业创新的乡村人才,这一概念由浙江在全国率先提出。在提高农业效益和竞争力、实现小农户与现代农业发展有机衔接、助推农业高质量发展和乡村振兴战略实施中,"农创客"发挥着生力军作用。要素跟着市场转,这反映出浙江乡村发展的内生动力。基于"千万工程"打下的基础,发展要素加速流向乡村——2019年,浙江省提出实施"两进两回"行动计划,即"科技进乡村、资金进乡村、青年回农村、乡贤回农村"。2021年,浙江省正式启动实施"十万'农创客'培育工程",着力"留住原乡人、唤回归乡人、吸引新乡人",乡村振兴的蓬勃局面正加速形成。

县级以上民主法治村占比90%以上。浙江全省累计建成省级以上民主法治村1643个,县级以上民主法治村占比90%以上,17784个村实行"一村一辅警"制度,18886个村建立法律顾问、法律服务工作室。在美丽乡村外在建设、产业发展基础上,伴随老百姓需求不断提升,近几年浙江基层治理领域创新也不断结出硕果。德润民心引领风尚,浙江有序推进新时代文明实践中心创建。"智治"支撑精准有力,"雪亮工程"精准定位,农村公共区域视频监控覆盖率、联网率分别达到100%。行政村党务、村务、财务"三务"公开水平达99.8%,村级治理智能化水平稳步提升。

连续二十年召开现场推进会。按省内最高规格,浙江省连续二十年召开"千万工程"现场推进会,省市县党政"一把手"悉数出席。浙江省委、省政府每五年出台一个行动计划,每个阶段出台一个实施意见,针对主要矛盾问题制定解决方案、工作任务。一件事情接着一件事情办,一年接着一年干,浙江自始至终遵循总书记亲自擘画的"千万工程"路线图,堪称"一张蓝图绘到底"。形成了促进"千万工程"持续高质量推进的组织机制:党政主导、各方协同、分级负责的责任机制;规划先行、标准规范、分类指导的引导机制;循序渐进、丰富内涵、迭代升级的发展机制。从而在美丽中国、绿色发展的浩瀚长卷上,写下浙江先行先试的美丽答卷。

这正是"古来青史谁不见,今见功名胜古人"。二十年久久为功,浙江坚持"一张蓝图绘到底",从"千村示范、万村整治"引领进步,推动乡村更加整洁有序,到"千村精品、万村美丽"深化提升,推动乡村更加美丽宜居,再到"千村未来、万村共富"迭代升级,推动乡村实现共富共美,"千万工程"的内涵不断深化、外延不断扩展、成果不断放大。2022年,浙江农村常住居民人均可支配收入达37565元,连续三十八年居全国省区第一。

也许，任何一次伟大的社会变革，都伴随着一次伟大的历史觉醒。"千万工程"之所以取得这样的历史性成就，根本在于习近平新时代中国特色社会主义思想的科学指引，而"千万工程"结出的硕果，也从一个侧面充分彰显了习近平新时代中国特色社会主义思想的理论魅力和实践伟力。

下一步，浙江省将扛起"千万工程"发源地和率先实践地的使命担当，推动新时代"千万工程"再出发再深化再提升，围绕绘就"千村引领、万村振兴、全域共富、城乡和美"的新画卷，聚焦重点，扎实推进，加快涵养整体大美好气质，做深产业兴旺大文章，跑出城乡融合加速度，探索出中国特色社会主义共同富裕的新路径。

那好吧，既然"千万工程"是继实行家庭联产承包责任制后的一次伟大革命，我们可否断言，"千万工程"也是解决中国"三农"问题的一场破天荒的伟大革命，更是具有中国特色社会主义走向共同富裕的一个伟大革命，那就让我们一起拥抱"千万工程"吧！

本文发表于《中国作家·纪实版》2023年8期